Schwindt · Die Mädchen vom Dachboden

Barbara Schwindt

Die Mädchen vom Dachboden

Zwei Romane

Jenny Schmidt

Loewe

Die Deutsche Bibliothek – CIP-Einheitsaufnahme

Schwindt, Barbara:
Die Mädchen vom Dachboden: Zwei
Romane / Barbara Schwindt.
Bindlach: Loewe
(LeseRiese)
ISBN 3-7855-2740-3

ISBN 3-7855-2740-3

Umschlagzeichnung: Marlis Scharff-Kniemeyer
Umschlagtypographie: Karin Roder
Satz: DTP im Verlag

Inhalt

Die Mädchen vom Dachboden

Es war gewiß keine Kleinigkeit, zum erstenmal im Leben eine eigene Wohnung zu bekommen. Und wenn diese Wohnung auch nur aus einem einzigen Zimmer bestehen würde: für Petra und Susanne war es doch festlich und aufregend, als sie sich zusammen auf den Weg machten, um ihr kleines Reich anzusehen.

Petra hielt den Zettel mit der Adresse in der Hand, den sie auf dem Wohnungsamt bekommen hatte, beide beugten eifrig die Köpfe darüber und sahen sich gleich darauf strahlend an: Nachtigallenweg! Das klang nach alten Bäumen und Vögeln, nach Gärten mit weiten Rasenflächen, die hellgrün durch dunkle Büsche und hohe Eisengitter schimmerten ... Vielleicht sah man vom Nachtigallenweg 7, von ihrer zukünftigen Wohnung aus, in so einen stillen, verschwiegenen Garten hinein.

„Ich weiß nicht", sagte Petra, seufzte tief auf und sah Susanne erwartungsvoll an. „Es ist, als ob jetzt alles anders wird. Als ob das Leben ganz neu anfängt! So ist mir zumute." Susanne sagte nichts. Ihr Mund öffnete sich ein wenig, und in ihren Augen war ein sehnsüchtiges Lächeln.

Hand in Hand gingen sie mit erwartungsvoll klopfenden Herzen die Allee entlang. Hier sollte der Nachtigallenweg als vierte oder fünfte Straße abbiegen. Bis jetzt sah die Gegend nicht gerade nach romantischen Gärten aus. Elektrische Bahnen klingelten eilig die breite Straße entlang, Omnibusse und Lastwagen fuhren beängstigend nahe am Kantstein. Vor den zahlreichen Geschäften und Schaufenstern standen Hausfrauen mit ihren Markttaschen und Netzen, und zwischen den vielen Fußgängern fanden immer noch Kinder Platz, die mit ihren Rollern den Erwachsenen gegen die Beine fuhren oder um die Straßenecken herum „Kriegen“ spielten. Es war eine Großstadtstraße wie viele andere.

Die Mädchen schluckten schnell ihre Enttäuschung hinunter, als auch der Nachtigallenweg kein anderes Gesicht zeigte. Petra schob nur geschwind die Unterlippe über die Oberlippe, zog die Augenbrauen hoch und sah Susanne so vielsagend an, daß die Schwester vor Lachen herausplatzte.

„Ich möchte nur wissen, wer die Straße hier getauft hat“, sagte Petra. „Nachtigallenweg!“

Im Hause Nummer 7 war unten ein Bäckerladen. Der Geruch nach frischen Brötchen begleitete die Mädchen durchs ganze Treppenhaus, bis in den vierten Stock hinauf. „Warte mal eben, Susanne“, flüsterte Petra. „Wie heißen die Leute? Ach ja, Paulke.“ Sie drückte auf den Klingelknopf.

Gleich darauf wurde die Tür geöffnet, und die Schwestern standen einer kräftig und gutmütig aussehenden älteren Frau gegenüber. „Na, was bringt ihr denn Schönes, ihr beiden?“ sagte sie und sah die Mädchen prüfend an.

Petra streckte ihr den Zettel vom Wohnungsamt entgegen. „Wir heißen Petra und Susanne Burkhardt“, sagte sie. „Wir sollen bei Ihnen wohnen, glaube ich“, setzte sie vorsichtshalber hinzu, denn die Frau sah mit Kopfschütteln abwechselnd auf den Zettel und die Mädchen. Aber ihr Gesicht blieb freundlich, wie Susanne erleichtert feststellte.

„Was? Ihr jungen Dinger? Ihr sollt das Dachzimmer haben? Ihr seid vom Wohnungsamt geschickt worden? Sind die dort verrückt geworden?“ Auf all diese Fragen wollte Frau Paulke offenbar keine Antwort haben, denn sie fuhr fort, ehe eins der Mädchen etwas sagen konnte: „Na, dann kommt am besten erst mal herein. Dann müssen wir weitersehen."

Sie führte die Schwestern durch einen kleinen sauberen Flur in eine ebenso saubere Wohnküche. Dort saß eine junge bleiche Frau am Tisch, die Ellbogen aufgestützt, eine Tasse Kaffee vor sich. Sie hatte rote Locken und unnatürlich schwarze Augenbrauen.

Auch Frau Paulke setzte sich an den Tisch, ergriff ebenfalls eine Tasse und trank kopfschüttelnd ein paar kräftige Schlucke. Dann deutete sie auf eine Bank: „Setzt euch, Kinder, setzt euch! Das hier ist meine Tochter Leni. Wollt ihr auch 'nen Schluck Kaffee? Ja? Schenk mal jeder 'ne Tasse ein, Leni!" befahl Frau Paulke, obwohl Petra und Susanne bescheiden abwehrten. „Nein, mir diese jungen Dinger schicken! Was glaubst du, Leni? Die beiden kommen vom Wohnungsamt und sollen das Dachzimmer haben. Nun erzählt mal. Wie kommt das? Wo sind eure Eltern? Warum wohnt ihr nicht zu Hause?"

„Unsere Eltern leben nicht mehr", sagte Petra mit niedergeschlagenen Augen. „Vater ist im letzten Kriegsjahr gefallen, und ... und unsere Mutter ist vor einem halben Jahr gestorben."

Frau Paulke stieß einen mitleidig brummenden Ton aus, und die Tochter Leni schüttelte bedauernd den roten Lockenkopf. „Seitdem sind wir im Flüchtlingslager Bernickendorf", fuhr Petra fort.

„Ach! Das große Barackenlager vor der Stadt? Soll das nicht abgerissen werden? Ich hörte so was ..."

Die Mädchen nickten. „Ja, wir werden alle ausquartiert – zum Glück! Und wir haben nun diese Einweisung vom Wohnungsamt bekommen", sagte Petra und deutete auf den Zettel, den Frau Paulke zwischen Kaffeekanne und Brotlaib gelegt hatte. „Irgendwo *müssen* wir ja wohnen, nicht? Hoffentlich ist es Ihnen nicht unangenehm", schloß sie ein wenig zaghaft. „Ich meine, daß wir gerade zu Ihnen kommen ..."

Frau Paulke bestrich zwei Brotscheiben mit Margarine. „Ist mir nicht unangenehm", sagte sie kurz und gab jedem Mädchen eine Schnitte. „Schlimm ist das, so früh die Eltern zu verlieren! Kenne ich! Habe ich auch erlebt, in eurem Alter! Na, wie alt seid ihr? Siebzehn? Achtzehn?"

„Stimmt genau!" sagte Petra lachend.

„Und die kleine Sanfte, Blonde ist die Jüngere! Hab' ich recht?" riet Frau Paulke und sah Susanne wohlwollend an. Aber diesmal irrte sie sich, Petra war die Jüngere.

„Dafür bin ich aber die Dümmere", sagte Susanne. Es war das erstemal, daß sie etwas äußerte, und Frau Paulke und ihre Tochter sahen sie einen Augenblick verdutzt an. Dann lachten sie laut und herzlich. Für einen guten Spaß waren sie zu haben. „Wie ist es denn nun mit euch? Seid ihr berufstätig? Könnt ihr denn so allein für alles aufkommen? Miete, Wäsche und so weiter?" forschte Frau Paulke.

Was sie jetzt hörte, ließ sie fast die Hände über dem Kopf zusammenschlagen. Die Mädchen waren gerade erst mit der Schule fertig geworden! Eine hatte „Mittlere Reife", die andere „Primareife", wie Petra erklärte. Nun wollten sie einen Beruf ergreifen, denn Mutters Geld war fast aufgebraucht. Und bis auf ihre Betten besaßen sie auch keine Möbel, die wollten sie sich „nach und nach" zulegen. Aber die Miete würden sie immer bezahlen können, denn jeden Monat bekam Petra noch dreißig Mark Kindergeld. Susanne leider nicht mehr, sie war im vorigen Monat achtzehn geworden.

„Die Miete ist Ihnen sicher, Frau Paulke", sagte Petra und sah flehend ihre zukünftige Wirtin an.

„Na, Kinder, Kinder! Was das noch werden soll! Wenn das man geht! Wenn das man nur gutgeht mit euch beiden!"

Es würde bestimmt gutgehen, versicherten die Mädchen. Bis zum ersten April würden sie alle beide eine Arbeit haben, es gab keinen Zweifel.

„Na, Mut habt ihr auf jeden Fall", sagte Frau Paulke. „Aber wenn ihr bis zum Ersten noch was bekommen wollt, dann müßt ihr euch wohl beeilen. Sind ja nur noch acht Tage hin ... Dann will ich euch erst mal euer Zimmer zeigen. Es kostet zwanzig Mark im Monat." Frau Paulke führte die Mädchen wieder durch den kleinen Flur zurück ins Treppenhaus. Dort stieg sie schwerfällig die Treppe zum Dachboden hinauf.

Petra unterdrückte einen Jubelschrei. Ganz für sich würden sie wohnen, und nur zwanzig Mark Miete!

Frau Paulke schloß eine eiserne Tür auf. Ein Vorraum mit allerlei Gerümpel in den Ecken wurde sichtbar. Petra erspähte einen Wasserhahn. „Hier muß natürlich noch ein bißchen aufgeräumt werden", erklärte Frau Paulke und öffnete eine weitere Tür.

Als Petra das Zimmer sah, wurde sie von grenzenlosem Entzücken ergriffen. Ihre dunklen Augen leuchteten. Sie war ohnehin geneigt, alle Menschen und Dinge und das ganze Leben mit heiterer Zuversicht und freudigen Erwartungen zu betrachten, daran hatten auch die vergangenen traurigen Jahre nichts ändern können. Wie verlockend erschien ihr nach dem trostlosen Barackenleben dieses einfache Dachzimmer. Hier würde sie frei und glücklich mit Susanne leben. Sogar einen Ofen gab es, ein kleines eisernes Ungetüm, das jetzt schwarz und kalt in der Ecke stand. Aber im nächsten Winter würde es rotglühend Wärme ausstrahlen, und sie würden sich Bratäpfel machen, so wie die Mutter es in früheren Zeiten getan hatte ... Daß die Fenster klein waren, auch das war in Petras Augen nur ein Vorteil. Sie sah schon winzige Vorhänge an den Scheiben, dafür würde das Geld bestimmt noch reichen.

Auch Susanne richtete bereits in Gedanken den Raum behaglich ein. Wie geräumig das Zimmer war! Von den beiden kleinen Fenstern aus sah man über Dächer und Türme und viele Straßen hinweg, und man konnte noch ein großes Stück Himmel sehen. Das war der Vorteil, wenn man unterm Dach wohnte.

Nein, es war alles gut, alles war ausgezeichnet. Petra und Susanne machten sich überglücklich auf den Heimweg ins Barackenlager.

„Ihr könnt ruhig schon eure Sachen bringen und einziehen", hatte Frau Paulke zuletzt gesagt. „Ob das Zimmer nun noch acht Tage leer steht oder nicht ..." Und die bleiche Leni schüttelte ihnen herzlich die Hände zum Abschied.

„Ganz hab' ich den Tintenfleck aus ‚Tante Laura' nicht rausgekriegt", erklärte Petra. Sie legte mit Susanne die beiden Wolldecken zusammen und packte sie auf den Handwagen, den Frau Paulke ihnen für den „Umzug" geliehen hatte.

Es war wenig genug, was die beiden Mädchen besaßen, aber jedes Stück wurde notwendig gebraucht und war nicht zu entbehren. Die beiden eisernen Sprungfederrahmen, die Strohsäcke, die Kiste mit Geschirr, der Koffer mit Kleidern und Wäsche, die Schultaschen, eine weitere Kiste mit ein paar Büchern und Kleinigkeiten und die Wolldecken „Onkel Alfred“ und „Tante Laura“, so benannt nach den Verwandten, die vor vielen Jahren die Decken als Reisegeschenk aus Schottland mitgebracht hatten. Sie waren unsagbar weich und schmiegsam und waren in leuchtenden Farben gewebt. Obwohl diese Decken als ein Stückchen Heimat gehütet und geschont worden waren, wiesen sie doch ein paar Flecken auf, und den schlimmsten hatte „Tante Laura“ kürzlich abgekriegt, als Susanne das Tintenfaß darübergekippt hatte. Petra war dem Fleck mit Zitrone und heißem Wasser zu Leibe gegangen, aber Tinte blieb eben Tinte. Doch Petra fand auch an dem verblaßten Tintenfleck etwas Gutes: „Nun wissen wir wenigstens ganz genau, wer Tante Laura und wer Onkel Alfred ist. Vorher hat man sie doch ewig verwechselt.“

Als Petra und Susanne das Barackenlager verließen, kamen alle Kinder angetrabt, um ihnen ihre mehr oder weniger schmutzigen Händchen zum Abschied entgegenzustrecken. Ja, manche schlangen beide Arme um Petras Hüften und wollten sie durchaus nicht loslassen. Wie sollte das Leben weitergehen ohne Petra? Wer würde ihnen Geschichten erzählen, und wer würde mit ihnen Theateraufführungen veranstalten von Rotkäppchen und dem Wolf, von den sieben Geißlein und von Schneewittchen? Das alles hatte Petra zustande gebracht, trotz Sorgen und Schularbeiten und Ungemütlichkeit. Durch die trübseligen Räume und Höfe des Lagers hatte oft genug frohes Kinderlachen geschallt. Es war nicht auszudenken, wie es ohne Petra werden sollte.

Als Petra und Susanne an der Straßenecke angelangt waren und sich noch einmal umdrehten, da stand der Kindertrupp, die Gesichter an den Holzzaun des Lagers gepreßt, und winkte aus Leibeskräften.

„Wie lieb sie dich haben“, sagte Susanne.

„Dich auch! Dir winken sie genauso!“

„Ach, Petra. Du weißt selbst, daß es nicht wahr ist. Du kannst eben wunderbar mit Kindern umgehen. Ich habe Kinder auch lieb, wirklich. Aber ich habe keine Lust, mich stundenlang mit ihnen zu beschäftigen. Ich glaube aber, wenn ich später eigene hätte, dann wäre es wohl anders. Oder glaubst du nicht?“

„Aber natürlich, Susanne! Weißt du, bei mir ist es so: Kinder sind mir das allerwichtigste im Leben! Wenn ich sehe, daß eins weint, möchte ich es gleich trösten. Wenn erwachsene Menschen traurig sind, tut es mir natürlich auch leid. Aber dann denke ich: Ach, ihr müßt eben sehen, wie ihr fertig werdet. Aber Kinder sind so schrecklich hilflos. Das ist es! Und man kann sie so leicht wieder froh machen und zum Lachen bringen ...“

„Ja, *du* kannst es.“

Bis zum Nachtigallenweg hatten sie anderthalb Stunden zu laufen. Vergnügt plaudernd zogen sie los. Ab und zu blieben sie stehen, sahen sich um, ob auch nichts vom Handwagen herunterrutschte, nein, es war alles gut festgebunden. Nach einer halben Stunde schmerzten Susannes Hände so, daß sie ein wenig ausruhen mußte. Trotz des scharfen Märzwindes glühten ihre Wangen von der Anstrengung, den schweren Wagen zu ziehen.

Die Mädchen setzten sich auf eine Bank, die zwischen Grünanlagen stand, und atmeten tief auf. „Bald haben wir's geschafft", tröstete Petra. „Und wenn ich mir vorstelle, was für ein herrliches Leben wir zusammen führen werden ..." Bei dem Gedanken an das neue Zimmer schlang Petra selig den Arm um Susanne.

Wer sie dort sitzen sah, hätte sie kaum für Schwestern gehalten. Sie waren so verschieden, wie es ihre beiden Eltern gewesen waren. Und doch gab es einen gemeinsamen Grundzug in ihrem Wesen, ein tiefes wortloses Verstehen füreinander.

Petra war braun und kräftig, hatte dunkle Locken und dunkle Augen, die jederzeit voll Unternehmungsgeist in die Welt sahen. Warmherzige und glückliche Augen waren es, die von allem, was Petra begegnete, Gutes und Liebevolles zu erwarten schienen. Nun war Petra durchaus nicht nur Gutes und Liebevolles in den letzten Jahren geschehen, sie hatte im Gegenteil gemeinsam mit Susanne viel Trauriges und Häßliches erfahren. Aber Petras Glaube an das Gute im Leben und an das Gute im Menschen war dadurch nicht beeinträchtigt worden. Man mußte es eben zu finden wissen, das Gute, und Petra tat alles, um es zu finden. Oh, es prickelte ihr förmlich in den Fingerspitzen, den Kampf mit dem Leben aufzunehmen!

Neben der kraftvollen Petra sah Susanne fast zerbrechlich aus. Sie hielt den Kopf meist ein wenig zur Seite geneigt, und ihre blauen Augen sahen sanft und träumerisch in die Welt. Sie hatte zarte Glieder und schmale Hände, und ihr schön geschwungener Mund war blaß. Etwas Stilles lag über ihr. Aber ihre Zartheit und Hilflosigkeit wirkten ebenso anziehend wie Petras heitere Kraft. Susannes Haare waren hell und fielen glatt auf die Schultern hinunter, wo sie den schüchternen Versuch zu einer Welle machten.

„Du, wir müssen weiter", sagte Petra und band ihr gelbes Kopftuch straffer. „Willst du lieber mal schieben, Susanne? Ich glaube, das strengt weniger an."

So zogen und schoben sie weiter, und endlich, endlich war der Nachtigallenweg erreicht.

Im Dachzimmer hatte die rotlockige Leni inzwischen ein großes Scheuerfest veranstaltet. Der Vorraum zu Petras und Susannes Zimmer war außerdem von allem Gerümpel leer geräumt und stand den Mädchen ebenfalls zur Verfügung.

So dünn und bleich Leni auch aussehen mochte, kräftig zupacken konnte sie! Sie schleppte die eisernen Bettrahmen mit Petra nach oben und lief gleich danach schon wieder die Treppe hinunter, um Susanne den schweren Koffer abzunehmen. Frau Paulke dagegen brachte eine Kanne mit heißem Milchkaffee und fragte, ob die Mädchen einen alten wackligen Sessel brauchen könnten. Sehr schön sei er zwar nicht mehr, aber ...

Und ob sie ihn brauchen konnten! Petra verschluckte sich fast vor Begeisterung, und Susanne warf Frau Paulke einen glücklichen Blick zu. Der Sessel wurde heraufgetragen und bildete von nun an gemeinsam mit „Tante Laura" und „Onkel Alfred" das Glanzstück der kleinen Wohnung. Der grüne Wachstuchbezug war zwar schon etwas abgescheuert, und außerdem fehlte ein Hinterbein. Aber die praktische Petra kam auf den Gedanken, das andere Hinterbein ebenfalls abzusägen. So saß man schräg nach hinten gelehnt in dem grünen Sessel und hatte, wie Petra versicherte, das Gefühl, im Himmel zu sein. Überhaupt: Es war eine Wonne, die Wohnung einzurichten. Es gab zwei schräge Wände im Zimmer. Darunter wurden die eisernen Bettrahmen auf Holzklötze gestellt. Die Strohsäcke wurden schön gleichmäßig geschüttelt und darauf gelegt, darüber kam das Bettzeug, und zuletzt wurden „Onkel Alfred" und „Tante Laura" darübergebreitet.

„Ist es nicht herrlich? Ist es nicht gemütlich?" jubelte Petra und drehte Susanne im Kreise herum. „Schau, was ich jetzt mache!" Sie packte in Windeseile die beiden Kisten leer und stellte sie als Nachttischchen neben jede „Couch". „Natürlich müssen noch Decken drauf."

„Ja, und Gardinen müssen wir haben", sagte Susanne.

„Wir rechnen gleich mal", erklärte Petra.

Zunächst wurde der grüne Sessel zwischen die beiden Fenster gestellt. Den Hintergrund des Zimmers bildete eine geräumige Nische, wo die Mädchen vorläufig ihren Koffer verstauten, das Geschirr und die elektrische Kochplatte unterbrachten und ihre Bücher aufstapelten. Dann setzten sie sich nebeneinander auf die Couch und rechneten.

Von Mutters Geld waren noch 187 Mark übrig, und sie hatten sich geschworen, so wenig wie möglich davon zu verbrauchen. Aber jetzt gab es einige Dinge, die unbedingt gekauft werden mußten, darin waren sich die Schwestern einig. Sie brauchten einen kleinen Tisch, an dem sie essen konnten, und ein Schränkchen für das Geschirr. Petra war für ein langes Bücherbord, das unter den Fenstern von einer Couch zur andern lief. „Wenn du dann im grünen Sessel sitzt, kannst du immer abwechselnd lesen und aus dem Fenster gucken", versuchte sie die Schwester zu überzeugen, denn Susanne fürchtete, daß ein Bücherbord zu teuer wäre. Vorhänge dagegen waren nicht zu vermeiden, und ebensowenig eine kleine Lampe für jedes Nachttischchen.

„Puh, kommt da eine Summe heraus!“ stöhnte Petra und zeigte mit dem Bleistift auf die ausgerechnete Zahl.

„Ja, und wir haben noch keine Arbeit und müssen vielleicht noch wer weiß wie lange von den 187 Mark leben“, überlegte Susanne.

Petra wußte bereits einen Ausweg, aber sie sprach noch nicht darüber. Gut, daß es Vormittag war! Der ganze Nachmittag lag noch vor ihnen, und Petra hatte sich in den Kopf gesetzt, heute mit allem fertig zu werden. Es war ja schon der 25. März. Wenn sie bis zum ersten April irgendeine Arbeit finden wollten, so mußten sie sich in den nächsten Tagen auf die Suche machen.

Am Abend des gleichen Tages sahen sich die Mädchen todmüde und tiefbefriedigt in ihrem kleinen Reich um. Petra hielt es vor Freude nicht aus: Auch Frau Paulke und Leni mußten kommen und alles bewundern.

„Donnerwetter!“ sagte Frau Paulke ein übers andere Mal. „Wie habt ihr das gemacht, Mädchen?“

Im Vorraum war eine Reihe Nägel und Haken in die Wand geschlagen, dort hingen ordentlich nebeneinander die Kleider und Mäntel der Mädchen. Neben der Tür zum Zimmer war ein kleiner Spiegel an der Wand befestigt. Auf einem Tischchen darunter lagen Kamm und Bürste. „Unsere Garderobe“, sagte Petra großartig. „Und das hier ist das Badezimmer!“ Sie zeigte auf die andere Seite des Vorraums. Unter dem Wasserhahn stand dort auf einer Kiste, die sauber mit Wachstuch bezogen war, eine weiße Emailleschüssel, daneben ein roter Eimer. An der Wand war ein kleines Bord für Seife, Schwämme und die bunten Zahnbecher. Zwei saubere Handtücher hingen an einem Haken.

„Aber nun erst das Zimmer!“ Susanne öffnete mit Besitzerstolz die Tür.

Von den kleinen Lampen, die neben jedem Lager standen, strahlte sanftes Licht. Auf dem langen dunkelgebeizten Bord unter den Fenstern standen ein paar Bücher und eine kleine Vase mit Blumen.

„Das meiste hier ist aus Kisten und Brettern“, fing Petra übermütig an zu erklären. Vom Tischler hatte sie Bretter geholt, vom Kolonialwarenhändler Margarinekisten, Marke Milchwunder, das Stück zu 25 Pfennig. In der Drogerie kaufte sie einen großen Topf Beize; den Pinsel hatte ihr der Drogist geliehen. Sie hatte Kisten geschleppt, hatte gebeizt, hatte wieder Kisten geschleppt und wieder gebeizt.

Zuletzt hatte sie ein quadratisches Brett auf eine der Kisten genagelt, und der schönste Tisch war fertig. Er wurde neben Susannes Couch geschoben und eine bunte Decke darübergebreitet. Auch der Geschirrschrank und das Garderobentischchen waren aus Margarinekisten Marke Milchwunder gefertigt.

Währenddessen hatte Susanne unentwegt genäht, genäht! Sie hatte den rotweißkarierten Stoff, den sie nach kurzem Überlegen auswählte, zerschnitten und Vorhänge genäht, Vorhänge für alles: für die Fenster, für die Nachtschränkchen, für den Geschirrschrank und für die kleine Kiste in der Garderobe. Zuletzt hatte sie die Vorhänge mit Reißzwecken befestigt, und nun sah die Wohnung wirklich gemütlich aus. Frau Paulke und Leni waren ebenso begeistert wie Petra und Susanne.

Es kam der Augenblick, in dem die Mädchen zum erstenmal an ihrem Tisch Platz nahmen. Petra im grünen Sessel mußte sich ein wenig vorbeugen, um nicht hintenüberzukippen. Susanne saß auf ihrer Couch. Auf dem Tisch standen ein Teller mit Brötchen und daneben ein Schüsselchen mit Fleischsalat. Dieses festliche Mahl konnten sich die Schwestern wohl gönnen „zur Feier des Einzuges". Aus Steingutbechern tranken sie dazu den Rest des kalten Milchkaffees vom Morgen.

„Komisch ist es", sagte Susanne und bestrich ihr Brötchen mit Fleischsalat. „Als ich die Leni zuerst sah, dachte ich, ich könnte sie nicht leiden. Die roten Locken und die dicken schwarzen Augenbrauen waren mir gräßlich. Und nun finde ich sie so nett!"

Petra nickte eifrig mit vollem Mund. Dann reckte und streckte sie sich und dehnte die Arme. „Mein Gott, wenn ich nicht so entsetzlich müde wäre, ich glaube, ich würde die ganze Nacht vor Freude nicht schlafen! Die Lampen, Susanne! Und wie du die Vorhänge genäht hast! Das hätte ich nie so schön fertiggebracht!" Noch festlicher war der Augenblick, als sich die Schwstern zum erstenmal in der eigenen Wohnung in ihren Betten ausstreckten und sich ein glückliches „Gute Nacht!" zuriefen.

Petra lag noch lange wach. An Susannnes tiefen Atemzügen merkte sie, daß die Schwester schlief. Nur ihr gleichmäßiges Atmen war zu hören. Sonst war es still im Zimmer, sonderbar still ...

Ein Stockwerk tiefer sagte Frau Paulke zu ihrer Tochter Leni: „Sollst mal sehen, aus den Mädchen wird was! Um die braucht man keine Angst zu haben! Das hätte ich den jungen Dingern nicht zugetraut, als sie da neulich so schüchtern vor der Tür standen. Nein, nein, aus denen kann noch was werden!“ Und Leni nickte bestätigend mit ihrem roten Lockenkopf.

Petra saß am Fenster und sah hinaus. Sie hatte den Kopf in die braune kräftige Hand gestützt. Eine Locke fiel über ihre Wange.

Ein heftiger Märzwind rüttelte an den alten Fensterrahmen und bog die kahlen Baumkronen hin und her. Ein paar Kinder auf der Straße liefen lachend und schreiend hinter einem Hut her, der das Pflaster entlangrollte und schließlich in einer Pfütze liegenblieb.

Petra nahm von alldem nichts wahr. Sie war so erfüllt von ihren Gedanken, daß sie nicht sah, was um sie vorging. Erst als die Turmuhr fünfmal schlug, richtete sie sich aus ihrer träumerischen Haltung auf und strich mit einer lebhaften Bewegung die Locken aus dem Gesicht. Sie warf einen Blick zur Coach.

Susanne schlief. Behutsam zog Petra die Vorhänge zusammen. Dann ging sie mit raschen geräuschlosen Schritten durchs Zimmer, schob ein Brikett in den Ofen und goß heiße Milch aus dem Bunzlauer Topf in einen Becher auf dem Tisch neben Susannes Lager. Die kleine Lampe schob sie ein wenig näher, damit Susanne gleich das Licht einschalten konnte, wenn sie aufwachte.

Petra zog ihren Mantel an, band das gelbe Kopftuch fest um die dunklen Locken und öffnete leise die Tür zum Flur. In dem dämmrigen Licht des Nachmittags, noch gedämpft durch die geschlossenen Vorhänge, sah sie sich nur undeutlich in dem kleinen Spiegel. Sie lief die Treppen hinunter und öffnete die Haustür. Der Wind schlug ihr die Tür fast aus der Hand. Während sie, gegen den Sturm ankämpfend, die Straße mit raschen Schritten entlangging, begann es zu schneien. Große wäßrige Flocken trieben ihr ins Gesicht. Ein ungemütliches Wetter!

Aber zum Glück machte das Petra nicht viel aus. Sie fand es im Grunde genommen ganz unterhaltend, sich einmal wieder kräftig durchpusten zu lassen. Dagegen Susanne! Petras frisches Gesicht sah sorgenvoll drein. Wenn es nur nicht schlimmer wurde mit Susanne. Sie hatte sich am Umzugstag erkältet – wahrscheinlich, als sie sich unterwegs auf der Bank ausgeruht hatten. Am nächsten Morgen war Susanne mit Fieber und Husten aufgewacht.

Ich habe wieder mal nicht richtig aufgepaßt, dachte Petra reuig. Es war nicht ganz einfach, wenn man so ungeheuer gesund war wie Petra, immer daran zu denken, was der empfindlichen Schwester wohl schaden könnte.

Die Zeitungsfiliale, wo der Stellenanzeiger nachmittags Viertel nach fünf ausgegeben wurde, lag nur wenige Minuten vom Nachtigallenweg entfernt. Gleich nebenan war das Geschäft, vor dem die Schwestern jedesmal stehenblieben, wenn sie durch die Allee gingen. Als Petra ihr Zeitungsblatt bekommen hatte, trat sie nach kurzem Überlegen in den Laden.

Natürlich, sie hatten sich jede unnötige Ausgabe abgeschworen, solange sie noch kein Geld verdienten, aber nun war Susanne krank. Und über ihrer Couch konnte gut ein kleines Bild hängen, die Wand sah so kahl aus. Petra wählte die „Sonnenblumen“ von van Gogh, ließ sich von der freundlichen Verkäuferin das gerahmte Bild einpacken und lief hochbefriedigt nach Hause.

Susanne war wach, als Petra kam. Die kleine Lampe brannte, Susanne hatte ihre Milch getrunken, und ihre Augen glänzten nicht mehr so fiebrig.

Niemand konnte einem so lieb und freundlich entgegensehen wie Susanne, wenn man nach Hause kam. Und wie mollig warm es im Zimmer war! Petra zog den nassen Mantel aus, bürstete die feuchten Locken und legte Susanne das Päckchen mit dem Bild auf die Bettdecke.

„Petra! Für mich?“

Es war ein Vergnügen zu sehen, wie Susannes hübsche Hände das Seidenband von der Verpackung lösten, wie sie vor Freude rosige Wangen bekam und wie ihre Augen lächelten, als das Bild zum Vorschein kam.

„Aber nun wird's ernst“, sagte Petra. „Ich sehe, es geht dir schon etwas besser, nicht?“

Susanne nickte, lehnte sich aber matt in die Kissen zurück.

„Das ist ein Glück, Susanne! Oh, sieh bloß zu, daß du schnell gesund wirst! Sonst sind alle Stellen weg, die noch zum ersten April zu haben sind.“

„Ich werde mein möglichstes tun“, sagte Susanne und sah die Sonnenblumen an. „Hast du schon in den Anzeiger geschaut?“

„Nein, das kommt jetzt!“ Petra zog den grünen Sessel heran und ließ sich behaglich neben Susanne nieder. „Also, ich lese dir vor!“

Ach, Petra hatte schweren Herzens die großen Pläne fahrenlassen. Es war lange her, so lange, daß es in der Erinnerung fast unwirklich erschien, seit sie auf Vaters Knien gesessen und ihm ihre Zukunftspläne anvertraut hatte ... Natürlich mußte es irgend etwas mit Kindern sein, anders war es schon damals bei der zehnjährigen Petra nicht denkbar. Sie wollte Kinderärztin werden und später in Vaters Klinik die Kinderabteilung übernehmen. Die Mutter hatte lächelnd danebengesessen und zugehört. Die Mutter! Sie war so zart wie Susanne gewesen und hatte die gleichen schmalen Hände und sanften Augen ...

Nein – Petra wußte es ja: Man konnte nicht Medizin studieren, wenn man kein Geld und kein Abitur hatte und keine Aussicht, es in den nächsten Jahren zu bekommen. Aber Kinder verstehen und liebhaben – das konnte man auch so. Und Petra hatte bereits seit längerer Zeit einen neuen herrlichen Plan: Sie wollte später ein Kinderheim haben! Es sollte kein gewöhnliches Kinderheim sein, in dem die Kinder einige Wochen oder Monate zur Erholung waren, um dann wieder nach Hause zu fahren – nein! Petra wollte ein Heim haben, in dem sie fünfzehn oder zwanzig Waisenkinder aufnehmen würde, und diese Kinder wollte sie aufziehen und liebhaben, und sie sollten das werden, was sie am allerliebsten werden wollten. Es würde wohl noch lange, lange dauern, bis sich dieser Plan verwirklichen ließ. Aber das schadete nichts. Inzwischen konnte man alles lernen, was man dafür brauchte. Außerdem war Petra fest davon überzeugt, daß sich die Dinge im Leben erfüllten, die man wirklich und mit aller Kraft wünschte.

Zunächst wollte sie nun Kindergärtnerin werden. Zu diesem Zweck mußte sie zwei Jahre lang das Fröbel-Seminar besuchen. Aber um dort aufgenommen zu werden, mußte man mindestens achtzehn Jahre alt sein, und Petra war erst siebzehn.

Wieder ein großer Vorteil, fand Petra. Sie hatte ja noch

gar kein Geld, um das Fröbel-Seminar zu bezahlen und nebenbei auch noch zu leben. So würde sie sich erst mal Geld verdienen und sparen. Da es außerdem erwünscht war, daß eine künftige Kindergärtnerin vor der Seminarzeit ein praktisches Jahr durchmachte, stand es für Petra fest, daß sie in einen Haushalt gehen würde, in dem möglichst viele Kinder waren.

Lieber hätte sie in einem Kindergarten gearbeitet, aber das konnte einstweilen nichts werden. In den beiden letzten Tagen hatte sie sämtliche Kindergärten der Stadt aufgesucht, alle Stellen waren leider besetzt. Vielleicht später, vertröstete man sie an zwei oder drei Stellen. Petra ließ hoffnungsvoll ihre Adresse zurück und nahm sich vor, von Zeit zu Zeit wieder nachzufragen.

Von der Kinderärztin zur Hausgehilfin war es zwar ein ziemlich großer Schritt, aber Petra war nicht der Mensch, der sich dadurch niederdrücken ließ. Es galt jetzt nur, eine geeignete Stellung zu finden.

Was jedoch sollte mit Susanne geschehen? Am liebsten hätte man Susanne in ein wunderschönes Zimmer gesetzt, in dem es Blumen gab, viele Bücher und einen Flügel. Es war eigentlich genug, wenn Susanne nur da war, lächelte und freundlich war. Es ging ein so liebenswürdiger Zauber von ihr aus, etwas, was einen wünschen ließ, sie vor häßlichen Dingen zu bewahren.

Freilich konnte man ein solches Leben nicht führen, wenn man so arm war wie Petra und Susanne, und es wäre auch Susanne niemals eingefallen, so etwas für sich zu beanspruchen. Sie grübelte im Gegenteil Tag und Nacht, wie sie Petra am besten behilflich sein und Geld verdienen könnte.

Sie konnte ja nichts, es war zum Verzweifeln! Und

nun war sie auch noch krank geworden! Oh, wenn Petra wüßte, wie unglücklich sie war! Und wie es schmerzte, als Petra vorhin sagte, sie sollte nur so schnell wie möglich gesund werden. Hätte sie nur so viel Kraft wie Petra!

Aber sie hatte sie nicht. Und Dinge zu lernen, für die sie sich eignete, dafür war wieder kein Geld da. Sie hätte zum Beispiel gern Sprachen studiert, um Dolmetscherin zu werden.

„Du nähst doch so großartig!“ hatte Petra neulich gesagt. „Könntest du nicht Schneiderin werden? Später hast du dann ein wunderbares Mode-Atelier.“

„Ich nähe sehr gern“, sagte Susanne. „Aber wenn ich mir vorstelle, daß ich den ganzen Tag nähen und zuschneiden und wieder nähen soll – und das Jahre, nein, vielleicht mein ganzes Leben lang –, dann graut es mir richtig! Das kann ich nicht.“ Und Petra, die selbst so ungern nähte, daß sie sogar das Strümpfestopfen stets bis zur letzten Möglichkeit hinausschob, hatte das so gut verstanden, daß sie kein Wort mehr davon verlauten ließ. „Mit Büchern möchte ich zu tun haben“, hatte Susanne noch schüchtern gesagt.

Plötzlich schrie Petra auf vor Freude. „Susanne! Hör bloß mal! Junge Aushilfe gesucht. Buchhandlung Dr. Abel Petersen, Herderstraße 18.“

„Petra!“ Susanne richtete sich auf. „Wenn ich jetzt doch nur gesund wäre! Dazu hätte ich Lust. Und vielleicht kann ich dann später Bibliothekarin werden. Ach Petra, was machen wir bloß?“

Petra war bereits aufgesprungen und zog ihren nassen Mantel wieder an. „Brrr! Ist das Kopftuch naß! Leihst du mir deines, Susanne?“

„Natürlich. Willst du wirklich für mich hingehen? Oh, Petra, das vergess' ich dir nie!"

„Quatsch!" sagte Petra zärtlich. „Wenn die Stelle bloß noch nicht vergeben ist! Warte mal, für mich hab' ich etwas gesehen, da gehe ich am besten auch noch heute abend hin. Hör mal: Junges kinderliebes Hausmädchen gesucht, mit allen praktischen Arbeiten vertraut, gute Zeugnisse erwünscht, zum ersten April. Voller Familienanschluß, gutes Gehalt. Freese, Allee 21."

„Allee? Du, das ist ja ganz in der Nähe!"

„Ja, eben, das ist ja gerade das Glück. Fehlen nur die guten Zeugnisse", sagte Petra mit einer Grimasse.

„Wieso? Dein Abgangszeugnis ist doch sehr annehmbar ..."

„Du bist ein Schäfchen, Susanne. Die wollen doch kein gutes Schulzeugnis, sondern ich soll kochen und reinmachen können. Darüber soll ich eine Bescheinigung bringen ..."

„Ach, Petra, bitte, beeil dich! Sonst wird es nichts mit meiner Buchhandlung."

Petra stürmte die Treppen hinunter. Es war ein ziemlich weiter Weg zur Herderstraße, sie lag mitten in der Stadt. Kurz entschlossen sprang Petra in die Straßenbahn, die gerade an der Ecke hielt. Nur keine Zeit jetzt versäumen!

Die Buchhandlung von Dr. Abel Petersen lag an einer sehr verkehrsreichen Ecke. Drei große, hellerleuchtete Schaufenster luden ein, die zahlreichen Bücher und Kunstdrucke in den Auslagen zu betrachten. Eine gemütliche Atmosphäre umfing Petra, als sie mit Herzklopfen den weiträumigen Laden betrat. Ja, das war etwas für Susanne! Hier in diesem schönen Raum zu stehen, Bücher auszuwählen und freundlich mit den Käufern zu sprechen ... Ach, es mußte etwas werden! Menschen, die Bücher kauften, waren sicher meistens nett. Das war doch etwas anderes, als beispielsweise im Gemüsegeschäft zu stehen, wo es immer nur um Prosa, Salat und Mittagessen, ging. Dies hier war die richtige Umgebung für Susanne, dachte Petra zärtlich.

Der nächste Augenblick stürzte sie in abgrundtiefe Enttäuschung. Die Stellung war also bereits vergeben! „Aber ... aber das ist doch nicht möglich", stotterte Petra und sah den bebrillten jungen Mann, der ihr höflich diese Auskunft gegeben hatte, so unglücklich an, daß er ein mitleidiges Lächeln unterdrücken mußte. „Es tut mir sehr leid, mein Fräulein ..."

Petra stand wieder draußen, lehnte den Kopf gegen das hellerleuchtete Schaufenster und brach in Tränen aus. Zu spät gekommen! Ach, hätte sie doch nicht in der Zeitung herumgestöbert und nach weiteren Stellenangeboten gesucht! Damit hatte sie die kostbare Zeit vertrödelt! Susanne wartete voll Spannung zu Hause, und sie mußte mit dieser Enttäuschung zurückkommen.

Zornig wischte sie die Tränen fort und sah sich verstohlen um, ob auch niemand zugesehen hatte, wie sie heulte. Nein, die Menschen gingen an ihr vorbei, ohne auf sie zu achten.

Vater hatte immer gesagt, es sei das dümmste, was ein Mensch tun könnte, hinterher zu sagen: Hätte ich es doch anders gemacht! Petra tat einen tiefen Atemzug. Irgend etwas mußte geschehen, soviel stand fest. Vielleicht war es am besten, selbst einmal mit Dr. Petersen zu sprechen. So konnte sie einfach nicht nach Hause gehen.

In der Manteltasche steckte ihr kleiner Spiegel. Sie nahm Susannes Kopftuch ab. Blau stand ihr sowieso nicht. Na, man sah nicht, daß sie einen kurzen Augenblick lang Tränen vergossen hatte. Petra lächelte sich an, um auszuprobieren, ob sie recht überlegen wirken würde und nicht wie ein verheultes kleines Mädchen ... Dann betrat sie zum zweitenmal die Buchhandlung.

Wieder trat der junge Mann mit der Brille auf sie zu.

„Kann ich bitte Herrn Dr. Petersen sprechen?" fragte Petra.

„Ich versichere Ihnen, mein Fräulein, die Stellung, um die Sie sich bewarben, ist bereits vergeben", sagte der junge Mann ein wenig ungehalten.

„Ja, ich weiß. Es handelt sich um etwas ... Es handelt sich um eine persönliche Angelegenheit", setzte Petra schnell hinzu und war stolz, daß ihr dies eingefallen war.

Der junge Mann führte sie nach hinten, und gleich darauf befand sie sich dem Chef des Hauses gegenüber. Er war ein großer kräftiger Mann, noch ziemlich jung, mit freundlichen blauen Augen.

„Petra Burkhardt", sagte das junge Mädchen. „Entschuldigen Sie bitte, daß ich störe."

Er erhob sich und gab ihr die Hand. „Petersen." Er deutete auf einen Stuhl und setzte sich wieder an den Schreibtisch. „Um was handelt es sich, Fräulein Burkhardt?"

Während Petra sprach, sah Dr. Petersen sie die ganze Zeit aufmerksam an. Er hatte einen Bleistift in der Hand, mit dem er von Zeit zu Zeit auf die Tischplatte klopfte.

Petra hatte sich draußen vor der Tür nur die ersten Sätze überlegt. Das andere würde sich dann schon von selbst ergeben, dachte sie zuversichtlich, und so war es nun auch. Sie schilderte Susanne in leuchtenden Farben, sie erzählte, wie gut die Schwester sich für einen Posten eignen würde, wo sie mit Büchern und geistigen Dingen zu tun hätte, und wie gänzlich ungeeignet sie sei für schwere körperliche Arbeit.

Dr. Petersen stellte einige Fragen, erfuhr dadurch von dem gänzlich auf sich selbst gestellten Leben der beiden Schwestern und klopfte wieder mit dem Bleistift auf seinen Schreibtisch. „Und warum ist Ihre Schwester nicht selbst gekommen? Hatte sie keinen Mut?“ fragte er mit dem Anflug eines Lächelns.

Petra lächelte freudig zurück. „Oh, Susanne hat schon Mut! Aber sie ist augenblicklich leider krank. Nicht gerade schlimm, sie hat etwas Fieber und Husten“, erklärte Petra. „Aber bei dem scheußlichen Wetter dachte ich, es wäre besser, wenn sie zu Hause bleibt.“

„Ja, das ist wohl besser.“ Dr. Petersen nickte und lächelte wieder. „Ist Ihre Schwester so ähnlich wie Sie?“

„Nein“, sagte Petra erstaunt. „Sie ist ganz anders. Sie ist blond und hat schöne schmale Hände und ... sie ist viel ...“ Petra brach ab und wurde zum ersten Male verlegen. Sie wollte sagen, daß Susanne so viel schöner und netter als sie selbst sei, aber das konnte man einem gänzlich fremden Menschen nun doch nicht so ohne weiteres erzählen.

Dr. Petersen lachte herzlich, und Petra wurde noch röter. „Ja, liebes Fräulein Burkhardt“, sagte er dann und sah plötzlich wieder ganz ernst aus. „Was haben Sie sich denn gedacht? Wie soll ich Ihnen behilflich sein? Sie wissen ja, daß ich bereits eine Aushilfe eingestellt habe. Ich kann im Augenblick niemand sonst brauchen ...“

Petra sah ihn an. „Und später?“ fragte sie schüchtern.

„Oder vielleicht ... kennen Sie nicht andere Buchhändler, die meine Schwester vielleicht brauchen könnten?“

Dr. Petersen sah sie eine Zeitlang schweigend an. „Warum wird Ihre Schwester nicht Buchhändlerin?“ fragte er dann und legte seinen Bleistift hin.

„Wir müssen ja Geld verdienen“, sagte Petra und faßte neuen Mut. „Wir müssen ...“

„Ja, ja, ich weiß“, unterbrach sie Dr. Petersen. „Aber wenn Ihre Schwester Buchhändlerin wird, so verdient sie ja auch etwas während der Ausbildungszeit, wenn auch nicht viel.“

„Wirklich?“ Petra war Feuer und Flamme. „Dann muß Susanne Buchhändlerin werden! Das haben wir nicht gewußt.“

„Ja, halt“, sagte Dr. Petersen. „Erst mal heißt es eine Lehrstelle finden.“

„Ach ja, natürlich“, gab Petra kleinlaut zu.

Dr. Petersen stand auf, und Petra erhob sich ebenfalls. Ja, es half nichts. Es war nun doch alles umsonst gewesen ...

„Hören Sie, Fräulein Burkhardt“, sagte Dr. Petersen. „Ich mache Ihnen einen Vorschlag. Zum Herbst brauche ich einen Buchhändlerlehrling. Die Ausbildung dauert drei Jahre. Im ersten Jahr beträgt die Vergütung im Monat 40 Mark, im zweiten 60, im dritten 80 Mark. Ihre Schwester kann sich bei mir um den Posten bewerben. Voraussetzung ist allerdings, daß sie sich für unser Haus eignet.“

„Oh, Susanne wird Ihnen gewiß gefallen“, rief Petra freudestrahlend und sah so überzeugt aus, daß Dr. Petersen unwillkürlich wieder lächelte.

„Ihre Schwester müßte eben versuchen, die Zeit bis zum Herbst zu überbrücken, nicht wahr?“

„Ja – o ja, vielen Dank. Wann darf Susanne kommen?“

„Sobald sie gesund ist. Und Sie selbst?“ sagte er plötzlich. „Was haben Sie für Zukunftspläne? Darf man danach auch fragen?“

Petra nannte nicht ihr nächstes Ziel, Hausmädchen in einer kinderreichen Familie zu werden, sondern ihr letztes: ein Kinderheim zu bauen, in dem sie elternlose Kinder aufziehen würde.

„Und Sie meinen, das erreichen Sie auch?“ fragte Dr. Petersen mit halbem Lächeln.

Petra nickte ernst

„Nun, ich glaube es auch“, sagte Dr. Petersen und reichte ihr die Hand zum Abschied. „Ich traue es Ihnen zu. Dann schicken Sie mir nur bald Ihre Schwester. Auf Wiedersehen!“

In einem Taumel von Glück ging Petra an dem jungen Mann vorbei. Sie dachte trotz des Schneetreibens draußen nicht mal daran, Susannes Kopftuch umzubinden, so aufgeregt war sie. Nun fehlte nur noch, daß sie die Stellung in der Allee bekam!

Susanne richtete sich auf, stellte ihre Lampe auf den Fußboden, damit Petra vom Lichtschein nicht geweckt würde, und schlich auf Zehenspitzen durchs Zimmer. Aus ihrer Schulmappe holte sie zwei kleine Päckchen hervor und aus dem Geschirrschrank einen Kuchen. Sie schob den Tisch vorsichtig an Petras Couch und wikkelte die Päckchen aus. Es kamen ein Buch, Stifters „Bergkristall“, ein buntes Taschentuch und drei winzige holzgeschnitzte Rehe zum Vorschein.

Susanne stellte den Napfkuchen in die Mitte des Tisches und befestigte das rote Geburtstagslicht auf einer Untertasse. Im Flur hatte sie ein paar Schneeglöckchen versteckt, die wurden um das Licht herumgelegt. Nachdem sie die Kerze angezündet hatte, nahm Susanne den alten Wecker von Petras Nachttisch, kroch wieder in ihr warmes Bett und ließ den Wecker abrasseln.

Petra fuhr hoch und suchte vergeblich nach dem Ruhestörer.

Susanne wollte sich schlafend stellen, aber Petra sah mit ihren wirren Locken und dem erschrockenen Gesicht so drollig aus, daß Susanne aus dem Bett sprang und der Schwester einen Kuß gab.

„Guten Morgen, Geburtstagskind!"

Petra war im Nu munter. Draußen begann ein kalter und sonniger Aprilmorgen, und dies war der Tag, an dem Petra ihre Stellung als Hausmädchen bei Familie Freese antreten sollte. Aber nun war sie siebzehn Jahre alt, diese Stunde gehörte noch ihr und Susanne. Es war festlich und behaglich, und Petra hatte das Gefühl, als läge das Leben in leuchtenden Farben vor ihr.

Susanne ließ es sich heute nicht nehmen, das Frühstück zu bereiten, während Petra sich noch im Bett ausstrecken und an ihren Geschenken erfreuen konnte. Susanne stellte Tassen und Butterbrote auf den Nachttisch, zerschnitt den Kuchen und rührte Zucker in Petras Tee. Dann kuschelten sie sich beide unter ihre Dekken und ließen es sich schmecken. Der Wecker stand so, daß sie ihn vor Augen hatten und jede Minute bis zum Aufstehen auskosten konnten. Sechs Uhr war es erst. Um halb acht mußte Petra bei Familie Freese sein. Eine gute halbe Stunde war also noch Zeit.

Petra legte plötzlich ihr Kuchenstück hin und hielt sich die Hand vor die Augen. Susanne sah, wie große, dicke Tränen zwischen ihren Fingern hervorquollen. Susanne erschrak. Es kam nicht oft vor, daß Petra weinte. Sie legte beide Arme um die Schwester.

„Was hast du, Petra?“ flüsterte sie.

Petra schüttelte den Kopf und begann statt aller Antwort zu schluchzen.

Nun traten auch Susanne Tränen in die Augen. Sie streichelte Petras Haar und ihr Gesicht und schmiegte die Wange an Petras braune Hand, die so hilflos auf der Decke lag.

„Ich muß an Mama denken“, sagte Petra mit erstickter Stimme. „Ich bin so wahnsinnig traurig wegen Mama. Ich weiß jetzt gar nicht mehr, warum ich oft so vergnügt bin ...“

Petras Schultern bebten.

Ein unendlich zärtliches, mütterliches Gefühl durchströmte Susanne. Petra war immer die Stärkere, sie war die Mutigere, die freudig den Widerwärtigkeiten des Lebens entgegentrat und Susanne beschützte, obwohl sie ein Jahr jünger war. Nun war es plötzlich, als seien die Rollen ausgewechselt. Sie umarmte Petra und flüsterte ihr tröstende Worte zu, Kosenamen aus ihrer Kinderzeit, bis sich die Schwester schließlich tief aufseufzend an ihre Schulter lehnte. So saßen sie eine Weile und schwiegen.

„Susanne“, begann Petra und richtete sich auf. „Das hab’ ich mir vorgenommen: Ich will so sein, daß sich unsere Eltern darüber freuen würden.“

„Das will ich auch“, flüsterte Susanne mit niedergeschlagenen Augen. „Aber du hast nicht mal deinen Kuchen aufgegessen! Komm, iß! Willst du noch eine Tasse heißen Tee?"

„Ach ja, schrecklich gern." Petra putzte die letzten Tränen fort und ließ sich verwöhnen. Plötzlich warf sie die Decke zurück: „Halb sieben! Ich muß schleunigst aufstehen! Sieht man es noch, daß ich geweint habe?"

„Ein bißchen schon. Aber ich glaube, wenn du dich gewaschen hast, wird es gehen ..."

„Sonst denken die Freese-Kinder noch, ich hätte solche Angst vor ihnen, daß ich schon in voraus heule. Ach, Susanne, ich danke dir tausendmal für die hübschen Geschenke!"

Auf der Treppe kehrte Petra noch einmal um und kam zurück, um Susanne zu sagen, sie solle sich ja etwas „Vernünftiges" kochen. Dann war Petra fort, und der trübe Apriltag sah zu den kleinen Fenstern herein.

Susanne blieb liegen. Sie hatte ja den ersten Tag ohne Petra seit langer, langer Zeit. Petra würde erst am Abend wiederkommen ...

Susanne dachte nach. Wenn sie doch inzwischen irgend etwas Großartiges vollbringen würde, irgend etwas, womit sie Petra überraschen könnte! Wenn sie heute eine Arbeit fände ... In den letzten Tagen war unter den Angeboten nichts Passendes für sie gewesen, sie hatte sich auch vom Fieber und Husten noch zu matt gefühlt. Heute ging es ihr besser.

Ach, im tiefsten Herzen war Susanne froh, denn gestern war sie bei Dr. Petersen gewesen. Er hatte sich lange und freundlich mit ihr unterhalten, hatte sie nach Büchern gefragt, die sie gelesen hatte ... Zum Schluß gab er ihr die Hand und sagte: „Dann also auf Wiedersehen am ersten Oktober, Fräulein Burkhardt!"

In ihrer Freude hatte Susanne auf dem Rückweg die kleinen Rehe gekauft, obwohl das Geld schon bedenklich knapp geworden war.

Mein Gott, daß man aber auch immer wieder und jeden Tag von neuem essen mußte! Und nachdem es im März schon ganz sommerliche Tage gegeben hatte, war das Wetter nun wieder so abscheulich geworden, daß man auch noch Briketts und Holz hatte kaufen müssen. Es war gräßlich! Aber frieren war noch gräßlicher! Und wenn man einen ganzen Tag lang nur zwei Stücke Brot aß, um zu sparen, dann war man am Abend so ausgehungert, daß man glaubte, die Nacht nicht überstehen zu können ohne ein ausgiebiges Abendbrot.

Susanne seufzte, aber sie reckte und streckte sich doch behaglich in ihrem Bett; von hier aus waren sogar die Geldsorgen einigermaßen erträglich. Und Petra hatte die Stellung bei Freeses bekommen. Oh, sie würde schon durchkommen, die tüchtige Petra. Und auch für sie selbst würde sich etwas finden ...

Susanne warf die Decke mit einem Ruck zurück. Sie zog sich eilig an und begann, im Zimmer Ordnung zu schaffen. Von guten Vorsätzen erfüllt, kniete sie vor dem Ofen nieder, um Feuer zu machen. Das hatte bisher Petra getan, aber sie würde es wohl auch zustande bringen.

Merkwürdig! Bei Petra fing das Holz immer gleich an zu knistern und zu knacken, wenn sie nur das Papier angezündet hatte, und in wenigen Minuten verbreitete sich Behaglichkeit im Raum.

Warum knackt es nun bei mir nicht? fragte sich Susanne und sah mißbilligend ihre rußigen Hände an. Warum fraß die Flamme nur einen schwarzen Rand ins

Papier, um gleich darauf wieder zu verlöschen? Susanne legte noch eine dicke Zeitung auf das Holz, strich verzweifelt ein neues Streichholz an und wartete hoffnungsvoll, daß sich der Ofen besänne. Aber das tat er nicht.

Susanne gab es auf. Sie machte heißes Wasser auf der Kochplatte und bürstete zehn Minuten an ihren verschmierten Händen, bis sie rot und sauber waren. Dann ging sie hinunter, um Frau Paulke die Miete zu bringen.

Frau Paulke stellte eine Quittung aus und erkundigte sich nach Petra. „So? Geburtstag hat sie? Das wußte ich ja gar nicht. Und nun ist sie also den ersten Tag in ihrer Stellung. Na und du, Susanne? Was machst du denn nun? Bist du wieder gesund? Blaß siehst du ja noch aus!" Frau Paulke duzte die Mädchen unbekümmert wie am ersten Tage, und es war merkwürdig: So gern Petra und Susanne erwachsen sein wollten – es war hübsch und vertraut, von Frau Paulke geduzt zu werden. Es war ein wenig heimatlich.

Susanne vertraute Frau Paulke an, daß sie im Oktober ihre Ausbildung zur Buchhändlerin in Dr. Petersens Buchhandlung beginnen würde. Bis dahin müßte sie noch irgend etwas anderes finden, irgendeine Arbeit ...

Frau Paulke dachte nach, und auch ihre Tochter Leni dachte nach. Sie war freundlich wie immer und schenkte Susanne eine Tasse Kaffee ein. Was könnte das junge Mädchen wohl beginnen? Leni sah etwas zweifelnd auf Susannes zarte Hände. Was konnte man mit solchen Händen arbeiten?

„Gibt es Kinder hier im Haus oder in der Nachbarschaft", fragte Susanne zaghaft, „Kinder, denen ich Nachhilfestunden geben könnte?"

„So, das kannst du!" sagte Frau Paulke anerkennend. „Und was für Stunden sollen es denn sein?"

„Na ja, Englisch, Französisch – auch Deutsch", zählte Susanne auf. „Nur nicht Mathematik!"

„So, das kannst du!" sagte Frau Paulke noch einmal und nickte ihrer Tochter bewundernd zu. „Englisch und Deutsch und Französisch. Weißt du niemand, Leni? Wie ist es denn mit den Kindern von Niemeiers im ersten Stock? Frau Niemeier war doch neulich gerade so außer sich, weil Karlchen nur probeweise versetzt worden ist. Nebenbei glaub' ich ja sowieso nicht, daß der Bengel wird, auch nicht mit Nachhilfestunden! Der hat Dummheiten im Kopf und sonst nichts."

„Aber da könnte doch Fräulein Susanne ruhig mal fragen", meinte Leni. „Und dann hör' ich mich weiter um."

„Ach ja, das wäre lieb", sagte Susanne. Am liebsten hätte sie, bis Petra kam, bei den netten Paulkes gesessen. In der sauberen kleinen Küche war es warm und gemütlich, es roch nach Kaffee, der Tisch war gescheuert. Ein leichter Regen sprühte gegen die Fensterscheiben, und man fühlte sich geborgen. Mit einem Seufzer erhob sie sich.

„Habt ihr's denn schön mollig oben?" erkundigte sich Frau Paulke beim Abschied. „Der Ofen ist gut. Der hat ordentlich Zug, stimmt's?"

„Bei Petra ja", sagte Susanne kläglich. „Aber komisch, ich hab' ihn nicht angekriegt."

„Was? Nicht angekriegt?"

Susanne mußte ausführlich erklären. Es stellte sich heraus, daß sie den Ofen vorher nicht ausgenommen hatte. Auch hatte sie das Zeitungspapier nicht lose zusammengeknüllt und die Holzstücke kreuz und quer daraufgeschichtet, sondern das Holz auf die kalte Asche gelegt, darüber glatt und ordentlich das Zeitungspapier.

„Also jetzt bring' ich mal bei euch den Ofen in Gang", sagte Frau Paulke. „Du siehst genau zu, und dann kannst du es auch. Hast du denn nie zugeguckt, wie deine Schwester es gemacht hat?"

Susanne wurde rot. Ja, sie hatte zugeguckt, aber das hatte nicht viel zu sagen. Susanne konnte stundenlang jemandem zuschauen, ohne zu wissen, was er tat. Sie träumte ... Aber das Feuer von Frau Paulke anmachen lassen? Nein! „Jetzt weiß ich ja, wie man es machen muß! Ich schaffe es bestimmt!" versicherte sie.

„Das gefällt mir nun doch, Leni", sagte Frau Paulke, als Susanne gegangen war. „Unpraktisch ist die Lütte – du lieber Himmel! Aber sie tut, was sie kann."

Susanne kniete vor dem unglückseligen Ofen, und nachdem sie alles vorhandene Papier vorsichtshalber hineingesteckt hatte – diesmal nach Vorschrift: „lose zusammengeknüllt" –, besann sich der Ofen und stieß eine dicke Rauchwolke aus, so daß Susanne erschrocken zurückfuhr. Aber gleich darauf knisterte und knackte es genauso schön wie bei Petra, und Susanne kam es vor, als hätte sie seit langem kein so angenehmes Geräusch mehr gehört.

Als sie endlich wieder sauber, der Ofen heiß und das Zimmer behaglich durchwärmt war, hörte sie mit Schrecken, daß es bereits halb zwölf schlug! Was Petra wohl schon alles getan hatte! Und sie hatte noch nichts zustande gebracht, als einen Ofen mühselig in Gang zu bringen und eine halbe Stunde bei Paulkes zu verschwatzen! Und außerdem war sie davon hungrig und müde geworden und hätte jetzt am liebsten Mittag gegessen. Aber nein! Erst wollte sie zu Frau Niemeier im ersten Stock, obwohl es ihr sehr schwer fiel.

Frau Niemeier war mißtrauisch und mürrisch und sah das junge Mädchen an, als hätte es um einen Groschen gebeten. Als Susanne zaghaft erwähnte, sie hätte von Frau Paulke erfahren, daß Karlchen ... und sie wollte einmal anfragen, ob ..., da meinte die beleidigte Mutter: „Das geht die Paulke gar nichts an, wie mein Karlchen in der Schule ist. Und die Leni ist aus der siebten Klasse abgegangen, das weiß die ganze Straße. Unser Karlchen, der wird noch mal 'n ganz Tüchtiger, wenn er erst 'n bißchen älter und vernünftiger ist. Nachhilfestunden braucht der noch lange nicht. Das sagen Sie man Frau Paulke!"

„Entschuldigen Sie bitte", stammelte Susanne, aber sie war nicht sicher, ob Frau Niemeier es gehört hatte, denn die Tür flog krachend zu.

Susanne blieb noch eine Weile stehen. So war es nun! So erging es ihr meistens, wenn sie etwas unternahm. Mit düsteren Gefühlen stieg sie schließlich die Treppe hinunter.

Sie betrat den Bäckerladen, um ein Brot zu kaufen. Es waren mehrere Menschen im Laden, sie mußte ein Weilchen warten. Sie starrte auf die Brote und Kuchen, und ihre Augen wanderten mechanisch zu einem Schild. „Laufmädchen gesucht."

Es durchzuckte Susanne. Ein trotziges Gefühl ergriff sie. Warum sollte sie nicht Laufmädchen beim Bäcker werden? Sie wollte eine Arbeit finden, und dies war jedenfalls eine Arbeit! Brötchen in hübschen weißen Tüten austragen, das war gewiß nicht das schlimmste.

Susanne raffte allen Mut zusammen, und fünf Minuten später stürmte sie die Treppen hinauf. Sie war angenommen worden! „Ziehen Sie ein Waschkleid an, und kommen Sie nur gleich“, hatte Frau Grothe, die Bäkkersfrau, gesagt.

Viel Auswahl an Kleidern hatte Susanne nicht. Sie wühlte in der Aufregung im Koffer mit der Wäsche herum, bis ihr einfiel, daß die Kleider im Flur am Haken hingen. Da Frau Grothe gesagt hatte, „ein Waschkleid“, nahm sie ihr blaues Leinenkleid, das eigentlich für den Sommer bestimmt war.

Was würde Petra sagen? Fünfunddreißig Mark im Monat und Frühstück und Mittagessen dazu! Petra verdiente freilich sechzig Mark, aber mit dem Waisengeld zusammen ergab es doch eine Summe, die Susanne beneidenswert hoch erschien. Sie klingelte so stürmisch an Frau Paulkes Tür, wie es sonst nicht ihre Art war. Die beiden Frauen sollten schnell noch von ihrem Glück erfahren, bevor sie im Bäckerladen Grothe mit ihrer Arbeit begann.

„Na, ist es was geworden?“ fragte Frau Paulke erfreut, als das junge Mädchen so strahlend vor ihr stand.

„Ach, Sie wissen es schon?“ fragte Susanne in freudiger Verwirrung. „Fünfunddreißig Mark im Monat bekomme ich! Und noch Frühstück und Mittagessen dazu. Aber jetzt muß ich schnell nach unten, ich soll sofort anfangen!“

„Hast du das gehört, Leni?“ sagte Frau Paulke kopfschüttelnd und sah Susanne nach. „Fünfunddreißig Mark geben ihr die Niemeiers und zwei Mahlzeiten dazu, und auf der Stelle soll sie anfangen. Verstehst du das? Der Junge ist doch gerade erst vor fünf Minuten aus der Schule gekommen ... Na, da wird's wohl mit der Nachhilfestunde eilig sein."

„Wieso denn auch Frühstück?" fragte Leni.

„Na, ich gönn' es der kleinen Susanne. Fünfunddreißig Mark! Ein schönes Geld für 'n bißchen Englisch und Französisch! Donnerwetter!"

„Na, du alte Ziege?" rief der kleine Martin Freese, steckte seinen blonden Kopf schnell zur Küchentür herein und machte Petra eine lange Nase. Dann verschwand er wieder.

Petra hatte ihn gar nicht beachtet. Sie war damit beschäftigt, Berge von schmutzigem Geschirr zu sortieren, Kartoffelschalen in den Mülleimer zu befördern, heißes Wasser zu machen und einen gewaltigen Abwasch zu veranstalten. Offenbar war seit mehreren Tagen kein Stück Geschirr gereinigt worden.

Nun, das gehörte dazu, wenn man Hausmädchen war. Petra arbeitete mit Feuereifer und pfiff vergnügt ein Liedchen. Eigentlich war es ihr sogar ein Genuß, Ordnung in so eine schauderhaft unordentliche und schmutzige Küche zu bringen. Man sah wenigstens hinterher, was man getan hatte.

Frau Freese, die bis jetzt im Morgenrock und mit aufgewickelten Locken durch die Wohnung geschlurft war, saß im Wohnzimmer, trank in kleinen Schlucken ihren Kaffee, hielt ein Buch in der Hand und ließ sich nicht stören von dem Lärm, der von Zeit zu Zeit aus dem Kinderzimmer drang. Im Ofen prasselte ein angenehmes Feuer, der Boden war sauber gefegt, und die Nähsachen, die noch von vergangener Woche her auf Fensterbank und Nähtisch gelegen hatten, waren sauber fortgeräumt. Flink und fröhlich hatte Petra alles in Ordnung gebracht. Wenn es nur so bleibt mit dem jungen Mädchen, dachte Frau Freese. Und hoffentlich kommt sie auch mit den Kindern zurecht!

Der Lärm im Kinderzimmer wurde plötzlich so ohrenbetäubend, daß Frau Freese und Petra gleichzeitig herbeistürzten. Das vierjährige Kätchen kreischte in den höchsten Tönen, während sie ihren um ein Jahr älteren Bruder Martin am Haarschopf hielt und hin und her zerrte. Martin heulte und stampfte mit den Füßen, aber er kam nicht los. Die beiden Kampfhähne ließen sich auch nicht stören, als die Mutter und Petra ins Zimmer kamen.

„Es ist zum Verrücktwerden mit den Kindern", sagte Frau Freese. „So geht das nun von früh bis spät!" Sie versuchte die Kinder zu trennen. „Wollt ihr wohl aufhören! Kätchen! Martin!"

Frau Freese ließ sich in einen Stuhl fallen und schloß die Augen.

Es war ungemütlich im Kinderzimmer. Die Betten waren noch nicht gemacht, Spielzeug und Bilderbücher waren über den Fußboden verstreut, und auf der kleinen Bank und den Stühlen lagen Nachtzeug, Kopfkissen und Kleidungsstücke. Das Fenster stand halb offen, und die Fensterbank war naß vom Regen. „Noch nicht mal fertig angezogen habt ihr euch", schalt Frau Freese. „Pfui, schämt euch! Was soll die Petra von euch denken?"

„Ach, die alte Ziege!" sagte Martin und streckte Petra die Zunge heraus.

„Darf man so was sagen?" fragte Frau Freese erschöpft.

„Martin hat mein Bild zerrissen“, jammerte Kätchen und wollte sich wieder auf ihren Bruder stürzen. Aber Petra hielt sie fest und lachte ihr in das kleine wütende Gesicht.

„Zeig mal dein Bild, Kätchen! Hast du es selbst gemalt?“

„Ja, selbst, ganz selbst hab' ich es gemalt!“ beteuerte die Kleine und hielt Petra zwei durchgerissene Hälften einer kindlichen Zeichnung hin.

Petra hielt sie gegeneinander. „Ach, ist das hübsch“, sagte sie bewundernd. „Das ist ja ein kleines Mädchen, das in einem Garten tanzt! Und die schönen Blumen! Wie schade, daß es kaputt ist ... Das mußt du noch einmal machen, Kätchen! Ja, willst du?“

Kätchens Augen begannen ganz selig zu strahlen. Martin stand mürrisch dabei. „Dann fang' ich gleich an“, erklärte die Kleine und setzte sich wieder an den Kindertisch.

„Aber du bist ja noch nicht richtig angezogen“, erinnerte sie Petra. „Soll ich dir schnell mal helfen? Wo ist dein Kleid? Und der eine Schuh – ach so, der ist unters Bett geflogen. Der wollte wohl einen Ausflug machen?“ Kätchen lachte laut auf und ließ sich widerstandslos ankleiden. Martin aber rannte zu seiner Mutter, versteckte den Kopf in ihrem Schoß und kehrte Petra den Rücken zu.

„Die Kinder müssen jetzt erst mal frühstücken“, sagte Frau Freese und erhob sich. „Kommt ins Wohnzimmer! Nein, man hat keine fünf Minuten Ruhe! Nicht mal Kaffee trinken kann man, ohne gestört zu werden.“ Sie nahm Martin bei der Hand und winkte Kätchen ärgerlich zu.

Kätchens Mundwinkel zogen sich herunter. „Ich will maaalen!"

„Wenn du gefrühstückt hast, Kätchen", tröstete sie Petra.

„Soll ich hier inzwischen schnell aufräumen und Feuer machen, Frau Freese?"

„Das geht nicht, Petra, daß Sie die eine Arbeit liegenlassen und die nächste anfangen! Immer nach der Reihe, sonst kommen Sie nie zu einer ordentlichen Zeiteinteilung."

„Die Küche hab' ich fertig ..."

„So? Ganz und gar? Haben Sie auch den Ausguß gescheuert? Und den Boden gewischt? Das gehört alles dazu. Nein, nein, Petra, das nehmen Sie sich nur gleich von Anfang an vor: alles schön gründlich. Sie sollen ja hier etwas lernen!"

Petra entwischte schleunigst in die Küche. Sie war ein wenig rot und heiß geworden bei Frau Freeses Worten. Sie gab sich doch solche Mühe! Merkte Frau Freese das nicht? Aber die kleine Wolke zog schnell vorüber, Petra war nicht der Mensch, der sich leicht niederdrücken ließ. Schließlich hatte Frau Freese recht: Sie wollte ja etwas lernen. Und man mußte wohl auch lernen, nicht aus der Haut zu fahren ...

Eigentlich war Petra froh, als die Hausfrau nach dem Frühstück einkaufen ging. Sie ermunterte Kätchen, ihre Malerei fortzusetzen, kümmerte sich nicht um Martin, der ihr die Zunge herausstreckte, sobald er sie sah, und räumte die Zimmer auf. Es gab allerlei Räume, und alle waren am frühen Morgen unaufgeräumt. Nur das Zimmer von Herrn Freese war so ordentlich, als würde der Raum nie benutzt. Aber benutzt wurde er, das wußte

Petra. Sie war dort empfangen worden an dem Abend, als sie sich vorstellte. Herr Freese hatte an seinem Schreibtisch gesessen und sie fragend und ernsthaft durch seine Brille angesehen.

Als Petra im Badezimmer war und das Waschbecken reinigte, sah sie im Spiegel, wie Martin heranschlich. Sie tat, als sähe sie ihn nicht. Sie wußte es ja! Er hielt es nicht aus! Nichts ertrugen Kinder weniger, als wenn man sie wie Luft behandelte. Nun würden sie sich wohl gleich miteinander befreunden ...

Die Badezimmertür wurde leise geschlossen, und Petra stand einen Augenblick reglos, den nassen Schwamm in der Hand. Im nächsten Augenblick hörte sie, wie der Schlüssel im Schloß gedreht wurde. Sie fuhr herum, ließ den Schwamm fallen und tat einen Schritt auf die Tür zu. Abgeschlossen!

Petra schwankte zwischen Lachen und Schreien. Sie klopfte energisch an die Tür. „Mach auf, Martin! Das war ein feiner Spaß, aber jetzt mußt du wieder aufmachen, hörst du?“

„Ich mach' nicht auf!“ schrie Martin. Petra hörte ihn unterdrückt und glucksend lachen.

„Mach auf, Martin!“ rief Petra noch einmal und versuchte Strenge in diese wenigen Worte zu legen. „Mach sofort auf!“

Der kleine Bursche dachte nicht daran, die Tür zu öffnen.

Petra rief nach Kätchen. Aber das Kinderzimmer lag am anderen Ende des Flurs. Kätchen, die an ihrem Bild malte, hörte nichts, und Martin quiekte vor Lachen.

Na schön. Einmal mußte Frau Freese ja zurückkommen. Petra gab es auf zu rufen. Sie nahm den Schwamm, beendete ihre Arbeit und setzte sich dann auf den breiten Rand der Kachelbadewanne. Es war ein wunderhübsches Badezimmer. Die gelben Kacheln hatten etwas Warmes, Behagliches, als schiene beständig Sonne darauf. Es müßte himmlisch sein, in der tiefen Wanne zu sitzen, bis an den Hals ins warme Wasser getaucht ...

Wenn bloß Frau Freese käme! War sie nicht schon endlos lange fort? Na, sie würde den kleinen Schlingel gewiß verdreschen, das hatte er wahrhaftig verdient.

Endlich! Die Wohnungstür wurde aufgeschlossen, Petra hörte es deutlich. Martin rannte mit schnellen kleinen Schritten davon.

„Hallo!“ schrie Petra, so laut sie konnte, und klopfte an die Tür. „Ich bin eingeschlossen! Machen Sie bitte auf, Frau Freese!“

Gott sei Dank! Schritte kamen näher. Der Schlüssel wurde herumgedreht, die Tür geöffnet – und vor Petra stand ein junger Mann, der sie erst erstaunt, dann belustigt musterte.

„Wer sind *Sie* denn?“ fragte Petra verblüfft.

„Das wollte ich Sie auch gerade fragen. Aber na, ich kann es mir schon denken. Das neue ...“ Er brach ab und sah Petra halb lustig, halb verlegen an.

„Hausmädchen“, vollendete Petra. „Ich heiße Petra Burkhardt. Martin hat mich eingeschlossen. Ein Glück, daß Sie mich hier rausgeholt haben.“

„Das sieht dem Bengel ähnlich. Maximilian Freese!“ stellte sich der junge Mann vor. „Ich wohne hier für ein Jahr bei meinem Onkel. Hat man Ihnen das noch nicht erzählt?“

Petra faßte sich an den Kopf. „Ach, natürlich! Sie sind der leichtsinnige Medizinstudent, der ...“

„Ja, der bin ich!“ Max Freese lachte laut auf, und Petra rannte mit feuerrotem Kopf an ihm vorbei. Ihr waren die gleichen Worte herausgefahren, mit denen Frau Freese heute morgen den Neffen charakterisiert hatte.

Eben kam Frau Freese zur Tür herein, beladen mit schweren Einkaufsnetzen. Petra ergriff die Netze, froh, in die Küche entwischen zu können, ehe dieser Max dazukäme ....

„Nun muß es aber flink gehen, Petra“, sagte Frau Freese und sank erschöpft auf einen Küchenstuhl. „Sonst steht das Essen nicht auf dem Tisch, wenn mein Mann um ein Uhr aus der Bank kommt. Ist die Wohnung fertig? Sie haben doch hoffentlich nicht das Feuer im Wohnzimmer ausgehen lassen? Ich bin völlig durchgefroren!“

„Ich sehe schnell mal nach!“ Petra lief ins Wohnzimmer. Das Feuer war aus. Alles ging schief! Und sie wollte doch gerade zeigen, was sie konnte, wollte beweisen ... Mit brennenden Wangen holte sie Holz und Papier aus der Küche, um das Feuer neu in Gang zu bringen.

„Liebe Tante“, sagte Maximilian Freese in diesem Augenblick feierlich. „Du kannst deinem jüngsten Sohn eine Tracht Prügel verabreichen. Er hat Fräulein Petra im Badezimmer eingeschlossen, und wenn ich sie nicht herausgeholt hätte ...!“ Er machte eine drollige Handbewegung und sah Petra so verschmitzt an, daß sie lächeln mußte.

Aber wenn sie gedacht hatte, daß Frau Freese jetzt Martin bestrafen würde, so hatte sie sich geirrt. Frau Freese schüttelte nur den Kopf und sagte: „Ja, Petra, wenn ich nicht da bin, da müssen Sie schon sehen, wie Sie mit den Kindern zurechtkommen. Aber es geht gleich wieder los, sobald man zu Hause ist ...“ Petra begab sich ins Zimmer, um Feuer zu machen, Frau Freese packte die Einkaufstasche aus, und der Student verschwand in seinem Zimmer.

Kartoffelschälen! Das ging schnell und gut! Aber im übrigen hatte Petra ein entsetzlich schlechtes Gewissen, wenn sie ans Kochen dachte. Sie hatte behauptet, es zu können ... Sie konnte ja auch kochen, aber lauter Sachen, die Familie Freese wahrscheinlich niemals aß. Grießpudding und Reisbrei, Kartoffeln und Zwiebelsoße. Allenfalls noch Rühreier und Kartoffelsuppe. Damit erschöpfte sich Petras Kochkunst. Ach ja, Lügen hatten kurze Beine! Wenn sie nun nur nicht die schöne Stellung wieder verlor!

„Blumenkohl mit Kartoffelmus und Frikadellen“, hatte Frau Freese gesagt und noch hinzugefügt: „Als Nachtisch können Sie einen Mandelpudding machen. In der Speisekammer ist eine Flasche Himbeersaft, den geben Sie dazu ...“ Dann hatte sie Petra ihrem Schicksal überlassen.

Fieberhaft fing Petra an, nach einem Kochbuch zu suchen. Wie sollte sie sonst je die Frikadellen zustande bekommen? Sie zog Schubladen auf und wühlte im Putzschrank herum. Nirgends ein Kochbuch! Aber da oben, im Küchenschrank? Wirklich, sie hatte Glück! Frohlockend zog Petra das alte, abgenutzte Buch hervor.

Buchstabe F: Frikadellen! Da war es: „Man nehme 400 g Hackfleisch oder Fleischreste, eine alte Semmel, eine kleine Zwiebel, ein Ei, etwas Salz ...“ Petra murmelte mit glühenden Wangen vor sich hin, während sie hin und her eilte: „... die eingeweichte, gut ausgedrückte Semmel mit dem Fleisch und dem Ei vermengen, mit Salz und Pfeffer abschmecken ..." Hach, nach ihren Frikadellen sollten sich alle die Finger lecken! Petra wurde wieder optimistisch, als sie die Zutaten auf dem Teller vor sich sah. Es mußte schon jemand dumm sein, der nicht kochen konnte. Was war da nun so viel zu lernen? Hauptsache, man hatte ein Kochbuch. Mit den Händen sollte die Masse durchgeknetet werden? Nichts leichter als das! Merkwürdig war nur, wie das Zeug klebte! Wie sollte man da „flache Klöße formen", wie es hieß, wenn einem alles zwischen den Fingern hängenblieb? Petra schielte verzweifelt ins Kochbuch, das aufgeschlagen neben ihr lag. Aha! Die flachen Klöße in Mehl wälzen! Das hatte sie vergessen. Wahrscheinlich nahmen die Klöße eine vernünftige Gestalt an, wenn man sie in dem trockenen Mehl herumwälzte.

Wo mochte die Mehltüte sein? Petra öffnete mit dem Ellbogen die Speisekammer und begutachtete die verschiedenen Tüten. Und gerade in diesem Augenblick kam Frau Freese herein, um zu sehen, wie ihre Hausgehilfin kochte.

„Was machen Sie denn da, Petra? Sie wühlen doch nicht mit den verschmierten Händen in der Speisekammer herum?" Ärgerlich trat Frau Freese näher. „Was suchen Sie denn?"

„Mehl", sagte Petra bescheiden und hielt ihre klebrigen Hände von sich. „Ich hatte vergessen, daß man die Klöße in Mehl wälzen muß ..."

„Ja, man muß sich eben alles vorher auf den Tisch stellen, was man zum Kochen braucht."

Das stimmte, und Petra konnte nur hoffen, daß Frau Freese nicht auch noch das Kochbuch entdeckte. Umsonst! Frau Freeses Augen wurden weit vor Staunen, als sie ihr Rezeptbuch auf dem Tisch liegen sah.

„Sagen Sie mal, können Sie nun eigentlich kochen oder nicht?" fragte sie und sah unfreundlich aus. Gerade darauf hatte sie sich am allermeisten gefreut, endlich einmal nicht mehr am Kochtopf stehen zu müssen, sondern sich an den gedeckten Tisch zu setzen.

Petra sah freimütig in Frau Freeses Augen. „Ich kann wirklich Verschiedenes kochen", sagte sie und dachte an ihre improvisierten Mittags- und Abendgerichte mit Susanne, „aber nicht gerade alles. Und Frikadellen hab' ich noch nie gemacht! Aber ich werde es sicher lernen ..."

Frau Freese war kein Unmensch. Sie half Petra bei den Fleischbrötchen, mischte den zu feuchten Teig mit etwas Semmelmehl und brachte so hübsche Klopse zustande, daß Petra staunte. „Aber nun kann ich es bestimmt, Frau Freese!" versicherte sie und sah so überzeugt aus, daß die Hausfrau ihren Groll vergaß. Und gegen Petras Pudding war wirklich nichts einzuwenden!

Das fanden nicht nur die vier Freese-Kinder und der Medizinstudent Max, auch Frau Freese selbst war zufrieden. Nur Herr Freese schob den kleinen Krug mit Himbeersaft von sich. „Wer hat denn den Himbeersirup verdünnt, Maria? Der ist ja ungenießbar", sagte er verstimmt und schob auch den Glasteller fort. Petra sprang auf, um unverdünnten Saft und einen sauberen Glasteller zu holen. Sie hatte es recht sparsam machen wollen, aber sie würde schon noch alles begreifen.

Es war eine große Familie, die sich um den Tisch versammelt hatte. Petra lernte nun auch die größeren

Kinder kennen, den 14jährigen Helmuth und die 12jährige Annelene. Helmuth war frisch und offen, hatte das dunkle Haar seiner Mutter und ein rundes kindliches Gesicht. Annelene sah von Zeit zu Zeit verstohlen zu Petra hin, sie war still und schüchtern und hatte von den vier Kindern am meisten Ähnlichkeit mit dem ernsten Herrn Freese. Sie hatte auch die gleiche pedantische Art, ihr Besteck zu halten und hinzulegen und umständlich den Löffel abzulecken. Petra wunderte sich ein bißchen, wie laut und unmanierlich sich die Kinder bei Tisch benahmen.

Am schlimmsten waren Martin und Kätchen. Sie langten ungeniert über den Tisch, zogen sich als erste die Schüsseln heran, suchten sich die größten und besten Stücke heraus und ließen sich von dem empörten Protest der großen Geschwister nicht stören. Annelene wurde rot und sah wieder scheu zu Petra. Es war ihr peinlich, daß die Geschwister sich so aufführten. Herr Freese übersah die Unarten der Kinder mit mildem Blick, und Frau Freese sagte ab und zu: „Laß das doch, Kätchen! Was soll Petra von euch denken, Martin! Gleich gibt es was, du – paß auf!“ Aber es gab nie etwas, und die Kinder taten weiter, was sie wollten.

Petra gegenüber saß Maximilian Freese. Er wurde von allen, außer von Herrn Freese, der Abkürzungen nicht liebte, Mecki genannt. Der Name paßte zu ihm! Der junge Mann hatte kurzgeschnittene Haare, die bürstenförmig hochstanden, eine breite Stupsnase und einen pfiffigen Ausdruck. Ab und zu warf er Petra einen verschmitzten Blick zu, wenn eins der Kinder eine ungezogene Antwort gab. Petra tat, als merke sie das nicht.

Nach dem Essen gingen Herr Freese und der Student

wieder fort, Frau Freese hielt Mittagsschlaf, und Petra wusch das Mittagsgeschirr ab. Die Kleinen trieben sich im Wohnzimmer herum, wo Annelene und Helmuth Schularbeiten machten. Petra hatte den Auftrag, für Ruhe zu sorgen und am Nachmittag mit den Kindern zu spielen. Sie freute sich darauf und beeilte sich mit der Küche.

Flink noch den Mülleimer nach unten gebracht, die Hände tüchtig geschrubbt und die Locken gebürstet. Fertig! Jetzt kam der beste Teil des Tages. Mit vergnügtem Gesicht betrat sie das Wohnzimmer. „Na, wie ist es, Kinder? Wollen wir irgend etwas zusammen unternehmen?“

Helmuth lachte kurz durch die Nase. „Unternehmen? Bei dem Wetter? Danke schön.“ Er beugte sich wieder über seine Hefte, die auf dem Tisch ausgebreitet waren.

„Na ja“, sagte Petra „Wir können doch auch hier etwas unternehmen. Zusammen spielen vielleicht?“

„Mutter und Kind spielen!“ verlangte Kätchen.

Helmuth lachte wieder. „Ausgerechnet! Mutter und Kind! Seid doch jetzt endlich mal still! Bei dem Krach kann ja kein Mensch Schularbeiten machen.“

Annelene wurde bei Helmuths Worten rot. „Ich will gern mitspielen“, sagte sie leise.

„Was gibt es denn, was euch so interessiert?“ fragte Petra.

„Mich interessiert nur Halma“, erklärte Helmuth. „Höchstens noch Dame und Mühle ...“

„Was? Stell dir vor, Halma ist mein Lieblingsspiel“, sagte Petra. „Aber darin schlägst du mich nicht! Ich gewinne jede Partie!“

„Das muß ausprobiert werden“, verlangte Helmuth

hitzig. „Das muß sofort ausprobiert werden!“ Er sprang auf, um das Halmaspiel zu holen.

„Wart mal eben, Helmuth. Mach erst deine Schularbeiten fertig! Ist es noch viel? Wie lange brauchst du dazu? Schön, eine halbe Stunde. Solange gehe ich mit den Kleinen ins Kinderzimmer und spiele dort mit ihnen. Dann hast du hier mehr Ruhe. Wenn du fertig bist, spielen wir Halma. Einverstanden?“

Helmuth machte sich eifrig an die Arbeit, und Kätchen zerrte an Petras Hand. „Komm jetzt, Petra! Wir wollen Mutter und Kind spielen!“

„Gleich, Kätchen. Wie ist es denn mit dir, Annelene? Sind deine Schulaufgaben schon gemacht?“

„Der Tugendpinsel ist immer zuerst fertig“, spottete Helmuth.

Annelene traten Tränen in die Augen. „Wenn ich doch so gern lese“, verteidigte sich sich. „Deshalb mach' ich immer schnell meine Aufgaben ...“

„Streber!“ sagte Helmuth.

„Sehr vernünftig, Annelene“, sagte Petra tröstend. „Ich mache es ganz genauso. Was ich nicht so gern tu', mach' ich immer schnell fertig, dann hab' ich hinterher Zeit für alles, was mir Spaß macht.“ Annelene sah dankbar zu ihr auf.

Petra beugte sich zu Martin hinab. „Und du, Martin? Spielst du auch mit uns Mutter und Kind?“ Martin streckte die Zunge heraus. „O ja, ich weiß“, rief Petra vergnügt. „Martin mag ja so gern die Zunge herausstrekken, er kann unser Hund sein. Wir werden ihm unter dem Kindertisch eine Hundehütte bauen. Dann mußt du tüchtig die Zunge herausstrecken.“

„Aber dann muß ich auch an 'ner richtigen Kette

festgemacht werden“, begeisterte sich Martin für die Idee. „Und ich muß fürchterlich laut bellen, nicht?“

„Ja, das mußt du“, sagte Petra, nachdem sie überlegt hatte, daß Frau Freeses Schlafzimmer weit genug vom Kinderzimmer entfernt lag. Bald war das schönste Spiel im Gange. Kätchen war die Mutter und kochte für ihre Kinder Spinat. Martin lag als Hund unter dem Kindertisch und war mit der Wäscheleine am Tischbein festgebunden. Er knurrte und bellte abwechselnd, und seine Zunge tat ihm schon weh von dem vielen Herausstrekken. Annelene war das Schulkind und mußte aus einem Buch lernen, was ihr sehr willkommen war, denn sie konnte dadurch ungestört lesen. Petra aber war die kranke Großmutter, saß im Lehnstuhl und wurde von Kätchen gepflegt.

Plötzlich wurde die Tür aufgerissen. Helmuth stand da, das Halmabrett in der Hand. „Kommen Sie jetzt, Petra? Ich bin fertig!“

„Nein! Nein! Geh doch raus! Jetzt noch nicht. Wir spielen gerade so schön“, sagte Kätchen ärgerlich und schlug nach dem großen Bruder.

„Aber wir spielen ja weiter, Kätchen“, sagte Petra, „sei nur ruhig. Ich bin doch die Großmutter! Und es ist natürlich fürchterlich langweilig, wenn man nur die ganze Zeit still im Lehnstuhl sitzt, nicht?“

„Ich geb' dir doch so schönes Essen“, klagte Kätchen.

„Ja, natürlich! Es schmeckt mir auch so gut bei dir. Aber die Großmutter möchte sich auch gern mal unterhalten, weißt du? Deshalb bekommt sie jetzt Besuch von ihrem Nachbarn, dem alten Herrn Pickenpack. Mit dem spielt sie immer Halma.“

Kätchen sah zweifelnd von einem zum andern. Petra

winkte Helmuth zu und sagte: „Guten Tag, Herr Pickpack. Wie nett, daß Sie sich mal wieder sehen lassen. Und das Halmaspiel haben Sie auch mitgebracht? Ja, Kätchen, dann mußt du jetzt Kaffee für uns kochen und Haferflockenplätzchen backen!“

Helmuth zog eine halbverlegene Grimasse, setzte sich gegenüber an den Tisch und stellte die Halmafiguren auf.

„Martin! Bist du verrückt geworden? Kneift der mich ins Bein!“

„Herr Pickenpack! Das ist doch nicht Martin. Das ist doch Hund Troll! Kennen Sie den noch nicht? Komm raus, Troll! So ist schön. Gib Pfötchen, so. Nun kusch dich.“ Die Kinder lachten, und Petra hatte gewonnenes Spiel. Nur Helmuth sagte leise: „So ist es gar nichts. Es macht mir mehr Spaß, wenn wir im Wohnzimmer spielen. Kommen Sie doch mit rüber“, sagte er bittend.

„Natürlich kann man besser spielen, wenn man nicht gestört wird“, flüsterte Petra zurück. „Wir finden schon noch eine Gelegenheit! Weißt du, jetzt soll ich doch auf die Kleinen achten, da müssen wir es eben so machen.“

„Wenn die Lütten nachher im Bett sind!“ schlug Helmuth eifrig vor. „Könnten wir dann nicht noch mal eine Partie spielen?“

Petra versprach es ...

Um sechs Uhr sollte Petras Arbeitszeit beendet sein, aber natürlich wurde es viel später. Kätchen wollte unbedingt von Petra ins Bett gebracht werden, Martin durfte noch eine kleine Geschichte hören, weil er sich brav allein ausgezogen hatte, und dann mußte noch der Abendbrottisch gedeckt werden. Petra zerschlug in der Eile eine Untertasse, und Frau Freese sagte, sie müsse lernen, ruhig und umsichtig zu werden. Auch das versprach Petra.

Doch im ganzen gesehen war Frau Freese nicht unfreundlich. Sie war wohl nur ein wenig müde und abgearbeitet. Im Grunde war sie recht froh, denn zum erstenmal seit langer Zeit hatte sie einen geruhsamen Nachmittag verbracht. Sie sah das junge Mädchen mit freundlichen Blicken an, und alles in allem konnte Petra mit ihrem ersten Tag bei der Familie Freese zufrieden sein. Es war auch noch zu der versprochenen Halmapartie am Abend gekommen, und Helmuth verabschiedete sich von Petra mit einem Gemisch aus Triumph und Mitleid. Am Nachmittag im Kinderzimmer hatte sie ihn zwar zweimal besiegt, aber abends – woran es nun auch liegen mochte – hatte Helmuth gewonnen. Mit knapper Not, wie er sagte, aber immerhin!

Erst auf dem Heimweg fiel es Petra wieder ein, daß sie Geburtstag hatte. Ob Susanne wohl mit dem Ofen zurechtgekommen war? Angenehm wäre es, jetzt in ein gemütliches warmes Zimmer zu kommen! Petra merkte plötzlich, wie müde sie war.

Das Zimmer daheim war warm und festlich. Susanne saß auf der Couch, hatte die müden Füße hochgezogen, und statt des Abendessens stand heute ein großer Pappteller mit Kuchen da: Apfelschnitten, Käsekuchen und Schnecken. Eigentlich hatte Petra mehr Hunger auf ein solides Stück Brot, aber sie sagte nichts, um Susanne nicht zu kränken. Und nun erfuhr sie, daß Susanne den Kuchen umsonst bekommen hatte. Als Laufmädchen bei Bäckermeister Grothe würde sie wahrscheinlich mehr als einmal so ein kostenloses Abendessen aus übriggebliebenem Kuchen nach Hause bringen.

Ja, es gab so viel zu erzählen! Sie redeten abwechselnd und manchmal auch gleichzeitig. Es war gut und behaglich, in der eigenen gemütlichen Wohnung beieinanderzusitzen! Heute mußten sie weder hungern noch frieren, ja, sie wurden von dem vielen Kuchen so satt, daß ihnen beinahe schlecht war. Aber ein sehr vornehmes Abendessen war es auf jeden Fall.

Gleich in den ersten Tagen hatte Herr Freese zu Petra gesagt: „Kinder müssen wie Blumen wachsen und sich entfalten."

Ein hübscher Gedanke, fand Petra. Herr Freese fuhr fort: „Genausowenig wie wir eine Blume am Wachstum hindern, dürfen wir es bei Kindern tun. Ich weiß nicht, ob Sie je darüber nachgedacht haben, Fräulein Petra, was durch falsche Erziehung angerichtet werden kann."

Petra nickte eifrig. O ja, darüber hatte sie nachgedacht. Herr Freese sah sie mißbilligend an: „Sie sind ja selbst fast noch ein Kind."

Herrn Freeses Reden liefen darauf hinaus, daß Petra die Kinder des Hauses nie schlagen sollte. Man wisse nicht, was man in der Seele eines Kindes mit unnötiger Härte anrichte.

Petra wurde verwirrt. Sie hatte durchaus nicht die Absicht, nach Herzenslust Ohrfeigen auszuteilen, aber mußte man nicht ab und zu mit Kindern streng sein? Plötzlich kam ihr eine Erinnerung, und sie mußte lächeln. Herr Freese sah es und war verstimmt. „Entschuldigen Sie bitte, Herr Freese", sagte Petra treuherzig. „Ich mußte nur an unseren Lehrer denken."

„Ja und?"

„Ach, wenn einer von den Jungens mal 'ne Ohrfeige

bekam, sagte er immer: ‚Ich bin nicht für Prügel, aber Dresche muß sein!'"

Petra lachte Herrn Freese wieder an, überzeugt, er würde das auch witzig finden.

„Und darüber lachen Sie? Erst ein Kind schlagen und dann noch verhöhnen? Was meinen Sie, welche Wirkung das auf die Knaben hatte!" sagte Herr Freese und schüttelte den Kopf.

„Ach nein", rief Petra unbekümmert. „Herr Schmeling war so nett und witzig! Er war schrecklich beliebt, auch bei den Jungen. Das können Sie mir glauben!"

Herr Freese machte eine abwehrende Handbewegung. „Lassen wir das! Denken Sie lieber darüber nach, was ich Ihnen gesagt habe, Fräulein Petra. Kinder sollen wie Blumen wachsen ..."

Petra nahm sich vor, darüber nachzudenken, aber es gab so viel Arbeit, daß sie nicht recht dazu kam. Bald stellte sie übrigens ohne viel Nachdenken fest, daß die Freese-Kinder auf jeden Fall lauter und ungezogener waren als Blumen.

War sie mit den Kindern allein, ging alles gut. Petra war ja erfinderisch in Spielen und kleinen Geschichten, sie verlor auch nicht leicht die Geduld, und sie konnte so herzlich lachen, als sei sie selbst noch ein Kind. Sie hatte eine frische, bestimmte Art, von den Kindern etwas zu verlangen, der sie sich nicht leicht widersetzten. Aber merkwürdig! Waren Vater und Mutter im Hause, so war es anders. Martin wurde widerspenstig und boshaft, sobald er seinen Vater in der Nähe wußte. Sogar bei Kätchen, die mit zärtlicher Liebe an Petra hing, konnte es vorkommen, daß sie die kleine Hand gegen Petra erhob und „alte Petra" sagte, wenn sie ihr

Gemüse aufessen oder ins Bett sollte. Frau Freese war das alles wohl nicht ganz recht. Sie sagte auch von Zeit zu Zeit drohend: „Dir gehörte mal eine ganz ordentliche Tracht Prügel!“ – je nachdem, ob Martin das Tintenfaß mutwillig umgekippt, ob Helmuth Annelenes Schulbücher versteckt oder ob Kätchen zornig eine Tasse zu Boden geschmissen hatte. Aber Frau Freese fühlte sich wohl der Aufgabe, ihre Kinder eigenhändig zu verprügeln, nicht gewachsen, und ihr Mann durfte solche Reden gar nicht hören. Unter seinem vorwurfsvollen Blick verstummte alles, und die Kinder führten ihr freiheitliches Leben ungehindert weiter.

Eines Nachmittags hatte Frau Freese Besuch von zwei Kollegenfrauen. Die Damen wollten nicht gestört werden, sie saßen im Wohnzimmer und tranken zusammen Kaffee. Petra sollte dafür sorgen, daß Martin und Kätchen es sich nicht etwa einfallen ließen, plötzlich ins Zimmer zu rennen. Die großen Kinder waren nicht zu Hause.

Petra setzte sich zu den Kleinen ins Kinderzimmer und las ihnen aus Kätchens Märchenbuch eine Geschichte vor.

Das Buch war neu und hatte bunte Bilder. Kätchen hatte es vor wenigen Tagen zum Geburtstag bekommen. Martin und sein Schwesterchen saßen auf einer kleinen Bank und hörten aufmerksam zu. Petra sah sie von Zeit zu Zeit an. Wie gern las sie doch Kindern vor! Alle Ereignisse der Geschichte spiegelten sich in den klaren Kinderaugen ...

Frau Freese steckte den Kopf zur Tür herein. Sie hatte rote Wangen und sah ungewöhnlich vergnügt aus. „Ach, Petra, gießen Sie uns noch eine Kanne Kaffee auf!“

„Ja", sagte Petra, „aber es ist nur noch ein kleiner Rest Kaffee da. Ich laufe schnell und hole welchen."

Petra rannte, so flink sie rennen konnte, und war nach wenigen Minuten zurück. Aus dem Kinderzimmer drang Kätchens Schreien. Frau Freese kam aus dem Wohnzimmer und sagte nervös: „Machen Sie nur erst den Kaffee! Aber sorgen Sie dann für Ruhe. Es ist zum Verrücktwerden ..."

Petra setzte den Kessel aufs Feuer und lief zu den Kindern. Kätchen schrie noch immer. Martin saß da und riß in aller Gemütsruhe von jeder Seite des neuen Märchenbuches eine Ecke ab. Ohnmächtig vor Kummer stürzte Kätchen in Petras Arme: „Er zerreißt ... er zerreißt mein Buch ...", konnte sie vor Schluchzen kaum sagen. Mit einem Griff hatte Petra das Buch in der Hand. „Martin! Bist du nicht gescheit! Du solltest dich wirklich schämen. Pfui!"

„Sie war so frech zu mir", erklärte Martin. „Sie hat immer gesagt: ‚Das ist mein Buch, ätsch, das ist mein Buch!'"

„Is' ja auch mein Buch", weinte Kätchen.

Der Kessel in der Küche begann laut zu pfeifen. Petra warf das Buch hin und sauste in die Küche, um den Kaffee aufzugießen. Puh, ihr war warm, und dabei war es ein häßlicher kalter Tag Ende April! Frau Freese hatte sie sogar gebeten, im Wohnzimmer noch ein wenig Feuer einzulegen.

Kaum hatte Petra den Kaffee ins Wohnzimmer gebracht, lief sie zu den Kindern zurück. Kätchen saß schreiend auf dem Fußboden, und Martin riß weiter Ecken aus dem Buch. Mit drei Schritten war Petra bei dem kleinen Bösewicht. Ehe er sich besinnen konnte, hatte er ein paar kräftige Klapse auf die Hand bekommen. Er sah Petra verdutzt an und brach in ein Wehgeheul aus, während Kätchen vor Erstaunen stillschwieg.

„Ich sag' es meinem Vater!" brüllte Martin. „Ich sag' es meinem Vater!"

„Das tu nur", sagte Petra trocken. Sie nahm das verheulte Kätchen vom Fußboden auf, beruhigte die Kleine und trocknete ihr das Gesicht ab.

Martin schob sich langsam und vorsichtig zur Tür hin, aber Petra beobachtete ihn genau. Als er den Türdrücker ergriff, drehte sie schnell den Schlüssel um.

„Ich schreie, wenn du mich nicht rausläßt", drohte Martin.

„Das tu nur!" Petra wußte, daß Frau Freese sich nicht leicht herbeilocken ließ, besonders, wenn sie Petra bei ihren Sprößlingen wußte.

Martin setzte zu einem prächtigen Geschrei an, aber Petra ließ heute nicht mit sich spaßen. Sie hatte allmählich von den gärtnerischen Versuchen Herrn Freeses genug. Sie setzte Kätchen ab und packte Martin bei den Schultern. Der Griff war alles andere als zärtlich. Martin starrte sie entsetzt an. „Noch einen Schrei", sagte Petra gedämpft. „Noch einen einzigen Schrei, und du bekommst eine ganz fürchterliche Ohrfeige!"

„Das sag' ich meinem Vater", jammerte Martin leise. „Ich darf keine Haue kriegen!"

„Du weißt Bescheid, Martin. Keinen Pieps will ich von dir hören, oder ...!" Petra machte eine vielsagende Handbewegung und ließ ihn los. Er schrie nicht, und Petra empfand keine Spur von Reue. Oh, im Gegenteil!

Martin war für den Rest des Nachmittags sanft und verträglich, und Petra spielte mit den Kindern, bis es

Zeit war, Abendbrot zu machen. Es war Sonnabend, und Petra freute sich von Herzen auf den Sonntag, denn es war ihr erster freier Tag, seit sie bei Freeses war. Es sollte ein köstlicher Sonntag werden mit gerösteten Schnitten zum Frühstück, mit einem weiten Spaziergang vor die Stadt am Nachmittag und mit einem Buch am Abend! Sie würden auf der Couch liegen, Petra und Susanne, die kleinen Lampen würden warm scheinen, und auf jedem Nachttischchen würde ein Teller mit leckeren Broten stehen, dazu Kakao. Oh, wie gut konnte man doch mit Susanne zusammenleben! Ab und zu warf man sich einen vergnügten Blick zu, und Susanne begriff es so gut, wenn man mal gar nicht reden mochte ...

Der Sonntag wurde fast genauso, wie Petra es sich gedacht hatte. Nur den Spaziergang mußte sie allein machen, denn Susannes Füße waren so müde. Aber allein zu gehen war auch schön. Man konnte in Ruhe über alles nachdenken, man konnte träumen – und nachher konnte man Susanne erzählen, daß die Weidenkätzchen schon hervorkamen. Arme Susanne! Kein Wunder, daß ihre Füße weh taten. Sie lief ja von früh bis spät herum. Sie mußte schon eine ganze Stunde früher als Petra aufstehen, weil um sechs die ersten Brötchen ausgetragen wurden. Ja, Susanne sollte sich nur ausruhen ...

Am Montag morgen ging Petra frisch und gestärkt an ihre Arbeit. Es war nicht immer ganz leicht für sie, und sie hatte gestern bei ihrem einsamen Spaziergang über vieles nachgedacht. Ach, wenn sie erst ihr Kinderheim hatte! Wenn sie die Kinder so erziehen durfte, wie sie es wollte! Aber nun hieß es eben durchhalten. Und wenn sie schon durchhielt, dann wollte sie es auch mit fröhlichem Herzen tun.

Als Herr Freese zum Essen kann, schien er Petra zu übersehen. Er erwiderte ihren Gruß nicht, sondern sagte in ihr betroffenes Gesicht hinein: „Nach dem Essen kommen Sie bitte in mein Arbeitszimmer, Fräulein Petra."

Während der Mahlzeit war Petra ungewöhnlich ernst, obwohl der Student Max ihr von Zeit zu Zeit einen aufmunternden Blick zuwarf. Hatte sie irgend etwas verbrochen? Sie wollte sich gern besinnen, aber sie kam nicht dazu. Es entstand einiger Tumult, als Kätchen ihren Teller mit Suppe überschwappte. Gleichzeitig schob Herr Freese angeekelt seinen Teller von sich. „Ist die Tomatensuppe etwa mit Zucker abgeschmeckt? Das ist ja widerlich, Maria!"

„Nur eine Prise", sagte Petra und wurde rot. „So steht es im Kochbuch."

„Mir schmeckt's glänzend", bemerkte Mecki.

Frau Freese aber sagte spitz: „Petra ist so perfekt im Kochen, daß sie ständig das Kochbuch neben sich hat."

Dieser unerwartete Stich traf Petra tief. Sie wußte ja, daß Frau Freese vom Familientrubel des gestrigen Sonntags Kopfschmerzen hatte. Sie wußte auch, daß Frau Freese unter Stimmungen litt, wie sie sagte, und daß ihre gelegentlichen Ermahnungen oder tadelnden Bemerkungen nicht böse gemeint waren. Aber nett war es trotz allem nicht, fand Petra. Hatte Frau Freese nicht erst vor wenigen Tagen zu ihr gesagt: „Sie kochen schon recht gut. Man sollte gar nicht denken, daß Sie es so schnell gelernt haben!" Aber da war Frau Freese eben in guter Stimmung gewesen ...

„Ich höre, Sie haben Martin geschlagen ...“, begann Herr Freese, als Petra zaghaft in sein Zimmer trat.

„Ich? Ich habe Martin geschl... Ach so! Nein, Herr Freese! Geschlagen habe ich ihn nicht“, sagte Petra erleichtert. „Hat er das denn gesagt? Er hat nur ein paar wohlverdiente Klapse auf die Hand bekommen.“

„Und das nennen Sie nicht schlagen?“ Herr Freese schien tief erstaunt.

„Nein“, sagte Petra verwirrt. „Ich habe ... Es war so: Martin ...“

Herr Freese unterbrach sie mit milder Handbewegung. „Wer viel redet, hat viel zu verteidigen. Eure Rede sei: ja, ja – nein, nein ...“

Petra starrte ihn verwundert an. Sie mußte versprechen, nie wieder gegen eines der Kinder die Hand zu erheben, und war entlassen.

Mit rotem Kopf ging sie in die Küche, wo das schmutzige Geschirr auf sie wartete. Im Flur lief ihr Mecki in den Weg. „Nun, Petra?“ sagte er neckend. „Strafgericht? Ja, ja! Kinder müssen wie Blumen wachsen, merken Sie sich das.“

Petra hatte ihm eine zornige Antwort geben wollen, aber er sprach in unnachahmlicher Weise in Herrn Freeses Tonfall und sah sie dabei so drollig verschmitzt an, daß Petra unwillkürlich lachen mußte. So ging es einem immer mit Mecki. Man konnte ihm nicht böse sein! Außerdem hatte er ihre Tomatensuppe gelobt. Nein, der Student Mecki war durchaus nicht der Schlimmste! Ein wenig getröstet machte sich Petra an den Abwasch.

Am Nachmittag sagte Frau Freese: „Es geht nicht, Petra, daß Martin die guten Bilderbücher zerreißt. Darauf müssen Sie achten. Ich kann doch nicht überall zur gleichen Zeit sein. Kätchens neues Märchenbuch ist ruiniert. Meinem Mann wollen wir das lieber gar nicht erzählen, sonst wird er noch ärgerlich. Sie sind eben noch etwas jung, Petra ..."

„Was soll denn das heißen?" sagte eine unfreundliche Stimme. „Kommen Sie zurück, Fräulein! Heute habe ich Sie mal abgepaßt."

Susanne eilte erschrocken den Gartenweg bis zur Haustür zurück. Eine Frau im Morgenrock stand in der Tür und sah das junge Mädchen böse an. „Ich habe ausdrücklich am Telefon gesagt, daß ich von dieser Woche an nur noch zwei Brötchen haben will. Und Sie bringen mir schon vier Tage lang immer weiter drei Brötchen!"

„Ach, entschuldigen Sie bitte", sagte Susanne erschrocken. „Ich habe ..."

„Ich werde mich bei Ihrem Chef beschweren, wenn Sie noch ein einziges Mal mehr Brötchen bringen, als ich verlangt habe. Wohin soll ich denn mit dem alten Brot? Können Sie mir das vielleicht sagen?"

Wäre Petra statt Susanne hiergewesen, so hätte sie vielleicht sagen können, die Frau sollte mit den alten Brötchen Frikadellen machen, oder es wäre ihr sonst eine gute Antwort eingefallen. Aber Susanne wußte nichts von den Zutaten bei Frikadellen, und schlagfertig war sie auch nicht. Sie stand nur mit flehenden Augen und ließ sich anfahren.

Es stimmte ja! Die Frau hatte recht. Sie war nicht die einzige, die eine andere Anzahl Brötchen in ihrer Tüte vorfand, als sie bestellt hatte. Susanne, die genau wußte, wann Marius die Teutonen bei Aquae Sextiae geschlagen hatte, die an einem einzigen Nachmittag eine lange Ballade von Schiller auswendig lernen konnte – Susanne hatte kein Gedächtnis für Brötchen. Schon in den ersten Tagen war es ihr passiert, daß sie plötzlich nichts mehr im Korb hatte. Dabei wußte sie zufällig genau, daß Dr. Werner an der Ecke noch acht Brötchen bekommen mußte! In ihrer Verzweiflung hatte sie ein kleines Mädchen gebeten, diese acht für sie einzukaufen. Aus ihrer eigenen Tasche hatte Susanne alles bezahlt, und das nette kleine Mädchen durfte sich außerdem einen Negerkuß auf ihre Kosten kaufen. So war Dr. Werner noch zu seinen Brötchen gekommen. Aber leider blieb es nicht das einzige Mal, daß Susanne sich irrte, und sie hatte auch schon von Bäckermeister Grothe verschiedene Anranzer bekommen.

Susanne machte einen verzweifelten Versuch, ein fröhliches Lächeln aufzusetzen und die Tränen zu unterdrücken.

Ach, sie hatte sich alles ganz anders vorgestellt! Sie hatte nicht gewußt, wie müde die Füße wurden, wenn man stundenlang treppauf, treppab lief. Sie hatte auch nicht geahnt, was außer Brötchen austragen sonst noch zu der Tätigkeit eines Laufmädchens beim Bäcker gehörte: daß man die Backstube scheuern und mit schweren Eimern und riesigen Mehlschüsseln hantieren mußte. Susannes Hände taten schon nach wenigen Tagen so weh, daß sie frühmorgens dachte, sie könnte nicht einmal die Bettdecke hochheben. Aber im Lauf des Tages gewöhnten sich die Hände an die Schmerzen. Solange sie nur Brötchen und Brote austrug, ging es einigermaßen, aber am Abend, wenn die Backstube drankam, wurde es schlimm.

Es wurde so schlimm, daß Susanne die Zähne zusammenbeißen mußte, um nicht aufzustöhnen, wenn sie den Eimer mit Wasser hob. Was war nur mit ihrem Handgelenk los? Als sei die Hand verstaucht, so fühlte es sich an.

Ich werde mich schon daran gewöhnen, dachte Susanne. Andere Menschen gewöhnen sich auch. Mit schmerzverzerrtem Gesicht arbeitete sie weiter, und der Bäckermeister Grothe warf ihr hin und wieder einen grimmigen Blick zu. „Das ist doch nichts mit dem Mädel", sagte der Bäcker eines Abends zu seiner Frau. „Immer dies Gesicht bei der Arbeit! Kann ein junges Ding nicht vergnügt sein?"

„Ich glaube, das Mädchen ist zu zart", sagte seine Frau begütigend. „Aber solange wir niemand anders haben, muß es eben gehen. Sie müßte robuster sein, freilich ... Aber sie gibt sich so große Mühe."

Abend für Abend erhielt Susanne von der Bäckersfrau den übriggebliebenen Kuchen, und sie war sehr dankbar dafür.

Natürlich konnten die Mädchen schon fast keinen Kuchen mehr sehen, aber es war ja so gut gemeint. Die Mädchen würgten standhaft das preiswerte Abendbrot hinunter, und der Sonntag wurde dadurch gefeiert, daß nicht ein einziges Stück Kuchen auf den Tisch kam. Frau Paulke und Leni dagegen waren ganz gerührt, daß Susanne ihnen jeden Sonnabend ein umfangreiches Kuchenpaket hereinreichte.

Frau Paulke war überhaupt der Ansicht, daß beide Mädchen es gut getroffen hätten. „Zugreifen muß man im Leben", sagte sie und nickte den beiden zu. „Schwierigkeiten gibt's überall, das könnt ihr mir glauben. Ihr hättet es viel schlimmer treffen können." Das war wohl richtig, aber es war trotzdem nicht immer leicht.

Eines Abends schütteten sich die Schwestern gegenseitig ihr Herz aus. Ja, auch Petra! Mit den Freese-Kindern war es doch ein rechtes Theater. Und dabei waren es eigentlich so nette Kinder. Petra war fest überzeugt, allein würde sie wunderbar mit ihnen auskommen. So aber tanzten sie abwechselnd ihr und den Eltern auf der Nase herum. Jeden Tag mußte sich Petra neu anstrengen, um die Kinder zur Vernunft zu bringen. Nur Annelene machte es ihr leicht. Sie hatte sich mit scheuer Zuneigung an Petra angeschlossen, vertraute ihr die wichtigsten Dinge an, die es in ihrem jungen Leben gab: Freundinnen oder Schulgeschichten, und immer war sie freundlich und hilfsbereit.

Helmuth dagegen war recht ungleichmäßig in seinem Benehmen. Einen Tag konnte er Petra voll Herzlichkeit begrüßen: „Wollen wir nachher eine Partie Halma spielen?" oder: „Ich bring' Ihnen mal eben den Mülleimer runter ..." Er konnte sagen: „Ich komme sowieso in die Körnerstraße. Soll ich Ihnen was vom Gemüsemann mitbringen?" Das nächste Mal grüßte er kaum, wenn er aus der Schule kam, nörgelte in ähnlicher Weise wie sein Vater am Essen herum und gab Petra eine freche Antwort, wenn sie ihn bat, Holz vom Boden zu holen: „Dafür sind Sie da, soviel ich weiß!" Dann stieg in Petra der unwiderstehliche Drang auf, Helmuth eine saftige Ohrfeige zu geben.

„Verstehst du das?" sagte Petra verzweifelt zu Susanne. „So war ich doch sonst nicht. Hab' ich je ein Kind geohrfeigt? Hast du das jemals bei mir erlebt?"

Nein, das hatte Susanne noch nie erlebt. Sie wußte

auch nicht, woran es jetzt liegen mochte. Aber Petra sollte bloß eine einzige Woche lang bei Bäckermeister Grothe sein. Dann hätte sie jedenfalls auch genug! „Du glaubst nicht, wie grob er ist, Petra, auch wenn man gar nichts getan hat. Und hat man aber mal was vergessen – oh, dann!"

Susanne sah so bekümmert aus, daß Petra ihre eigenen Sorgen vergaß.

„Susanne! Das hast du mir ja noch gar nicht gesagt!"

„Ich mag nicht immerzu jammern. Wenn nur meine Hand nicht so weh täte! Ich kann sie manchmal kaum bewegen." Sie streckte der Schwester ihre schmale Hand entgegen, und Petra betrachtete sie angstvoll und gerührt. Wie zerschunden sie aussah!

„Wo tut sie denn weh?"

„Ach ... im Gelenk. Es fühlt sich an, als wäre sie ganz geschwollen, aber das ist sie doch gar nicht, oder?"

„Nein, geschwollen ist sie nicht. Aber du mußt zum Arzt, hörst du? Versprich mir, daß du morgen zum Arzt gehst! Du kannst eben nicht scheuern."

„Warum soll ich nicht auch können, was andere können", sagte Susanne eigensinnig. „Ich muß mich eben daran gewöhnen! Alle sagen es."

Petra sah zweifelnd aus. Ob das stimmte ? Sie konnte sich zwar nicht gut vorstellen, daß ein Mensch kranke Hände bekam, weil er mit Scheuerbesen und Wassereimer umging. Aber die Menschen waren eben verschieden.

„Du mußt zum Arzt gehen", entschied sie nach kurzem Überlegen. „Und dann suchen wir eine andere Arbeit für dich. Sei doch nicht traurig, Susanne! Das ist ja alles nur ein Übergang! Bald bist du in der schönen

Buchhandlung und denkst gar nicht mehr an deinen groben Bäcker."

So tröstete Petra, und sie selbst fühlte sich dadurch auch ein wenig getröstet! Es stimmte ja! Dies alles war nur ein Übergang. Bald würden bessere Zeiten kommen, man mußte es nur mit aller Kraft wünschen ...

Als Susanne am nächsten Morgen aufstand, unterdrückte sie einen Schmerzenslaut. Gut, daß Petra noch schlief. Sonst hätte sie ihr nicht erlaubt, zur Arbeit zu gehen. Susanne schnürte mühselig ihre Schuhe zu, die rechte Hand schmerzte unerträglich.

Nein, es ging nicht mehr. Sie mußte zum Arzt. Susanne wollte es nachher Frau Grothe sagen.

Als Susanne alle Brötchen ausgetragen hatte, ging sie entschlossen in die Backstube, um mit Frau Grothe zu sprechen.

Aber nur der Geselle war da. Unschlüssig blieb Susanne stehen.

„Wenn Sie die Meisterin suchen", sagte der junge Mann, der gerade Brote aus dem Backofen zog, „die ist in die Stadt gefahren."

„Vielen Dank", sagte Susanne leise.

Nun mußte sie es dem Bäckermeister sagen, und davor fürchtete sie sich mehr als vor den Schmerzen.

Da kam er schon! Susanne zuckte zusammen, als sie seine Stimme hörte.

„Da sind Sie ja! Kommen Sie mal her, Susanne! Brauchen mich nicht so bange anzusehen, ich fress' Sie nicht auf. Na also, da lächelt sie ja. Ich dachte schon, das könnten Sie gar nicht. Sie sollen den Flur scheuern, läßt meine Frau Ihnen sagen. Aber beeilen Sie sich ein bißchen, hören Sie? Nicht so rumtrödeln, verstanden?" Er nahm den Eimer, ließ ihn voll Wasser laufen und reichte ihn Susanne mit einem aufmunternden Kopfnicken.

„Herr Grothe“, stotterte Susanne, „ich kann heute leider nicht scheuern ...“

„Na, los, los!“ sagte er und drückte ihr ungeduldig den Eimer in die Hand. „Hat man so was schon ...“

Susanne ergriff den Eimer und ließ ihn im gleichen Augenblick mit einem Schmerzenslaut wieder fallen. Das Wasser ergoß sich in kalter Flut über Herrn Grothes Beine. In seiner Wut versetzte der Bäcker Susanne eine gewaltige Ohrfeige. „Sollte man diese dumme Gans nicht links und rechts ... So ein schafsdämliches Geschöpf!“ Damit rannte Herr Grothe aus der Tür, um in trockene Hosen zu kommen.

Susanne stand einen Augenblick wie betäubt. Sie starrte Herrn Grothe nach, ohne einen einzigen klaren Gedanken zu fassen. Es war ein Wirbel in ihrem Kopf, als stürze alles übereinander. Sie wußte nicht, was mehr schmerzte: ihr mißhandeltes Gesicht oder die Hand.

„Na, Mädchen, was machst du aber auch für Geschichten“, sagte der Geselle kopfschüttelnd. „Na, komm, pack zu! Ich helf’ dir schon.“ Susanne, die wie versteinert dastand, sagte mit zitternden Lippen: „Ich kann nicht. Meine Hand ...“

„Was ist denn mit der Hand? Zeig mal her! Tut sie weh?“

Aber Susanne lief, ohne zu antworten, hinaus.

Mit blinden Augen stürzte sie die Treppe hinauf, von Schluchzen geschüttelt. Petra, wäre Petra doch hier! Plötzlich überwältigte Susanne ein Gefühl grenzenloser Schande. Sie setzte sich auf eine Stufe, lehnte den Kopf gegen die Wand und weinte ... Nach einer Weile hörte sie Schritte, jemand kam die Treppe herunter. Hastig richtete sich Susanne auf, hielt ihr Taschentuch vor das Gesicht und ging schnell an der Dame vorbei, die ihr entgegenkam. Oben wusch sie ihr Gesicht. Wie die Hand schmerzte! Sie mußte zum Arzt, jetzt gleich.

Eine Stunde später stand sie im Bäckerladen vor Frau Grothe, erleichtert, daß die Bäckersfrau inzwischen zurückgekehrt war. Mit ihr ließ es sich leichter reden.

„Da sind Sie ja endlich, Susanne“, sagte Frau Grothe ungehalten. „Was machen Sie denn für Sachen? Laufen einfach weg und lassen die Backstube ...“ Plötzlich sah sie Susannes dickverbundene Hand und den Arm in der Schlinge. „Was ist denn mit Ihrem Arm? Ist er gebrochen?“ Frau Grothe kam hinter dem Ladentisch hervor.

„Gebrochen ist er nicht. Der Arzt sagt, es ist Sehnenscheidenentzündung, und es kann leider sehr lange dauern. Es tut mir so leid mit dem Eimer heute morgen, aber ich ...“

„Na ja, mein Mann hat sich natürlich aufgeregt. Er dachte, Sie hätten den Eimer mutwillig fallen lassen. Aber warum haben Sie denn nichts von der schlimmen Hand gesagt?“

„Das wollte ich ja“, sagte Susanne. „Aber Ihr Mann hat mich gar nicht richtig zu Worte kommen lassen.“

„Susanne, ich will Ihnen mal was sagen. Sie sind ein nettes Mädchen, aber Sie müssen nicht immer so zaghaft sein. Das verträgt nicht jeder, und mein Mann schon gar nicht. Sehen Sie mal, Sie reden so leise, daß man immer die Ohren spitzen muß, um Sie zu verstehen! Ich wollte es Ihnen schon lange mal sagen. Die Kundschaft meint es auch. Ein nettes junges Mädchen, sagen die Damen, die hier kaufen – aber sie macht ja nicht den Mund auf!

Na – nun läßt sich alles nicht mehr ändern. Das mit Ihrer Hand tut mir leid. Und für uns ist es auch nicht schön, so plötzlich ohne Hilfe dazusitzen ...“

„Ja“, sagte Susanne bedrückt.

„Wie ist das denn bloß gekommen? Sind Sie gefallen?“

„Nein. Der Arzt sagt, es sei Überanstrengung. Ich darf nicht schwer heben, weil meine Gelenke zu schwach sind.“

„Ich hab’ es wohl gedacht. Sie sind zu zart. Aber da läßt sich ja nun nichts mehr ändern ... Dann gute Besserung, Susanne. Wiederkommen werden Sie wohl nicht?“

Susanne schüttelte den Kopf. „Es tut mir so leid ...“

„Mir tut’s auch leid, das gebe ich zu“, sagte Frau Grothe.

„Soll ich noch zu Ihrem Mann gehen?“

Frau Grothe winkte ab. „Ach, das lassen Sie man jetzt. Dann ärgert er sich nur noch mehr. Ich sag’ es ihm dann schon.“

Unsagbar erleichtert stieg Susanne die Treppe hinauf. Freilich, die Hand schmerzte noch, und sie war ohne Stellung, aber es war ein angenehmes Gefühl, sich im guten von Grothes getrennt zu haben. Nun wollte sie sich ausruhen, wollte nachdenken, wie sie trotz der kranken Hand Geld verdienen könnte ...

„Was gibt’s denn da am frühen Morgen schon Schlimmes? Was ist denn passiert?“ Eine Dame blieb stehen.

Susanne schlug die Augen nieder, die noch vom Weinen verschwollen waren. „Es ist nicht schlimm“, sagte sie mit einem Versuch zu lächeln.

„Nicht schlimm? Aber doch schlimm genug, daß man am frühen Morgen im Treppenhaus sitzt und weint und ein bis zwei Stunden später mit dickverbundenem Arm herumläuft! Sind Sie gestürzt?“ Es war eine gute, warme Stimme, die zu Susanne sprach.

„Nein ... ach nein, das ist eine lange Geschichte. Ich bin nicht gestürzt“, sagte Susanne.

„Nun begegnen wir uns heute schon zum zweitenmal. Sind Sie nicht eines der Mädchen vom Dachboden?“ Susanne nickte.

„Liebes Kind, ich mache Ihnen einen Vorschlag. Kommen Sie ein halbes Stündchen zu mir. Wir trinken gemütlich eine Tasse Tee, und Sie sagen mir, ob ich Ihnen helfen kann. Ja? Kommen Sie!“ Das war ein ungewöhnlicher Vorschlag, aber die Stimme, die zu Susanne sprach, war gütig, und die Augen, die sie ansahen, waren voll echten Mitgefühls. Susanne konnte nicht widerstehen. „Ich möchte Sie nicht aufhalten“, stammelte sie, aber sie ließ sich doch willig ein Stockwerk höher bringen, wo Frau Hagen ihre Wohnung hatte.

„Setzen Sie sich, mein Kind“, sagte Frau Hagen, „oder sehen Sie sich die Bücher an!“ Dann ging sie in die Küche, um Tee zu machen.

Susanne sank in einen Sessel und schaute sich um. Die Wände des Zimmers waren mit Büchern bedeckt, hier und da stand eine Holzplastik, ein Krug von selten schöner Form, ein Bild von Gauguin ... Susanne atmete tief auf. Ein glücklicher Schauer ging durch ihr Herz. Es war, als sei sie nach Hause gekommen.

„Mögen Sie rauchen, Susanne?“ Frau Hagen schob dem jungen Mädchen Zigaretten hin und zündete sich selbst eine an.

„Nein, vielen Dank. Ich rauche nicht", sagte Susanne schüchtern.

„Aber trinken Sie Ihren Tee."

Auf dem Tisch stand eine blaue kugelförmige Vase mit gelben Mimosen. Einen Augenblick lang hörte man nur die silbernen Löffel gegen dünnes Porzellan klirren. Dann begann Susanne zu sprechen.

Frau Hagen hörte zu, ohne zu unterbrechen. Sie saß unbewegt und sah Susanne an. Ihr Blick wurde nicht weich und schmelzend vor Mitleid – er hatte etwas Klares, und Susanne wußte: Vor diesen Augen konnte sie ungeschminkt aussprechen, wie es in Wahrheit in ihr aussah. „Ich hab' eben alles falsch gemacht", schloß sie und sah erwartungsvoll zu Frau Hagen auf. „Ich hätte diese Arbeit nicht annehmen sollen ..."

„Ja, das ist wahr", bestätigte Frau Hagen unerwartet.

„Ich wollte Petra doch helfen", sagte Susanne kleinlaut. Ein wenig hatte sie gehofft, Frau Hagen würde sie trösten.

„Und nun werden Sie Ihrer Schwester wahrscheinlich wochenlang überhaupt nicht helfen können!"

Susanne senkte den Kopf. „Ich glaubte, ich würde mich an die Arbeit gewöhnen."

Frau Hagen sagte: „Liebes Kind, haben Sie denn im Grunde Ihres Herzens nicht genau gewußt, daß Sie diese Art Arbeit nicht leisten können?"

Susanne dachte eine Weile nach. „,Es ist wahr", sagte sie dann überwältigt. „Woher wissen Sie es? Sie kennen mich doch gar nicht. Aber es kommt mir vor, als kennten Sie mich besser, als ich mich selbst kenne!"

„Ja, sich selbst kennen – das ist immer das schwerste", sagte Frau Hagen und lachte ein bißchen. „Aber nun will ich nicht weiter mit dem unvernünftigen kleinen Mädchen schimpfen. Auf jeden Fall haben Sie etwas Gutes gewollt. Sie haben es nur am falschen Ende angefangen, nicht wahr? Jeder hat seinen Platz im Leben, Susanne! Dort kann er auch am meisten leisten. Für alle Menschen, so verschieden sie sein mögen, gibt es einen Beruf. Und das, was wir zutiefst in uns fühlen, sagt uns, wohin wir gehören. Haben Sie es nie erlebt, daß Sie sich zu bestimmten Menschen mehr hingezogen fühlten als zu anderen? Und daß Sie zu einer Arbeit große Lust hatten und eine andere nur ungern taten?"

Susanne nickte. „Aber man kann es sich doch nicht immer so aussuchen", sagte sie schüchtern. „Man kann doch nicht alle Arbeiten, die man nicht mag, einfach ablehnen?"

„Nein, mein Dummchen", sagte Frau Hagen heiter. „Aber man kann versuchen, auf den richtigen Platz zu kommen!"

Ein neues und köstliches Gefühl durchströmte Susanne. Noch nie hatte ein Mensch auf diese Weise mit ihr gesprochen. „Ich will versuchen, wie Petra zu werden", sagte sie eifrig. „Petra weiß immer, was für sie richtig ist und ..."

„Nein, Susanne. Sie sollen nicht wie Petra werden. Sie sollen Susanne werden! Ganz und gar Susanne! Und nun genug davon. Hören Sie, das mit Ihrer Hand kann eine langwierige Geschichte werden. Was könnten Sie tun, bis Sie wieder gesund sind?" Als Susanne zaghaft die Nachhilfestunden erwähnte, fuhr Frau Hagen fort: „Na also, das ist doch etwas! Ich will mich mal umhören. Jetzt habe ich keine Zeit mehr, aber mögen Sie mich ab und zu besuchen? Bringen Sie auch Ihre Schwester mit!

Nach allem, was Sie von ihr erzählen, wird man ja ganz neugierig, sie kennenzulernen ..."

„Petra ... ja", sagte Susanne begeistert. „Petra mögen alle! Sie ist ein richtiges Glückskind!"

Das Glückskind Petra stand am Herd und sah mit Unwillen, wie der Pfannkuchen in der Pfanne festklebte, statt locker darin hin und her zu rutschen, wie es anschaulich im Kochbuch geschildert war. Sie nahm ein Messer und versuchte, den klebrigen Teig vom Boden zu lösen. Mein Gott, in fünf Minuten kamen Herr und Frau Freese aus der Stadt. Das Abendessen sollte pünktlich auf dem Tisch stehen, und Frau Freese hatte Pfannkuchen mit Apfelmus verlangt.

Na, endlich! Der widerspenstige Pfannkuchen nahm Gestalt an und ließ sich jetzt hin und her bewegen. Petra nahm einen kühnen Anlauf. Wie oft hatte sie es als kleines Mädchen bewundert, wenn Mama einen Pfannkuchen in der Luft gewendet hatte. Das mußte ihr auch gelingen! Sie gab der Pfanne einen Schwung, und – wo war der Pfannkuchen eigentlich geblieben? Petra sah sich verwirrt um. Ihr Kunstwerk aus Eiern, Milch und Mehl lag auf dem Fußboden.

Von der Tür scholl lautes Lachen. Max Freese hatte den eleganten Bogen gesehen, mit dem der Pfannkuchen gelandet war, und Petras verdutztes Gesicht hätte auch ernstere Menschen als Mecki zum Lachen reizen können.

„Lachen Sie nicht!" sagte Petra zornig. „In fünf Minuten kommen Ihre Verwandten nach Hause. Wie stehe ich dann da? Lieber Gott, warum mußte Frau Freese auch gerade auf Pfannkuchen verfallen!"

Petra beförderte den verunglückten Eierkuchen in den Mülleimer und schöpfte neuen Teig in die Bratpfanne. Max war statt aller Antwort zu ihr getreten. Im gleichen Augenblick, als sie den Pfannkuchen auf einen Topfdeckel schob, um ihn diesmal sicher in die Pfanne zurückzubekommen, faßte der Student sie von hinten um und drückte einen Kuß auf ihr Gesicht.

Im nächsten Augenblick lag der zweite Eierkuchen auf der Erde, und Max flog gegen die Küchentür. Petra stand mit blitzenden Augen und machte den dritten Versuch, einen Pfannkuchen zustande zu bringen.

„Verstehst du denn keinen Spaß, Mädchen?“ Mecki sah verlegen aus.

„Solchen Spaß nicht“, sagte Petra nachdrücklich. Sie stellte triumphierend fest, daß ihre Mühe endlich belohnt wurde: Der dritte Pfannkuchen war hellbraun, knusprig zart und duftete appetitlich. Nicht einmal Herr Freese hatte etwas daran auszusetzen, als er einige Minuten später am Abendbrottisch saß und mit zweifelndem Gesicht einen in Zucker und Apfelmus getauchten Bissen zum Munde führte ...

Vor der Haustür wartete Max. Er brachte Petra manchmal abends nach Hause

„Noch böse?“ fragte er und sah wieder wie ein Mecki aus.

„Nein. Aber ...“, Petra legte den Finger auf den Mund, „nicht mehr davon reden!“

Es war ein warmer herrlicher Abend. Sie gingen schweigend nebeneinander her.

„Hallo, Mecki!“ hörte Petra jemanden sagen.

„Hallo, Albrecht! Wo kommst du denn her?“

Ein junger Mann stand vor ihnen. Er hatte ein schmales Gesicht, dunkle Augen und eine angenehme Stimme. Petra erfuhr, daß Albrecht Lietzenberg ein Kommilitone von Max war und daß er einen kleinen Abendbummel machte. Er hatte eine hochmütig-lässige Art, beim Sprechen eine Augenbraue hochzuziehen.

Die beiden jungen Leute begleiteten Petra nach Hause. Lietzenberg verabschiedete sich in einer höflich-ehrerbietigen Weise, die Petra unendlich sympathisch war.

Fast jeden Abend ergab es sich jetzt, daß sie Albrecht Lietzenberg auf dem Heimweg traf, und an Tagen, da Mecki nicht dabei war, machten Petra und Albrecht gelegentlich einen kleinen Umweg, um sich ein wenig länger unterhalten zu können. Albrecht studierte Medizin und wollte Kinderarzt werden. Da gab es mancherlei zu erzählen.

Aber es gab auch lange schweigsame Augenblicke, in denen sie nur nebeneinander hergingen. Zum erstenmal fand Petra, daß Mecki ein riesig netter Mensch sei, denn er hatte bald begriffen, daß er bei diesen abendlichen Wegen überflüssig war. Für Petra war es ein heller und glücklicher Monat.

Eines Tages sagte Albrecht: „Am sechsten Juni geben wir zu Hause ein kleines Fest – eine Art Tanzfest. Haben Sie Lust zu kommen? Es wird sicher nett. Mecki kommt auch."

Petra strahlte. „Ich kann nicht tanzen", sagte sie vorsichtshalber.

„Das macht nichts. Außerdem können Sie's bestimmt."

Petra kam sich ein wenig schlecht vor, daß sie so glückstrahlend nach Hause kam, während Susanne immer noch mit dickverbundener Hand und dem Arm in der Binde umherging. Ja, Susanne mußte tatenlos zu Hause sitzen und hatte niemand, der sie zu einem Tanzfest einlud.

Aber Susanne war weder tatenlos noch unglücklich. Es war natürlich schlimm, daß sie jetzt nicht einmal für Petra die Strümpfe stopfen und mit der linken Hand nur mühselig ein wenig im Haus tun konnte. Petra mußte ihr sogar beim An- und Auskleiden helfen. Aber Susanne hatte fünf Schüler! Darunter auch Karlchen Niemeier und seine Schwester Grete. Für jede Stunde bekam sie zwei Mark, und für die französischen Stunden bei dem Sohn von Dr. Werner sogar zwei Mark fünfzig. Sie gab sich riesige Mühe, und soeben hatte sie erfahren, daß Karlchen Niemeier im letzten Deutsch-Diktat nur drei Fehler gemacht hatte statt wie sonst fünfzehn oder zwanzig. Frau Niemeier äußerte sich voll Anerkennung über Susanne, auch Dr. Werner wollte sie empfehlen. Es war also mit weiterer Schülerkundschaft zu rechnen.

Nein, Petra konnte ruhig sein. Susanne fühlte sich nicht bedauernswert.

Dafür hatte jetzt Petra Sorgen. „Was ziehe ich bloß an?“ überlegte sie. „Ich kann doch auf einem Sommerfest nicht in meinem alten Waschkleid erscheinen!“

Noch nie hatte sich Petra über ihre Garderobe viele Gedanken gemacht. Sie selbst sah sich die Gesichter der Menschen an, nicht ihre Kleider. Aber natürlich war es wundervoll, ein schönes Kleid anzuziehen, und jetzt war es geradezu ein Problem.

Sie spielte mit dem Gedanken, ein Kleid zu kaufen. Aber ein Tanzkleid mit weitschwingendem Rock, was würde das kosten? Seufzend wurde dieser Gedanke wieder verworfen.

„Ich habe eine Idee", sagte Susanne. „Aus einem Bettlaken kann man ein herrliches Kleid machen. Wenn meine Hand rechtzeitig gesund wird, nähe ich es dir!"

„Wann kommt der Verband herunter?"

„In einer Woche."

„Aber dann kannst du doch nicht gleich ein Kleid nähen!"

„Na ja, das stimmt ..." Susanne dachte nach. „Aber es geht doch", erklärte sie dann. „Du kannst mir ja helfen. Ich zeig' dir alles genau."

Petra war mit allem einverstanden.

„Aber was für Schuhe?" sagte sie dann und betrachtete mit zweifelnder Miene ihre abgetragenen Sportschuhe.

„Die gehen wirklich nicht", meinte auch Susanne. „Du mußt dir welche kaufen."

„Mußt – ist gut." Petra zog mir sorgenvoller Miene ihren Geldbeutel hervor, obwohl sie genausogut wie Susanne wußte, daß nur noch wenig darin war. Schon begannen die Mädchen, den Kuchen aus dem Bäckerladen zu vermissen. Und am ersten Juni gab es neben dem Waisengeld nur die sechzig Mark, die Petra verdiente. Die wurden für Miete und Essen verbraucht, es war höchst zweifelhaft, wie das Geld im nächsten Monat reichen sollte.

„Aber ich verdiene doch jede Woche zehn Mark mit meinen Schülern", rief Susanne. „Wir kaufen Schuhe!"

„Ich kann es nicht verantworten", murmelte Petra. „Sollst du hungern, damit ich Tanzschuhe kriegen kann?" Aber sie war siebzehn Jahre, und ihre Schuhe waren alt und häßlich. Es bedurfte nicht vieler Überredungskunst, um sie von der Notwendigkeit neuer Schuhe zu überzeugen. „Also gut, wir nehmen das Kindergeld. Aber ich habe ein schlechtes Gewissen, Susanne."

Petra ging die nächsten Tage mit einem unruhigen Gefühl umher. Es sah sehr knapp und sorgenvoll aus mit dem Geld. Das von Mama war längst aufgebraucht, und es gab so viele unvermeidliche Ausgaben. Aus dem Sparen für das Fröbel-Seminar war überhaupt noch nichts geworden.

Eines Abends machte sie mit Albrecht Lietzenberg einen Umweg an seinem Elternhaus vorbei. Petra war überwältigt von dem Garten mit den gepflegten Rasenflächen. Hinter dem Haus würde eine Tanzfläche errichtet, hatte Albrecht erzählt, und abends sollten Lampions im Garten aufgehängt werden ... Am nächsten Tag kaufte Petra neue Schuhe, hübsche weiße Sandaletten.

Auch das Kleid entstand. Eines der drei Bettlaken mußte daran glauben. Susannes Hand war so weit gesund, daß sie entwerfen und aufzeichnen und zuschneiden konnte. Sie zeigte Petra genau, welche Stücke zusammengenäht werden mußten. Und zum erstenmal im Leben merkte Petra, daß sogar Nähen Spaß machen konnte. Mit Feuereifer saß sie bis in die Nacht hinein an den langen Nähten und Säumen, denn eine Nähmaschine war nicht vorhanden, und es war auch fraglich, ob Petra damit zurechtgekommen wäre.

„Du bist eine Künstlerin! Eine richtige Künstlerin!" jubelte Petra, als sie sich vor dem kleinen Spiegel drehte und wendete. „Ich weiß nicht, wie du das zustande bringst!"

Einen Teil des Leinens hatte Susanne rostrot gefärbt. Daraus hatte sie ein enganliegendes Leibchen gearbeitet. Die Farbe stand überraschend gut zu Petras dunklen

Haaren und Augen und der bräunlichen Haut. In weichen Falten schwang der weite weiße Rock, dem Susanne ganz unten eine schmale rote Kante gegeben hatte. Niemand würde dem Kleid seine Herkunft ansehen, wie Petra selig feststellte. Mein Gott, wie herrlich war es doch, jung zu sein und sich auf ein Fest zu freuen!

Ausnahmsweise hatte Petra am Sonnabend nachmittag freibekommen, denn das Fest bei Lietzenbergs begann schon um fünf Uhr. Freese war es nicht ganz recht, aber Petra hatte versprochen, trotz allem das Sonntagsessen vorzubereiten und den obligaten Marmorkuchen zu backen. Sie kam schon um halb sieben in der Frühe, um mit allem fertig zu werden, und sie zitterte förmlich, es könnte noch irgend etwas dazwischenkommen. Aber alles ging gut!

Um vier Uhr sauste Petra die Straße entlang nach Hause. In einer Stunde kam Albrecht, um sie abzuholen. Ihre Wangen glühten vor Freude. Es war das schönste Wetter, wie geschaffen für ein Fest im Garten!

„Meine Nase glänzt doch hoffentlich nicht?“ Mißtrauisch musterte sich Petra.

„Ach wo!“

„Außerdem sind meine Beine zu dick!“

„Unsinn!“

„Na gut!“ Petra ließ den Spiegel Spiegel sein. Ein wenig reuig umarmte sie Susanne. „Wenn du dabeisein könntest, würde ich mich noch viel mehr freuen, glaub es mir, Susanne. Aber ich konnte ja nicht einfach fragen, ob ich dich mitbringen darf, nicht? Du wirst Albrecht bestimmt bald kennenlernen, und dann ...“

„Ich hätte ja gar kein Kleid gehabt“, erinnerte Susanne sie lachend.

„Wieso? Dann hätten wir noch ein Laken genommen ..."

„... und hätten das letzte durchgeschnitten, um noch jeder ein halbes zum Draufliegen zu haben", neckte Susanne.

„Wieso bist du eigentlich so vergnügt? O Gott, es klingelt. Das ist Albrecht! Halt mir den Daumen, Susanne, und ängstige dich nicht, wenn ich erst morgen früh nach Hause komme!"

Albrecht sah Petra entgegen und öffnete den Wagenschlag: Er war mit dem Auto seines Vaters gekommen. Wohlgefällig musterte er das junge Mädchen, das mit freudig erregtem Gesicht vor ihm stand.

„Pünktlich, pünktlich", lobte er. „Ich dachte, ich müßte mindestens eine Viertelstunde warten. Ach, Petra, Sie sind so wunderbar anders als andere Mädchen! Wenn Sie wüßten, wie lange ich in einem solchen Fall bei meinen Schwestern warten muß!"

Albrecht ließ sich von Petras erwartungsvoller Freude anstecken. Ohne eine Spur von Unsicherheit ging sie durch den Vorgarten und trat durch die geöffnete Terrassentür ins Haus. Sie verneigte sich wohlerzogen vor Frau Lietzenberg und schüttelte Albrechts beiden Schwestern ohne Verlegenheit die Hand. Frau Lietzenberg lächelte Petra an, und die Schwestern lächelten auch. Sie sahen der Mutter verblüffend ähnlich, hatten wie sie blonde, sorgfältig in Wellen gelegte Haare, blaßblaue Augen und einen beweglichen großen Mund, der bei allen dreien hellrot geschminkt war.

Nachdem Petra erfreut zurückgelächelt hatte, führte Albrecht sie zu seinem Vater. Herr Lietzenberg, ein kurzer dicker Mann, saß in der Bibliothek und las. Er war nicht einverstanden mit dem „ewigen“ Trubel, der im Hause herrschte, und er sah Petra nicht allzu freundlich entgegen. Aber nach wenigen Minuten war er wie umgewandelt. Das war ja ein Mädchen, mit dem man sich unterhalten konnte. Albrecht, der sich um die übrigen Gäste kümmern mußte, ließ Petra mit einem Gefühl des Stolzes beim Vater zurück.

Bei der Kaffeetafel saß Petra neben Mecki. Albrecht saß ihr gegenüber. Eine Wolke von Blumenduft, zartem Parfüm und der Geruch nach schwerem gewürztem Gebäck lagen in der Luft. Ein munteres Stimmengewirr herrschte an der langen, festlich gedeckten Tafel. Petra sah staunend und entzückt die dünnen zartfarbigen Kleider, in denen die jungen Mädchen erschienen waren. Sie suchte mit den Augen Albrechts Vater – er war nicht mit am Tisch.

Es war lustig, den jungen Leuten zuzuhören, nur wußte Petra selbst nicht viel zu sagen. Es war von „Parties“ die Rede, wo man sich wundervoll amüsierte, man sprach von Filmen, die Petra nicht gesehen hatte. Mit Genuß verzehrte sie ein Stück Torte, biß mit kräftigen Zähnen in das kandierte Nußgebäck und freute sich heimlich, daß die Zeit vorbei war, da sie sich an Kuchen „satt gegessen“ hatte. Mecki sah ihr belustigt zu. „Es scheint Ihnen zu schmecken“, sagte er.

„Fabelhaft! Ihnen nicht?“

„Doch, doch. Man bekommt direkt Appetit, wenn man Ihnen zusieht.“

„Dann ist es ja gut“, sagte Petra lachend. „Besser, als wenn Ihnen der Appetit bei meinem Anblick verginge!“

Nach dem Kaffee wurde Likör gereicht. „Hab' ich noch nie getrunken!“ sagte Petra strahlend. „Aber es schmeckt wunderbar." Vielleicht hatte Petra ein wenig lauter als sonst gesprochen, weil sie so vergnügt war. Eine Stille trat ein. Albrecht sah verlegen auf Petra. Sie war die einzige, die nichts bemerkte.

„Ich höre, Fräulein Burkhardt", sagte Frau Lietzenberg taktvoll, „Sie studieren Medizin?"

„Aber nein", sagte Petra erstaunt. „Das ist ein Irrtum. Ja, ich wollte es wohl einmal, das ist schon richtig, aber ..."

Lächelnd sah sie zu Albrecht hinüber. Er erwiderte ihren Blick nicht.

„Ach so", sagte Frau Lietzenberg hastig. „Dann ist es ein Mißverständnis. Was sagtest du, Albrecht, was Fräulein Burkhardt studiert?"

Albrecht kam nicht dazu, eine Antwort zu geben, denn Petra sagte ernsthaft: „Nein, gnädige Frau! Ich studiere gar nicht, ich habe nicht die Mittel dazu. Aber ich habe schöne Pläne für die Zukunft."

„Was denn für Pläne?" fragte Albrechts Schwester Ilse neugierig.

„Ich will ein Kinderheim bauen ..."

„Dazu braucht man doch auch große Mittel", wandte Frau Lietzenberg ein.

„Ja, natürlich, wahrscheinlich mehr als zum Medizinstudium!" sagte Petra lachend. „Aber ich bin Optimist! Ich muß eben Geld verdienen und habe damit auch schon angefangen."

Es gab nun niemanden mehr am Tisch, der Petra nicht zugehört hätte. Wie interessant! Wie sonderbar! Ein Mädchen, das kein Geld hatte und ein Kinderheim bauen wollte! Albrecht saß mit etwas starrem Gesicht dabei, und Mecki gab Petra einen heimlichen Puff. Ärgerlich sah sie ihn an. Was hatten denn die dummen Jungen? War es eine Schande, wenn man ein Kinderheim bauen wollte?

„Wie sind Sie nur darauf gekommen?“ fragte Frau Lietzenberg.

„Ja ... wie bin ich darauf gekommen? Hauptsächlich durch die Zeit im Flüchtlingslager Bernickendorf ...“

„Waren Sie ...“

„Ja, ich war über ein halbes Jahr dort“, sagte Petra. „Außer den Kindern, die mit ihren Eltern dort waren, gab es ungefähr sechzig Waisenkinder. Und was diese Kinder zu leiden haben, ohne Eltern, ohne richtiges Heim – Sie können es sich nicht vorstellen, gnädige Frau.“

„Schrecklich!“ sagte Frau Lietzenberg.

„Ich will ein Heim für Waisenkinder bauen“, fuhr Petra fort, aber Frau Lietzenberg unterbrach sie.

„Nein, daß Sie es ausgehalten haben! Es soll dort fürchterlich sein, wie ich hörte. Ich hielte es keine drei Tage in solchem Lager aus!“

„Aber man mußte es ganz einfach aushalten“, sagte Petra befremdet. „Wenn man alles verloren hat – was soll man tun?“

„Ach, ich weiß nicht“, sagte Frau Lietzenberg. „Ich persönlich glaube, es liegt viel am Menschen selbst, was er aus seinem Leben macht.“ Petras Augen leuchteten wieder auf. Frau Litzenberg fuhr unbeirrt fort: „Wie viele kennt man, die hatten auch alles verloren, und heute haben sie wieder ihr eigenes Heim, ihre Existenz, ihren Wagen. Bestimmt, es kommt viel auf die Energie des einzelnen an! Und soviel ist sicher: Ich hätte es keine drei Tage in einem Lager ausgehalten ...“

„Ach, Mutti, laß uns doch nicht unentwegt von solch schrecklichen Sachen reden“, bat Ilse Lietzenberg mit flehend zusammengelegten Händen. „Wir vertreiben ja die ganze Feststimmung!“

„Wir sind hier doch nicht auf der Jugendfürsorge!“ rief Marietta und lachte selbst über ihren Witz.

„Da habt ihr recht.“ Frau Lietzenberg lächelte. „Wie sind wir bloß auf ein solch schweres Thema gekommen? Erzählen Sie uns lieber, womit Sie sich beschäftigen, Fräulein Burkhardt! Wir möchten alle gern wissen, auf welche Weise man so viel Geld verdient, daß man davon ein Kinderheim bauen kann.“

Petra saß mit niedergeschlagenen Augen da. Ihre frischen Wangen waren ein wenig bleich geworden. Sie schlug ihre Augen zu Frau Lietzenberg auf und sagte: „Ich bin Hausmädchen in einer kinderreichen Familie.“ Albrecht zuckte zusammen.

„Sie sind sicher ein sehr tüchtiger Mensch“, sagte seine Mutter, nachdem sie sich etwas erholt hatte. „Es ist Ihnen zu gönnen, wenn Sie sich einmal amüsieren. Nun, Kinder, ich glaube, wir müssen wohl mit Tanzen anfangen. Marietta und Ilse werfen mir schon todunglückliche Blicke zu.“

Ein allgemeiner Trubel entstand, Stühle wurden gerückt, und alle sprachen gleichzeitig.

„Petra, Petra“, sagte Mecki leise. „War das unbedingt nötig?“

„Was?“ fragte Petra, ohne sein Lächeln zu erwidern.

„Das letzte ...“

Petra tat einen tiefen Atemzug. Dann warf sie mit einer trotzigen Bewegung den Kopf zurück. „Es war nötig“, sagte sie und stand auf.

„So ist Albrecht", sagte Frau Lietzenberg gedämpft zu ihren Töchtern. „Hättet ihr es für möglich gehalten, daß er mir ein Dienstmädchen ins Haus bringt? Er wird immer mehr wie Vater."

„Warum haben Sie zu Hause erzählt, ich studiere Medizin?" sagte Petra. Sie tanzte mit Albrecht einen langsamen Walzer. Albrecht suchte nach einer Antwort.

„War ich als das, was ich bin, nicht gut genug? Ich meine, in Ihren Augen? Oder in den Augen Ihrer Familie?" fuhr Petra hartnäckig fort.

Albrecht drückte Petra unwillkürlich an sich. „Natürlich sind Sie gut genug, Sie sind ... ach, Petra, Sie können das alles nicht beurteilen. Sie dürfen mir nicht böse sein. Sie sind ganz verändert! Lassen Sie uns froh sein, ich bitte Sie!"

„Ja", sagte Petra.

„Wollen wir uns ein bißchen hinsetzen, ausruhen?" Er brachte Petra zu einem bequemen Gartensessel und zog auch für sich einen heran. Seine Schwester Ilse tauchte neben ihnen auf.

„Ich stör' doch nicht?" fragte sie liebenswürdig und setzte sich neben Petra. „Was Sie für ein entzückendes Kleid anhaben! Du, Albrecht, bald hätte ich es vergessen. Anni Weber sagt, du hättest ihr den ersten langsamen Walzer versprochen – und nun hast du sie schmählich im Stich gelassen. Ich glaube, du mußt dich mal um sie kümmern. Sie ist im Wintergarten ..."

„Was ist das für ein Unsinn? Ich hab' gar nichts versprochen", sagte Albrecht.

„Du weißt ja, wie Anni ist. Ich glaub' wirklich, du mußt dich mal um sie kümmern."

„Na schön." Albrecht ging ins Haus.

„Haben Sie das Kleid selbst geschneidert?" fragte Ilse.

„Nein."

„Fertig gekauft?"

„Auch nicht. Meine Schwester hat es entworfen und auch geschneidert ..."

„Da muß Ihre Schwester sehr geschickt sein."

„Ja."

„Ist sie Schneiderin?"

„Nein."

Die Unterhaltung stockte. Ilse suchte nach einem anderen Thema. „Gefällt es Ihnen hier?" fragte sie schließlich. Es lag etwas in dem Tonfall des jungen Mädchens, das ausdrückte: So etwas wie dies hier haben Sie doch sicher in Ihrem ganzen Leben noch nicht zu sehen bekommen!

„Es ist ein wunderhübscher Garten", sagte Petra.

„Ja, nicht? Wir sind sehr naturliebend. Sie auch?"

„O ja."

„Wie lange, sagten Sie, waren Sie in dem Lager? Es muß wirklich schrecklich sein, da zu leben!"

„Acht Monate", sagte Petra. „Und wenn Sie es wissen wollen: davor haben wir in einer Wellblechhütte gewohnt, in einer Nissenhütte, und davor in einem alten Eisenbahnwagen ... Und jetzt wohne ich mit meiner Schwester auf dem Dachboden, im fünften Stock! – Nein, Mecki, diesen Tanz kann ich bestimmt nicht, Sie müssen sich jemand anderen suchen."

„Ach was, ich zeig' es Ihnen, Petra! Swingfox ist das Beste, was es gibt. Kommen Sie!"

Und Petra tanzte. Sie hatte es nicht gelernt, aber es war nicht so schwer, wie es aussah. Sie flog von einem

Arm in den andern, lachte mit Mecki und Fred und ließ sich von Albrecht Sekt einschenken. Auch dieses Getränk trank sie zum erstenmal im Leben, man wurde ein bißchen ausgelassen und verrückt davon. Man merkte auch nicht mehr so deutlich, daß etwas wie ein dumpfer schwerer Stein in der Brust lag. Sie sagte sich, daß es ein wunderbarer, ein lustiger Abend sei. Die Lampions wurden angezündet, als die Dunkelheit hereinbrach. Rote, blaue, grüne und gelbe Laternen schwebten zwischen den Bäumen. Es war zauberhaft!

Plötzlich wurde Petra von dem Wunsch befallen, allein zu sein. Sie benutzte den Augenblick, in dem „Damenwahl“ angekündigt wurde, um sich heimlich davonzustehlen. Sie lief in den dunklen Teil des Gartens, der sich bis zum Fluß hinunterzog. Sie fand eine kleine Bank, setzte sich hin und sah in das schwarze Wasser. Der Wind strich leise durch die Zweige, es war gut und still hier. Nach einer Weile hörte sie Stimmen und Schritte, die dicht neben dem Gebüsch, an dem ihre Bank stand, haltmachten. Sie unterschied Ilse Lietzenbergs Stimme. „Ihr glaubt es nicht! Ihr glaubt es nicht!“ sagte sie mit unterdrücktem Lachen.

„Was ist denn? Warum lachst du?“

„Dieses komische Mädchen ... diese Petra Burkhardt, oder wie sie heißt, hat in einem alten Eisenbahnwagen gewohnt. Sie hat es mir selbst ...“

„Still“, sagte Mecki. „Wenn sie dich hören würde, Ilse. Hast du denn keinen Anstand im Leibe!“

„Die hat sich bestimmt in den Kopf gesetzt, meinem holden Bruder den Kopf zu verdrehen.“

„Habt ihr gesehen, wie sie bei Tisch reingehauen hat, Kinder?“

„Hör doch auf, Marietta“, sagte Mecki ärgerlich. „Und du auch, Ilse. Ihr lacht so albern, als wäre es wunder was Witziges, wenn Albrecht sich endlich mal mit einem wirklich netten Mädchen befreundet und ...“

„Oh, Mecki! Du Armer! Er ist eifersüchtig!“

„Ein jeder Jüngling hat nun mal ’nen Hang zum Küchenpersonal – nicht, Mecki?“

„Her mit der hübschen Köchin! Wo ist sie? Mecki hat sich rettungslos verliebt ...“

„Ihr seid blöd“, sagte der junge Mann ärgerlich.

„Was findest du eigentlich an ihr?“ Das war Anni Webers Stimme. „Hübsch ist sie nicht, und elegant ist sie auch nicht ...“

„Das ist Geschmackssache“, sagte Mecki. „Aber selbst, wenn sie nicht hübsch wäre! Darauf kommt es bei Petra gar nicht an. Sie ist so menschlich, so echt ... Sie ist vollkommen natürlich! Das wiegt eure lackierten Fingernägel auf.“

„Jetzt wirst du frech, Mecki! Du machst deinem Namen Ehre!“

„Auf, auf, Kinder, kleidet euch in Sack und Asche! Zurück zur Natur! Still, da kommt Albrecht. Ohne ‚sie‘, nebenbei bemerkt!“ flüsterte Marietta den andern zu, und alle brachen in Lachen aus.

„Worüber amüsiert ihr euch denn so?“ fragte Albrecht.

„Nun mal Spaß beiseite, mein Junge!“ sagte Ilse in drolliger Strenge. „Wie konntest du es uns allen, und besonders Mutti, antun, ein Dienstmädchen ins Haus zu bringen? Hast du wirklich keine andere Wahl gehabt, du Ärmster? Also im Ernst: Du gehst zu weit! Was findest du eigentlich an ihr?“

„Das versteht ihr nicht. Laßt mich gefälligst in Ruhe!"

„Und wenn du schon die fromme Lüge mit der Medizinstudentin aufbringen mußtest, dann hättest du dich wenigstens mit deiner Freundin vorher verständigen sollen, damit sie dich nicht ausgerechnet an der Kaffeetafel hereinreißt!"

„Wer sagt denn, daß sie meine Freundin ist?"

In Petra stürzte etwas zusammen. Sie wollte fortlaufen. Aber sie blieb sitzen. Ihre Hände hingen kraftlos herunter. Gleichzeitig glaubte sie, ihr Kopf müßte platzen. Die Stimmen der jungen Leute entfernten sich wieder. Von weitem klang leise die Tanzmusik herüber.

Petra richtete sich auf. Es war merkwürdig schwer, hochzukommen, Schritte zu machen. Sie wollte jetzt nicht nachdenken. Sie wollte nur fort von hier!

Es gelang ihr, unbeachtet am Haus vorbeizukommen. Ihre kleine Handtasche lag noch irgendwo im Wintergarten – gleichgültig! Petra hastete durch den Vorgarten. Bei der Gartenpforte bewegte sich etwas – es war Albrecht.

„Petra", sagte er freudig und griff nach ihrer Hand. „Suchen Sie mich? Ich dachte schon, Sie wären fort. Wo stecken Sie bloß die ganze Zeit?"

Petra sah ihn an und zog ihre Hand hastig zurück. „Ich will nach Hause!"

„Nach Hause? Warum, Petra? Hat man Sie ... Ist irgend etwas geschehen?"

„Ich passe nicht hierher", sagte Petra tonlos.

„Das verstehe ich nicht. Warum sollten Sie nicht hierherpassen?" fragte er. „Sie sind wahrhaftig gut genug."

Petra lächelte mit weißen Lippen. „Gut genug? Ich bin mir zu schade! Es ist alles so ... so leer hier."

Albrecht schwieg. „Sie haben recht, Petra", sagte er dann. „Warum soll ich nicht ehrlich sein wie Sie? Ich hätte Sie nie hierherbringen sollen." Er brach ab. „Ich bringe Sie nach Hause. Warten Sie einen Augenblick, ich hole den Wagen."

Als sie neben ihm saß, sprachen sie nicht mehr. Petra war noch immer zumute, als sei sie ausgehöhlt, als lebe nicht ein Funken Gefühl mehr in ihr.

An der Ecke zum Nachtigallenweg brachte er den Wagen zum Stehen.

„Petra", sagte er und sah sie an.

„Ja?" antwortete sie mit bebenden Lippen.

„Sie wissen nicht, wie gern ich Sie habe! Es ist mir völlig gleichgültig, was meine Familie ..."

Er zog sie an sich, und Petra stieß ihn mit aller Kraft zurück. „Deshalb haben Sie mich wohl so großartig verteidigt, vorhin im Garten, als Ihre Schwestern so – so von mir geredet haben!"

„Was denn? Sie haben ..."

„Ja! Ich habe es gehört! Aber ich ... ich an Ihrer Stelle! Wissen Sie, was ich getan hätte? Ich hätte sie alle geohrfeigt! Ich hätte ..." Petra brach in wildes Schluchzen aus. Sie fand die Tür und sprang hastig aus dem Wagen. Albrecht wollte sie festhalten, aber sie stieß ihn zum zweitenmal mit aller Kraft zurück. Dann lief sie die Straße hinunter.

Kurz nachdem Petra mit Albrecht Lietzenberg fortgefahren war, ging Susanne in ihrem blauen Leinenkleid den Nachtigallenweg hinunter. Sie bog in die Allee ein und ging die endlose Straße hinunter, bis zum Filmtheater „Sansibar".

Die Sache war die: Susanne hatte sich, ohne Petra etwas davon zu sagen, an verschiedenen Lichtspielhäusern als Platzanweiserin beworben. Nach langem Grübeln, wie sie zur Erhöhung der Einnahmen beitragen könnte, war ihr diese Möglichkeit eingefallen. Als Platzanweiserin würde sie die immer noch schwache Hand nicht überanstrengen.

Man ging mit einer Taschenlampe umher, war freundlich, zeigte den Leuten ihren Platz im dunklen Saal und sah nebenher noch die neuesten Filme. Heute sollte sie sich im „Sansibar“ Bescheid holen.

Der Chef des Filmtheaters, Herr Daniel, war ein blasser, ernster Mann mit gütigen Augen.

„Setzen Sie sich doch, Fräulein Burkhardt“, sagte er freundlich, „Sie können am 15. Juni bei uns anfangen.“

„Wirklich?“ flüsterte Susanne glücklich.

„Haben Sie ein schwarzes Kleid? Nein? Dann lassen Sie sich von der Oberplatzanweiserin nachher gleich ein Kleid heraussuchen. Weiße Schürzen und Häubchen werden ebenfalls geliefert. Eine Taschenlampe müssen Sie selbst mitbringen. Ihre Dienstzeit dauert täglich von halb fünf Uhr nachmittags bis etwa Viertel nach elf Uhr. Die erste Vorstellung beginnt um fünf, ich erwarte aber, daß Sie auf die Minute pünktlich eine halbe Stunde früher hier sind. Sonntags ist längere Arbeitszeit, da müssen Sie schon um halb eins zur Kindervorstellung kommen. Und sonnabends ist ab und zu Spätvorstellung. Dafür haben Sie jede Woche einen freien Tag, einmal im Monat auch sonntags ... Das wäre alles, denke ich. Ihr Verdienst beträgt abzüglich Versicherungen und Krankenkasse dreißig Mark in der Woche. Haben Sie noch irgendwelche Fragen, Fräulein Burkhardt?“

Als Susanne den Kopf schüttelte, erhob sich Herr Daniel und gab ihr die Hand. „Dann hoffe ich, daß Sie sich gut einarbeiten und lange in unserem Hause bleiben."

Susanne erschrak. Lange hierbleiben? „Ich muß Ihnen noch etwas sagen, Herr Daniel ... Ich nehme diese Arbeit nur an, um eine Zeitlang Geld zu verdienen. Ich werde Buchhändlerin und kann erst am ersten Oktober meine Lehrstelle antreten."

„Ach so! Aber das hätten Sie gleich sagen sollen. Ich dachte natürlich, Sie wollten für dauernd bei uns bleiben."

„Entschuldigen Sie bitte! Ja, das hätte ich gleich sagen sollen." Susanne stand mit traurigem Gesicht da. Nun war es wohl nichts mit dem schönen Verdienst. Und sie hatte sich so gefreut.

„Na, wir können es ja immerhin mal versuchen", sagte Herr Daniel freundlich. Das junge Ding rührte ihn. Er hatte selbst eine Tochter, die so alt war wie Susanne. „Ihre Eltern sind mit Ihrer Tätigkeit einverstanden?" fragte er noch.

„Ich habe keine Eltern mehr", sagte Susanne.

„Ach ... ja, dann kommen Sie nur am 15. Juni pünktlich um halb fünf. Jetzt mache ich Sie noch mit Ihrer Kollegin Fräulein Holst bekannt. Sie ist Oberplatzanweiserin und wird Sie mit Ihrer Arbeit vertraut machen."

Nachdem Susanne mehrere der schwarzen Kleider anprobiert hatte, machte sie sich auf den Heimweg. Leichten Herzens ging sie die Allee entlang. Ach, das Leben war schön. Sie würde 120 Mark im Monat verdienen und konnte die Nachhilfestunden beibehalten;

von drei bis vier nachmittags würde sie ihre Schüler unterrichten. Susanne träumte selig vor sich hin. Vom Schülergeld sollte nicht ein Pfennig ausgegeben werden. Es sollte für die Zeit sein, da Petra ins Fröbel-Seminar ging. Ob es bis Ostern zu schaffen war? Bis jetzt hatten die Mädchen noch nicht einen Pfennig sparen können, aber nun sollte es anders werden.

Es war nur gut, daß Susanne heute abend bei Frau Hagen eingeladen war. Sie brannte darauf, von ihrem großen Glück zu berichten.

Susanne ließ ihr Buch sinken und hob lauschend den Kopf. Kam da jemand die Treppe herauf? Sie sah nach dem Wecker, der laut tickend auf dem Nachtschränkchen stand. Es war kurz nach elf. Petra konnte es noch nicht sein ...

Es war Petra. Eine veränderte Petra mit verweintem Gesicht.

„Du kommst schon?“ rief Susanne erstaunt. „Was ist los, um Himmels willen? Bist du krank?“

Petra, die sich im dunklen Treppenhaus den Schmerz von der Seele geweint hatte, schüttelte den Kopf. „Ich bin nicht krank“, sagte sie tonlos. „Und es ist auch nichts Schlimmes. Ich habe nur ... Ach, Susanne, sei mir nicht böse. Am liebsten möchte ich jetzt nicht davon reden.“

Susanne schwieg betroffen. „Geh schlafen“, sagte sie liebevoll. „Morgen ist Sonntag. Du schläfst aus, und ich bringe dir das Frühstück ans Bett. Etwas Wundervolles muß ich dir noch erzählen . . .“ Während sie Petra beim Auskleiden half, berichtete sie vom Filmtheater „Sansibar“ und von Frau Hagen, die Petra grüßen ließ. Als Frau Hagen gehört hatte, daß Susanne am 15. Juni mit ihrer neuen Arbeit beginnen würde, war sie mit einer Überraschung herausgerückt: Sie hatte für nächsten Sonntag zwei Theaterkarten für die Mädchen!

Es wurde „Pygmalion“ von Bernard Shaw gegeben.

„Stell dir vor, wie lieb Frau Hagen ist! Wir sitzen im ersten Rang. Und sie kommt mit ihrem Sohn, der in dieser Woche aus Italien zurückkehrt. Er ist Maler.“

Petra nickte zu allem. Bei dem Gedanken an Susannes neue Stellung zog sogar eine kleine erstaunte Freude über ihr Gesicht. Aber für alles andere hatte sie im Augenblick wenig Sinn.

Es kam eine schwere Zeit für Petra. Auch in den nächsten Tagen mochte sie nicht „davon“ reden. Sie mußte es mit sich allein abmachen, niemand konnte ihr dabei helfen.

Zum ersten Male hatte sie einen Stoß bekommen, zum ersten Male war sie in ihrem Glauben an die Menschen etwas erschüttert worden. „Hübsch ist sie nicht, und elegant ist sie auch nicht“ – sie hörte es immer noch ganz deutlich, und es schmerzte. Nun gut. Sie war eben häßlich. Sie war nicht elegant. Bisher hatte sie nicht viel darüber nachgedacht. Nun wußte sie es also. Aber das war nicht das wichtigste: Zum erstenmal war Petra Oberflächlichkeit, gedankenloser Bosheit und Unaufrichtigkeit begegnet.

Zum ersten Male? Sie hatte so manches erlebt, als sie im Flüchtlingslager mit vielen Menschen leben mußte. Die Frauen hatten sich gestritten, sie hatten geschimpft und gestohlen, und es hatte eine niederdrückende Atmosphäre von Gleichgültigkeit, dumpfer Selbstsucht und Armut geherrscht. Aber die Menschen waren durch die Not dahin gekommen, wo sie waren, und in ihrem Egoismus lag eine gewisse Aufrichtigkeit. Auch hatte Petra oft genug erlebt, daß die Mütter auf alles verzichteten, um es ihren Kindern geben zu können, und die Männer waren hilfsbereit gewesen. Ein Strahl von Menschlichkeit war immer wieder durchgebrochen, auch in den trübsten Zeiten. Irgendwie hatte ihnen das schwere Schicksal bei aller Verschiedenheit ein Gefühl von Zusammengehörigkeit gegeben. Es war nicht leicht, immer gut zu sein, wenn die Not groß war. Das hatte Petra, so jung sie war, begriffen. Und es war merkwürdig befriedigend gewesen, ein wenig dazu beizutragen, daß es im Lager weniger dumpf, weniger trostlos war. Es war ein Stückchen reinsten Glückes gewesen, wenigstens die Kinder ab und zu zum Lachen und Frohsein zu bringen. Warum waren die Menschen, die in schönen Häusern lebten, ein angenehmes Dasein führten, nicht alle gut? Es wurde ihnen vom Leben doch so leicht gemacht! Wie dumm war es doch, wie unsagbar dumm und gedankenlos, über Menschen zu spotten, die weniger Geld hatten.

Ja, Petra war tief gebeugt worden, besonders durch Albrechts Verhalten, das sie als feige und unmännlich empfand. Sie ließ sich nicht viel anmerken. Ein wenig blasser und stiller als sonst erschien sie bei Freeses, machte ihre Arbeit, die sie nicht zum Nachdenken kommen ließ, spielte mit den Kindern oder ging mit den beiden Kleinen spazieren. Das waren jetzt ihre besten Stunden. Sie konnte dann in den Anlagen sitzen, während Martin und Kätchen mit Sand und Zweigen, mit Kuchenbacken und Puppenwagenfahren beschäftigt waren. Petra fühlte sich krank und müde. Nie hatte sie eine solche Sehnsucht nach Wald und Wiesen empfunden wie jetzt. In diesen Tagen der Einsamkeit trieb es sie hinaus in die Natur.

„Wir wollen einen Ausflug machen“, bat sie Susanne. „Laß uns am Sonntag hinausfahren!“

Susanne war froh, von Petra einen Wunsch zu hören, und stimmte sofort zu. Es war ungewohnt und traurig, eine Petra zu haben, die nicht mehr lachte, die nicht voll freudiger Zukunftspläne steckte und kein einziges überflüssiges Wort mehr sagte.

„Wir wollen irgendwohin, wo nicht so viele Menschen sind“, fügte Petra noch hinzu. „Am liebsten, wo gar keine sind ...“

Ganz früh fuhren sie los. Sie hatten ihre alten Schulmappen voll Butterbrote und eine Flasche Zitronensaft gepackt. Susanne hatte außerdem einen Band Shakespeare eingesteckt. „Für dich hab' ich auch etwas“, sagte sie, als sie unter einer Kiefer lagen. Petra hatte ihre Mappe unter den Kopf geschoben und lag ganz still: „Ich mag jetzt nicht lesen, Susanne.“

Rundum war grüngoldener Wald. Ebereschen und Birken, Kiefern und junge Eichen. Man hörte Vögel zwitschern, irgendwo rief der Kuckuck. Jeder Grashalm lebte, alles war von geheimnisvollem Weben und Treiben erfüllt.

Sommer! dachte Petra und schloß die Augen. Eine süße Müdigkeit überkam sie. War es nicht unsinnig, zu grübeln und über Dinge nachzudenken, die es nicht wert waren? Es war schön zu leben, und sie war nicht verlassen. Susanne lag neben ihr, und es gab Kinder auf der Welt, die darauf warteten, daß man gut mit ihnen sein würde. Daran wollte sie denken! Das war lohnender, als sinnlos darüber zu grübeln, was Ilse und Marietta Lietzenberg von ihr dachten und warum Albrecht sich ihretwegen geschämt hatte. Petra konnte jetzt ruhig an Albrecht denken, und sie wußte auch, daß sie nach dem Fest ungerecht gegen ihn gewesen war. Aber ein Mann, den man lieben konnte, mußte anders sein, fand Petra, mußte einen verteidigen ... Petras Augen waren geschlossen, und ihre Gedanken verschwammen allmählich. Es war so warm und gut, mit einem Gefühl von Zeitlosigkeit hier unter der Kiefer zu liegen. Sie überließ sich dem wunderbaren Gefühl, zu träumen, zu versinken. Es war wie ein Genesungsschlaf nach langer schwerer Krankheit.

Als Petra erwachte, hatte Susanne eine Serviette ausgebreitet, zwei Becher mit Saft gefüllt und jedem ein Päckchen Brote hingelegt. Früher hatte immer Petra solche Dinge getan; es war selbstverständlich gewesen, daß Susanne ihr Buch in der Hand hatte und Petra den Tisch deckte. Aber Susanne hatte nicht vergessen, was Frau Hagen ihr gesagt hatte: „Nicht über dem Träumen das Leben vergessen!"

Jetzt war es notwendig, Petra zu verwöhnen, und Susanne tat es.

„Du siehst so ... so erholt aus", sagte sie.

Petra aß mit Appetit. „Ich bin auch erholt", sagte sie und trank in großen Schlucken von dem erfrischenden Saft. „Erst hab' ich so schön nachgedacht, und dann hab' ich so schön geschlafen. Ach, Susanne, ich bin glücklich!"

Petra und Susanne kamen von ihrem Ausflug rechtzeitig genug zurück, daß sie sich in Ruhe fürs Theater umziehen konnten. Nun hatte auch das zweite Bettlaken daran glauben müssen, aber im Hinblick auf ihren Verdienst im „Sansibar“ hatte Susanne es ruhigen Herzens zerschnitten.

Sie hatte für sich selbst das gleiche Kleid wie für Petra gearbeitet, nur waren Leibchen und Rockkante blau – blau wie Susannes Augen.

Sie saßen im ersten Rang in der ersten Reihe. Sie hatten den schönsten Platz im ganzen Theater. Als es zum zweiten Male klingelte, sah Susanne sich unruhig um. „Sie sind nicht gekommen“, sagte sie enttäuscht.

„Vielleicht verspäten sie sich nur“, tröstete Petra. „Oder der Sohn ist noch nicht aus Italien zurück, und deshalb kommt Frau Hagen auch nicht. Überhaupt ist hier ja nur noch ein Platz frei! Sieh mal, Susanne“, flüsterte sie, „die Plätze hinter uns sind schon alle besetzt.“

„Sitzen wir etwa verkehrt? Sieh lieber noch mal auf den Karten nach“, flüsterte Susanne zurück. Aber sie saßen richtig.

„Hat Frau Hagen denn gesagt, daß sie neben uns sitzen würde?“

„Nein . . . das weiß ich nicht ...“

„Irgendwas mußt du falsch verstanden haben“, sagte Petra. „Ärgere dich jetzt nicht, sonst hast du nichts von dem ganzen Abend!“

Als es zum dritten Male klingelte, kam noch ein später Gast in den ersten Rang. Es war ein großer kräftiger Mann mit breiten Schultern, der sich neben Susanne auf den letzten freien Platz setzte. Es wurde dunkel. Frau Hagen war also nicht gekommen! Und vor Aufregung hatte Susanne nicht einmal in ihr Programm geschaut.

Aber auch ohne Programm sah man ja, um was es ging, und bald hatte Susanne Frau Hagen und alles andere auf der Welt vergessen. Sie dachte nur noch an Eliza Dolittle, lachte herzlich über Elizas Vater und sah voll Spannung dem Augenblick entgegen, da das arme, ungebildete Mädchen in die „Gesellschaft" eingeführt werden sollte. Auch Petra war von Elizas Schicksal so erfüllt, daß sie kaum Sinn für andere Dinge hatte. Als der Vorhang zur Pause fiel, hatten beide Mädchen vor Erregung und Freude rote Wangen. Dies war nun ihr erster richtiger Theaterabend, vorher waren sie nur einmal in einer Schüleraufführung gewesen. Sie gingen im Vestibül des Theaters auf und ab. Susanne sah sich suchend nach Frau Hagen um, aber sie entdeckte sie nirgends. Nur den Mann, der neben ihnen saß, sahen sie flüchtig ...

Als im dritten Akt Professor Higgins' Mutter auf der Bühne erschien, stieß Susanne einen leisen Schrei aus und griff nach Petras Arm: „Frau Hagen!" Im nächsten Augenblick hielt sie die Hand vor den Mund und sah mit blutrotem Gesicht und scheuen Augen auf den Mann, der neben ihr saß. Er warf einen belustigten Blick auf sie, und sie sah schnell wieder zur Bühne.

Frau Hagen! Sie war also Schauspielerin und hatte nie etwas davon gesagt. Und wie sie spielte! Es war hinreißend. Das fanden nicht nur die beiden Schwestern, auch das übrige Publikum amüsierte sich herzlich. Susanne hörte jemanden am Schluß einer Szene flüstern: „Die Hagen ist wieder mal großartig." Sie drehte sich um. Sie sah den jungen Mann, der diese Worte gesagt hatte, begeistert an, und er warf ihr ebenfalls einen begeisterten Blick zu.

Als der Vorhang fiel, klatschten Petra und Susanne, bis ihre Hände blaurot anliefen. Sie standen von ihren Plätzen auf, sahen sich glückstrahlend an und waren wie trunken vor Begeisterung.

„Der Mann neben uns hätte auch ruhig noch klatschen können, statt wegzugehen“, sagte Petra ungehalten. „Der mit seinen Riesenpranken!“

Dann warteten sie mit strahlenden Augen vor dem Bühnenausgang.

In der Garderobe Frau Hagens sagte inzwischen Andreas zu seiner Mutter: „Deine beiden Schützlinge sind prächtig! Ich hatte doppelte Komödie – auf der Bühne und neben mir durch die beiden Mädchen. Sie sahen aus, als wären sie noch nie im Theater gewesen. Es war eine Freude. Wahrhaftig!“ Er lachte in Erinnerung an Susannes Schreck bei Frau Hagens Erscheinen.

„Was haben sie denn gesagt, als ich kam?“ fragte Frau Hagen belustigt.

„Du hättest es erleben müssen, Mutter!“

Sie gingen die Treppe zum Bühnenausgang hinunter. Als sie vor den beiden Mädchen standen, blieb Petras Mund vor Schreck einen Augenblick offenstehen. Der Mann mit den Riesenpranken! wäre es ihr beinahe herausgefahren, aber zum Glück konnte sie es noch im letzten Augenblick verschlucken. Übrigens war er nett, ungeheuer nett.

Sie gingen alle zusammen in eins der hellerleuchteten und kostbar eingerichteten Restaurants, von denen Susanne und Petra nicht geglaubt hätten, daß sie sie jemals von innen sehen würden. Sie sagten nicht viel. Sie waren noch überwältigt von dem Erlebnis des Abends und von der Überraschung, Frau Hagen auf der Bühne zu sehen.

Aber Andreas hatte eine unbekümmerte Art, zu reden und zu lachen, die ihnen Sicherheit und Selbstvertrauen gab.

Er erzählte von seiner Reise. Ein Jahr lang war er in Italien gewesen. Nun wollte er hier ausstellen, was er gemalt hatte. Dann ging es nach Paris ...

„Du Wandervogel", sagte seine Mutter halb scherzend. „Kannst du nie im Lande bleiben?" Dazu lächelte er nur, ging aber nicht weiter darauf ein.

Auf dem Heimweg unterhielt er sich mit Petra. „Sind Sie das Mädchen mit dem Kinderheim?" fragte er.

Sie nickte und sah zu ihm auf. Daß ein Mann wie er danach fragte.

„Erzählen Sie. Wie soll es werden?"

Nun wurde Petra eifrig. „Es soll am Wald stehend", sagte sie. „Ein weißes Haus, das am Wald steht, mit einer großen Wiese davor. Ein Stück Garten muß auch dasein, damit ich Blumen habe, und die Bäume um die Wiese herum müssen alt und groß sein. Im Wald dürfen sich die Kinder Höhlen bauen. Eichen müssen auch dasein, damit die Jungen klettern können."

„Die Mädchen nicht?" fragte er neckend.

„Doch, wenn sie Lust haben." Petra sah ihn mit ihrem unbekümmerten Lächeln an.

„Es sind prächtige Mädchen, deine beiden jungen Freundinnen", sagte Andreas Hagen noch einmal an diesem Abend, als er mit seiner Mutter in der Wohnung am Nachtigallenweg allein war. „Und nebenbei: eine ist schöner als die andere ..."

„So", sagte seine Mutter. „Dann haben wir ja ähnlichen Geschmack. Aber sag mir: Wenn eine schöner ist als die andere – wer ist dann die eine?"

Er dachte kurz nach. „Die Dunkle“, sagte er. „Wie heißt sie? Petra?“

Susanne hielt einen Packen Programme in der Hand. Sie trug das bewußte schwarze Kleid mit weißer Schürze und ein weißes Häubchen. „Programm zehn Pfennig!“ sagte sie, sobald Menschen in ihre Nähe kamen. Sie sagte es so laut wie möglich, aber es kam immer noch bescheiden genug heraus. Sie wollte nicht, daß es wieder hieß wie bei Bäcker Grothe: ein nettes Mädchen, aber sie macht den Mund nicht auf.

Obwohl also ihre Stimme nicht sehr laut klang, verkaufte Susanne doch genauso viele Programme wie die anderen Mädchen. Das machte vielleicht ihr freundliches und schüchternes Lächeln. Sogar vier „Film-Illustrierte“ verkaufte sie gleich am ersten Abend, und die Kolleginnen gaben neidvoll zu, das sei ein Erfolg. Erfreut zählte Susanne das verdiente Geld: Für jedes verkaufte Programm erhielt sie einen Pfennig, und für die „Film-Illustrierte“ sogar fünf!

Susanne erstand schon am zweiten Tag ihrer Kinotätigkeit eine Sparbüchse, ein tönernes Schwein. Es hatte einen zufriedenen Ausdruck und trug ein grünes Kleeblatt auf dem Rücken. In dieses Sparschwein wanderten sämtliche Groschen, die Susanne durch den Programmverkauf verdiente. Ab und zu gab es auch Trinkgelder. Beim erstenmal hatte Susanne den alten Herrn entsetzt angesehen, der ihr fünfzig Pfennig in die Hand drückte, als sie ihm die Logentür aufschloß. Aber sie wurde von ihren Kolleginnen belehrt, daß derartige alte Herren zu den beliebtesten Besuchern gezählt wurden. Ja, es gab Stammgäste, die an bestimmten Tagen des Monats kamen – man konnte im voraus berechnen, wer die Glückliche war, die diesmal fünfzig Pfennig einnehmen würde. Denn nach einem wohlüberlegten Turnus wechselte das Arbeitsgebiet der Platzanweiserinnen. War man die eine Woche im linken Parkett, so arbeitete man nächste Woche im rechten, um dann in die Ranglogen und Seitenränge abzuwandern. Es gab auch Leute, die sich nichts herausgeben ließen, wenn sie für eine „Film-Illustrierte" ein Geldstück gegeben hatten, aber das kam selten vor. Auf jeden Fall war der Programmverkauf ein Nebenverdienst, der in Susannes Augen nicht zu verachten war. Was mit dem gesparten Geld geschehen sollte, wußte sie schon: Davon wollte sie im Winter mit Petra ins Theater oder in Konzerte gehen.

Das waren glückliche Aussichten, die Susanne trösteten, und sie brauchte Trost! Der Beruf einer Platzanweiserin war anstrengender, als sie es sich gedacht hatte. Erstens taten ihr die Füße weh, denn sie rannte täglich eine stattliche Anzahl von Kilometern, wie sie Petra vorrechnete, und außerdem machte sie am Anfang Fehler über Fehler.

Das Film-Theater „Sansibar" hatte keine numerierten Plätze. Ein großer Nachteil, fand Susanne, denn dauernd mußte man an der Kasse Bescheid geben, wie viele Plätze zum Beispiel im ersten Rang noch frei waren. Das war an Tagen, da viel Betrieb herrschte, nicht leicht. Im Kino war es ja dunkel, und man konnte nicht deutlich erkennen, welche Plätze in den langen Reihen besetzt waren. Andererseits durfte man dem Publikum nicht mit der Taschenlampe in die Augen leuchten, wie Susanne es in den ersten Tagen getan hatte, wenn sie die freien Plätze zählen mußte. Man hatte nicht gerade freundlich dagegen protestiert, und ein Mann drohte, sich zu beschweren. Er tat es zum Glück dann doch nicht, aber Susanne ging doch anderthalb Stunden lang angsterfüllt umher.

Froh war sie eigentlich erst dann, wenn alle Plätze ausverkauft waren. Nun kamen angenehme Augenblikke. Man konnte neben dem dicken Vorhang am Eingang auf einem niedrigen Hocker sitzen und sich den Film ansehen, der da vorn auf der Leinwand ablief. Es gab auch während jeder Vorstellung eine Viertelstunde Pause. Dann saßen die Platzanweiserinnen im Umkleideraum, und Fräulein Holst kochte für Susanne Kakao. Fräulein Holst war überhaupt nett zu Susanne, was man von den anderen Mädchen nicht immer behaupten konnte. Sie fanden Susanne „eingebildet", weil sie nicht mit ihnen über die groben Scherze des dicken Portiers lachte. Der Portier war lange nicht so nett, wie Susanne zuerst angenommen hatte, als sie ihn mit breitem Lächeln vor dem Kino stehen sah. Bald merkte sie, daß sein Lächeln nur dem Publikum galt und daß er sich seiner machtvollen Stellung gegenüber einer Platzanweiserin durchaus bewußt war. Er konnte Susanne nicht leiden, weil sie seine Witze nicht mochte.

Es war also nicht immer leicht, ein freundliches Gesicht zu zeigen – die Hauptpflicht einer Platzanweiserin. Aber Susanne biß die Zähne zusammen, und trotz allem lernte sie viel. Sie lernte, daß man einem Film nicht nachträumen durfte, auch wenn er noch so aufregend war. Sonst konnte es einem passieren, daß man nicht rechtzeitig die Ausgänge schloß und daß plötzlich Menschen hereinkamen, die keine Eintrittskarte besaßen oder sich einen guten Platz sichern wollten.

Einmal hatte Susanne nicht aufgepaßt, und ein schrecklicher Wirrwarr entstand. Die Leute drängten schimpfend im Gang, weil keine Sitzplätze mehr zu finden waren. Von der Kasse kam die Anfrage, wie viele Plätze noch frei wären. Susanne hätte sich am liebsten gevierteilt, um überall zugleich zu sein.

Herr Daniel kam aus seinem Büro gestürzt, ließ Susanne kommen und schnauzte sie an. „Ich will Sie nicht mehr sehen!" schrie er außer sich. „Sie brauchen überhaupt nicht wiederzukommen!"

Susanne machte gut, was gutzumachen war. Sie lief zu den scheltenden Leuten zurück, versprach, für Sitzplätze zu sorgen, ließ an der Kasse sagen, der Verkauf möge eingestellt werden, und brachte dann das Publikum unter, wo gerade noch Platz war. Sie sah dabei so flehend aus und sprach so nett mit den Leuten, daß die meisten nichts mehr sagten, obwohl der Film inzwischen schon begonnen hatte. Als alle glücklich untergebracht waren, trocknete sich Susanne den Angstschweiß von der Stirn. Heimlich putzte sie auch an den Augen herum, die immer wieder überliefen, seit Herr Daniel gesagt hatte, er wolle sie nicht mehr sehen.

Als ihre Pause kam, ging sie zu ihm. Sie wollte sich entschuldigen. Das Tohuwabohu war ja durch ihre Unaufmerksamkeit verursacht worden, und außerdem wollte sie erfahren, ob es mit der Kündigung ernst war. Aber Herr Daniel hatte sich längst beruhigt. Außerdem hatte er es selten erlebt, daß sich jemand nach einem Donnerwetter bei ihm entschuldigte, und so war er beinahe gerührt. Er redete väterlich mit Susanne und nickte ihr aufmunternd zu. Sie lächelte mit verweinten Augen, und es kümmerte sie fast gar nicht, daß der

Portier ihr nachträglich noch einen Extra-Anranzer zuteil werden ließ. Im Umkleideraum wartete Fräulein Holst mit Kakao auf sie. Ja, der tat jetzt gut!

Fräulein Holst war sechsundzwanzig Jahre, sah aber älter aus, weil sie sehr bleich war und rotgeränderte Augen hatte. Sie war nicht beliebt bei den anderen Mädchen, aber für Susanne schien sie eine stille Liebe zu hegen und umsorgte sie ein wenig. Susanne war ihr dankbar dafür.

Allmählich hatte Susanne gelernt, was zu lernen war. Sie machte keine Fehler mehr, übersah mit raschem Blick, wieviel Menschen in ihrem Bezirk saßen, und vergaß nicht, die Ausgänge rechtzeitig zu schließen. Sie erhielt ab und zu Freikarten, und auf diese Weise bekam auch Petra manchmal einen Film zu sehen, oder Frau Paulke und ihre Tochter Leni. Susanne war ganz stolz, als Frau Paulke hinterher zu ihr sagte: „Ordentlich rausgemacht hast du dich, Susanne! Das merkt man erst richtig, wenn man dich in deinem Beruf sieht. Ordentlich gewandt bist du geworden – stimmt's, Leni?" Leni nickte und lachte. Susanne lachte auch und rief mit möglichst energischer Stimme ihr „Programm zehn Pfennig!" in die Gegend.

Im Hause Freese hatte sich nicht viel geändert. Alles ging seinen täglichen Gang.

Petra hatte sich nie besonders viel aus Mecki gemacht. Aber daß er sie gegen die Lietzenberg-Mädchen so verteidigt hatte, vergaß sie ihm nicht. So waren sie seit dem verunglückten Fest immer gut Freund miteinander, ohne daß sich dies anders als in einem gelegentlichen Händedruck, einem scherzhaften Wort oder einem verständnisvollen Blick geäußert hätte. Kam irgendeine Kleinigkeit vor, sei es, daß Herr Freese Petras Suppe zu nüchtern, das Gemüse zu salzig oder den Pudding zu süß fand oder daß Frau Freese feststellte, Petra beeile sich nicht genug mit ihrer Arbeit, so wußte sie Mecki ganz gewiß auf ihrer Seite.

Einige Zeit nach dem Fest gab er ihr ein Päckchen. Es war von Albrecht Lietzenberg, enthielt die kleine Handtasche, die Petra im Wintergarten liegengelassen hatte, und einen Brief. Mecki, der nie ein Wort über den Abend und über Petras plötzliche Flucht verloren hatte, sagte behutsam: „Albrecht ist im Grunde ein feiner Kerl, das kannst du mir glauben. Meinst du nicht, daß es doch noch was werden könnte mit euch beiden?“

Petra wurde dunkelrot. Sie sah wieder Albrechts Gesicht vor sich, die dunklen Augen, die beim Sprechen hochgezogene Braue, sie hörte seine schmeichelnde Stimme. Petra fühlte einen schmerzhaften Stich, aber sie schüttelte den Kopf und sagte still: „Laß nur, Mecki. Ich weiß, du meinst es gut, aber ...“

Albrecht schrieb: „Liebe Petra! Soll dies wirklich das Ende unserer Freundschaft sein? Ich kann es nicht glauben. Schreiben Sie mir ein paar Zeilen, damit ich weiß, daß Sie mir nicht mehr böse sind. Darf ich Sie wiedersehen?“

„Lieber Albrecht“, schrieb Petra noch am gleichen Abend zurück. „Ich bin Ihnen nicht böse. Aber ich möchte Sie nicht wiedersehen, und Sie sollen mir auch nicht mehr schreiben.“ Es schmerzte noch ein wenig, an Albrecht zu denken, aber alles war nun entschieden.

Mecki bekam Semesterferien und reiste zu seinen Eltern, und Herr Freese bekam Anfang September ein

Telegramm. Sein Vater war schwer erkrankt, Herr Freese sollte sofort kommen.

„Petra", sagte Frau Freese bekümmert. „Glauben Sie, daß Sie ein paar Tage allein mit den Kindern und dem Haushalt zurechtkommen? Ich möchte mit meinem Mann reisen. Trauen Sie es sich zu?"

„Natürlich", sagte Petra beruhigend. „Seien Sie ganz unbesorgt! Die Kinder und ich – wir kommen schon zurecht. Was, Annelene?" Petra legte den Arm um Annelenes Schultern, und das Kind sah andächtig zu ihr auf. „Ja, Petra!"

In aller Eile wurde ein Koffer gepackt, Petra strich Butterbrote für die lange Reise, und schon wenige Stunden, nachdem das Telegramm eingetroffen war, saßen Herr und Frau Freese im Zug, der sie ins Rheinland bringen sollte.

Petra sah sich mit frohen Augen in dem kleinen Reich um, das nun für kurze Zeit von ihr regiert werden sollte. Oh, es sollte eine gute Zeit werden!

Sie ging ins Kinderzimmer, wo Kätchen wieder einmal heulend auf dem Fußboden saß. „Ich will auch verreisen", klagte sie.

„Ach, Kätchen!" Petra nahm das Kind auf den Arm. „Es ist schrecklich langweilig, so still im Zug zu sitzen. Komm, wir beide, du und ich, sind jetzt die Hausfrauen, die für die Männer ein gutes Essen kochen. Willst du mir helfen?"

„Sollen Martin und Helmuth die Männer sein?" erkundigte sich die Kleine. „Und darf ich dann auch Kartoffeln schälen? Sonst ist es gar nicht richtig."

„Komm nur mit", sagte Petra. „Allein schaff' ich es gar nicht! Annelene und Martin, ihr könnt inzwischen etwas Schönes spielen. Wie wäre es mit Bilder-Lotto?" Sie zog Annelene zu sich und flüsterte ihr zu: „Nicht wahr, du hilfst mir doch? Paß nur auf, daß Martin recht brav ist bis zum Essen! Nachher darfst du dann lesen, soviel du Lust hast!"

Die Kinder taten, was Petra ihnen sagte, und sie ging frohen Herzens in die Küche. Es war doch schön, einmal selber Hausfrau zu sein, einmal selbst alles anzuordnen und zu bestimmen. Sie war gespannt, wie die Kinder sich verhalten würden, besonders Helmuth und Martin, mit denen sie schon manchen Strauß ausgefochten hatte. Aber sie war entschlossen, die Zügel nicht aus den Händen zu lassen – jetzt hatte sie die Verantwortung!

Als Helmuth aus der Schule kam, stand das Essen auf dem Tisch, Petra erklärte ihm rasch, was vorgefallen war. Er gab keine Antwort.

Petra schöpfte die Suppe aus, als alle am Tisch saßen. „Laßt es euch recht schmecken", sagte sie herzlich. „Heute gibt es nur eine Kartoffelsuppe. Ihr wißt ja, es mußte schnell gehen, wir haben mit Kofferpacken so viel Zeit verloren."

„Ich esse nicht mit", erklärte Helmuth und schob seinen Teller fort. „Kartoffelsuppe mag ich nicht!"

„Du bist gemein! Richtig gemein!" rief Annelene, wurde kirschrot im Gesicht und war den Tränen nahe. Nichts traf sie mehr, als wenn eines der Kinder Petra nicht gehorchen wollte. Martin sah erwartungsvoll von Petra zu Helmuth, augenblicklich bereit, es mit dem großen Bruder zu halten. Der ließ jetzt Kopf und Arme wie ein toter Kasper herunterhängen und lehnte mit geschlossenen Augen gegen den Stuhl, um die Geschwister zum Lachen zu bringen.

„Nun hört mal zu!“ sagte Petra energisch. „Wir können jetzt ein paar wunderschöne Tage zusammen haben – das heißt, wenn ihr wollt! Wir können uns für jeden Tag etwas anderes ausdenken, und am Sonntag könnten wir einen herrlichen Ausflug machen. Weißt du nicht irgendein schönes Ausflugsziel, Helmuth? Vielleicht eine Dampferfahrt? Aber entweder wir vertragen uns, und dann müssen wir auch alle zusammenhalten – oder wir vertragen uns nicht. Dann mache ich meine Arbeit und kümmere mich nicht um euch! Aber dann gibt es auch keine gemütlichen Abende mit Geschichtenvorlesen, Halmaspielen und Haferflockenplätzchen!“

Schweigen.

„Also!“ schloß Petra. „Ich denke, es ist netter, wir vertragen uns. Wollt ihr?“

Annelene und Kätchen nickten, Martin sah wieder zu Helmuth hin. Natürlich konnte Helmuth jetzt nicht wie ein braves Kind sagen: „Ja, gern, liebe Petra“ – aber das erwartete Petra auch nicht. Er sagte nur: „Wir waren so furchtbar lange nicht mehr in Mariendorf, könnten wir da nicht Sonntag hin? Man kann dort so gut im Wald Versteck mit Kriegen spielen oder Räuber und Prinzessin ...“

„O ja“, sagte Petra. „Das müssen wir nachher noch genau besprechen. Also nach Mariendorf. Kann man mit dem Dampfer hinfahren?“

Helmuth und Annelene begannen gleichzeitig zu erklären, und Petra beauftragte Helmuth, nach den Schularbeiten einen regelrechten Marschplan zu entwerfen, mit Wegangaben, genauen Abfahrtzeiten von Eisenbahn, Dampfer und so weiter. „So was können Jungen besser“, meinte sie, und Helmuth fühlte sich tief geschmeichelt.

Er hatte gar nicht gemerkt, daß Petra ihm schon zum zweitenmal den Teller füllte.

Nach dem Essen schickte Petra Annelene mit einem Brief zum Nachtigallenweg. Sie teilte Susanne kurz mit, daß sie einige Tage nicht nach Hause käme, bat, Annelene Nacht- und Waschzeug mitzugeben, und schrieb: „Besuch mich morgen vormittag!“ Die beiden Kleinen durften helfen, das Mittagsgeschirr abzutrocknen.

Petra lief zwischendurch zu Helmuth, der bei seinen Schularbeiten saß und schon nebenher Pläne wegen des Ausfluges wälzte. „Helmuth“, sagte sie vertraulich, „ich habe noch eine Bitte. Du weißt ja, mit Annelene und Kätchen ist es nicht schwer. Aber Martin macht mir doch manchmal Schwierigkeiten. Könntest du mir nicht ein bißchen helfen, ihn zu erziehen, solange deine Eltern nicht da sind? Weißt du, ich hätte es dann leichter“, fügte sie hinzu.

Helmuth wurde langsam rot, das hatte er nicht erwartet. Aber was sollte man machen, wenn so ein Mädchen nicht recht wußte, wie es allein zurechtkommen sollte und einen um Hilfe bat? Da mußte man schon helfen. Er nickte Petra großmütig zu. „Martin soll nur wagen, frech zu sein“, sagte drohend, „dann kriegt er gehörig Wichse von mir, darauf können Sie sich verlassen!“

„Na, wir wollen es erst mal ohne Haue versuchen“, besänftigte Petra den eifrigen Erzieher. „Weißt du, die Kleinen dürfen es sozusagen gar nicht merken, daß man sie erzieht. Sie wollen nämlich genauso in Ruhe gelassen werden wie die Großen. Ich meine nur, wenn du mir etwas beistehst ...“

„Wird gemacht!“ nickte Helmuth, und Petra beeilte sich, wieder in die Küche zu kommen, denn sie hörte Kätchens Klagegeschrei.

Kätchen hatte im Eifer des Abtrocknens eine Tasse zerbrochen. Aber Petra schalt nicht. „Du, das ist mir neulich auch passiert. Das kann jedem mal so gehen. Du hast es ja nicht mit Willen getan, wein nur nicht mehr. Jetzt werden wir beide mächtig aufpassen, daß wir nichts mehr kaputtschlagen, nicht?“

So verlief der erste Tag friedlich und gut. Am Abend las Petra den Kleinen noch eine lange Geschichte vor, weil sie sich nicht ein bißchen unmanierlich bei Tisch benommen hatten. Martin angelte sich zwar die Leberwurst über den Tisch, um einfach davon abzubeißen, aber Petra hatte sie ihm freundlich und bestimmt aus der Hand genommen. „Das gibt es nicht, Martin! Du bist doch kein Hund, oder?“

Martin wollte protestieren, obwohl er über den „Hund“ lachen mußte. Aber kaum hatte er den Mund aufgemacht, als Helmuth ihn mit fürchterlicher Stimme anfuhr: „Das sag’ ich dir, wenn du Petra nicht gehorchst, dann kriegst du es mit mir zu tun! Bursche!“ fügte er noch hinzu, was ihm sehr wirkungsvoll erschien. Und wirklich, auf Martin machten seine Worte tiefen Eindruck. Petra aber winkte Helmuth heimlich mit den Augen zu, und er winkte genauso heimlich zurück. Ja, es war wohl gut, daß sie sich einen Verbündeten gesucht hatte.

Annelene und Helmuth durften noch ein Stündchen aufbleiben, als die Kleinen im Bett lagen. Helmuth holte seinen Marschplan und erklärte der andächtig lauschenden Petra alles, was man für ein solches Unternehmen wissen muß. Annelene saß im Ohrensessel, knabberte von den Plätzchen, die Petra ihr hingestellt hatte, und las ganz versunken in ihrem Buch.

Als sie sich endlich ihr Bett auf dem Sofa im Wohnzimmer zurechtgemacht hatte, streckte sich Petra gemütlich aus. Sie war müde, und morgen mußte sie früh heraus, um die großen Kinder rechtzeitig auf den Schulweg zu bringen. Sie schloß die Augen. „Lieber Gott, laß es mich gut machen“, flüsterte sie.

Frau Freese schrieb an Petra, daß der Schwiegervater einige Tage nach ihrem Eintreffen gestorben sei. Sie blieben noch, bis die Beerdigung vorbei wäre ... Und dann kam ein Satz, der Petra einen Stoß gab:

Frau Freese teilte ihr mit, daß sie die Großmutter mitbrächten, eine noch rüstige alte Dame. Sie wollte Frau Freese im Haushalt helfen, um wieder eine Aufgabe zu haben. Petra würde dann nicht mehr gebraucht, so leid es ihnen täte, und sie möchte sich zum ersten Oktober nach einer neuen Stelle umsehen.

Petra erschrak; das kam so gänzlich unerwartet. Aber sie machte sich rasch mit dem Gedanken vertraut, eine andere Arbeit zu suchen. Es war ja gut, verschiedene Menschen und Lebenskreise kennenzulernen, und außerdem: Es ließ sich nicht ändern!

Die Kinder waren traurig, weil Petra sie verließ, und Petra war froh, daß sie mit ihnen zu guter Letzt noch eine so prächtige Zeit gehabt hatte. Von Herrn Freese erhielt sie ein gutes Zeugnis. Zu ihrem heimlichen Staunen war darin sogar die Rede von ihrer besonderen Begabung, mit Kindern umzugehen. Herr Freese hatte ihr also Martins „Prügel“ verziehen.

Mit dem Zeugnis bewaffnet, machte sich Petra an ihrem nächsten freien Nachmittag auf den Weg. Sie erinnerte sich der Kindergärten, in denen sie damals vertröstet worden war: „Vielleicht später ...“

Nein, es war wieder nichts. An drei Stellen fragte Petra vergeblich.

Aber die Leiterin des dritten Kindergartens wußte, daß im Kinderhort Weißenfelderstraße eine Kindergärtnerin gesucht wurde.

„Aber ich bin ja noch keine ausgebildete Kindergärtnerin“, wandte Petra ein.

„Ich denke, mit diesem Zeugnis wird man Sie vielleicht trotzdem nehmen“, war die Antwort.

Petra faßte neuen Mut und wanderte zur Weißenfelderstraße. Sie hätte Herrn Freese umarmen mögen, weil er ihr ein so gutes Zeugnis ausgestellt hatte.

Die Leiterin des Kinderhortes war eine große, grauhaarige Frau mit strengem Gesicht. Sie war bereit, Petra einzustellen, natürlich für ein geringeres Entgelt, als es die fertigen Kindergärtnerinnen bekamen. Siebzig Mark im Monat sowie Mittag- und Abendessen.

„Ja, vielen Dank“, sagte Petra froh. Das war unerwartet günstig. Der Dienst war zwar lang, von morgens um sieben bis abends um sieben Uhr, mit einer halben Stunde Mittagspause. „Die Mütter bringen morgens, bevor sie zur Arbeit gehen, ihre Kinder her und holen sie abends wieder ab. Unsere jungen Mädchen können natürlich nicht eher nach Hause gehen, bis das letzte Kind abgeholt ist. Das ist klar, nicht wahr? Aber dafür haben Sie jeden Sonntag frei.“

Auch das fand Petra gut. Sie war mit allem einverstanden. Sie hatte eine Stellung!

So kam es, daß nicht nur für Susanne, sondern auch für Petra am ersten Oktober ein neuer wichtiger Abschnitt begann: für Susanne in Dr. Petersens Buchhandlung, für Petra im Kinderhort Weißenfelderstraße.

Es war ein kalter, nebliger Morgen, an dem sich Susanne auf den Weg zur Herderstraße machte. Um halb neun sollte sie in der Buchhandlung sein, aber sie hatte über eine halbe Stunde Weg. Trotzdem ging es ihr besser als Petra, die bereits seit halb sieben fort war.

Susanne schritt fröhlich aus. Nun fing das richtige, das eigentliche Leben an. Jeder Tag würde sie ihrem Ziel näher bringen. Sie hatte ihre Stellung im Filmtheater „Sansibar“ schon vor einer Woche aufgegeben. Diese Woche hatte sie dazu benutzt, um ihre Sachen in Ordnung zu bringen und für den neuen Beruf Kräfte zu sammeln.

Es tat Susanne durchaus nicht leid, daß sie damals nicht gleich nach Ostern bei Dr. Petersen anfangen konnte. Es war keine verlorene Zeit für sie gewesen, in keiner Hinsicht. Außerdem hatten die Mädchen, solange Susanne Platzanweiserin war, jeden Monat achtzig Mark gespart, trotz der beiden neuen Bettlaken, die sie angeschafft hatten, und der Feuerung für die nächsten Wochen.

In den letzten Septembertagen waren die Schwestern zusammen losgezogen mit einer genau berechneten Summe im Geldbeutel. Mit wichtigen Mienen und glücklichen Augen wurde ausgesucht und anprobiert. Jede bekam einen karierten Wollrock in kräftigen Farben und dazu einen einfarbigen Pullover mit Rollkragen für die kühlen Herbst- und Wintertage. Susanne entschied sich für Blau – Blau stand ihr nun einmal am besten, und Petra schwankte eine Weile zwischen Gelb und Rot. Sie nahm schließlich den roten Pullover, weil er nicht ganz so empfindlich war wie der gelbe. Für festliche Anlässe gab es noch für beide einen schwarzen Pullover, der paßte zu jeder Gelegenheit und war äußerst vornehm, wie Petra versicherte. Sie kauften auch neue Schuhe, gelb und glänzend und zum Verlieben hübsch, und wenn es auch nicht zu neuen Mänteln reichte – die waren gar zu teuer –, so gab es doch noch Baskenmützen und ein paar hübsche gestrickte Handschuhe, blaue für Susanne, rote für Petra, und zwei Paar Nylonstrümpfe, die hoffentlich lange Zeit keine Laufmaschen bekamen.

Im neuen Rock und Pullover, mit den neuen Schuhen und Strümpfen zog also Susanne am ersten Oktober früh um acht Uhr zur Stadtmitte, genauso froh, wie Petra anderthalb Stunden früher zur Weißenfelderstraße gegangen war. In ihrer Manteltasche steckte ein Päckchen mit Butterbroten.

Dr. Petersen begrüßte das junge Mädchen freundlich und machte sie mit den Kollegen bekannt. Der bebrillte junge Mann, Herr Steffen, war noch da, dann Fräulein Hermann, eine Buchhändlerin, die seit langem ausgelernt hatte, zwei Herren in der Versandabteilung, eine Sekretärin und ein junges Mädchen, Anke Ebeling, das im dritten Jahr Lehrling war. Anke Ebeling hatte ein klares sympathisches Gesicht, einen dunkelblonden, glatt anliegenden Pagenkopf und ein lustig-energisches Wesen. Sie war mit einem Studenten verlobt, der Jurist wurde und kürzlich seinen Referendar gemacht hatte. Seitdem wurde sie von Dr. Petersen und den Kollegen nur die „Referendarsbraut“ genannt, was sie sich vergnügt gefallen ließ. Anke Ebeling trug viel dazu bei, daß Susanne sich von Anfang an in Dr. Petersens Buchhandlung wohl fühlte.

Als erstes lernte Susanne, Pakete zu packen! Sie wurde auch mit den Geheimnissen und Tücken der Portokasse bekannt gemacht. Die Portokasse war äußerst wichtig. Die Abrechnung mußte jeden Abend stimmen. Man mußte aufpassen, aufpassen und noch mal aufpassen, wie Dr. Petersen sagte.

Susanne war voll guter Vorsätze. Es sollte ihr hier nicht wieder so gehen wie mit den Brötchen bei Bäckermeister Grothe. Aber nun war es eben doch gut, daß sie im letzten halben Jahr schon ein wenig Erfahrung gesammelt hatte. Sie war nicht mehr so zaghaft, sie traute sich mehr zu als früher, und sie fühlte sich hier am richtigen Platz.

Es war so schön, die unzähligen Bücherreihen an den Wänden zu betrachten! Für sie hatte Susanne ein gutes Gedächtnis: Bald wußte sie, daß sich die schöne Literatur auf der rechten Seite befand, daß wissenschaftliche Werke im hinteren Kabinett zu finden waren, antiquarische Bücher dagegen links vorn.

Bücher zu verpacken war auch nicht so leicht, wie es aussah! Die Bogen mußten ohne Falten und tadellos unter dem festgezogenen Bindfaden sitzen. Aber man lernte es schnell. Auch herrschte ein guter, freundlicher Ton. Niemand wurde ungeduldig, wenn Susanne zuerst ein bißchen langsamer war als die Kollegen, und ein gelegentliches Scherzwort förderte die Arbeit und die gute Laune.

Susanne gab sich so viel Mühe, daß Portokasse und Abrechnungen sie bis in ihre Träume hinein verfolgten.

Auf den Pfennig genau stimmte Abend für Abend ihre Abrechnung. Sie schilderte Frau Hagen und Petra, wie sorgfältig und deutlich die Adressen geschrieben werden mußten und wie schnell es ihr schon gelang, Päckchen und Pakete zu verpacken! Mit Spannung und halb ängstlicher Erwartung sah sie dem Tag entgegen, da sie zum erstenmal einen Kunden bedienen durfte.

Dr. Petersen war von Anfang an mit Susanne zufrieden. Natürlich machte sie zuerst auch Fehler, versah mal etwas oder hatte nicht richtig aufgepaßt, aber es kam selten vor. Alle in der Buchhandlung mochten Susanne leiden.

Das erfüllte sie mit schüchterner Freude. Sie war immer freundlich, sie drängte sich nicht in den Vordergrund, aber sie scheute sich auch vor keiner Arbeit, und wenn einer oder der andere sie gelegentlich bat, während der Mittagspause für ihn einzuspringen, so sagte Susanne niemals nein.

Dr. Petersen beobachtete das junge Mädchen mit wachsendem Interesse. Er hatte damals nach der ersten Unterredung einen guten Eindruck von Susanne gehabt, aber er hatte sich gefragt, ob sie nicht gar zu zaghaft sei.

Nun war er angenehm überrascht. Susanne wurde allmählich zum Verkauf herangezogen und bewährte sich auch hier. Kunden, dic unschlüssig waren, empfahl sie liebenswürdig ein Buch, das sie für richtig hielt, anderen, die gern stundenlang herumstöberten, sah sie geduldig zu. Sie wußte, wann sie zuhören und wann sie sprechen mußte, und tat beides in einer angenehmen, sanften Art.

Ein junger Mensch, den man gern um sich sieht und

auf den man sich verlassen kann, so faßte Dr. Petersen schließlich sein Urteil zusammen.

Jeden Mittag ging Susanne mit Anke Ebeling, der Referendarsbraut, in eine kleine billige Studentenkneipe. Zuerst hatte sie ängstlich abgewehrt: ein Lokal! Da würde es doch zu teuer sein. Aber Anke hatte lachend gesagt: „Du denkst wohl, Mittagessen zu eins fünfzig! Nein, das kann ich mir auch nicht leisten, aber ab vierzig Pfennig! Du wirst schon sehen. Billiger sind Butterbrote auch nicht, und du brauchst dann abends nicht mehr zu kochen, wenn du mittags warm gegessen hast!"

Das war ein Gesichtspunkt! Susannne ging also mit, und nachdem sie mit Petra alle Vorteile erwogen hatte, blieb sie in „Heinrichs Kaffeetopf" für die Dauer ihrer Lehrzeit Stammgast.

Genau wie Anke aß sie natürlich nur die billigsten Gerichte. Man konnte einen Teller Erbsensuppe „mit Einlage" für vierzig Pfennig bekommen. Der Löffel stand darin, so dick war die Suppe, und ein Brötchen gab es noch dazu. „Leider sind die Zeiten vorbei", seufzte Anke, „wo man Brötchen essen konnte, soviel man wollte. Ja, so war das hier früher. Aber die Studenten hatten es bald heraus, es hatte sich herumgesprochen, und so kamen sie in Scharen, um einen Teller Erbsensuppe mit achtzehn Brötchen zu essen. Da streikte Heinrich! Seitdem gibt es zu jedem Essen nur noch ein einziges Brötchen." Heinrich war der dicke Wirt. Zwar wußte man nicht genau, ob er wirklich so hieß, aber er wurde so genannt.

Es gab ferner drei Kartoffelpuffer mit Apfelmus für vierzig Pfennig, Nudeln mit Tomatensoße für fünfzig Pfennig und Kartoffeln mit Labskaus und einer winzigen Gurkenscheibe für sechzig Pfennig. Die Schwestern hatten ausgerechnet, daß Susanne jeden Tag fünfzig Pfennig für das Mittagessen ausgeben konnte, so hatte sie also einige Auswahl.

Meistens kam auch Ankes Bruder Götz in „Heinrichs Kaffeetopf", und wenn auch ihr Verlobter, Johann Maier, der Referendar, noch dazukam, so gab es eine fidele Runde.

„Willst du wirklich unseren schönen Namen Ebeling mit dem profanen Maier vertauschen, Anke?" sagte ihr Bruder unwillig und riet ihr ab.

„Maier mit a!" rief Johann, den seine Braut Hannes nannte. „Ich will ja nicht sagen, daß Meier mit e ein seltener Name ist, aber Maier mit a? Und der Name Johann! Gibt es einen, der klassischer wäre? Hieß nicht Goethe Johann? Und Sebastian Bach? Wer heißt heute noch Johann ..."

„Eben! Wer heißt heute noch Johann? Der Name ist völlig veraltet!"

„Der Name ist eine Seltenheit", sagte Hannes. „Dagegen Götz! Jeder fühlt sich unangenehm berührt bei diesem Namen, der ..." Hannes war in Gefahr, ein Brötchen an den Kopf zu bekommen, Anke und Susanne protestierten lachend, und der dicke Heinrich erschien mit würdevoller Miene und kredenzte vier Gläser Buttermilch zu je zehn Pfennig.

So vergnügt Hannes Maier und Götz Ebeling waren, leicht hatten sie es gewiß nicht, wie Susanne von Anke erfuhr. Der Referendar war die letzten Jahre im Nebenberuf Fensterputzer gewesen. Seit einiger Zeit ging es ihm besser, er schrieb für eine Zeitschrift Aufsätze, die recht gut bezahlt wurden. Seine Eltern waren nicht reich, und er brachte sich langsam und zäh durch sein Studium.

„Und Götz?“ fragte Susanne. „Was treibt Götz?“

Als sie ihn zum erstenmal bei dem dicken Heinrich getroffen hatte, war er vom Tisch aufgestanden und hatte sie eine Weile angestarrt. „Wir haben uns bestimmt schon einmal gesehen“, erklärte Götz seiner Schwester dieses Benehmen. „Nicht wahr, Fräulein Burkhardt? Stehen Sie mir bei ...“

„Aber wenn ich nur wüßte, wo?“ grübelte Susanne.

Götz wußte es auch nicht, und sie aßen so nachdenklich ihre Pfannkuchen, daß sie gar nicht bemerkten, wie sauer heute das Apfelmus war.

„Waren Sie etwa als Statistin beschäftigt?“ fragte Götz.

„Ich? Im Theater? Nein“, sagte Susanne verwundert. „Waren Sie denn Statist?“

Götz nickte. Auf einmal legte er seine Gabel hin. „Theater, sagen Sie. Wir haben uns im Theater gesehen! In ‚Pygmalion‘ ...“

„Ja! In Pygmalion!“ Susanne lächelte überwältigt. Wie klein war doch die Welt!

„Sie saßen vor mir, Sie hatten ein weißes Kleid an, mit Blau oder so, und Sie haben sich nach mir umgedreht ...“, suchte Götz in seinem Gedächtnis. Er war der junge Mann, der Frau Hagen „wieder einmal großartig“ gefunden hatte.

Bald war ein angeregtes Gespräch im Gange. Susanne bedauerte es, daß die Mittagspause so kurz war. Oder kam es ihr nur so vor?

„Ja, was treibt Götz?“ sagte Anke. „Das ist eine lange Geschichte. Aber ich kann sie dir gern erzählen.“ Götz’ und Ankes Mutter war schon bald nach Ankes Geburt gestorben. Der Vater hatte eine große Buchhandlung gehabt. Er war im gleichen Jahr gefallen, als das Geschäft ausgebombt wurde. Die Bücher waren nicht alle in dem Haus gewesen, das ausbrannte; es gab ein großes Depot außerhalb der Stadt, wo Herr Ebeling vorsichtshalber während des Krieges einen großen Teil der Bücher gelagert hatte. Diese Bücher und eine ziemlich große Geldsumme waren das Erbteil, das Götz und Anke bekamen, als ihr Vater fiel.

Götz war zu dieser Zeit noch sehr jung, aber er wehrte sich dagegen, daß die Bücher verkauft wurden, wie es Onkel und Tante, bei denen sie lebten, vorschlugen. Die Bücher! Er hatte etwas damit vor. Das Geld wurde in den Nachkriegsjahren für den Lebensunterhalt und das Schulgeld der beiden Kinder verbraucht. Götz hatte Abitur gemacht, Anke war bis zur mittleren Reife gegangen.

Dann hatte Götz sich mit seinem Onkel überworfen. Der Onkel besaß eine Apotheke. „Weißt du, die große Apotheke am Steinwall, Susanne." Er hatte sich in den Kopf gesetzt, daß Götz Apotheker werden sollte. Von seinem Standpunkt aus war es zu verstehen, sagte Anke. Aber für Götz hatte es von jeher festgestanden, daß er Buchhändler würde wie sein Vater und sein Großvater. Es gab lange erregte Auseinandersetzungen mit Onkel und Tante, es fielen einige Worte wie „Undankbarkeit" und „Dickkopf", die Götz zu der Bemerkung veranlaßten, daß sie ihren Aufenthalt im Hause des Onkels bezahlt hätten. Daraufhin sollte er das Haus verlassen; Anke hätte bleiben können. Aber das wollte sie nicht. Sie wollte bei dem Bruder sein, und seitdem lebten sie zusammen „in einer wundervollen Bude“, wie Anke sagte.

Götz hatten später seine hitzigen Worte leid getan, er hatte noch einen Brief an seine Tante geschrieben und ihr gedankt, aber es kam keine Antwort. Und die Geschwister bereuten keinen Augenblick lang, ihr Leben selbst in die Hand genommen zu haben. Anke wurde Buchhändlerin bei Dr. Petersen, der ihren Vater noch gut gekannt hatte, und Götz?

Götz war ein toller Bursche. Er fing an, Zeitungen zu verkaufen. Ja, er stand an den Straßenecken und verkaufte die „Welt“ und den „Zeitspiegel“ und die Groschenblätter, ohne die die Menschheit nicht mehr leben zu können schien. Er verkaufte so gut und arbeitete sich so rasch hoch, daß er einen Verkaufsstand an einer Litfaßsäule bekam. Und nun war der Augenblick gekommen, von dem Götz im Wachen und Schlafen geträumt hatte. Er sprach mit seinem Chef, erzählte von seinen Büchern und fragte bescheiden an, ob er diese Bücher in seinem Zeitungsstand nebenher verkaufen könne.

Es gab noch eine Menge Schwierigkeiten mit Behörden und Genehmigungen, und es dauerte noch ein weiteres halbes Jahr, bis Götz stolz seine ersten Bücher verkaufen konnte. Aber es war der Anfang zur neuen „Buchhandlung Ebeling“, wie Götz sagte, und inzwischen schlug er sich mit Anke zusammen durchs Leben.

Abends hatte er lange Zeit als Statist im Stadttheater mitgewirkt. Das war erstens eine hübsche Einnahme, und zweitens hatte Götz, ein großer Theaterliebhaber, berühmte Schauspieler aus nächster Nähe gesehen. Jetzt war er nicht mehr Statist, sein wachsendes Geschäft nahm ihn zu sehr in Anspruch, aber ins Theater ging er immer noch, so oft es möglich war. Ein einziges Mal war er so leichtsinnig, einen teuren Platz zu nehmen. Das war an dem Tag im Juni gewesen, an dem auch Susanne und Petra mit klopfenden Herzen im ersten Rang saßen.

Es kam, wie Petra es für Susanne gewünscht hatte: Sie lernte durch ihren Beruf Menschen kennen, und um keinen Preis der Welt hätte Susanne jetzt mit irgendwem tauschen mögen.

„Nun gehorch dem Fräulein schön“, sagte eine blasse, abgehärmt aussehende Frau zu ihrem kleinen Mädchen, das, den Finger im Mund, ganz verlegen in der Tür zum Kinderhort stand und das Kleid ihrer Mutter gar nicht loslassen wollte. „Hörst du, Sonni? Ich muß jetzt gehen!“

Petra beugte sich freundlich zu der Kleinen hinab. Dicke Tränen standen in den angstvollen blauen Augen. „Sie trennt sich jeden Morgen so schwer von mir“, sagte die Mutter seufzend. „Immer gibt es Tränen. Da mag man gar nicht zur Arbeit gehen. Das verfolgt einen den ganzen Tag. Ich weiß ja, daß mein Kind hier gut aufgehoben ist, aber trotzdem ...“

„Seit wann kommt Ihre Kleine hierher?“ fragte Petra. „Ich bin nämlich heute zum erstenmal da.“

„Seit voriger Woche“, war die Antwort. „Aber bis jetzt ist es noch niemals ohne Tränen gegangen.“

„Ich werde mich ganz besonders um Sonni kümmern“, sagte Petra herzlich. „Komm, Sonni! Wir beide passen jetzt auf, ob noch mehr Kinder kommen. Oder bist du etwa das einzige kleine Mädchen hier?“

Sonni schüttelte den Kopf, immer noch purzelten

Tränen aus den Augen. „Es kommen noch viele Kinder“, vertraute sie Petra an.

Die Mutter nickte Petra dankbar zu und ging rasch hinaus. Sie hörte noch, wie Petra fragte: „Wie viele denn?“, und Sonni antwortete: „Hundert! Nein, tausend!“

Wenn auch nicht gerade hundert oder tausend Kinder kamen – der helle große Raum war bald von Kinderstimmen erfüllt. Auf den kleinen Bänken saßen Jungen und Mädchen schwatzend und essend nebeneinander.

Frau Grotwahl, die Leiterin des Horts, kam aus ihrem Zimmer. „Ist Fräulein Höpfl immer noch nicht gekommen?“ sagte sie und sah sich um. „Wieviel Kinder sind da?“

„Achtunddreißig“, antwortete Petra, nachdem sie mit den Augen die Bankreihen überflogen hatte.

„Gut, dann sind alle da. Na, Sonja, warum sitzt du noch nicht auf deinem Platz? Ich habe ihn dir doch gezeigt! Schnell, setz dich hin und iß. Die anderen Kinder sind schon beinahe fertig.“

Petra fühlte, wie sich Sonnis Hand fest an ihre klammerte. Sie sah liebevoll in das ängstliche kleine Gesicht. „Zeig mir, wo dein Platz ist, Sonni, ja? Wir gehen zusammen hin.“

„Ich will lieber bei dir bleiben“, sagte Sonni leise und fing wieder an zu weinen.

„Nun komm schon!“ rief Frau Grotwahl streng. „Nicht soviel Theater gemacht! Setz dich artig auf deinen Platz, Sonja! Nein, du gehst allein! Du bist doch schon fünf Jahre alt – ein großes Mädchen. So! Und nicht immer weinen. Du bist doch keine Heulsuse.“

Das Kind löste gehorsam sein Händchen von Petras

Hand und ging zu seinem Platz. Petra sah, wie die kleinen Schultern vor Weinen bebten. Es trieb sie, hinter der Kleinen herzulaufen, sie an sich zu drücken und zu trösten. Ein grenzenloses Mitleid überkam sie. Wer wußte denn, was in dem verlassenen Seelchen vorging? Wie hilflos es sich fühlte unter „hundert, nein tausend“ fremden Kindern!

„Beaufsichtigen Sie nun die Kinder, Fräulein Burkhardt“, sagte Frau Grotwahl. „Die Kinder dürfen während der Mahlzeiten nicht aufstehen. Nach dem Frühstück müssen sie ihre Brottaschen in den Vorraum bringen und zu ihren Mänteln hängen. Dann dürfen sie spielen. In den Regalen finden Sie Baukästen und Spiele. Sie können auch Kreisspiele machen. Wenn Fräulein Höpfl kommt, übernimmt sie die eine Hälfte der Kinder.“

Frau Grotwahl ging in ihr Zimmer zurück, und Petra lief zu der kleinen Sonja, die ihr Frühstücksbrot noch nicht angerührt hatte. Petra kniete neben dem niedrigen Stühlchen nieder und schlang die Arme um das Kind. „Wein nicht mehr, Sonni!“ flüsterte sie ihr ins Ohr. Sie zog ihr Taschentuch hervor und trocknete dem Kind die Tränen ab. „Nachher wollen wir Kreis spielen, dann darfst du mich immerzu anfassen. Willst du? Oder willst du lieber Häschen sein? Häschen in der Grube?“

„Dich anfassen“, flüsterte die Kleine. Petra drückte sie an sich, ehe sie sich erhob und sich um die anderen Kinder kümmerte.

Die Tür ging auf, und ein junges Mädchen kam eilig herein.

„Tante Hanni! Tante Hanni!“ jubelten die Kinder.

„Nicht so laut“, Tante Hanni legte verschmitzt den

Finger auf die Lippen. „Da bin ich also! Ein Glück, daß Sie wenigstens pünktlich waren“, wandte sie sich zu Petra und gab ihr die Hand. „Ich bin Hanni Höpfl. Hat Frau Grotwahl schon nach mir gefragt?“

Bevor Petra etwas sagen konnte, ging die Tür auf, und die Leiterin steckte ihr strenges Gesicht herein. „Kommen Sie mal eben zu mir, Fräulein Höpfl!“

Ein kleiner Blondkopf sah Petra schelmisch an und sagte: „Jetzt kriegt sie Schimpfe.“

„So?“ sagte Petra lachend. „Was wollen wir denn jetzt spielen? Häschen in der Grube?“

„Ja!“ riefen die Kinder. Sonni hielt bereits Petras Hand so fest, als wollte sie sie heute nicht mehr loslassen.

Fräulein Höpfl kam, während die „Häschen“ herumhüpften, mit rotem Kopf aus Frau Grotwahls Zimmer. Sie klatschte in die Hände und rief: „Alle Kleinen kommen jetzt mit mir! Die Großen bleiben bei Tante Petra!“

Sie scharte die Kleinen um sich und ging mit ihnen in den Nebenraum. Die Großen, das waren die Vier- bis Sechsjährigen, mit denen Petra nun allein blieb. „Jetzt wollen wir mal alle ein schönes Haus bauen“, sagte Petra. „Oder einen Turm. Wer kann wohl den schönsten Turm bauen?“

„Ich! Ich!“ schrien die Kinderstimmen durcheinander.

„Setzt euch an die Tische, ich gebe euch die Baukästen. Wer will denn lieber Flechtarbeiten machen? Oder Perlen aufziehen?“

Petra nahm Spiele und Baukästen aus den Regalen und verteilte sie. Die kleinen Hände streckten sich ihr von allen Seiten entgegen.

„Und du, Sonni?“ sagte Petra schließlich zu der Kleinen, die immer noch an ihrer Seite war. „Was willst du Schönes machen? Willst du auch einen Turm bauen?“

„Ich will gar nichts“, sagte Sonni.

„Warum weinst du, mein Kleines? Bist du traurig? Ist es hier denn nicht schön?“ Petra sprach leise mit dem Kind.

„Nein.“ Sonni schüttelte den Kopf. „Ich will lieber bei meiner Mami sein. Kommt meine Mami wieder?“ In dem kleinen Gesicht stand Angst. Sonni drückte die Hand gegen die Augen und sagte unter Tränen: „Tante Hanni hat gesagt, wenn ich weine, holt meine Mami mich nicht wieder ab.“

„So ein Unsinn!“ sagte Petra energisch. „Hör zu, Sonni! Deine Mutter kommt bestimmt wieder. Ganz bestimmt. Hand drauf! Heute abend kommt sie und holt dich ab, sie hat es mir selbst gesagt. Sie würde ja schön traurig sein, wenn sie ohne ihre Sonni nach Hause gehen müßte! Hast du denn noch mehr Geschwister? Nein? Nun paß mal auf, Sonni. Wir beide spielen jetzt was Wunderschönes, dann ist bald Abend, und deine Mutter kommt.“

Die Kleine nickte.

„Hast du eigentlich eine Puppe?“

Sonni nickte wieder.

„Wie heißt sie denn?“

„Lieschen.“

„Oh, ich hatte auch mal eine Puppe, die Lieschen hieß! Meine hatte blonde Zöpfe und ein rotes Kleid.“

„Meine hat keine Zöpfe. Sie hat ein blaues Kleid! Mami will ihr einen Pullover stricken. Wenn ich nicht mehr weine!“

„Na, du, dann wollen wir uns mal große Mühe geben, nicht?“

„Tante! Tante Petra! Thomas hat meinen Turm umgestoßen!“

„Gar nicht wahr! Er ist selbst dagegengebumst!“

Petra hatte hier und dort zu schlichten, sie mußte Häuser und Türme bewundern, und sie fädelte der kleinen Anneliese den Flechtstreifen wieder ein. Für Sonni fing sie eine Perlenkette an, die sollte Puppe Lieschen bekommen ...

Der Vormittag ging schnell vorbei. Um zwölf Uhr gab es Essen für die Kinder, Erbsensuppe mit Speck.

Petra hatte sich neben Sonni gesetzt. Das Kind hielt mit einer Hand den Löffel, mit der anderen Petras Hand. Sie aß eifrig und mit Appetit wie die anderen Kinder. Ab und zu warf sie Petra einen zärtlichen Blick zu.

Frau Grotwahl kam herein. „Schmeckt es euch, Kinder? Du sollst nicht so schlingen, Hans! Darauf müssen Sie achten, Fräulein Burkhardt. Kommen Sie mit in mein Zimmer! Fräulein Höpfl übernimmt allein die Aufsicht.“

Frau Grotwahl ging mit großen Schritten voran. Petra drehte sich noch einmal zu Sonni um, und die Kleine winkte ihr mit dem Löffel.

„So geht das nicht, Fräulein Burkhardt“, sagte Frau Grotwahl, als sie mit Petra allein war. „Sie machen viel zuviel Theater mit der Sonja. Jedesmal, wenn ich hereinkomme, sehe ich Sie bei dem Kind. Das sollten Sie nicht tun. Kinder fühlen sich leicht wichtig und wollen immer ihre kleine Person in den Vordergrund schieben.“

Petra wurde es kalt ums Herz bei Frau Grotwahls

Worten. „Darf ich etwas sagen?“ fragte sie so bescheiden und sanft wie möglich. Als Frau Grotwahl nickte, fuhr sie fort: „Sonjas Mutter bat mich heute morgen, ich möchte mich der Kleinen ein wenig annehmen. Sie weint jedesmal beim Abschied von ihrer Mutter, und das macht die Frau so traurig. Ich wollte Sonja nur etwas aufheitern, damit sie sich nicht so fremd und verlassen fühlt. Ich will sie gewiß nicht bevorzugen.“

Frau Grotwahl schüttelte den Kopf. „Wenn man mit Kindern sentimental ist, hilft man ihnen nicht. Man soll die Kleinen frisch und energisch anfassen und ihnen gar nicht erst erlauben, sich wehleidigen Stimmungen hinzugeben. Dann weint kein Kind! Und wenn es doch weint, soll man es nicht beachten. In einem solch großen Betrieb können Sie sich nicht mit jedem einzelnen Kind beschäftigen. Alle anderen kämen dann zu kurz. Es ist auch gar nicht nötig. Geduldig und gerecht sein, niemand bevorzugen, ein Kind wie das andere behandeln, das müssen Sie sich zum Prinzip machen, Fräulein Burkhardt.“

Petra sah nachdenklich vor sich hin. „Kinder sind aber doch sehr verschieden“, meinte sie dann. „Glauben Sie nicht auch, daß die Trennung von der Mutter auf manche Kinder einen stärkeren Eindruck macht? Muß man solchen Kindern nicht noch mehr helfen als den robusteren?“

„So verschieden sind Kinder gar nicht. Und was verstehen Sie unter helfen? Immer mit einem Kind herumziehen, so wie Sie es heute mit Sonja gemacht haben?“ Petra wurde rot. Tränen stiegen ihr in die Augen. Frau Grotwahl fuhr fort: „Nun wollen wir dieses Gespräch nicht unnötig ausdehnen. Sie spielen ganz geschickt mit den Kindern, wie ich beobachtet habe, aber hüten Sie sich vor Sentimentalität."

Frau Grotwahl erhob sich, und Petra durfte nichts mehr sagen, das merkte sie. Sie war unruhig und verwirrt. Nicht, weil sie Tadel nicht vertrug, sondern weil sie nicht alles überzeugte, was Frau Grotwahl gesagt hatte. Petra hatte Sonja ohne viele Worte nur zeigen wollen: Hier in diesem fremden Haus, das dir so kalt und ungewohnt erscheint, gibt es jemand, der dich liebhat. Sonnis Augen hatten mit einem Schimmer von Hoffnung zu ihr aufgesehen, die kleine Hand hatte vertrauensvoll in der ihren gelegen. Nein, nein, nein! Petra, die über ihrer Erbsensuppe saß – die Kinder hielten Mittagsruhe im Nebenraum –, schüttelte zornig und bekümmert den Kopf. Sie konnte nicht glauben, daß es einem Kind schadete, wenn man es mit Liebe umgab. Es war doch schon schlimm genug, daß man die Kinder aus dem warmen Nest riß, daß sie tagsüber nicht dort sein konnten, wohin sie gehörten: bei ihrer Mutter. Es war einfach nicht genug, frisch und fröhlich mit ihnen zu spielen. Das konnte man ja außerdem tun.

In ihrer Erregung fiel Petra von einem Extrem ins andere.

Frau Grotwahl erschien ihr grausam und herzlos. Aber das war nicht richtig. Frau Grotwahl war nüchtern und gerecht und erfüllte ihre Pflicht. Nie wurde sie heftig oder unbeherrscht, nie sagte sie ein unüberlegtes Wort zu den Kindern; alles war, auf langjähriger Erfahrung aufgebaut, wohlerwogen und für die meisten Kinder zutreffend. Aber trotz all dieser Vorzüge, die Petra im Laufe der Monate, die sie in Frau Grotwahls Kinderhort verbrachte, schätzenlernte – trotz allem war sie in tiefster Seele überzeugt, daß irgend etwas fehlte – etwas Freudiges, etwas ... Petra war nachdenklicher als je vorher. Es schien ihr, daß selbst ein wenig menschliche Schwäche und ein gelegentlicher Mißgriff nicht so schlimm gewesen wären wie die freudlose Art der Leiterin. War denn nicht eine Mitte zu finden zwischen übertriebener Liebe und unpersönlicher Gerechtigkeit?

Nachdem Petras ein wenig gekränkte Erregung vorbei war, begann sie ernsthaft und aufrichtig, nach dieser Mitte zu suchen und danach zu handeln. Aber sie vergaß alle Theorien, wenn sie in die Kinderaugen blickte. Die Herzen der Kinder flogen ihr zu, wie sie ihr von jeher zugeflogen waren. Sie fand das richtige Wort, wenn es zu trösten, zu schelten, aufzumuntern galt. Sie handelte immer wieder, trotz aller Vorsätze, mitten aus ihrem Herzen heraus. Sie sagte sich: Ich will versuchen, jedes Kind in seiner Art zu begreifen. Sie merkte immer mehr, wie verschieden die Kinder waren – oh, so ungeheuer verschieden, und jedes mußte sich nach seinen eigenen Gesetzen entwickeln. Manchmal dachte sie sogar an Herrn Freeses Worte, daß Kinder wie Blumen wachsen mußten ...

Eines frühen Sonntagmorgens im November ging Petra am Fluß entlang. Es war sonnig und kalt, noch waren kaum Menschen unterwegs. Susanne hatte sich erboten, Petras Sachen mit den ihren zusammen in Ordnung zu bringen, und Petra hatte so stark den Wunsch, allein und draußen zu sein, daß sie den Vorschlag gern annahm.

Sie schritt rüstig aus, fühlte sich kraftvoll und jung und sah mit stiller Freude die bereiften Bäume an, die am Flußufer entlangstanden. Ein Mann kam ihr entgegen, stand groß und breitschultrig vor ihr. „Ein Mädchen vom Dachboden", sagte er lächelnd und gab ihr die Hand. Petra hatte gewiß keine kleinen Hände, sie waren im Gegenteil kräftig und breit, aber in Andreas Hagens Hand verschwand die ihre beinahe.

„Und der Weltreisende aus Paris", sagte Petra, ebenfalls lächelnd.

Sie standen einen Augenblick schweigend und sahen auf die bereiften Bäume. Dann schob Andreas Hagen seine Hand unter Petras Arm: „Ich komme ein Stück mit Ihnen."

Während sie weiter am Fluß entlanggingen, dachte Petra wieder an Andreas Hagens Ausstellung, die sie kurz nach dem Theaterbesuch mit Susanne besucht hatte. Seine Bilder hatten sie ziemlich tief beeindruckt, sie anzusehen hatte Petra froh gemacht und seltsam bewegt. Es waren Landschaften und Menschen, eine italienische Dorfschenke und immer wieder Kinder. Petra, die Kinder doch so liebhatte, dachte, daß ein Mensch, der Kinder so sah und zeichnete, sie ebenfalls sehr lieben mußte ...

Petra ging neben Andreas Hagen her und hätte ihm gern etwas über seine Bilder gesagt; aber sie fand nicht die richtigen Worte.

„Was macht das Kinderheim?" fragte Andreas Hagen und riß Petra aus ihren Gedanken.

„Ach ... das liegt noch in weiter Ferne ... natürlich ...", sagte sie.

„Aufgegeben, den Plan?" fragte er interessiert und sah sie durchdringend an.

„Nein! Nein, warum denn?" Petra hielt seinem Blick

stand. „Ich denke natürlich viel daran, aber es wird noch Jahre dauern, das ist doch klar!"

„Und nachher war es jedenfalls ein schöner Traum, wenn es nichts werden konnte!"

„Ein Traum?" Petra blieb unwillkürlich stehen. „Nein! Es soll kein Traum sein. Es soll wirklich ... Ich will es wirklich haben!"

„Und was treiben Sie jetzt?"

Petra begann von ihrer Tätigkeit im Hort zu sprechen. Er hörte ihr aufmerksam zu, und Petra merkte, daß er sich für die Kinder, von denen sie sprach, wahrhaftig interessierte. Da wurde sie immer eifriger. Sie erzählte ihm von Sonni, sprach von den Schwierigkeiten, die es gab. „Es ist ja sicher richtig, wenn Frau Grotwahl sagt, daß man geduldig sein muß, geduldig und gerecht, aber das ist mir viel zu wenig. Ich möchte so gern ..."

„Ein Mensch, der mit Kindern Geduld haben muß, ist ein armer Teufel", unterbrach sie Andreas Hagen. „Liebe und Freude soll man haben! Wissen Sie übrigens, wer das gesagt hat? Pestalozzi! Und der hat was von Kindern verstanden."

Petra blieb stehen. „Wie gut, daß ich Sie heute getroffen habe! Es ist so schrecklich, wenn man unter Menschen lebt, die ganz anderer Ansicht sind als man selbst. Finden Sie das nicht auch?"

Andreas Hagen wiegte den Kopf. „Ja, nun ... Das muß man schon aushalten können. Das muß einer schon vertragen können."

So, das mußte man! Petra dachte darüber nach. „Ja. Dies ist eben nur ein Übergang", sagte sie dann und sah zu ihm auf.

Er nickte. „Zeiten der Einsamkeit sind gut und notwendig. Dann hören wir besser als sonst die Stimme in unserem Innern, die uns sagt, welcher Weg für uns der richtige ist. Und trifft man dann Menschen, die einen ähnlichen Weg gehen – um so schöner! – Um so schöner, Petra!" wiederholte er laut und heiter. „Kommen Sie mit in mein Atelier? Dann zeig' ich Ihnen etwas."

„Ein neues Bild?" fragte sie schüchtern.

„Ja. Also kommen Sie mit?"

„Nein. Es geht nicht. Susanne wartet schon auf mich."

„Ach, Susanne, Susanne", sagte er. „Sie ist doch kein kleines Kind mehr. Kommen Sie mit, Petra, ich bring' Sie nachher nach Hause und kann dann gleich bei meiner Mutter hereinschauen." Er legte den Arm um ihre Schultern, und sie gingen zur Stadt zurück.

In diesem Jahr fiel der Nikolausabend auf einen Sonntag.

Außerdem war es der Tag, an dem Götz Ebeling dreiundzwanzig Jahre alt wurde. Susanne bekam eine feierliche Einladung, und sie wurde gebeten, ihre Schwester Petra mitzubringen ...

Anke und Götz wohnten mitten in der Stadt in einem alten düsteren Haus. Auch das große Zimmer, ihre „Bude", wie sie es nannten, war ziemlich dunkel – zumal in dieser Jahreszeit. Aber eine gemütliche Bude war es, das mußte man sagen.

Zwar waren die Möbel und Farben im Raum nicht aufeinander abgestimmt, alles war, rundheraus gesagt, ein wenig zusammengewürfelt: eine alte Kommode, eine moderne Couch, ein verschlissener Teppich, ein paar Bücherborde, in der Ecke ein altmodisches Sofa mit geschwungener Lehne und einer grauen Decke, davor ein runder Tisch und ein paar niedrige Korbstühle. Am Fenster stand eine große Vase mit Tannenzweigen auf dem Fußboden und dem Sofa gegenüber ein Klavier. Es war geöffnet, Noten und eine Blockflöte lagen darauf.

Susanne trat voll Interesse näher. Es war lange her, daß sie zuletzt gespielt hatte. Götz stand neben ihr. „Interessieren Sie die Noten, Susanne?"

„Ja, sehr. Das ist Händel, nicht wahr? Spielen Sie das?"

Götz stieß einen Seufzer aus. „Ja ... ja, ich spiele. Aber ich habe niemand, der mich begleitet. Das sind so reizende Fughetten für Flöte und Klavier. Aber Anke ist schändlich unmusikalisch!"

„Beleidigung!" rief Anke. „Ich bin musikalischer, als du denkst! Ich spiele nur nicht, weil ich lieber zuhöre." Hannes und Götz brachen in Gelächter aus.

„Kommt zum Teetrinken", sagte Anke. „„Hat Götz vielleicht verdient, daß ich ihm ein Theater-Abonnement geschenkt habe?" fragte sie Petra. Petra lächelte. Die vergnügte Anke gefiel ihr.

Anke hatte die hübsche Idee gehabt, auf jedes Gedeck einen Tannenzweig und einen kleinen Marzipanpantoffel zu legen – als Nikolausschuh. Und in jedem Pantoffel steckte eine Überraschung: für Susanne ein Buchzeichen, ein elfenbeinerner Elefant, für Petra ein Bleistiftanspitzer in Form eines winzigen Würfelbechers mit drei ganz kleinen Würfeln, weiß, rot und grün, für Götz ebenfalls ein Anspitzer in Form eines Opernglases. „Fürs Theater!" schmunzelte er, und für Hannes eine kleine Briefwaage.

„Das ist ein Wink mit dem Zaunpfahl", sagte Hannes. „Wenn ich Weihnachten nach Hause fahre, soll ich ihr dicke Briefe schreiben, aber sie will kein Strafporto bezahlen."

„Gegen die beiden Schlingel kommt man nicht an", sagte Anke kopfschüttelnd unter dem allgemeinen Gelächter zu Petra und Susanne. Sie schenkte Tee ein und sah nicht danach aus, als sei sie den beiden Männern nicht gewachsen.

„Was hast du denn selbst vom Nikolaus bekommen?" neckte Götz. „Aha, einen Brieföffner! Das Pendant zur Briefwaage!"

An der Zimmerdecke hing ein Adventskranz. Zwei der dicken roten Kerzen waren angezündet. Sonst brannte nur die Stehlampe am Klavier. Es war eine angenehme Beleuchtung, um zusammenzusitzen und Nikolaus und Advent zu feiern.

Götz setzte sich ans Klavier. Anke, die nicht singen konnte, lehnte sich gemütlich in die Sofaecke und hörte zu, wie Hannes und die beiden Schwestern mit Götz Advents- und Weihnachtslieder sangen. „Spiel auch mal Flöte", sagte sie schließlich.

„Ach ... ohne Begleitung. Das ist halber Kram!"

„Susanne muß Sie begleiten", sagte Petra. „Nicht, Susanne? Du kannst es doch ..."

„Wahrhaftig?" sagte Götz überrascht und drehte sich zu Susanne um. Ihre alte Schüchternheit überfiel sie. Sie hatte wirklich lange nicht gespielt, zuletzt im vorigen Jahr, als sie noch zur Schule ging. Da hatte der Rektor ihr erlaubt, jeden Tag auf dem Flügel im Musiksaal eine Stunde nach dem Schulunterricht zu üben.

Eigentlich hatte sie die größte Lust, einmal wieder zu spielen. Und die jungen Menschen hier waren wohl keine allzu strengen Kritiker. Götz, der ihr Zaudern sah, sagte munter: „Wir wissen alles! Sie haben so lange nicht gespielt, und eigentlich können Sie gar nichts – aber bitte! Versuchen Sie es doch, Susanne! Ja? Mir zuliebe“, fügte er leise hinzu, als sie zögernd ans Instrument trat.

„Wollen wir Weihnachtslieder oder diese kleinen Stücke von Händel spielen?“ fragte sie statt aller Antwort.

Er nahm die Flöte und sagte: „Den Händel. Der ist ganz wunderhübsch, Sie werden sehen. Oder doch vielleicht zum Einspielen erst mal ein Weihnachtslied?“

Das Klavier war ziemlich alt, aber es war gut gestimmt. Sein etwas dünner Ton gab eine geeignete Begleitung für die F-Altflöte. „Es ist ein Ros entsprungen“, klang rein und feierlich durch den Raum.

„Susanne!“ jubelte Petra, als das Lied zu Ende war. „Du kannst ja noch spielen! Du ...“

„Und ob“, sagte Götz mit leuchtenden Augen. „Kinder, Kinder, wenn ich das geahnt hätte. Sitzt das Mädchen seit Monaten in Heinrichs Kaffeetopf neben einem und sagt kein Wort, daß es musikalisch ist.“

Susanne wurde wieder einmal rot. „Das ist ja nun wirklich kein großes Kunststück“, sagte sie aufrichtig. „Ein einfaches Lied spielen. Das kann jeder, der überhaupt mal Unterricht hatte.“

Das war wohl richtig. Aber es klang gut, wenn Susanne spielte, es war Musik! Einfach und mit schönem Klang gespielt.

Für Götz und Susanne war nicht mehr zu befürchten, daß sie sich an diesem Nachmittag langweilen würden. Götz war Feuer und Flamme. Er konnte seine Freude schwer verbergen und riß Susanne mit, daß sie mit glühenden Wangen ein Stück nach dem andern mit ihm spielte. Er war ein Meister auf seiner Altflöte, hatte seit seiner Kindheit regelmäßig geübt. Es war eine Freude, seinen gleichmäßigen Läufen und Trillern zu lauschen.

Das taten die drei im Hintergrund des Zimmers auch ausgiebig. Hannes hatte seinen Korbstuhl ganz dicht neben das Sofa gerückt. Er hielt Ankes Hand fest in seiner, und sie sagten nur von Zeit zu Zeit ein leises Wort zueinander.

Petra träumte. Was würde das Leben noch an Herrlichkeiten bringen? Sie hatte keine bestimmten Gedanken, wußte selbst nicht, was sie so unsagbar selig und ahnend erfüllte ... Und mit diesen zarten, halb unbewußten Gefühlen, die tastend in die Zukunft reichten, mischte sich wehmütig und köstlich die Erinnerung an die Kindheit, an die Vorweihnachtszeit im Elternhaus, an den Geruch nach Lebkuchen, nach Nüssen und Äpfeln. So stark überfiel Petra dieses Erinnern, daß es ihr fast Tränen in die Augen trieb. Sie saß ganz still. Es gab Kinder, die nie ein Elternhaus gehabt hatten. Sie hatte es gehabt! Es war unverlierbar in ihrem Herzen.

Anke hielt einen kleinen Tannenzweig in die Kerzenflamme. Knisternd brannten ein paar Nadeln. Das ganze Zimmer roch nach Weihnachten ...

Petra und Susanne wurden von den Geschwistern Ebeling und dem Referendar nach Hause gebracht. Es war kalt und regnerisch geworden. Petra ging zwischen Hannes und Anke, in einigem Abstand folgten Götz und Susanne. Er hatte ihren Arm genommen, und sie sprachen kein Wort auf dem langen Weg. Doch – einmal fragte Götz, ob ihr kalt sei. Aber Susanne schüttelte den Kopf. Ihr war nicht kalt.

Im Kinderhort wurden jeden Tag Weihnachtslieder gesungen.
Die Kinder arbeiteten kleine Geschenke aus Papier, Bast und Perlen für die Eltern. Auch Sonni bastelte fröhlich mit. Aber sie kam hin und wieder unvermutet zu Petra, umarmte sie zärtlich und flüsterte: „Weißt du, wie lieb ich dich hab'? Zähl mal bis zum Himmel rauf! So lieb hab' ich dich!"

Oder sie sagte: „Ich hab' für dich auch eine Überraschung, Tante Petra! Das verrat' ich aber nicht!"

„Wirklich?" sagte Petra. „Ich bin schon so schrecklich neugierig!"

„Na gut, dann sag' ich's dir!"

„Ach nein, Sonni! Es soll doch eine Überraschung sein! Sag es mir lieber noch nicht!"

„Nein, dann sag' ich's nicht. Kannst du ein Flechtblatt gebrauchen, Tante Petra?"

„Sehr gut kann ich das gebrauchen."

„Ich verrat' dir nichts!" rief die Kleine vergnügt und lief zum Tisch zurück, um ihre Bastelarbeit für die Mutter fertigzumachen.

Petra hatte das Gefühl, kostbar beschenkt worden zu sein, wenn ein Kind solche Dinge zu ihr sagte. Daß die Kinder sie liebhatten, bedeutete ihr mehr als ein seltenes Lob aus Frau Grotwahls Mund.

Frau Grotwahl fand immer noch, daß Petra in ihrem Eingehen auf die persönlichen Stimmungen der Kinder übertreibe, und wären die Kinder nicht gewesen, hätte Petra sich hier unbehaglich und verlassen gefühlt. Aber Andreas Hagen sagte ja, das müßte man aushalten ... Petra machte sich nicht viel aus Hanni Höpfl, die mit gelangweilter Resignation den Tag im Kinderhort über sich ergehen ließ. Aber Melanie Warncke, die Kindergärtnerin, welche Schulkinder beaufsichtigte, mit ihnen arbeitete und ihnen sogar Nähunterricht erteilte – Melanie mochte Petra gern leiden. Sie war von gleichmäßiger gütiger Freundlichkeit. Die Kinder gehorchten ihr viel besser als Hanni, die ungeduldig wurde, wenn ein Kind nicht hörte, die zwanzig Drohungen aussprach, ohne eine einzige davon wahr zu machen. Petra sollte ab Januar Melanies Posten übernehmen, um auch mit größeren Kindern Erfahrungen zu sammeln, wie Frau Grotwahl sagte. Sie freute sich auf diese Zeit. Freilich würde sie den Kindern keinen Nähunterricht geben können, und Frau Grotwahl sagte, das sei doch ein großer Mangel ...

Am dreiundzwanzigsten Dezember war Bescherung im Kinderhort. Petra nahm mit Rührung und Freude die Überraschung von Sonni entgegen: das bunte Flechtblatt. „Sie wollte Ihnen unbedingt etwas schenken", sagte die Mutter zu Petra. „Sie hat es am Sonntag zu Hause gearbeitet. Wir durften sie gar nicht dabei stören!"

„Und ich kann es so gut gebrauchen", sagte Petra zu Sonni, deren Augen glänzten. „Ich werd' es immer aufheben, immer. Vielen, vielen Dank, Sonni!"

Der Weihnachtsbaum, den Petra und Susanne ausgesucht hatten, war ihrem Geldbeutel entsprechend klein, aber schön und gleichmäßig gewachsen. Auch die gegenseitigen Geschenke fielen bescheiden aus. Das gesparte Geld aus Susannes „Platzanweiserinzeit" durfte nicht angerührt werden, und neues war natürlich nicht hinzugekommen, seit Susanne Lehrling war. Petra war sich schon seit einiger Zeit klar darüber, daß sie Ostern noch nicht aufs Fröbel-Seminar konnte.

Trotz der wenigen und einfachen Geschenke feierten die Mädchen ein sehr glückliches Fest. Ihre kleine Wohnung war mit Tannenzweigen geschmückt, es gab einen Festschmaus, bestehend aus jungen Erbsen, Kartoffelmus und Schokoladenpudding mit Vanillesoße. Ein ganz neues Tischtuch lag auf dem selbstgezimmerten Tisch, und auf Bücherbord und Nachtschränkchen lagen die Geschenke. Der Tannenbaum stand zwischen den Fenstern, und im Ofen prasselte ein behagliches Feuer.

Paulkes hatten einen bunten Korb geschickt. Er war mit Tannenzweigen ausgelegt und enthielt Apfelsinen, Äpfel, Feigen, Nüsse und einen von Leni gebackenen Weihnachtsstollen. Götz und Anke hatten einen Gruß geschickt und sich für die Einladung zum zweiten Feiertag bedankt. Ja, sie würden natürlich kommen ... nur schade, daß es auf dem Dachboden kein Klavier gab. „Aber wir freuen uns trotzdem riesig, liebe Susanne. Ihr Götz Ebeling."

Petra bekam einen netten und ulkigen Brief von Mekki, der sie einmal besucht hatte, seit sie von Freeses fort war. Er verbrachte Weihnachten bei seinen Eltern ... zum Glück! schrieb Mecki. Denn im Hause Freese herrsche ein strenges Regiment, seit die Großmama da war. Martin hatte die erste Wichse seines Lebens bekommen, als er die alte Dame, wie damals Petra, im Badezimmer eingeschlossen hatte ... Aber sonst ging es gut im Hause Freese, die Kinder wuchsen und gediehen, und Mecki übertrieb wohl ein bißchen, wenn er sich beklagte, daß niemand mehr, auch er nicht, bei Tisch einen Pieps zu sagen wage. Auch Annelene hatte einen Brief geschrieben und Helmuth sogar eine Weihnachtskarte.

Die größte Überraschung kam jedoch von Frau Hagen. Sie war mit ihrem Sohn nach Tirol gefahren, um Weihnachten in den Bergen zu verbringen. Sie schickte den Mädchen ein großes Paket, und Petra und Susanne jubelten um die Wette, als sie es unterm Weihnachtsbaum zusammen auspackten. Was kam da alles an Überraschungen zum Vorschein! Ein kostbares seidenes Tuch für jedes der Mädchen, ein großer bunter Blechkasten mit gewürztem Früchtebrot, ein Reisewecker in rotem Lederetui für Petra, und ein Teekännchen aus dunkel gebranntem Ton für Susanne. Vier kleine Tassen aus dem gleichen Material gehörten dazu. Und übermorgen kam Götz! Da mußten sie nicht aus den alten Steingutbechern trinken, obwohl das natürlich nicht gerade ein Unglück gewesen wäre. Aber nun konnten sie ihre Gäste mit dem aparten Geschirr bewirten. Susanne war außer sich vor Freude.

Petra griff hastig und mit Herzklopfen nach einem zusammengerollten Blatt. Es war eine Rötelzeichnung mit schlafenden Kindern.

„Sieh, was hier steht“, sagte Susanne verwundert und vergaß einen Augenblick lang ihr Teekännchen. Mit Andreas Hagens großzügigen Buchstaben stand am Rande des Blattes: „Petra herzlich zu eigen“. Auch unter den Brief seiner Mutter hatte er ein paar Zeilen geschrieben. „Einen herzlichen Gruß für die beiden Mädchen vom Dachboden!“

Petra verbarg ihre Freude. Sie, die bei geringen Anlässen jubeln und lachen konnte, die immer lebhaft aussprach, wenn etwas sie erfreute oder beschäftigte – sie saß ganz ruhig im grünen Sessel und blätterte in dem Buch, das Susanne ihr geschenkt hatte. Und nur wenn Susanne mit anderen Dingen beschäftigt war, warf sie einen scheuen Blick auf die Zeichnung.

Aber Susanne sah ja kaum zu ihr hin. Sie studierte die Karte von Götz zum fünftenmal, weil sie, wie sie sagte, vergessen hatte, ob die Geschwister um halb vier oder um vier Uhr kommen wollten. Und es lief doch nur darauf hinaus, daß sie immer wieder die Worte las: „... aber wir freuen uns trotzdem riesig, liebe Susanne. Ihr Götz Ebeling."

„Hilda ist die Dümmste", erklärten die Kinder, als sie mit Petra um den großen Tisch herumsaßen und Schularbeiten machten. „Die behält nichts! In jedem Diktat macht sie über dreißig Fehler. Und lesen – hach! Hilda bleibt sitzen!"

Hilda, die Ärmste, saß dabei und hatte Tränen in den Augen. Sie war es schon gewohnt, daß man so von ihr sprach, aber vor der neuen Tante Petra war es doch schrecklich. Sie wagte gar nicht, zu ihr hinzusehen.

„Ihr seid ja Petzen", sagte Petra. „Petzen ist viel schlimmer als Dummsein. Und außerdem glaube ich gar nicht, daß Hilda dumm ist! Komm mal her zu mir, Hilda", sagte sie sanft.

Sie hob das kleine Gesicht zu sich empor. Wie alt mochte das Kind sein? Höchstens sieben Jahre ... Die Lippen waren fest aufeinandergepreßt, die Augen irrten ängstlich hin und her.

„Kinder, ihr habt euch geirrt!" rief Petra heiter. „Hilda ist nicht dumm! Das kann ich sehen! Wer so lieb aussieht, ist doch nicht dumm." Die Kinder sahen verblüfft auf Hilda, und Hilda selbst war verblüffter als alle anderen. Ein schwaches Lächeln stahl sich auf ihre Lippen.

„Ich glaube, Hilda kann nur nicht arbeiten, wenn alle laut sind. Nicht wahr, Hilda? Das ging mir früher auch so." Petra nickte der Kleinen aufmunternd zu. Sie setzte sich und zog Hilda dicht zu sich, sprach aber zu den anderen Kindern: „Ich weiß etwas. Ihr seid mal ganz still und macht ganz leise eure Arbeiten. Ihr seid doch alle so klug, nicht? Dann kann man auch leise arbeiten und muß nicht immer vor sich hin murmeln. Und ich setz' mich mit Hilda da hinten hin" – Petra zeigte auf den kleinen Tisch im Hintergrund des Zimmers –, „und wir versuchen es mal zusammen. Das gibt dann eine Überraschung, wenn Hilda ihre Aufgaben kann! Was, Hilda?"

Das Kind senkte den Kopf und biß auf seinen Lippen herum. Es hatte wohl nicht allzuviel Hoffnung. Ein kleiner Junge aber sagte: „Wenn wir etwas nicht können, dürfen wir Sie dann fragen, Tante Petra?"

„Ich dachte, ihr könnt alles", antwortete Petra erstaunt. Verlegenes Schweigen. „Ja, ihr dürft mich natürlich fragen", fuhr Petra fort. „Ich will es nicht so machen wie ihr. Dann würde ich nämlich jetzt sagen: So dumm seid ihr? Aber ich weiß ja: alle Menschen müssen lernen, ich auch! Und Hilda auch. Einer kann es eben ein bißchen schneller, und beim anderen geht es langsamer. Das macht gar nichts ..."

„Fräulein Burkhardt!" Frau Grotwahl rief Petra in ihr Zimmer. „Was halten Sie den Kindern da wieder für lange Moralpredigten. Wie oft habe ich Ihnen gesagt, daß das auf Kinder nicht wirkt. Aber ich habe nichts dagegen, wenn Sie sich um Hilda kümmern. Die Mutter sagte mir, das Kind bleibt wahrscheinlich sitzen und wird dann vom Vater halb totgeschlagen."

„Um Gottes willen ..."

„Ja, so etwas erleben wir mehr als einmal. Wenn Sie wüßten, was sich in den Häusern abspielt, in denen unsere Kinder zu Hause sind! Nehmen Sie sich der Kleinen nur an! Ich muß heute nachmittag zu einer Vorstandssitzung des Städtischen Frauenbundes. Ich hoffe, ich kann mich auf Sie verlassen, Fräulein Burkhardt?"

Petra sah mit gemischten Gefühlen auf Frau Grotwahl. Sie war unglücklich, daß die Leiterin ihre gutgemeinten Worte eine Moralpredigt genannt hatte, aber sie war ihr dankbar, daß sie der kleinen Hilda helfen durfte.

Kein Wunder, armes Geschöpfchen, dachte sie, als sie dem blassen kleinen Mädchen mit den dünnen Zöpfen gegenübersaß. Kein Wunder, daß du nicht lernen kannst! Wenn man solche Angst haben muß ... Sie ließ sich Hildas Fibel geben und bewunderte die bunten Bilder. Unermüdlich übte sie mit der Kleinen, die vor Eifer ganz rote Backen bekam, und als Hilda endlich ein paar Zeilen lesen konnte, strahlte ihr Gesichtchen vor Stolz.

Inzwischen waren die übrigen Kinder mit ihren Arbeiten fertig geworden und lärmten herum. Petra sprang auf, ihr war ein Gedanke gekommen. „Kinder", sagte sie lebhaft. „Wer tut mir einen großen Gefallen? Ich habe mein Nachmittagsbrot vergessen, so ein Pech. Wer von euch holt mir zwei Milchbrötchen vom Bäcker an der Ecke?"

Ein wildes Geschrei begann: „Ich! Ich!" Die Kinder

drängten sich um Petra und überschrien sich gegenseitig.

„Laßt mich leben!“ rief Petra lachend. „Wir werden Lose ziehen.“ Sie schnitt ein Blatt Papier in schmale Streifen. „So, wer jetzt den längsten Papierstreifen zieht, darf gehen. Komm, du ... na, deinen Namen weiß ich nicht ...“

„Helga!“

„Du darfst zuerst ziehen, Helga!“

Schließlich hatte Margret den längsten Streifen erwischt und durfte die Brötchen holen. „Und weil Hilda heute so gut gelesen hat, darf sie mitgehen“, sagte Petra. „Los, ihr beiden! Und rennt ja nicht über die Straße! Geht schön langsam und ... Ja, jetzt fällt mir noch etwas ein. Bringt doch ein halbes Pfund Bonbons mit! Welche schmecken denn am besten?“

Wieder erhob sich ein Gebrüll, daß Petra sich lachend die Ohren zuhielt. Fräulein Höpfl kam sogar über den Flur und fragte, ob was Besonderes los sei.

Es stellte sich heraus, daß „Falsche Marmeln“ am besten schmeckten, jedenfalls war die Mehrzahl der Kinder davon überzeugt. „Schön, dann bringt ‚Falsche Marmeln‘. Nachher spielen wir alle zusammen, weil ihr so fleißig wart, und jeder bekommt ein Bonbon. Wer aber laut ist, kriegt nichts!“

Margret und Hilda zogen los, ganz erfüllt von der Mission.

Petra schloß die Tür hinter ihnen und wandte sich im gleichen Augenblick an die Kinder. „Hört mal! Ich muß euch etwas sagen! Ich habe Hilda weggeschickt, weil ich etwas mit euch besprechen will. Denkt nur, Hilda bekommt Haue von ihrem Vater, wenn sie sitzenbleibt!

Dabei ist Hilda so klein und schwach, nicht wahr? Ich glaube, ihr seid alle miteinander stärker ...“

„Klar.“

„Die krieg’ ich unter ...“

„Ja, nicht wahr? Wollen wir ihr nicht alle miteinander beistehen, daß sie lesen lernt und nicht mehr solche Angst haben muß?“

„Ja, aber ... Wir können doch nichts dafür, wenn Hilda so dumm ist?“

„Dann können wir ihr auch nicht helfen!“

„Doch, doch“, sagte Petra. „Natürlich könnt ihr alle helfen. Ihr dürft sie vor allem nicht mehr auslachen. Dann wird sie ja immer ängstlicher. Ihr müßt euch eben freuen, wenn sie es mal richtig macht! Wollt ihr mir das versprechen?“

Die Kinder wurden eifrig. „Ich kann ihr in der Schule vorsagen, Tante Petra!“ rief der kleine Dickköpfige, der sich vorhin am meisten über Hildas Dummheit aufgeregt hatte. „Ich sitz’ neben ihr.“

„Na gut, ihr steht ihr alle bei! Das ist lieb von euch! Und ich werde tüchtig mit ihr arbeiten. Vielen, vielen Dank, daß ihr mir helfen wollt!“ Keines der Kinder lachte. „Und bitte nichts verraten, hört ihr? Wir wollen Hilda ja überraschen. So, und jetzt spielen wir. Kennt ihr: Mein Vater hat ein Schwein geschlachtet – was woll’n Sie davon haben?“

„O ja!“

Margret und Hilda kamen mit den Brötchen und einer großen Bonbontüte zurück und hatten glänzende Augen. Außerdem konnten sie berichten, daß sie Frau Grotwahl getroffen hatten.

Frau Grotwahl?!

Ja. Sie hatten sie unterwegs getroffen, als sie gerade aus dem Bäckerladen kamen mit ihren Tüten.

„Hat Frau Grotwahl etwas gesagt?“ fragte Petra so harmlos wie möglich.

Ja. Frau Grotwahl hatte gesagt, sie dürften doch nicht allein vom Kinderhort fortgehen, aber da hatten sie gesagt ...

„Daß ihr für Tante Petra Brötchen holen sollt, nicht?“ sagte Petra.

„Und ‚Falsche Marmeln‘!“ riefen Margret und Hilda wie aus einem Munde. Frau Grotwahl hatte sie noch bis zum Hort zurückgebracht. „Aber eigentlich hatte sie gar keine Zeit“, sagte Margret verständig. „Ihre Straßenbahn ist ihr weggefahren.“ Um keinen Preis hätte Petra jetzt ihre Brötchen essen können, obwohl die Köchin gerade mit Milchkaffee hereinkam und die Kinder ihre Brottaschen holten.

Das würde nicht gut ausgehen, ahnte Petra. Aber sie nahm sich zusammen, spielte mit den Kindern das versprochene Spiel, bei dem die Bonbons verteilt wurden, und ließ Hilda ihre mühselig geübten Worte vorlesen. Alle Kinder staunten, wie gut es heute ging. Petra lächelte trotz ihrer Sorgen vor Freude über die eifrige kleine Gesellschaft.

Sie nahm sich außerdem vor, mit Hildas Lehrerin zu sprechen. Auf irgendeine Weise mußte es einzurichten sein, daß sie dem Kind Nachhilfestunden gab. Vielleicht war es möglich, mit Hilda zu arbeiten, während die anderen Kinder Mittagsruhe hielten.

Als Petra am nächsten Tag in der Weißenfelderstraße erschien, wurde sie sofort zu Frau Grotwahl gerufen. Fräulein Höpfl flüsterte ihr lachend zu: „Die Alte ist enorm wütend! Aber machen Sie sich nichts draus! Tu' ich auch nie!"

Petras Herz klopfte mit harten Schlägen. Als sie in das Zimmer der Leiterin trat, sagte sie sogleich: „Ich möchte mich entschuldigen, Frau Grotwahl."

Frau Grotwahls Gesicht war noch eine Spur strenger und härter als sonst. „Ihr Benehmen ist kaum zu entschuldigen, Fräulein Burkhardt! Ich habe mich gestern zum erstenmal gefragt, ob es falsch war, Sie in unser Haus zu nehmen. Sie handeln derartig verantwortungslos und eigenmächtig, wie ich es noch nie bei meinen jungen Mädchen erlebt habe."

„Darf ich Ihnen bitte erklären ...", sagte Petra unglücklich.

„Erklären! Sie wollen immer erklären! Die Kinder sind uns anvertraut, und Sie schicken sie auf die Straße, um Bonbons für Sie einzukaufen! Die Kinder dürfen nicht unbeaufsichtigt nach draußen, wissen Sie das, oder wissen Sie es nicht?"

„Aus der Schule kommen sie doch auch allein", sagte Petra kleinlaut.

„Das ist etwas anderes. Wenn sie in der Zeit, da wir die Verantwortung haben, hinausgehen und es passiert ihnen etwas, wissen Sie, wer dann die Schuld bekommt? Ich! Ich als die Leiterin! Und die habe ich auch, weil ich unüberlegt genug war, ein junges Mädchen ohne Ausbildung, ohne Verantwortungsgefühl ins Haus zu nehmen. Wäre ich nicht so knapp mit Helferinnen – ich würde Sie noch heute entlassen, Fräulein Burkhardt!"

Petra schluckte. Ihr Gesicht brannte, als hätte man sie geohrfeigt. Ihr Stolz erwachte. „Frau Grotwahl!" sagte sie und sah die Leiterin fest an. „Ich bitte Sie um Entschuldigung. Ich sehe ein, daß ich nicht richtig gehandelt habe, aber bitte hören Sie an, warum ich die Kinder fortgeschickt habe. Sie müssen es wissen, bitte!"

Frau Grotwahl war mit großen Schritten auf und ab gegangen, ganz entgegen ihrer sonstigen Beherrschtheit. Jetzt setzte sie sich und sagte: „Nun also. Was haben Sie zu sagen?"

Petra begann stockend, aber der Gedanke an die kleine Hilda riß sie fort. Sie sprach eindringlich und warm, Tränen liefen ihr über die Wangen. Sie sagte alles, auch was sie zu den Kindern gesagt hatte – alles sollte Frau Grotwahl hören! Es war vielleicht falsch, aber es war nicht schlecht gewesen, nicht verantwortungslos ... Petras Stimme schwankte so, daß sie nicht weitersprechen konnte.

Sie zog ihr Taschentuch hervor und weinte. Es war ja doch alles umsonst, sie gab sich vergeblich Mühe. Niemand verstand sie!

„Ich sehe jetzt, daß Sie etwas Gutes gewollt haben", hörte sie Frau Grotwahls Stimme, die sanfter klang, als sie eigentlich erwartet hatte. „Aber Sie wählen eben immer wieder den falschen Weg. Sie sind eigenmächtig und handeln eigenmächtig, statt mit mir in Ruhe alles zu besprechen. Nun weinen Sie nicht mehr. Sie versprechen mir, daß Sie in Zukunft nichts mehr ohne meine Erlaubnis tun, und ich will es noch einmal mit Ihnen versuchen."

Als Petra durch den dunklen kalten Januarabend nach Hause ging, hatte sie noch immer verweinte Augen. Sie mußte durch lange, öde Straßen gehen, wo Häuser dicht und häßlich aneinandergereiht standen. Die Welt erschien Petra kalt und lieblos. Sie dachte, jetzt müßte es gut sein, einen Menschen zu treffen, der ein warmes und starkes Herz hatte ... Ach, das waren törichte Gedanken!

Sie traf niemand. Sie hatte niemand. Nicht mal Susanne, die mit Götz im Theater war ...

„Ich habe es mir genau überlegt", sagte Dr. Petersen und klopfte seiner Gewohnheit gemäß mit dem Bleistift auf die Schreibtischplatte. „Und ich bin überzeugt, wir können es mit ihr wagen. Welchen Eindruck haben Sie eigentlich, Herr Hinzmann?"

„Gut! Unbedingt gut! Ich dachte nur, daß Fräulein Ebeling ja schon mehr Erfahrung hat. Sie war doch ... war sie nicht schon zwei Sommer auf Hoogensand?"

„Ja, zwei Sommer. Aber meine Frau und ich machen nun die Nordlandreise, da wüßte ich Fräulein Ebeling gern hier."

„Fräulein Hermann ist doch im Haus, und auch Herr Steffen", sagte der Buchhalter.

„Fräulein Hermann macht zur gleichen Zeit wie ich eine Reise nach Jugoslawien, dann würden also Herr Steffen und Fräulein Burkhardt allein im Geschäft sein, für den Fall, daß wir Fräulein Ebeling fortschicken. Nein, das ist unmöglich! Es bleibt dabei: Fräulein Ebeling bleibt den Sommer hier, und Fräulein Burkhardt ... ist sie schon im Haus? Sehen Sie doch bitte mal nach", wandte sich Dr. Petersen an seine Sekretärin. „Wenn sie da ist, schicken Sie sie gleich zu mir."

Susanne trat in Dr. Petersens Privatbüro. Unruhig durchforschte sie ihr Gewissen, denn zum Chef wurde man nicht oft gerufen. Aber Dr. Petersen bat sie, Platz zu nehmen, und sah sie unverkennbar freundlich und wohlwollend an. Das junge Mädchen da vor ihm besaß wohl nicht viel mehr Kleider als den Rock mit dem blauen Pullover, der ab und zu mit einer hellen Bluse vertauscht wurde. Aber wie frisch und nett Susanne doch immer aussah! Ihr Haar fiel so weich und mit seidigem Schimmer herab. Es war eine Freude, Susanne anzusehen, fand Dr. Petersen.

„Nun, Fräulein Burkhardt, wir haben ein Attentat auf Sie vor. Sagen Sie: Kennen Sie Hoogensand?"

„Hoogensand? Ist das nicht die kleine Insel – da oben? Ein Badeort?"

„Jawohl! Hoogensand ist eine kleine Insel. Sie selbst waren noch nicht dort?"

Susanne verneinte.

„Dann werden Sie Hoogensand in diesem Sommer kennenlernen. Wir haben dort eine kleine Filiale, eine Art Pavillon, in dem wir in den Sommermonaten eine Leihbücherei unterhalten. Nebenbei natürlich etwas Buchverkauf, dann die üblichen Sachen: Tageszeitungen, Wochenzeitschriften, Monatshefte. Das und die Leihbücherei gibt den Hauptverdienst. Saison ist von Mai bis September. Für diese Zeit wollen wir Sie nach Hoogensand schicken. Haben Sie Lust?" Als Susanne eifrig nickte, fuhr er fort: „Sie haben in dieser Zeit ganz allein die Verantwortung und vollkommene Selbständigkeit. Morgens um neun machen Sie Ihren Laden auf und müssen allerdings bis abends um neun im Geschäft bleiben. Das ist in den Badeorten nicht anders. Natürlich können Sie von eins bis drei mittags schließen. Sie müssen sich gewissermaßen nach den Gewohnheiten der Badegäste richten. Wie Sie wissen, richten sich die Badezeiten nach Ebbe und Flut."

„Ach ja, es wechselt mit der Tide."

„Während der Hauptbadezeiten, die zwei Stunden dauern, können Sie ebenfalls Ihr Geschäft schließen. Da ist nichts los. Da spielt sich alles am Strand ab. Die Hauptsache ist eben, daß Sie hinterher bis zum späten Abend auf dem Posten sind. Halt, noch eines: Auch sonntags ist die Leihbücherei geöffnet, zwei Stunden am Vormittag und zwei Stunden am Nachmittag. Es gibt also keinen Tag, an dem Sie ganz frei sind."

„Das macht doch nichts!" rief Susanne. „Ach, ich kann es noch gar nicht glauben, Herr Doktor! Wollen Sie mir wirklich die Verantwortung übertragen?"

Susannes Freude, die sich nur in schüchternen Worten und leuchtenden Blicken äußerte, machte Dr. Petersen Spaß. „Wir brauchen jemand für Hoogensand, der zuverlässig ist und mit Menschen umgehen kann. Sie haben in dieser Beziehung mein volles Vertrauen. Wenn ich überhaupt einen Augenblick gezweifelt habe, ob wir Sie mit diesem Posten betrauen können, so hatte das folgenden Grund. Wir müssen in Hoogensand einen ganz gesunden Menschen haben, denn wir können nicht ohne weiteres eine Vertretung schicken, wenn Sie krank würden. Und Sie machen mir einen recht zarten und empfindlichen Eindruck. Es wäre natürlich schlecht, wenn Ihnen das etwas rauhe Klima da oben nicht bekäme. Andererseits sind Sie ja kaum krank gewesen, seit Sie bei uns sind ..."

Gott sei gelobt! dachte Susanne. Gott sei gelobt, daß ich zum erstenmal im Leben ein halbes Jahr hintereinander gesund war.

„Sie werden in Hoogensand in einer kleinen Pension wohnen", fuhr Dr. Petersen fort und ahnte nichts von Susannes Gedanken. „Wohnung und Mittagessen werden von uns bezahlt, für Frühstück, Abendessen und sonstige Auslagen müssen Sie selbst aufkommen. Tagsüber werden Sie eine Menge Zeit haben, in der Sie lesen und sich auf Ihre Prüfung vorbereiten können. Wenn die Prüfung auch erst in zwei, drei Jahren ist – man kann gar nicht rechtzeitig genug anfangen, dafür zu lernen. Ich mache Ihnen ein Verzeichnis der wichtigsten Bücher, die Sie kennenlernen müssen. Ich suche Ihnen auch einen Prospekt der Insel heraus. Hoogensand ist landschaftlich sehr reizvoll, von strengem Reiz allerdings, aber für den, der die See liebt, außerordentlich schön."

„Ich liebe die See", sagte Susanne schüchtern.

Mit dem Prospekt in der Tasche – mein Gott: Strand, Dünen, Meer! – fuhr Susanne diesen Abend mit der Straßenbahn nach Hause, obwohl das im Haushaltsplan nicht mit einkalkuliert war. Aber sie konnte es kaum erwarten, mit Petra über die beseligende Neuigkeit zu sprechen.

Petra war noch nicht da. Susanne konnte es schon von der Straße aus sehen, denn die Dachbodenfenster waren dunkel. Sie lief hinauf, machte rasch Feuer und deckte den Abendbrottisch. Susanne lächelte bei dem Gedanken an ihren ersten unglückseligen Versuch, mit dem Ofen fertig zu werden. Heute brannte das Feuer im Nu! Und das war gut, denn schon hörte sie Petras Schritte auf der Treppe. Susanne lief zur Wohnungstür und öffnete. „Petra! Wie schön, daß du kommst! O Petra, es ist etwas Wunderbares geschehen!"

Petra, die in letzter Zeit müde und ernst aussah, gab sich einen Ruck und erwiderte Susannes Lächeln. Aber als sie die Neuigkeit erfuhr, war sie genauso selig wie Susanne. Phantastisch! Susanne reiste für fünf Monate in ein Seebad! Neben der verantwortungsvollen Aufgabe, ganz allein das kleine Geschäft zu leiten, konnte sie in ihren freien Stunden baden und die kräftige Seeluft atmen. Und sie *mußte* lesen!

Was also Susanne am liebsten tat, gehörte mit zu ihren Aufgaben. Wer da nicht vor Freude toll werden sollte!

„Du siehst so blaß aus", sagte Petra plötzlich. „Ich glaube, du mußt erst mal was essen."

„Ja, mir ist ganz schlecht. Wie einem nur so schlecht sein kann vor Freude! Den ganzen Tag hab' ich nichts essen können." Susanne lehnte sich auf der Couch zurück und schloß lächelnd die Augen. Aber gleich kam sie wieder hoch. „Es ist wirklich ein Segen, wie gesund ich in letzter Zeit war. Sonst wäre es bestimmt nichts geworden! Du weißt ja, was Dr. Petersen gesagt hat ..."

„Unberufen toi, toi, toi!" sagte Petra lachend. „Du bist das unvernünftigste Geschöpf, das ich kenne. Ißt den ganzen Tag vor Freude nichts!" Sie schob Susanne Brot und Quark hin.

Nach dem Abendbrot rechneten sie. Beide hatten einen großen weißen Zettel vor sich. Plötzlich sagte Susanne: „Es ist schrecklich, daß es noch nichts mit deinem Seminar wird. Was können wir bloß tun? Ich rede unentwegt von mir, und du? Bist du mir böse?"

In Petras Augen war das alte strahlende Lachen: „Es ist doch herrlich, daß du es wenigstens geschafft hast, Susanne! Und ich ..." Petra schob die Unterlippe über die Oberlippe und sah unbekümmert aus. „Ich komme schon zurecht. Ich muß eben noch ein Jahr länger warten. Das macht gar nichts. Ob ich vorher oder hinterher meine Praxis mache und Erfahrungen sammle – das ist doch im Grunde ganz gleichgültig!" Aber so unbekümmert, wie Petra sich gab, war sie durchaus nicht, und es war auch nicht ganz gleichgültig, daß sie ihre Ausbildung noch hinausschieben mußte. Als geprüfte Kindergärtnerin verdiente sie ein gutes Stück mehr Geld als auf die jetzige Weise. Aber sie wollte Susanne das Herz nicht schwer machen.

„Außerdem ist es gräßlich, daß wir uns trennen müssen“, sagte Susanne.

Dann verbrachten die Mädchen eine nachdenkliche Viertelstunde über dem Zettel mit den unliebenswürdigen Zahlen.

„Du verdienst vierzig Mark im Monat“, rechnete Petra, „und ich werde sicher auch nicht mehr als siebzig verdienen. Miete, Wäsche und Strom siebenundzwanzig Mark, Frühstück für mich dreiundzwanzig Mark, dazu Porto, Briefpapier, Schuhsohlen ...“

Sie rechneten aus, daß auch Susanne auf Hoogensand mindestens sechzig Mark im Monat brauchen würde für Frühstück, Abendessen und was an Kleinigkeiten unvermeidlich war. „Mindestens!“ betonte Petra. Susanne sagte nichts, sondern saß nur beschämt da, weil sie soviel kostete und weil es mit dem Sparen wieder nichts werden konnte. Vielleicht mußten sie sogar das Spargeld angreifen.

So schwer hatten sich die Mädchen das Sparen nicht vorgestellt. Es kamen aber auch immer so sonderbare Sachen dazwischen, die nicht vorauszusehen waren: ein Geburtstagsgeschenk für Dr. Petersen, zu dem Susanne wie alle anderen in der Buchhandlung zwei Mark beigesteuert hatte; eine neue Milchkanne, weil die alte zur Unzeit entzweiging ... So kam eines zum anderen, ein Markstück zum zweiten und zum dritten. Dabei lebten die Mädchen tatsächlich bescheiden. Es ging gar nicht einfacher und bescheidener.

„Ich muß mir etwas überlegen“, sagte Petra und faltete ihren Zettel zusammen. „Irgend etwas muß ich mir ausdenken! So geht es nicht. Sonst wird nie im Leben etwas aus meinem Kinderheim!“

Und wenn Petra sagte, sie wollte sich irgend etwas ausdenken, dann konnte man sicher sein, daß sie auch wirklich zu irgendeinem Ergebnis kam. Mit diesem beruhigenden Gedanken schlief Susanne ein.

Sie stand am nächsten Morgen zuerst auf. Zwar mußte sie viel später als Petra fortgehen, aber an ihrer gemeinsamen Frühstücksstunde hielten die Mädchen fest. Sie wechselten sich ab: Einmal machte Susanne das Frühstück, am nächsten Tag tat es Petra. Und heute war Susanne an der Reihe.

Ihr war so merkwürdig schlecht. Ach, es war scheußlich! Natürlich kam alles von der großen Freude! Das war ihr früher auch schon so ergangen. Andere Menschen waren besonders munter, wenn sie sich auf etwas freuen konnten! Aber sie selbst fühlte sich heute so schlecht, daß sie am liebsten in eine Ecke gekrochen wäre, wo sie die Augen zumachen und warten konnte, bis es besser war. Susanne stellte unzufriedene Betrachtungen über sich selbst an, während sie die Betten in Ordnung brachte, den Frühstückstisch deckte und Tee aufgoß.

Als Petra fort war, legte sich Susanne auf die Couch. Ob sie ausnahmsweise heute morgen schon Feuer machen sollte? Das war nicht üblich, weil sie ja den ganzen Tag fort waren. Petra hatte noch schnell den Ofen fertiggemacht, man brauchte ihn nur anzuzünden. Es war so kalt, so schauderhaft ungemütlich, alle frohe Stimmung konnte einem vergehen!

Susanne stand langsam auf und schlich zum Ofen. Sie nahm die Streichhölzer vom Bord und bückte sich, um ein brennendes Hölzchen ans Papier zu halten, das hinter dem Rost hervorsah. Als sie sich aufrichten wollte, schnitt ein heftiger Schmerz durch ihren Leib. Sie stand gebückt und konnte eine Weile nicht hochkommen. Dann ließ der Schmerz nach, sie richtete sich langsam und vorsichtig auf.

Ich habe mich erkältet, dachte sie. In Gedanken sprach sie sich zu, wie man einem Kinde zuredet. Das Feuer kam in Gang – wie gut das war. Das Holz fing schon an zu knacken, und sie hatte noch eine ganze Stunde Zeit. Sie legte sich hin und war froh, daß der häßliche Schmerz nicht wiederkam ...

Sie schrak aus halbem Schlummer hoch. Ihr war, als hätte sie stundenlang geschlafen. Voll Angst sah sie auf den Wecker. Dann sank sie matt und erleichtert zurück: Erst fünf Minuten waren verstrichen. Sie hatte noch lange, lange Zeit! Wieder schlief sie ein, schrak hoch, schlummerte ein ... bis es doch endlich Zeit war zu gehen. Sie sah den Prospekt liegen, den Prospekt von Hoogensand. Komisch, aber sie hatte es beinah vergessen, daß sie im Sommer hinfahren sollte. Sie schüttelte über sich selbst den Kopf. Ja, sie hatte sich erkältet, hatte vielleicht etwas Fieber. Das würde vergehen, niemand brauchte es zu merken. Übermorgen war Sonntag – an diesem Gedanken hielt sie sich fest, als sie mühselig die Treppen hinunterging.

In der Buchhandlung fiel es niemandem auf, daß Susanne elend aussah. Dr. Petersen hatte eine wichtige

Besprechung, und im Laden war heute außergewöhnlich lebhafter Betrieb.

Mit Anke ging Susanne in der Mittagspause zu „Heinrichs Kaffeetopf", aber sie bestellte sich nur ein Glas Buttermilch und ließ auch das zur Hälfte stehen. „Irgendwas ist mit dir los", sagte Anke munter. „Hast du etwa Liebeskummer? Nebenbei bemerkt läßt Götz fragen, ob du heute abend Zeit hast. Er will mit dir die Telemann-Sonate üben. Außerdem ist er nicht gerade erfreut, daß du den ganzen Sommer über nach Hoogensand gehst. Aber ich habe ihm erklärt, daß er ein Egoist sei, wenn er sich nicht mit dir freut."

„Ich hab' Zeit heute abend", sagte Susanne. „Bist du eigentlich enttäuscht, Anke, daß du nicht nach Hoogensand fährst?"

„Im Gegenteil", sagte Anke und sah spitzbübisch aus. „Hannes hatte schon die größte Angst davor. Er bleibt nämlich nur noch in diesem Sommer hier. Seinen Assessor macht er woanders. Dies ist unsere letzte gemeinsame Zeit, bis ... "

„Bis?" fragte Susanne und lächelte mühselig.

„Bis wir heiraten. Und das wird wahrscheinlich in einem Jahr sein. Geheimnis! Hörst du?" flüsterte Anke. „Also, du kommst heute abend?"

Es wurde dann doch nichts mit der Telemann-Sonate. Gleich nach der Mittagspause mußte Susanne in die Versandabteilung. Es waren dringend einige Pakete zu packen, die sie noch zur Post bringen sollte. Es mußte alles wie am Schnürchen gehen.

Susanne reichte Herrn Hinzmann ein fertiges Paket und bückte sich, weil ihr ein Bogen Papier aus der Hand geglitten war. Als sie sich aufrichtete, durchfuhr sie wieder der schneidende Schmerz, aber diesmal war er anhaltender, war von qualvoller Schärfe.

„Schnell, Fräulein Burkhardt“, sagte Herr Hinzmann. „Sie wissen ja, die Pakete sollen noch mit der Nachmittagspost fort.“

Susanne wollte sich aufrichten, es mußte gehen! Nein, es ging nicht. Es zerrte etwas in ihrer Seite, spannte und zerrte qualvoll, und wenn sie hochkam, dann riß es, riß ...

Susanne preßte die Hand vor den Mund, um den Schrei zurückzuhalten, der gellend aus ihr hervorbrach. Sie taumelte auf eine Kiste mit Büchern und sah mit schreckgeweiteten Augen zu Herrn Hinzmann auf. Sie fühlte Schweißtropfen über ihr Gesicht laufen.

„Was ist Ihnen?“ fragte Herr Hinzmann erschrocken und stand von seinem Schreibtisch auf. „Was haben Sie, Fräulein Burkhardt? Sind Sie krank?“

„Schmerzen“, keuchte Susanne, „Schmerzen!“

Dr. Petersen kam herein. „Was geht denn hier vor?“ sagte er unmutig. „Es sind Kunden im Haus! Was ist, Fräulein Burkhardt? Wie sehen Sie aus, Kind ...“

Noch nie war Petra ein Nachmittag im Kinderhort so lang erschienen wie der heutige. Dr. Petersen hatte sie angerufen, hatte ihr gesagt, daß Susanne ins Krankenhaus gebracht worden war ... Und sie mußte hierbleiben, sie konnte nicht augenblicklich alles stehen- und liegenlassen, wie es sie verlangte. Frau Grotwahl war nicht im Haus, ach, wenn sie nur bald käme! Fräulein Höpfl fehlte schon seit einer Woche, weil sie mit Grippe im Bett lag, und Melanie Warncke beaufsichtigte beide Gruppen der kleineren Kinder. Petra konnte ihr nicht noch die Schulkinder dazu aufbürden. Das hätte Frau Grotwahl auch nie gebilligt.

Susanne, Susanne! Petra hielt mit Mühe die Tränen zurück. Sie hörte kaum, wie Hilda las oder was die Kinder sie fragten. Zum erstenmal tat sie ihre Arbeit mechanisch. Die Stunden schlichen. Um sechs Uhr kam Frau Grotwahl. Als sie von Susannes Erkrankung hörte, ließ sie Petra sofort gehen.

Petra fuhr mit der Straßenbahn zum Marien-Krankenhaus. Sie faßte keinen Gedanken, sagte nur unaufhörlich in ihrem Innern: Lieber Gott, mach Susanne gesund, lieber Gott ... Das Stück von der Straßenbahnhaltestelle bis zum Krankenhaus lief sie, hastig und keuchend.

Es dauerte eine Weile, bis sie im richtigen Stockwerk war. Dort erfuhr sie, daß sie auf Schwester Herta warten müsse. Susanne war am Blinddarm operiert worden. Schwester Herta würde entscheiden, ob sie schon Besuch haben durfte.

Nach endlosen zehn Minuten kam die Schwester. Sie war ältlich, trug eine Brille und schien unbeeindruckt von Petras bebender Angst. Sie hieß Petra auf der Bank im Flur warten und verschwand hinter einer der weißen Türen. Es roch nach Äther. Der Fußboden war spiegelblank gebohnert.

Petra preßte fest die Lippen aufeinander. Sie schluckte und würgte, damit das Weinen nicht immer wieder bis in ihre Kehle stieg, und sie versuchte, einen fröhlichen, gefaßten Blick auf die Tür zu richten, hinter der Schwester Herta verschwunden war.

Sie mußte ein heiteres Gesicht machen, wenn sie an Susannes Bett kam ...

Die Tür ging auf. Die Schwester mit der Brille winkte ihr zu.

„Nicht lange", sagte sie. Petra nickte, und die Tür wurde hinter ihr geschlossen.

Petra ging leise zu dem weißen Bett. Susanne schlief mit friedlichem Gesicht, das so weiß wie die Kissen und auf seltsame Weise verändert war. Susanne atmete ruhig und mit langsamen Atemzügen.

Petra setzte sich auf den Stuhl, der am Bett stand. Sie sah unentwegt in Susannes weißes Gesicht, sie hielt die Hände gefaltet, ohne es zu wissen, und die Tränen liefen unaufhaltsam über ihr Gesicht, strömten über ihre Wangen, auf ihre Hände. Ihr Mund bebte, ihre Schultern zitterten, aber sie weinte lautlos und sah nur immer Susannes Gesicht an.

Einmal flüsterte sie: „Susanne ..."

Die Tür ging auf. Die Schwester kam herein. „Ist sie noch nicht aufgewacht?" Petra schüttelte den Kopf und suchte nach ihrem Taschentuch.

„Hören Sie, Fräulein Burkhardt! Der Arzt, der Ihre Schwester operiert hat, ist noch einmal auf die Station gekommen. Wenn Sie ihn sprechen wollen, können Sie es jetzt tun."

Sie sprach kurz und bestimmt, trat an Susannes Bett und faßte sie an der Schulter. „Aufwachen, Fräulein Burkhardt! Sie haben jetzt genug geschlafen!"

Susanne stöhnte, neigte den Kopf zur Seite, öffnete aber nicht die Augen. „Sie will noch mehr schlafen", sagte die Schwester. „Und Sie müssen jetzt gehen. Wenn Sie wollen, können Sie morgen vormittag noch einmal kommen, dann ist Ihre Schwester noch in diesem Zimmer. Übermorgen kommt sie in den Saal. Dann dürfen

Sie nur noch zu den üblichen Besuchszeiten kommen, mittwochs und sonntags von drei bis fünf."

„Danke ... Ja, danke", hörte Petra sich sagen. Als die Schwester hinausgegangen war, drückte sie einen Kuß auf Susannes blasse Hand, die auf der Bettdecke lag, warf einen schmerzlichen Blick auf das liebe Gesicht und ging.

Der Arzt war ein junger blonder Mann mit hellblauen Augen und rosigem Gesicht. „Der Blinddarm war bereits vereitert, aber die Operation ist ohne Komplikationen verlaufen. Soweit kann ich Sie also beruhigen, Fräulein Burkhardt."

„Ja ...", sagte Petra flehend und ließ die Augen nicht von seinem Gesicht, als könnte sie dort Trost und Hoffnung schöpfen.

Der Arzt erhob sich. „Es ist im Augenblick kein Grund zur Besorgnis, das sage ich ausdrücklich." Er klopfte Petra väterlich auf die Schulter und gab ihr die Hand zum Abschied.

Petra drückte seine Hand heftig. „Bitte, Herr Doktor", sagte sie. „Tun Sie alles ... ich bitte Sie! Meine Schwester ist ... das einzige, was ich ... Ich habe doch niemanden mehr außer ihr."

„Fräulein Burkhardt, Sie können sicher sein: Was für Ihre Schwester getan werden kann, geschieht hier."

Petra fuhr mit der Straßenbahn nach Hause, wurde in dem überfüllten Wagen hin und her gestoßen und sah nichts, hörte nichts. Sie sah nur das weiße Zimmer, das Metallbett und Susannes Gesicht ... Petra fuhr mehrere Stationen zu weit. Sie ließ sich mechanisch aus der Bahn schieben, wanderte nach Hause, zum Nachtigallenweg, und hinauf zum Dachboden. Als sie die Tür aufschloß, als ihr der kalte Hauch der leeren, ungeheizten Wohnung entgegenschlug, ertrug sie es nicht. Sie rannte die Treppen wieder hinunter, klingelte an Frau Hagens Tür und brach in lautes Schluchzen aus, als Frau Hagen öffnete. Wie gut, daß sie da war! Daß sie jetzt zu ihr konnte. Petra weinte vor Dankbarkeit, Angst und Erschöpfung, und Frau Hagen zog sie in ihre Arme. „Petra, was ist denn geschehen?“

„Susanne!“ schluchzte Petra. „Susanne ...“

Susanne lag in einem großen Saal mit etwa zwanzig anderen Frauen und Mädchen. Ihr Bett stand als drittes in der Reihe. Links von ihr lag eine ältere Frau, die eine schwere Operation vor sich hatte und von Angst verzehrt wurde. Sie sprach unaufhörlich davon. Susanne empfand tiefes Mitleid. Sie selbst hatte es ja schon überstanden, Gott sei Dank. Nach einigen unangenehmen Tagen, die ihr Übelkeit und Schmerzen gebracht hatten, war sie nun auf dem Wege der Besserung.

Sie versuchte in ihrer schüchtern-liebenswerten Art, der Frau Mut zuzusprechen. Den anderen Patientinnen war das Jammern ihrer Bettnachbarin längst langweilig geworden. Jede war mehr oder weniger mit sich selbst beschäftigt. Noch nie im Leben hatte Susanne so viel über Krankheiten und die Krankheitsgeschichten erfahren. Nicht nur die Krankheiten der Frauen, die im Saal lagen, erfuhr sie – nein, auch Krankheiten, die Schwiegermütter, Nachbarinnen, Kinder und Großtanten der Patientinnen gehabt hatten. Und war eine Frau fertig mit Erzählen, so fühlten sich gleich mehrere andere angeregt, von ähnlichen Fällen zu berichten.

Rechts neben Susanne lag ein fünfzehnjähriges Mädchen, ein stilles, ängstliches Geschöpf, das sich von Susanne trösten und ermutigen ließ. Sie hatte eine Operation vor sich, mußte aber noch zwei Tage fasten und vorbereitet werden und weinte heimliche Tränen. „Denk an etwas anderes, das ist das allerbeste", riet Susanne. „Lies etwas Schönes, dann vergißt du die Operation!"

So tröstete Susanne, obwohl sie selbst noch schwach und elend war. Zuerst hatte sie nur Müdigkeit und grenzenlose Erleichterung empfunden, kein anderer Gedanke kam daneben auf. Aber als Petra am sechsten Tag zu ihr kam – es war an einem Mittwoch –, fand sie Susanne zwar erholt und kräftiger als am Sonntag, dafür aber mit sorgenvollem Gesicht.

Gleich nach der Begrüßung sagte Susanne: „Ach, Petra, ich bin so unglücklich!"

„Aber warum denn?"

Nun kam es heraus, daß Susanne sich wegen Hoogensand Sorgen machte. Dr. Petersen hatte ausdrücklich gesagt, ein ganz gesunder Mensch müsse den Posten dort übernehmen ... und nun?

Auch Petra war nachdenklich, ließ es aber nicht merken. „Bis Mai bist du ja längst wieder gesund und erholt", sagte sie zuversichtlich. „Und 'ne Blinddarmentzündung kann doch schließlich jeder Mensch mal bekommen! Ich gehe nachher gleich zu Dr. Petersen." Susanne lehnte sich, schon etwas beruhigt, zufrieden in ihre Kissen zurück.

Im Saal herrschte ein Gewirr von Stimmen. Stühle wurden herbeigetragen, die Betten der Patientinnen waren von Besuchern umlagert. Es war heiß und stickig. Plötzlich leuchteten Susannes müde Augen auf, sie lächelte ... Petra drehte sich um. Götz war gekommen! Er stand am Fußende des Bettes, hielt einen Blumenstrauß in den Händen und lachte so vergnügt, als gäbe es keine Krankheiten und Sorgen auf der Welt.

Petra erhob sich – „Du weißt ja, Susanne, was ich noch vorhabe!" –, Götz nahm den Platz an Susannes Bett ein, und so war der Abschied nicht schwer.

Zum zweiten Male stand Petra vor Dr. Petersen. „Ich weiß nicht, ob Sie sich noch an mich erinnern ...", begann sie zögernd. Dr. Petersen lachte und gab ihr die Hand. „So kurz ist mein Gedächnis nun doch nicht, Fräulein Burkhardt. Erzählen Sie, wie geht es Ihrer Schwester? Ich habe vor einigen Tagen den Arzt angerufen – er war soweit zufrieden! Sie haben hoffentlich nichts Gegenteiliges zu berichten?"

Petra schüttelte den Kopf, Susanne ginge es täglich besser. Dann berichtete sie von Susannes Sorgen wegen Hoogensand und entfaltete dabei ihre ganze Beredsamkeit. Dr. Petersen hörte ihr freundlich zu, bis er sie schließlich unterbrach: „Machen Sie sich doch nicht die geringsten Sorgen", sagte er. „Ihre Schwester fährt nach Hoogensand, das ist beschlossene Sache. Auch wenn sie nicht solchen guten Anwalt hätte wie Sie, wäre sie gefahren", fügte er lächelnd hinzu. „Schließlich kann doch jeder mal eine Blinddarmentzündung bekommen, nicht wahr?"

Petra konnte sich nicht versagen, noch einmal zum Krankenhaus zurückzufahren. Die Besuchszeit war schon zu Ende. Im Flur traf sie Schwester Herta. Petra bat, Susanne schnell noch eine wichtige Nachricht bringen zu dürfen. „Nur zwei Minuten!" flehte sie. Sie durfte es!

Susanne richtete sich erstaunt auf, als Petra schnellen Schrittes durch den Saal kam. In ihren Augen las sie schon die gute Nachricht, es hätte kaum mehr Petras sich überstürzender Worte bedurft.

„Was Sie für eine nette Schwester haben", sagte eine der Frauen, als Petra, freundlich zu den anderen Betten hin grüßend, wieder hinausging. Alle stimmten zu, und Susannes Herz schwoll vor Stolz und Glück.

Es gab drei Kinderheime auf Hoogensand. Soviel war aus dem Prospekt ersichtlich, den Dr. Petersen Susanne gegeben hatte. Petra saß am Tisch und schrieb einen Brief an Frau Dr. Engelken, ob sie in ihrem Kinderheim eine Helferin brauchen könne.

Petra hatte Susanne nichts von ihrem Plan erzählt. Vielleicht gab es eine Überraschung! Aber seit sie den Brief zur Post gebracht hatte, ging sie in gehobener Stimmung umher und wartete voll Spannung auf eine Antwort.

Im Kinderhort ging es mit der kleinen Hilda langsam, aber stetig voran. Petra hatte mit der Lehrerin gesprochen. Auch sie hielt Nachhilfeunterricht für den besten Weg. Frau Grotwahl war zum Glück damit einverstanden, daß Petra während der Mittagsruhe der übrigen Kinder Hilda im Tagesraum unterrichtete. Und nun hatte Petra zu ihrer Freude erfahren, daß Hilda Ostern versetzt werden konnte!

Mitte März kam Susanne aus dem Krankenhaus zurück. Petra holte sie ab; Frau Grotwahl hatte ihr wieder eine Stunde freigegeben. Petra beschloß in ihrer Freude, der Leiterin nachher einen Blumenstrauß mitzubringen.

Als die Schwestern Arm in Arm das Krankenhaus

verließen – Susanne noch auf etwas zittrigen Beinen –, stand ganz unvermutet Götz vor ihnen. Ehe sich die Mädchen besinnen konnten, saßen sie in einer Taxe und Götz mit ihnen. Er hatte den Wagen bestellt und duldete keinen Widerspruch. Zwar hatte er genausowenig Zeit wie Petra; beide mußten Susanne verlassen, sobald sie zu Hause auf ihre Couch gebettet war. Aber Götz versprach, heute abend noch einmal vorbeizukommen.

Die kleine Wohnung war festlich mit Blumen geschmückt. Auf dem Tisch stand ein Teller mit Mohnbrötchen und Fleischsalat, den Susanne so gern aß. Der Ofen strömte behagliche Wärme aus, Frau Paulke hatte ihn zu einer verabredeten Stunde angezündet. Frau Hagen hatte eine große Schale Obst zum Empfang geschickt, und Leni hatte sogar einen Schokoladenkuchen gebacken.

Susanne war ganz zufrieden, daß sie ein paar Stunden allein sein durfte. Sie war so müde, das Aufstehen strengte immer noch an. Und außerdem hatte sie im Krankenhaus Tag und Nacht so viele Menschen um sich gehabt, daß sie es jetzt wie ein kostbares Geschenk genoß, wieder im eigenen Bett zu liegen. Langsam und genießerisch aß sie ein Mohnbrötchen nach dem anderen, lauschte dem Prasseln des Feuers, ließ ihre Augen über all die vertrauten Dinge wandern. Heute abend ..., dachte sie noch, dann fielen ihr die Augen zu.

Am nächsten Tag kamen zwei Briefe für Petra. Der eine war von einem Professor Amelung in Hoogensand, der andere hatte keinen Absendervermerk. Er war mit bunten Marken beklebt und kam aus Finnland. Da war es ja nicht schwer zu erraten, daß er von Andreas Hagen kam, der sich auf einer Nordlandreise befand.

Wenn Petra sich freute, so verstand sie es jedenfalls, ihre Gefühle zu verbergen. Sie steckte den Brief aus Finnland in ihre Rocktasche, als hätte es noch lange Zeit, ihn zu lesen.

Den Brief aus Hoogensand dagegen drehte sie verwundert hin und her. Professor Amelung? „Kenne ich nicht“, versicherte sie der neugierig zusehenden Susanne. Dann las sie:

„Sehr geehrtes Fräulein Burkhardt! Frau Dr. Engelken hat mir von Ihnen erzählt. Sie selbst hat zur Zeit genug Helferinnen, dagegen sind wir auf der Suche nach einem jungen Mädchen. Meine Frau und ich leiten eine Kinderheilstätte auf Hoogensand. Wir haben zur Zeit vierzig Kinder verschiedener Altersstufen, die zum größten Teil bettlägerig sind. Es handelt sich um Erkrankungen der Gelenke, hauptsächlich Knie- und Hüftgelenkentzündungen. Die Kinder müssen fast alle jahrelang im Gipsbett liegen. Wir haben nur Schwesternpersonal.

Wir suchen einen warmherzigen jungen Menschen, der imstande ist, mit den Kindern zu spielen, sie in guter Weise von ihrer Krankheit abzulenken weiß und der genügend Einfühlungsgabe besitzt, um auch mit ungeduldigen und schwierigen Kindern fertig zu werden. Das ist eine nicht ganz leichte Aufgabe, die nur mit Liebe und Verständnis zu meistern ist ...“

Ihrem Brief an Frau Dr. Engelken entnehme er, schrieb Professor Amelung noch, daß sie sich trotz ihres eigenen Schicksals ein Herz für das Leiden anderer bewahrt habe – vor allem Liebe zu Kindern, die es im Leben nicht leicht haben. Sie solle umgehend Nachricht geben, ob sie zum ersten April komme wolle. Das Gehalt würde monatlich hundert Mark betragen, bei freier Wohnung und Kost ... „Freundliche Grüße, Professor Knut Amelung".

Es war lange her, seit Petra einen Luftsprung gemacht hatte. Jetzt vollführte sie einen, daß Frau Paulke erschrocken zur Zimmerdecke hochsah.

Aber dies war ja auch mehr, als sich die Mädchen je hätten träumen lassen. Petra mußte sich mächtig zusammennehmen, um nicht in überschwenglichen Ausdrükken an Professor Amelung zu schreiben. Es war beinah nicht möglich, vernünftig zu schreiben, wenn das Herz so heftig klopfte. Aber sie zwang sich zu einem Brief, der ihr sachlich und richtig erschien. Sie schrieb so, daß ihre Freude trotzdem durchschimmerte, tat dem Brief in Professor Amelungs Augen hoffentlich keinen Abbruch.

Alle mußten es erfahren!

„Ich hab' es ja gesagt", meinte Frau Paulke.„Aus den Mädchen da oben wird noch mal was, hab' ich gesagt. Na, wer weiß, Petra! Vielleicht ist es ein schöner junger Arzt, das kann man gar nicht wissen, und du kommst noch als Frau Professor wieder. Kann man gar nicht wissen!"

„Er ist doch schon verheiratet", sagte Petra lachend.

„Ach so, er ist schon verheiratet!"Frau Paulke war enttäuscht. „Aber sonst hätte es gut sein können, was, Leni?"

Es gab noch mehr Neuigkeiten! Frau Hagen erzählte, daß sie wieder in ihre Geburtsstadt nach Süddeutschland ziehen würde. Sie wollte dort neben ihrer Tätigkeit am Theater eine Schauspielschule eröffnen. Andreas, ihr Sohn, würde übrigens mitkommen – er würde jedenfalls sein Atelier dorthin verlegen, als Ruhepunkt, wenn er von seinen Reisen zurückkam.

Nun hätte es Susanne und Petra unter anderen Umständen gewiß einen schmerzhaften Stich gegeben, was sie da aus Frau Hagens Munde hörten. Ihre liebste, mütterliche Freundin ging fort! Wenn Petra und Susanne aus Hoogensand zurückkehrten – und das würde in absehbarer Zeit geschehen –, dann würden sie wohl noch ihre kleine Wohnung auf dem Dachboden vorfinden, aber nicht mehr, zwei Treppen tiefer, Frau Hagen. Und man würde nie mehr auf einem Spaziergang den Maler treffen – den Mann mit den Riesenpranken ...

Andererseits gab es so vieles, auf das man sich freuen mußte! Zum Beispiel den Sommer an der See! Dieser eine Monat, den die Schwestern sich trennen mußten, weil Petra eher als Susanne auf Hoogensand sein mußte, war zu überstehen.

Außerdem gab es Briefe, die man schreiben und die man erhalten konnte, gleichgültig, ob man im Süden oder im Norden war. Einen Brief hatte Petra ja bereits in der Tasche, und nachts lag er aus irgendeinem Grunde unter ihrem Kopfkissen. Es war traurig, daß man sich von Hagens trennen mußte, aber ein Grund zum Verzweifeln war es unter diesen Umständen nicht.

Schwer war auch der Abschied von den Kindern, die Petra alle ins Herz geschlossen hatte: Sonni, die kleine Hilda und wie sie alle hießen ... Aber Petra war zu glücklich, zu erwartungsvoll auf die Zukunft, als daß sie lange hätte traurig sein können. In ihrer Tasche knisterte überdies der Brief ... Merkwürdig, wie oft man einen Brief lesen konnte, immer wieder, selbst wenn man jedes Wort längst auswendig wußte!

„Liebe Petra!“ hatte Andreas geschrieben. „Heute morgen machte ich einen weiten Spaziergang am Meer entlang. Da dachte ich, es müßte gut sein, ein Mädchen zu treffen. Denken Sie, ich traf auch wirklich eins, aber es war nicht das richtige. Es hätte Petra sein sollen.

Ich male und zeichne viel. Land und Leute. Bevor ich zu meiner Mutter nach Süddeutschland ziehe, komme ich für kurze Zeit in unsere Stadt zurück, um mein Atelier aufzulösen. Vielleicht ist dann auch Gelegenheit zu einem Wiedersehen! Ihr Andreas Hagen.“

Der besondere Zeitpunkt von Petras Geburtsdatum brachte es mit sich, daß sie nun schon zum zweitenmal an ihrem Geburtstag eine neue Stellung antrat.

Frühmorgens am letzten Märztag reiste sie ab. Susanne hatte gerade noch Zeit, sie zur Bahn zu bringen.

Petra hielt die Hand der Schwester, solange der Zug noch stand. Zu sagen gab es nicht mehr viel, aber sie sahen sich aus frohen Augen an. Nur ein Monat! Dann kam Susanne auch nach Hoogensand!

Der Zug fuhr langsam an. „Auf Wiedersehen, Susanne!“ rief Petra. „Auf Wiedersehen in Hoogensand!“

Sommer auf Hoogensand

Das Fährschiff näherte sich dem Landungssteg der kleinen Insel. Aus der warmen Kajüte trat Petra, ihren alten, an den Ecken abgeschabten Koffer in der Hand. Damit er nicht plötzlich auseinanderklaffte und sich seines Inhalts entledigte, hatte Petra ihn mit einem Lederriemen verschnürt.

Kaum war sie an Deck, so ergriff der Wind ihr Haar und riß es mit einem Ruck nach hinten. Sie stellte den Koffer hin, zog ihr Kopftuch aus der Manteltasche und band es nach einigen vergeblichen Versuchen fest um die dunklen Locken. Dabei sah sie die ganze Zeit der Insel entgegen.

Freudige Erwartung malte sich auf ihrem Gesicht.

Nur wenige Passagiere waren an Bord des Fährschiffes. Um diese Jahreszeit – Ende März – kamen noch keine Kurgäste nach Hoogensand. Ein paar Männer mit Schiffermützen, ein oder zwei Frauen mit Kopftüchern und großen Körben – der einzige junge Mensch war Petra.

Niemand hatte während der Fahrt ein Gespräch mit ihr begonnen. Schweigsam sahen die Männer und Frauen vor sich hin. Aber Petra war deshalb nicht betrübt. Sie war ganz erfüllt von ihren Gedanken – es war nicht notwendig zu reden. Und es war schön, ins Wasser zu schauen, den weißen Schaumköpfen auf den grünen durchsichtigen Wellen und den Möwen zuzusehen, die in unermüdlichem Flug das Schiff umkreisten. Sie segelten leicht durch die Luft, man konnte ihnen lange zuschauen, ohne sich zu langweilen. Von Zeit zu Zeit stießen sie ihre schrillen Schreie aus. Und dies alles – das Schreien der Möwen, das grüne Auf und Ab der Wellenberge, der salzige Geruch des Wassers und der frische

Seewind – versetzte Petra in einen Rausch von Entzükken und Vorfreude. Dies war nun die erste Reise, die sie ohne Susanne machte. Susanne!

Beim Gedanken an die Schwester bekam Petras Gesicht einen Ausdruck von Zärtlichkeit. Susanne war so zart und hilflos. Obwohl Petra ein Jahr jünger war, hatte sie stets das Gefühl, die Schwester beschützen zu müssen. Gleichzeitig empfand sie Stolz, wenn sie an Susanne dachte. Denn wer hätte sich tapferer durchschlagen können in diesem letzten Jahr als Susanne? Ach, endlich hatte sie ihren richtigen Platz gefunden! Nach allerlei schwierigen Übergangszeiten – als Laufmädchen bei Bäckermeister Grothe, als Platzanweiserin im Filmtheater „Sansibar“ – war sie in Dr. Petersens Buchhandlung eingetreten. Und Dr. Petersen war mit seinem jüngsten Buchhändlerlehrling so zufrieden, daß er Susanne beauftragte, den ganzen Sommer lang eine kleine Filiale auf der Insel Hoogensand zu betreuen.

Petra hatte von Anfang an gewußt, was sie einmal erreichen wollte. Da Vater und Mutter nicht mehr lebten, konnte sie nicht Kinderärztin werden. Aber ebenso schön würde es sein, später ein Kinderheim zu haben. Petra wollte darin Waisenkinder aufziehen. Sie sollten viele Jahre lang bei ihr bleiben, bis sie erwachsen waren und ihre eigenen Wege gingen.

Petra wurde niemals müde, sich „ihr“ Kinderheim und das Leben darin vorzustellen. Es war wohl noch ein weiter Weg bis dahin – aber das ganze Leben lag ja noch vor ihr! Und in diesem letzten Jahr war sie jedenfalls ein tüchtiges Stück weitergekommen. Als Hausmädchen in einer kinderreichen Familie hatte sie Geld verdient und gleichzeitig eine Menge Erfahrungen mit Kindern gesammelt – ganz abgesehen davon, daß sie kochen lernte und im Haushalt tüchtig wurde. Später hatte sie in einem Kinderhort gearbeitet, bei der strengen Frau Grotwahl.

Natürlich war nicht alles ohne Schwierigkeiten verlaufen, obwohl Petra mit dem größten Eifer an all ihre Aufgaben heranging. Aber sie hatte nun einmal ihre eigenen Ansichten über Kinder und Kindererziehung. Und ihre Vorgesetzten hatten natürlich auch ihre eigenen Ansichten, die nicht immer mit denen von Petra übereinstimmten. Aber im ganzen genommen war doch alles mehr gut- als schlechtgegangen! Und nun reiste Petra mit guten Zeugnissen in der Tasche nach Hoogensand, zu Professor Amelung, in dessen Kinderheilstätte sie die kranken Kinder unterhalten und ihnen die Langeweile vertreiben sollte. Vier Wochen später würde Susanne die gleiche Reise machen, sicher ebenso erwartungsvoll wie heute Petra.

Susanne würde wohl schmerzlich vermißt werden, wenn sie die Großstadt für einen langen Sommer verließ. Vielleicht nicht so sehr von Anke, die auch in Dr. Petersens Buchhandlung tätig war, sondern mehr noch von Ankes Bruder, Götz.

Und sie selbst, Petra? Sie griff in die Manteltasche und fühlte ein beruhigendes Knistern, das Knistern eines Briefes. Er war von Andreas Hagen, dem Maler.

Petra erwachte aus ihrer träumerischen Stimmung. Sie sah den hellen sandigen Uferstreifen von Hoogensand. Die Inselbahn wartete bereits auf die wenigen Menschen, die von der Fähre kamen. Ein netter Schiffer trug Petras Koffer und reichte ihn ins Abteil.

Es war seltsam, mitten aus der Großstadt zu kommen und nun in der altertümlichen kleinen Bahn mit den gelben harten Bänken und kleinen Fenstern zu sitzen. Das Wackeln und Rattern der Wagen war ungewohnt und stimmte irgendwie zu Petras kindlich erwartungsvoller Laune. Die Lokomotive erinnerte an Spielzeugeisenbahnen, die man aufziehen und auf dem Teppich herumfahren lassen konnte. Von Zeit zu Zeit stieß sie ein geräuschvolles und wichtiges Tuten aus.

Draußen waren Dünen – mit Strandhafer bewachsene Dünen und grauer Himmel. Es kam eine weite ebene Strecke, die mit dürrer Heide und Gras bewachsen war, dann wieder Dünen, Strandhafer und grauer Himmel. Die ersten Häuser tauchten auf. Kleine Fischerhäuser, einfache Pensionen, hier und da ein Kinderheim ... Veranden vor den Häusern, kleine Gärten, Holzzäune ...

Der Bahnhof war eine Art Schuppen mit einem Fensterchen als Fahrkartenschalter. An den Wänden waren ein paar Fahrpläne und Tidenkalender befestigt. Nach einem letzten heftigen Tuten, das die Kinder und auch einige Erwachsene aus den umliegenden Häusern herbeilockte, hielt die Inselbahn.

Petra sprang aus dem Wagen, stellte ihren Koffer schwungvoll zu Boden und sah sich suchend um.

Ein junges Mädchen kam mit raschen Schritten auf sie zu. Petra bemerkte, daß sie leicht hinkte. Beide sahen sich fragend und halb lächelnd an.

„Fräulein Burkhardt?“

Petra streckte dem jungen Mädchen ihre Hand entgegen.

„Willkommen auf Hoogensand!“ sagte das Mädchen und erwiderte Petras herzlichen Händedruck. „Ich bin Friedchen Held. Ich gehöre auch in Professor Amelungs Haus“, erklärte sie und griff nach Petras Koffer.

„Nein, halt! Den trage ich“, sagte Petra.

„Oh, ich habe einen Handwagen mitgebracht“, sagte Friedchen Held. „Wir brauchen uns alle beide nicht zu plagen.“

Der Koffer wurde auf den Wagen geladen, und die Mädchen zogen ihn den gepflasterten Weg entlang, der zum Strand führte.

„Die Kinderheilstätte liegt wohl nicht im Ort?“ erkundigte sich Petra, denn ihr Weg führte sie von den kleinen Häusern und Gärten fort durch die Dünen zum Meer hin. In tiefen Zügen atmete Petra die herbe Luft ein, hob ihr Gesicht dem starken Wind entgegen, der von der See den Geruch nach Tang und Salzwasser mitbrachte.

„O nein“, war die Antwort. „Professor Amelungs Haus ist das einzige, das direkt am Strand liegt – in den Dünen. Sie werden es ja sehen. Das ist gerade das Schöne hier. Alle Häuser drängen sich in dem kleinen Ort mitten auf der Insel zusammen. Kein Hotel, kein Haus darf am Strand gebaut werden. Das ist gut.“

Friedchen sprach eifrig und sah Petra beim Sprechen forschend an. Ihr Gesicht hatte unregelmäßige Züge, aber eine fröhliche und bescheidene Sicherheit verschönte es und gab ihm einen liebenswürdigen Reiz.

„Und warum durfte das Haus von Professor Amelung am Strand gebaut werden?“ fragte Petra.

„Es war ursprünglich ein Seemannsheim. Es ist erbaut worden, als es noch keinen Kurbetrieb und kein Hotel auf Hoogensand gab. Die alten Seebären, die hier von ihren Fahrten ausruhten, wollten von ihren Fenstern aus das Meer sehen. Aber im Krieg wurden sie ausquartiert, das Heim wurde als Lazarett verwendet. Und dann wurde es von Professor Amelung übernommen. Gut, daß wir jetzt einen gepflasterten Weg zum Strand haben. Früher konnte hier kein Wagen fahren, alles blieb im Sand stecken. Das war auch der Grund, weshalb man Professor Amelung das Lazarett überließ. Die Verwundeten konnten nicht zum Heim gefahren werden, man mußte sie auf Bahren hintragen. Und es war besonders schwierig, die Lebensmittel und die Medikamente herbeizuschaffen."

„Ja, das ist aber doch für Professor Amelung nicht anders", sagte Petra.

„Das ist wahr. Aber er ist ein Mensch, der vieles fertigbringt. Er und seine Frau haben höchst primitiv hier angefangen, aber was inzwischen daraus geworden ist! Und seit einem Jahr haben wir nun den gepflasterten Weg, dafür hat Professor Amelung auch gesorgt." Friedchen sah so stolz auf die Steine vor ihren Füßen, als hätte sie selbst beim Wegbau geholfen.

Petra fragte unwillkürlich: „Sind Sie schon lange hier? Ich meine, weil Sie so genau Bescheid wissen?"

„Ich war Amelungs erste Patientin", sagte Friedchen. „Sie haben mich damals mitgebracht. Das ist – ja, warten Sie –, sieben Jahre ist das jetzt schon her. Aber inzwischen war ich längere Zeit fort", setzte sie rasch hinzu. „Sehen Sie, da hinten!"

Sie zeigte auf ein dunkelrotes Dach, das zwischen den Dünen hervorsah. Kurz danach bog der Weg in ein weites Dünental ein. Zwischen zwei hohlen Sandbergen sah man das Meer an den breiten weißen Strand schäumen. Petra ließ den Wagen los.

Ach, jetzt hinunterlaufen durch die Dünen, sich in den Sand werfen, die Augen schließen und nur das ewige

Brausen des Meeres hören! Sie stand eine Weile ganz still. Dann lief sie hinter Friedchen Held her, die den Wagen allein weiterzog, zum Haus hin.

Es war ein mächtiges altes Gebäude, mit verwitterten grauen Mauern und zwei Seitenflügeln. Das weit heruntergezogene Dach gab dem Bau etwas Behagliches, Altmodisches – etwas, das einen wünschen ließ, es möchten hier Menschen wohnen, die einem gut waren.

Die breite Eingangstür wurde geöffnet, Petra betrat eine dunkel getäfelte, geräumige Diele. Eine Tür ging auf, mit schnellen Schritten kam eine kleine rundliche Dame durch die Halle auf Petra zu.

Zwei Hände streckten sich Petra entgegen, eine frohe Stimme sagte: „Das ist Petra Burkhardt, nicht wahr? Seien Sie uns herzlich willkommen, liebes Kind. Mögen Sie sich wohl und glücklich fühlen in unserem Haus!"

„Oh, danke. Vielen, vielen Dank, gnädige Frau", sagte Petra. Ihre Augen waren ernst und dunkel. Es war ein so liebevoller Empfang!

„Sagen Sie ‚Frau Amelung'", sagte die kleine Dame halblaut, fast bittend, und legte einen Augenblick die Hand auf Petras Arm. „Wo ist Ihr Gepäck? Ah, gut, Friedchen, du bringst es schon nach oben! Kommen Sie, Petra, ich will Sie mit meinem Mann bekannt machen."

Obwohl sie so rundlich war, hatte sie etwas Eifriges und Flinkes. Auch jetzt ging sie mit schnellen Schritten vor Petra her, öffnete eine Tür und rief. „Knut! Petra Burkhardt ist gekommen!" Sie sah zu Petra zurück und winkte sie heran. Petra betrat das geräumige Zimmer Professor Amelungs.

Er saß an seinem Schreibtisch und sah ihr forschend entgegen. Als er sich erhob, um ihr die Hand zu geben, sah sie, daß er nicht viel größer war als seine Frau. In seinen Augen lagen Güte, Klugheit und Energie. All seine Bewegungen strahlten Ruhe aus. Petras erster Gedanke war: Ihm könnte ich vertrauen, wenn ich krank wäre.

Die kleine Frau Amelung zog Petra neben sich auf das Ledersofa und stellte ein paar mütterliche Fragen. In ihrer Sprache war ein Anklang süddeutscher Mundart, und Petra, deren Vater aus Süddeutschland stammte, fühlte sich dadurch heimatlich berührt. Aber auch ohnedies wurde ihr zuversichtlich ums Herz. Es war eben doch eine eigene Sache, ein fremdes Haus zu betreten, in dem man ein ganzes Jahr zubringen sollte. Man konnte wohl tapfer sein und sich vornehmen, den Widerständen und Schwierigkeiten mutig zu begegnen, aber es wurde einem heimatlich zumute, wenn man in so natürlicher und menschlicher Weise empfangen wurde. Das entsprach so ganz Petras eigenem Wesen, daß ihre Augen zu strahlen begannen. Sie redete munter und unbefangen, wie es ihre Art war, und merkte schon in der ersten Viertelstunde im Hause Amelung: hier mochte man diese Art! Hier war wohl nicht zu erwarten, daß man sie sentimental fand, wenn sie den Kindern statt Freundlichkeit Liebe entgegenbrachte, so wie es bei Frau Grotwahl der Fall gewesen war.

„Wir trinken jetzt zusammen Tee“, sagte Frau Amelung und rückte Sessel und ein Tischchen herbei. „Dann müssen Sie von Ihrer Reise ausruhen. Ihr Dienst beginnt morgen früh um neun. Sie sollen sich hier in Ruhe einleben. Sie sollen nach und nach vertraut werden mit unserem Haus und unseren Kindern. Da gibt's allerlei Aufgaben für Sie, Fräulein Burkhardt.“ Frau Amelung nickte Petra ermunternd zu, und Petra sagte aufrichtig: „Ich freue mich darauf!“

Friedchen Held steckte den Kopf zur Tür herein, und Frau Amelung winkte ihr. „Komm nur, Friedchen! Luise bringt gleich den Tee.“

Mit der Haushälterin kam ein noch ziemlich junger Mann ins Zimmer, den Professor Amelung Petra als „mein lieber Mitarbeiter Dr. Hoffmann“ vorstellte. Dr. Hoffmann sah Petra freundlich prüfend an und setzte sich mit an den Teetisch. Friedchen wurde rot und schön, als er mit ihr sprach.

Statt der kleinen Kuchen, die von allen gegessen wurden, hatte die Haushälterin einen Teller mit belegten Brötchen vor Petras Gedeck gestellt. Petra langte unbefangen zu. Sie hatte in der kleinen Küstenstadt zu Mittag gegessen, aber der Seewind hatte sie wieder hungrig gemacht.

Es war behaglich. Die Herren rauchten. Frau Amelung plauderte munter. Die vielen Bücher an den Wänden, der mächtige alte Schreibtisch, der gemütliche Teppich – alles zusammen ließ in Petra ein Gefühl von Geborgenheit aufkommen. Was sie sagte, schien alle zu interessieren. Die Art, mit der Professor Amelung ihr zuhörte, war väterlich, aber keineswegs gönnerhaft überlegen.

Das war zwar neu und ungewohnt für Petra, aber es machte sie durchaus nicht schüchtern. Es erschien ihr natürlich, daß Menschen gut Freund miteinander waren, ob sie nun jung waren oder alt, ob sie in reichen oder armen Häusern lebten.

Professor Amelung erhob sich. „Ich will mir noch den kleinen Bodo ansehen. Ob ihm die Punktion bekommen ist?“ sagte er zu Dr. Hoffmann. „Gehen wir doch gleich mal zu ihm hinauf.“

Der Ton war sachlich, plötzlich war die kleine behagliche Welt hier im Zimmer durchdrungen von den ernsten und großen Zielen, denen die Menschen hier lebten. Petras Herz klopfte ein wenig rascher. Wenn sie auch ein kleines Mädchen gewesen war, als Vater noch lebte, etwas von dem Geist, der hier im Hause herrschte, erinnerte sie an die Atmosphäre des Arzthauses, in dem sie aufgewachsen war.

„Nun bringe ich Sie nach oben, in Ihr Zimmer“, sagte Frau Amelung und nahm Petras Arm. Sie stiegen die breite Treppe im linken Seitenflügel hinauf.

„Es tut uns leid, daß wir Ihnen nicht von Anfang an ein eigenes Zimmer geben können“, sagte sie und sah Petra mit freundlichen Augen an. „Sie werden zunächst mit Schwester Lonni zusammen wohnen. Aber nicht für lange. Lonni geht nach Amerika. Anfang Mai fährt ihr Schiff. Dann haben Sie Ihr Reich für sich. Freilich nur ein kleines Reich“, setzte sie hinzu.

„Das ist ja gar nicht nötig, ein eigenes Zimmer ...“, versicherte Petra. Gespannt sah sie über Frau Amelungs Schulter, als sie eine Tür aufstieß.

Petra fand das Zimmer durchaus nicht klein. Das Haus war freilich so groß, daß es, damit verglichen, vielleicht klein erschien. „Ich finde es herrlich!“ sagte sie und sah mit leuchtenden Augen über Dünen und Strand hinweg auf das Meer. „Ich kann mir gar nichts Besseres denken als eine solche Aussicht. Wie gemütlich das Sofa! Ach, und Bettnischen! Ich habe mir schon immer gewünscht, einmal in einer Bettnische zu schlafen!“

Frau Amelung lachte und freute sich über die kindliche Begeisterung, mit der Petra ihr neues Reich in Augenschein nahm. „Da sollten Sie Schwester Lonni hören“, sagte sie dann. „Was die sich schon geärgert hat über das kleine Sofa! Aber gelt, es ist doch netter als die kahle Wand. Die Lonni ist eben fürs Moderne, das ist nicht zu ändern. In der Bettnische schläft sie auch nicht gern, da wird's ihr grauslich zumute, meint sie.“ Frau Amelung sagte „nit“ und „zumut“, Petra lauschte ihr entzückt. „Aber das freut mich, daß es Ihnen gefällt, Petra! Nun lass' ich Sie allein, und Sie machen sich's behaglich, gelt! Abendessen gibt es um acht Uhr. Es wird gegongt, das hören Sie dann schon. Hier, diesen Schrank müssen Sie sich mit Lonni teilen. Da können Sie Ihr Zeug hineinhängen. Und hier ist noch ein Wandfach ...“

Als Petra allein war, schob sie einen altmodischen Korbstuhl ans Fenster und sah hinaus. In Gedanken suchte sie die Menschen auf, die sie liebhatte. Ich bin ja so unsagbar froh, Susanne! Du glaubst nicht, wie schön es hier ist ...

„Nanu? Träumen Sie am hellichten Tage? Mit Blick aufs Meer. Wie romantisch!“

Petra fuhr hoch, als die helle, etwas spöttische Stimme an ihr Ohr drang. War sie wirklich eingeschlafen?

Vor ihr stand ein bildhübsches schlankes Mädchen. Sie trug blauweiße Schwesterntracht, das weiße Häubchen saß zierlich und kleidsam auf dem welligen blonden Haar. Als die Mädchen sich begrüßten, lächelte die junge Schwester Petra an, aber ihre Augen waren kalt und an dem Lächeln unbeteiligt. Es war Schwester Leonie, genannt Lonni, Petras Zimmergenossin.

„Ja, es tut mir leid, daß ich hier so eingedrungen bin“,

sagte Petra und unterdrückte ihre Schläfrigkeit. „Bisher hatten Sie ja Ihr Zimmer für sich. Aber ich hoffe, wir werden uns gut vertragen“, setzte sie herzlich hinzu.

„Warum nicht?“ sagte Lonni mit kurzem spöttischem Lachen. „Allein ist es natürlich angenehmer, aber ich bin ja nicht mehr lange hier. Läßt sich nicht ändern!“

Eine Stille entstand. Schließlich sagte Petra ein wenig bedrückt: „Ich hörte, daß Sie auswandern?“

„Ja“, sagte Lonni nachdrücklich. „Ich gehe nach Amerika. Endlich habe ich die Einreiseerlaubnis bekommen.“ Sie zog den Vorhang ihrer Bettnische zurück und warf sich aufs Bett. Die Hände unterm Kopf verschränkt, gähnte sie. „Ja, in Amerika sind in den Krankenhäusern andere Bedingungen als hier“, sagte sie. „Nur fünf Tage in der Woche Dienst und glänzendes Gehalt. Nicht zu vergleichen.“

Petra begann ihren Koffer auszupacken. Unter Lonnis kritischem Blick kam ihr zum Bewußtsein, wie schäbig er war. Aber es bedrückte sie nicht.

„Jedenfalls muß ich keinen Winter mehr auf dieser gottverlassenen Insel zubringen“, sagte Lonni.

„Ist es so schlimm?“ fragte Petra lächelnd.

„Schlimm?“ Lonni drehte sich zu Petra herum und stützte sich auf den Ellbogen. „Machen Sie nur einen Herbst und Winter hier mit! Die Stürme heulen wochenlang Tag und Nacht ums Haus. Und dann diese trostlose Einsamkeit. Na, Sie werden auch noch genug bekommen.“

Petra sah gedankenvoll aus dem Fenster. Die Insellandschaft und das Meer einmal im Wechsel aller Jahreszeiten zu erleben hatte einen starken Reiz für sie. Aber sie sprach es nicht aus. Sie fühlte, daß das Mädchen hier andersgeartet war, daß sie diese Empfindungen nicht begreifen würde.

Schwester Lonni zog ein dickes Buch aus ihrer Nachtschrankschublade, das einen farbigen Umschlag trug und einen Titel, der mit breiter Feder schräg über die ganze Seite gemalt war. Ohne sich noch weiter um Petra zu kümmern, begann sie aufmerksam zu lesen.

Als Petra mit dem Einräumen fertig war und sich umgezogen hatte, gongte es zum Abendessen. Die beiden Mädchen gingen zusammen die Treppe hinunter in den Eßsaal. Er war dunkel getäfelt wie die Eingangshalle. Vor den drei großen Fenstern, die bis zum Fußboden reichten, standen Zimmerlinden und Blattpflanzen. Der Tisch war mit schneeweißem Leinen bedeckt, und einfaches, schönes Geschirr war darauf verteilt. Das Silber blitzte, und zwischen den Schüsseln standen flache Schalen mit Blumen.

Frau Amelung ging Petra entgegen und führte sie zu ihrem Platz. Etwa ein Dutzend Menschen versammelte sich um den Tisch. Der Professor mit seiner Frau, Dr. Hoffmann, Friedchen Held und außer Petra, Lonni und der Haushälterin Luise noch fünf jüngere und ältere Schwestern, die alle wie Lonni in blauweiße Tracht mit weißer Schürze und Häubchen gekleidet waren.

Petra erhielt ihren Platz zwischen Friedchen Held und Professor Amelung, der seiner Frau gegenüber am oberen Ende der Tafel saß. Sie war froh, nicht neben Lonni zu sitzen; sie fühlte sich nicht zu ihr hingezogen.

Professor Amelung erhob sich, verneigte sich leicht gegen Petra und sagte: „Darf ich Sie nun alle mit unserer neuen Hausgenossin Petra Burkhardt bekannt machen. Fräulein Petra, wir wünschen Ihnen, daß Sie in der

Arbeit hier bei uns viel Freude finden und daß Sie sich bald auf Hoogensand ganz zu Hause fühlen!“ Er gab Petra die Hand, und von allen Seiten wurde sie freundlich begrüßt.

Dann nahm die Mahlzeit ihren Anfang. Vor jedem Gedeck stand ein Schüsselchen mit Obst. Petra glaubte, dies sei als Nachtisch bestimmt. Als sie aber merkte, daß alle die Mahlzeit mit dem Obst begannen, griff sie ebenfalls nach einer Frucht.

Frau Amelung rief vom anderen Ende der Tafel her: „Sie wundern sich gewiß, Petra, nicht wahr? Unser Ernährungsdoktor wird Ihnen alles erklären. Gelle, Dr. Hoffmann!“

Professor Amelung schmunzelte, und Dr. Hoffmann, der seinen Platz schräg gegenüber von Petra hatte, beugte sich ein wenig vor, um mit einer Erklärung zu beginnen. Aber er unterbrach sich selbst. „Das führt jetzt zu weit“, sagte er. „Wenn es Sie interessiert – meine Ernährungstheorie –, können wir uns gelegentlich darüber unterhalten.“

Petra sagte eifrig: „Es interessiert mich sehr!“ Sie sah, wie Lonni, die neben Dr. Hoffmann saß, eine Grimasse zog.

Bei den Tischgesprächen glaubte Petra zu bemerken, daß zwischen den Hausgenossen ein gutes und herzliches Einvernehmen bestand. Der Professor redete gütig und scherzhaft mit den Schwestern, Frau Amelung sorgte mütterlich dafür, daß genug gegessen werde, erkundigte sich nach persönlichen Dingen der Mädchen und nickte Petra von Zeit zu Zeit aufmunternd zu. Es war, als wolle sie ihr an diesem ersten Abend zu erkennen geben, daß man sie nicht als Fremdling betrachte.

Unter ihrer Fürsorglichkeit wurde Petra wieder heiter und hochgestimmt. Das Zusammensein mit Schwester Lonni hatte sie ein wenig niedergedrückt. Nun ließ sie sich das Essen schmecken und unterhielt sich vergnügt mit Friedchen Held. Friedchen erzählte ihr, daß sie als Hauslehrerin tätig sei und jeden Morgen die älteren Kinder unterrichte.

Als Petra nach dem Abendessen ihr Zimmer aufsuchte, fühlte sie eine starke Erregung. Die Reise, die vielen neuen Eindrücke, die Spannung, ob sie sich hier bewähren werde, machten sie übermäßig munter. Sie schrieb noch einen kurzen Brief an Susanne und beschloß, im Bett eine Weile zu lesen, bis sich ihre Erregung gelegt hätte. Sie war ganz entzückt, am Kopfende des Bettes eine kleine Leselampe zu entdecken.

Als sie ihr Buch aufgeschlagen und sich behaglich zurechtgelegt hatte, fragte Schwester Lonni: „Lesen Sie noch lange?"

„Stört es Sie?" fragte Petra und schob ihren Bettvorhang zurück. Lonni hatte selbst bis zu diesem Augenblick gelesen, war aber nun müde und hatte ihre kleine Lampe ausgeschaltet.

„Ehrlich gesagt – ja. Ich muß schauderhaft früh raus. Jeden Morgen um halb sechs! Und bei Licht kann ich einfach nicht einschlafen. Sie nehmen mir's hoffentlich nicht übel", setzte sie hinzu.

„Aber nein." Petra hatte bereits ihr Buch fortgelegt und das Licht ausgeschaltet. Sie war gerecht genug, um einzusehen, daß Schwester Lonni ihren Schlaf brauchte. Es konnten nun einmal nicht alle Menschen bei Licht einschlafen, selbst wenn es nur ein wenig durch die Vorhänge der Bettnische schimmerte.

Petra mußte ihren Dienst erst um neun Uhr antreten, nachdem die Patienten gewaschen und mit Frühstück versorgt waren.

Sie hätte gern noch ein wenig gelesen, aber mit ihrem Talent, jeder Situation die guten Seiten abzugewinnen, sagte sie sich: Es tut mir gut, wenn ich jetzt schlafe. Und in vier Wochen werde ich dieses freundliche kleine Reich für mich allein haben.

Petra erwachte davon, daß Lonni unbekümmert im Zimmer herumrumorte. Sie stellte sich schlafend. Sie wollte noch in Ruhe nachdenken, sich still auf den heutigen Tag vorbereiten. Die Sonne schien, alles war hell und heiter.

Ich habe Geburtstag, dachte Petra. Nun bin ich achtzehn ...

Als Lonni, geräuschvoll die Tür schließend, das Zimmer verlassen hatte, richtete sich Petra auf. Sie schob den Vorhang zurück, sah einen breiten Sonnenstreifen auf Möbel und Wand fallen und dehnte glücklich die Arme. Dann zog sie das Schubfach ihres Tischchens auf und nahm ein Päckchen heraus, das Susanne ihr in den Koffer geschmuggelt hatte.

„Erst am Geburtstag öffnen!" stand mit Susannes zarten Schriftzügen auf dem Papier. Petra drückte einen Kuß darauf und wickelte ihr Geschenk aus. Ein dickes Tagebuch kam zum Vorschein, auf dessen Buchdeckel eine Kinderschar gezeichnet war. Im Hintergrund waren Meer und Himmel angedeutet.

Petra betrachtete die einfache, bunte Zeichnung. „Ich könnte das nie", sagte sie mit einem bewundernden Seufzer.

Dann vertiefte sie sich in den Geburtstagsbrief – den ersten Brief, den sie je von Susanne erhalten hatte.

Es war warm im Zimmer. Die Zentralheizung, die unter dem Fenster entlanglief, verbreitete milde, gleichmäßige Wärme. Petra, die seit langer Zeit gewohnt war, nach dem Erwachen als erstes einen Ofen zu heizen, wenn sie nicht frieren wollte, fand diesen Luxus höchst erfreulich. Sie wusch sich an dem weißen Waschbecken, das fließendes warmes Wasser hatte. Auch das war festlich und neu. Es war Petra unbegreiflich, daß es einem Menschen hier nicht gefallen sollte. Sie kleidete sich an, summte vor sich hin und fühlte ab und zu eine glückliche Erregung in sich aufsteigen, wenn sie an die Kinder dachte.

Lieber Gott, laß mich alles gut machen, laß mich Amelungs nicht enttäuschen! dachte sie wieder und wieder.

Sie konnte sich nicht versagen, vor dem Frühstück an den Strand hinunterzulaufen.

Im Treppenhaus begegnete sie Dr. Hoffmann und zwei Schwestern. Sie hörte ein Kind schmerzlich weinen, und ihr Herz zog sich zusammen vor Mitleid und Sehnsucht, gleich jetzt mit ihrer Arbeit zu beginnen, die kleinen Patienten zu trösten, zu unterhalten, abzulenken von ihrer Krankheit.

Eine halbe Stunde hatte sie noch Zeit. Durch die Dünen lief sie ans Meer hinunter. Heute lag es im funkelnden Sonnenschein, und ein wolkenloser Himmel spannte sich darüber. Petra war, als müsse sie ihre Hände falten, und gleichzeitig stieg Jubel in ihr hoch. Sie griff in den feinen weißen Sand. Er rieselte zwischen den Fingern hindurch – es war ein angenehmes Gefühl.

Dazu das leichte Sausen des Windes, das Plätschern der Wellen ...

Petra sammelte ein paar Muscheln auf, die ihr zu schön erschienen, um sie liegenzulassen. Sie ging auf den feingeformten Sandwellen bis zum Wasser, sah zu den Dünen hinauf und den Strand entlang. Friedchen hatte recht! Es war gut, daß hier keine Häuser standen, außer Professor Amelungs Haus, dessen rotes Dach zwischen den Dünen hervorsah. Die Landschaft hatte etwas Weites, Großartiges, Unberührtes.

Petra kehrte froh ins Haus zurück. Sie nahm sich vor, jeden Morgen an den Strand zu gehen.

„Nun, liebe Petra!“ sagte Frau Amelung, als das Frühstück beendet war, und nahm ihren Arm. „Ich will Sie jetzt mit Ihren kleinen Freunden bekannt machen. Kommen Sie bitte mit.“

Während sie die Treppe des Hauptgebäudes hinaufgingen, erklärte Frau Amelung: „Die Untersuchungsräume, die Röntgenabteilung und der Operationssaal sind im rechten Seitenflügel untergebracht. Im linken Flügel, wo auch Ihr Zimmer ist, wohnen alle Schwestern, die Haushälterin, Friedchen Held und die Küchenmädchen. Das Erdgeschoß des Hauptgebäudes wird von Dr. Hoffmann, unserer Wohnung und dem Eßsaal eingenommen. Ich werde Sie heute mittag einmal im ganzen Haus herumführen, aber jetzt warten die Kinder auf Sie. Unsere Patienten haben ihre Zimmer alle im ersten Stock des Hauptgebäudes. Vierzehn Kinder dürfen aufstehen; wir nennen sie unsere Spielkinder im Gegensatz zu den Bettkindern. Schauen Sie, hier ist das Spielzimmer.“

Frau Amelung öffnete die Flügeltür zu einem weiten Raum.

Er entsprach in der Größe etwa dem Eßsaal, war ebenfalls dunkel getäfelt und hatte die gleichen großen Fenster mit blühenden Gewächsen davor. Man sah über Dünen und Meer. In jeder Ecke des Raumes befand sich eine Eckbank aus dunklem Holz mit bunten Polstern und Kissen und einem viereckigen Tisch davor. Regale mit Spielsachen, ein Bücherschrank mit vielen Büchern standen an den Wänden. Der Fußboden war mit einem bunten Teppich bedeckt. Die grünen Pflanzen, die geschickte Ausnutzung der Ecken und der große freie Spielraum in der Mitte gaben dem kleinen Saal etwas ungemein Behagliches.

„Wie schön! Wie wunderbar schön!“ sagte Petra entzückt. „Oh, es ist zauberhaft. Wirklich! Ich muß an mein Kinderheim denken – ich will doch später ein Kinderheim haben. Ach, wenn ich auch so ein wunderbares Haus bekäme!“

Frau Amelung sah sie freundlich an. „Da kommen unsere Spielkinder“, rief sie und wandte sich um. Die Tür wurde von einem kleinen Jungen geöffnet, der an Krücken ging.

Größere und kleinere Kinder kamen ins Zimmer – etwa ein Dutzend. Manche trugen steife Gipskorsetts, einige hatten Krücken, andere gingen unbehindert. Ein kleines Mädchen hinkte stark, ging aber ohne Stock und humpelte mit großer Gewandtheit zum Spielbord. Dort ergriff es einen Baukasten, mit dem es sich auf dem Teppich niederließ.

Die meisten Kinder sahen neugierig auf Petra, die sich ergriffen fühlte, als sie in manchen der kleinen Gesichter einen Zug von Leiden und Ernst entdeckte, der bei Kindern ungewöhnlich ist.

Frau Amelung sagte: „Schaut, Kinder, hier ist eure Tante Petra, von der ich euch schon erzählt habe. Nun gebt ihr die Hand und seid alle recht brav! Sonst ist Tante Petra nicht gern bei uns und reist wieder ab.“ Der heitere, mütterliche Ton, in dem Frau Amelung sprach, schien den Kindern vertraut zu sein. Petra drückte die Kinderhändchen, die sich ihr entgegenstreckten.

„Spielst du mit mir?“ fragte das kleine Mädchen mit dem Baukasten und ergriff Petras Hand, als sie alle begrüßt hatte.

Frau Amelung sagte: „Erst muß Tante Petra den andern Kindern guten Tag sagen. Und gelt, ihr habt's ja so gut! Ihr dürft aufsein und könnt herumlaufen. Vor allem wird Tante Petra mit den kranken Kindern spielen, für die ist's doch so langweilig – immer im Bett!“

„Schade!“ erklärte die kleine Gerda sachlich und kehrte zu ihrem Baukasten zurück.

„In einer Viertelstunde komme ich zu euch“, versprach Frau Amelung. „Bis dahin spielt brav!“

Sie ging mit Petra zu den kranken Kindern. Einige größere Zimmer mit je vier Betten beherbergten die „Kleinen“, die Vier- bis Achtjährigen. Diese Räume waren nicht getäfelt, es waren richtige helle Krankenzimmer mit blitzblanken Fußböden und weißen Metallbetten. Aber jeder Raum hatte eine persönliche Note durch die lustig-bunten Vorhänge an den Fenstern, die Blumen und das farbige Relief aus Märchenfiguren, das in halber Höhe die Wände entlanglief.

Die Gesichter der kleinen Kranken wandten sich erwartungsvoll der Tür zu, als Frau Amelung mit Petra hereinkam. An mehreren Betten war ein Apparat befestigt oder ein Streckverband, man sah Gipsbetten an den kleinen Körpern. Petra mußte allen Mut zusammennehmen, um nicht von Mitleid überwältigt zu werden. Sie zwang sich zu einem Lächeln, erkundigte sich liebevoll nach den Namen der Kinder und versprach, nach einer Weile wiederzukommen.

„Wir haben zehn große Kinder, Neun- bis Vierzehnjährige“, erklärte Frau Amelung, als sie die Kleinen alle besucht hatten. „Sie haben jeden Vormittag bei Friedchen Held Unterricht. Natürlich nur stundenweise. Nicht alle zusammen, da sie im Alter zu verschieden sind, und auch nicht zu lange hintereinander. Das wäre für unsere Kranken zu anstrengend. Wir wollen jetzt nur kurz zu ihnen hineingehen, damit Sie die Kinder begrüßen können. Ich habe es mir so gedacht, daß Sie sich am Vormittag hauptsächlich mit den Kleinen und am Nachmittag mit den größeren Kindern beschäftigen. Sie haben vormittags von neun bis zwölf Uhr Dienst und nachmittags von drei bis sechs. Mit unserer Hausordnung werden Sie bald vertraut sein, denke ich.“

Friedchen Held saß zwischen den Betten zweier Kinder, die etwa im gleichen Alter waren. Sie sprang auf, als Frau Amelung mit Petra hereinkam.

„Da sind unsere beiden Großen“, stellte Frau Amelung die Kinder vor. „Marianne und Karl-Heinz. Und hier ist Petra, die sich mit euch unterhalten wird, wenn's mal gar zu langweilig ist im Bett. Gelt, Karl-Heinz!“ Frau Amelung fuhr dem Jungen durch den blonden Haarschopf und sah ihn lächelnd an.

Petra gab den beiden Kindern die Hand. Marianne mochte dreizehn oder vierzehn Jahre alt sein. Sie lag auf dem Rücken, sie durfte offenbar nicht sitzen. Sie war ein ungewöhnlich schönes Kind, hatte dunkle breite Haarflechten und braune ernste Augen, die Petra mit stiller Freundlichkeit ansahen. In ihrem Blick lag etwas, das nachdenklich machte: ein Wissen von frühem Leid und eine sanfte Ergebenheit in Unabänderliches. Das gab dem Gesicht trotz der kindlichen Rundung etwas Reifes, Überlegenes – die unbewußte, ein wenig traurige Überlegenheit des kranken, leidenden Menschen über den Gesunden, der keine Schmerzen hat.

Karl-Heinz sah Petra kritisch an, als er ihr die Hand gab. Er sah wie ein Lausbub aus.

„Er ist unser größter Schlingel", versicherte Frau Amelung, als sie mit Petra wieder im Flur war. „Jeden Abend muß er im Bett festgeschnallt werden."

„Wirklich?" sagte Petra entsetzt.

Frau Amelung lachte und schüttelte den Kopf. „Nun halten Sie uns wohl für grausam. Aber der Bub ist nicht zu bändigen. Der humpelt uns, wenn wir ihn nicht festschnallen, Abend für Abend den ganzen Flur entlang und besucht die anderen Kinder. Aber das darf nicht sein. Kein Zureden, gar nichts hilft bei Karl-Heinz. Er ist so wild. Er weiß es auch selber, der Schelm!"

„Was ist mit dem Bein?" fragte Petra.

„Kniegelenkentzündung. Er liegt jetzt schon fast zwei Jahre damit."

„Zwei Jahre!"

„Das ist arg. Hier gibt's viel Trauriges. Aber auch gute und schöne Erfolge, Gott sei's gedankt. Die armen Hascherl müssen meist Jahre liegen, um gesund zu werden. Und manche von ihnen werden es nie."

„Wie schön Marianne aussieht“, bemerkte Petra.

„Marianne, ja. An ihr werden Sie viel Freude haben. Sie wird Ihnen keine Schwierigkeiten machen, Petra. Sie liegt seit einem Jahr bei uns, mit Hüftgelenkentzündung. Sie ist dreizehn, aber ihrem Alter weit voraus.“

Unter den letzten Kindern fiel Petra ein neunjähriger Junge auf. Er hatte ein klares, heiteres Gesicht und wirkte ungewöhnlich ausgeglichen. „Unser Bodo!“ sagte Frau Amelung. „Geht's heut besser, mein Bub? Keine Schmerzen mehr?“

„Nein, gar nicht! Danke!“ sagte Bodo freundlich. Er lag, wie Marianne, immer auf dem Rücken. Auf dem Bettisch lagen Bücher und Hefte.

„Fein, Bodo! Da willst du wohl heute schon wieder mit Schule halten?“

„O ja“, sagte Bodo. „Es geht schon wieder.“ Dann sah er Petra an und sagte: „Bald darf ich aufstehen!“

„Ja? Wie schön! Wann denn?“

„In einem halben Jahr, nicht wahr, Tante Amelung? Onkel Amelung hat es gestern gesagt!“

„Freilich. Wenn du weiter so still liegst. Lebt wohl, Kinder. Friedchen kommt jetzt zu euch.“

Draußen im Flur zog Frau Amelung Petra neben sich auf eine Polsterbank. „So, Petra. Gesehen haben Sie unsere Kinder nun alle – kennenlernen werden Sie sie nach und nach. Wie Sie es im einzelnen machen, wie Sie sich die Zeit mit den Kindern einteilen – all das wollen wir Ihnen selbst überlassen. Brauchen Sie Rat oder Hilfe, kommen Sie jederzeit zu mir. Aber froh werde ich sein, wenn Sie im großen und ganzen selbständig arbeiten. Ich bin arg überlastet, helfe meinem Mann bei allen Operationen, kümmere mich täglich ums Verbinden, beaufsichtige die gymnastischen Übungen, die unsere Spielkinder machen müssen ... Na, und so weiter, Petra. Es ist halt eine Menge, glauben Sie's!"

„O ja", sagte Petra. „Das glaube ich gewiß. Ich denke schon, daß ich zurechtkomme. Ach bitte, sagen Sie mir: Wie lange liegt denn der kleine Bodo schon?"

„Bodo? Fast drei Jahre. Er ist eines der tapfersten Kinder, die meinem Mann und mir begegnet sind! Immer heiter, immer voll Zuversicht! Aber manchmal packt es ihn ganz schlimm. Wir wissen schon alle Bescheid, wenn Schwester Helga morgens sagt: Bodo hat seinen schlechten Tag. Ja, Petra, da ist dann nichts zu machen, da müssen wir ihn nur in Ruhe lassen, ihn in ein Zimmer schieben, wo er ungestört weinen kann, wo er mit niemand reden muß. Es setzt sich ab und zu jemand von uns an sein Bett, auch mein Mann hat es schon getan, aber Reden hat da gar keinen Sinn. Er liegt und weint still vor sich hin, ißt nichts, trinkt nichts – es greift einem ans Herz. Dann, nach zwei oder drei Tagen, wacht er morgens auf, zieht mich beim Guten-Morgen-Sagen mit seinen dünnen Ärmchen ganz zu sich herunter, lächelt mich an und sagt leise: ‚Es ist vorbei, Tante Amelung!' Dann ist's überstanden. Er ißt wieder, arbeitet wieder, liest – aber niemand darf ihn fragen nach den traurigen Stunden. Das läßt nämlich sein Stolz nicht zu. Verstehen Sie?"

Petra nickte. Sie konnte nicht sprechen.

„Nein, fragen dürfen wir ihn nicht. Wir tun es auch nie mehr, seit wir gemerkt haben, wie traurig ihn das macht. Ich wollte es Ihnen lieber gleich sagen – dann wissen Sie auch Bescheid. Ach ja, da wäre noch allerlei zu sagen, Petra! Es wird gut sein, wenn Sie sich ab und zu mit Friedchen über die Kinder unterhalten. Sie hat viel Verständnis, weil sie selbst jahrelang liegen mußte. Nun gehen Sie zu den Kleinen, Petra. Noch einmal: Ich wünsche Ihnen guten Erfolg für Ihre Arbeit!"

Frau Amelung nickte Petra zu und ging mit flinken Schritten zum Spielzimmer.

Bevor Petra die Tür zu dem Krankenzimmer öffnete, stand sie einen Augenblick unbeweglich.

Kleiner Bodo! Bald darf ich aufstehen ... in einem halben Jahr ...

Liebe, liebe Kinder, dachte Petra. Dann öffnete sie die Tür und lächelte den Kindern entgegen.

Als Petra zum erstenmal die durchdringenden Schreie durchs Haus gellen hörte, glaubte sie ohnmächtig zu werden. Es war während ihrer Mittagspause. Mit blassen Lippen ließ sie ihr Buch sinken und lauschte angstvoll.

„Wer mag das sein?" fragte sie Schwester Lonni, die vor dem Spiegel stand und ihre Frisur ordnete.

„Das ist unser Schreikind Irmchen. Das Konzert erleben wir jeden Tag, wenn sie verbunden wird. Ich weiß nicht, was mit meinem Haar ist. Seit der letzten Dauerwelle sehe ich wie ein Besen aus. Der Friseur hier – na!"

Petra ging aus dem Zimmer, ohne zu antworten. Mit zusammengebissenen Zähnen lehnte sie an der Wand des Treppenhauses. Noch immer schrie das Kind. Man unterschied einzelne Worte: „Nein! Nein!" Petra ging mit zitternden Knien zur Krankenabteilung hinüber, zu dem Zimmer, aus dem die Schreie kamen. Sie hörte Dr. Hoffmanns und Frau Amelungs beruhigende Stimmen und Schwester Miras strenge: „Nun ist es genug, Irmchen! Nein, nun hörst du auf!“ Und wieder Irmchens gellendes: „Nein! Nein!“

Petra wartete, bis sich die Tür öffnete. Dr. Hoffmann und Frau Amelung kamen heraus. Frau Amelung trug einen Kasten mit Verbandzeug.

„Nun, Petra?“

„Kann ich etwas helfen, Frau Amelung? Ich hörte das Schreien ... Mein Gott, schon wieder! Wie schrecklich das ist! Hat das Kind solche Schmerzen?“

„Sie sehen ja ganz blaß aus, Petra. Ja, zuerst ist das schlimm anzuhören. Sie dürfen sich nicht unterkriegen lassen – Sie wollten doch Ärztin werden, nicht wahr?“

„Ja“, sagte Petra. „Darf ich hineingehen – oder?“

„Gehen Sie ruhig hinein zu Irmchen. Sie wissen ja, die kleine magere Vierjährige mit dem schlimmen Knie. Sie ist ein kleiner Eigensinn. Ich kann Sie beruhigen: Sie hat kaum Schmerzen. Ich weiß das, Sie können mir's glauben. Aber wenn der Verband gewechselt wird, muß das Knie eine halbe Stunde Luft haben. Und die halbe Stunde ist für unser Irmchen die schlimmste. Ihr graut es vor dem eigenen Bein. Immer wieder richtet sie sich auf, um das Knie anzusehen. Nun ja, davor kann es einem schon grauen. Und solange der Verband ab ist, schreit Irmchen, da ist nichts zu machen. Das ist seit Jahr und Tag so. Wir sind es schon fast gewohnt, so leid es uns tut. Aber es kann sie keiner beruhigen. Es hat auch niemand Zeit, täglich eine halbe Stunde an ihrem Bett zu sitzen. Ich muß jetzt weiter, Petra, Dr. Hoffmann wartet schon. Wir müssen noch acht Verbände machen.“

Entschlossen würgte Petra ihre Angst hinunter und betrat das Zimmer, in dem das Kind noch immer jammerte. Schwester Mira, eine ältere, streng aussehende

Schwester mit schwarzem Haarknoten, war dabei, die Betten der anderen Kinder in Ordnung zu bringen. Keines der Kinder kümmerte sich um das Schreien und Weinen, das aus Irmchens Bett drang. Sie unterhielten sich mit Schwester Mira, die freundlich und geduldig antwortete, sahen Bilderbücher an oder spielten mit ihren Puppen. So schnell gewöhnt sich der Mensch an Schmerz und Grauen, wenn es ihn nicht selbst betrifft, dachte Petra ...

Sie trat an Irmchens Bett. Die Decke war hochgeschlagen. Das Kind lag auf dem Rücken, stützte sich auf die dünnen Ellbogen, jammerte vor sich hin, rief in wütendem Ton: „Nein! Nein!“ und richtete sich ab und zu hoch, um einen Blick voll Schauder und Angst auf das eigene Knie zu werfen. Auch Petra warf einen Blick darauf, sah aber schnell wieder fort. Sie mußte gegen Übelkeit und Schwäche ankämpfen. Das Knie war doppelt so dick wie das andere, normale. Aus mehreren Wunden quollen Eiter und Blut.

Sie beugte sich über das Kind. Das Gesicht, umgeben von dünnem strähnigem Haar, war wutverzerrt. Eine zähe Kraft schien in diesem hageren kleinen Geschöpfchen zu leben, wie es zornig und entsetzt seine Schreie ausstieß, mit allmählich heiser werdender Stimme.

„Irmchen“, sagte Petra sanft. „Warum weinst du denn so?“

Sie strich über das Köpfchen. Das Kind schien sich in einem förmlichen Rausch von Zorn und Ekel zu befinden, es sah Petra anklagend an, hörte aber nicht auf zu schreien.

„Irmchen!“ Tröstend klang Petras Stimme. „Nicht das böse Knie ansehen – komm, komm! Bald ist Tante

Amelung wieder da, dann gibt's einen neuen Verband." Sie nahm das Händchen, das zur Faust geballt war. Der ganze Körper war verkrampft.

Schwester Mira schob Petra einen Stuhl hin. „Das ist recht, Petra. Bleiben Sie ein bißchen bei unserem Irmchen, damit sie nicht so viel das Knie ansieht. Ich muß jetzt nach Zimmer fünf rüber."

Petra saß an Irmchens Bett. Die Hand hatte die Kleine ihr zornig entzogen, und sie jammerte noch immer pausenlos vor sich hin. Aber sie hatte es doch geschehen lassen, daß Petra sie sanft hinbettete, sie lag nicht mehr auf die Ellbogen gestützt, sondern ausgestreckt, und die zornigen Schreie wurden seltener. Petra sagte nichts. Sie strich nur mit der Hand über das Haar des Kindes, über das unschöne Gesichtchen.

So saß sie, bis Frau Amelung mit Dr. Hoffmann zurückkehrte, und nun hörte Irmchen ganz von selbst auf zu jammern. Gespannt verfolgte sie jede Bewegung der Erwachsenen, bis das Knie frisch verbunden war. Dann sank sie zurück und schloß erschöpft die Augen. Das bleiche Gesichtchen war entspannt und friedlich.

„Jetzt lassen wir sie schlafen", sagte Frau Amelung.

Petra winkte den andern Kindern zu und verließ das Zimmer. Sie ging zu Bodo hinüber, denn sie hatte versprochen, ihm „Schaf und Wolf" beizubringen.

Der Gedanke an Irmchen ließ sie nicht los. Noch abends im Bett dachte sie nach, wie man dem Kind helfen könne. Wie grauenhaft, daß ein unschuldiger kleiner Mensch so leiden mußte! Sie bekam einen Begriff davon, was es hieß, Arzt zu sein: beständig mit kranken Menschen, mit schrecklichen Wunden in Berührung zu kommen. Aber stärker als Angst und Ekel wuchs der Wunsch in ihr, den leidenden Kindern beizustehen. Das war nur möglich, wenn man sein Mitleid tief ins Herz zurückdrängte, den Schrecken der Krankheit ins Auge sah und tat, was zu tun war. Man mußte Kraft haben, um es auszuhalten, oder gleichgültig sein.

Nur das nicht, dachte Petra flehend und sah mit wachen Augen ins Dunkle. Nur nicht gleichgültig werden, abstumpfen gegen das Elend!

Am nächsten Morgen ging sie gleich nach dem Frühstück zu Irmchen. Heute war die Kleine munter und gesprächig. Die Stunde des Verbindens lag noch in weiter Ferne. Sie hielt einen großen Teddybär im Arm, mit dem sie redete und dem sie das buntkarierte Kleid an- und auszog.

„Wie heißt er?“ fragte Petra.

„Petz. Er gehört mir. Meine Mama hat ihn mir zum Geburtstag geschickt.“ Ein ältlicher, verbissener Zug lag auf dem Kindergesicht. Aber Irmchen drückte ihren Bären mit mütterlicher Zärtlichkeit an sich.

„Ist er denn immer artig?“ fragte Petra.

Das Kind lachte, es antwortete nicht. Der Gedanke schien es zu belustigen, daß Petz unartig sein könnte.

„Ich glaube nämlich“, sagte Petra heiter, „er macht viele dumme Streiche. Er sieht so lustig aus. Komm her, Petz, sag mir guten Tag!“

Sie griff nach dem Teddy. Die Kleine ließ ihn willig los, in der Erwartung einer Unterhaltung.

„Nun, Petz“, sagte Petra und stellte ihn auf ihren Schoß. „Sag mir mal schön guten Morgen!“

„Gute Nacht“, brummte sie mit verstellter Stimme. „Hörst du das?“ sagte sie mit gespielter Empörung zu

Irmchen. „Er soll mir guten Morgen sagen und sagt gute Nacht!“

Irmchen warf sich zurück und lachte. Es war ein krampfhaftes Lachen, etwas Unkindliches lag darin; es war, als wolle sie mit Gewalt lustig sein. Immer noch besser als Verdrießlichkeit, dachte Petra und scherzte weiter. Aber sie konnte nicht nur bei Irmchen sein, sondern mußte sich auch um die andern kleinen Patienten kümmern. Sie sagte schließlich: „Ich weiß so viel, was der Petz schon alles angerichtet hat, Irmchen. Er hat es mir ins Ohr geflüstert. Denk nur, jede Nacht, wenn wir schlafen, steht er heimlich auf und macht Dummheiten. Weißt du, was er Sonntag nacht getan hat?“

„Nein, du sollst es mir erzählen.“

„Er ist in die Küche gegangen und hat die ganze Milch ausgetrunken! Und als Luise morgens kam, konnte sie keinen Kakao kochen, weil keine Milch mehr da war.“

„Und was hat Luise da gemacht? Hat sie da Kinderkaffee gekocht?“ fragte Irmchen interessiert.

„Ja, da hat sie Kinderkaffee gekocht.“

„Den mag ich nicht.“

„Und Petz hat natürlich Bauchweh bekommen, weil er so viel Milch getrunken hat, das ist ja klar.“

„Und da?“

„Da hat er geschrien: Ich will eine Wärmflasche haben! Ich will eine Wärmflasche haben! Ich will nie wieder Milch trinken!“

Irmchen legte sich zurück und lachte wieder.

Petra stand auf und strich ihr mit der Hand übers Gesicht. „So ein Schlingel, nicht wahr, Irmchen? Na, jetzt muß ich aber mal zu Annemarie.“

„Nein, nein!“ Irmchen hielt Petras Hand fest und sah

sie flehend an. „Du sollst mir noch mehr von Petz erzählen!“

„Aber Annemarie wartet schon.“

„Du kannst ja nachher mit Annemarie spielen, Tante Petra. Erzähl, was Petz noch getan hat!“

„Magst du so gern Geschichten hören?“ fragte Petra.

Irmchen nickte und hielt noch immer Petras Hand fest.

„Dann weiß ich was, Irmchen. Wenn Tante Amelung heute mittag kommt und deinen Verband abmacht, soll ich dann kommen und dir von Petz erzählen?“

Die kleine Stirn zog sich in Falten, der Mund preßte sich fest zusammen. Petra strich über die gerunzelte Stirn.

„Soll ich? Ja, Irmchen?“

„Dann schrei’ ich ja, dann kann ich nichts hören“, sagte Irmchen schlau.

Petra lachte. „So, das weißt du schon, daß du schreist? Warum schreist du denn eigentlich, Irmchen? Weh tut es dir doch nicht?“

„Der Verband soll nicht ab“, sagte Irmchen eigensinnig. „Sie sollen ihn nicht immer abmachen!“

„Weißt du, er muß ab. Dann wird dein Bein wieder gesund, Irmchen! Du willst doch ganz gesund werden, wie die Spielkinder, nicht wahr? Dann gehen wir zusammen an den Strand. Das wird schön!“

„Der Verband soll nicht ab“, sagte Irmchen störrisch. „Erzähl mir von Petz! Was hat er noch getan?“

„Nein, Irmchen, ich habe jetzt keine Zeit mehr“, sagte Petra fest und freundlich. „Aber wenn du heute mittag beim Verbinden nicht schreist, dann erzähle ich dir, was Petz in der Nacht getan hat.“ Sie stand auf, nickte der

Kleinen zu und ging zu Annemaries Bett hinüber. Sie hörte Irmchen noch murmeln: „Er soll aber nicht ab ..."

Petra fragte Frau Amelung, ob sie dabeisein dürfe, wenn Irmchen verbunden würde. Sie erzählte von ihrem Plan, Irmchen abzulenken, und Frau Amelung war einverstanden.

„Gut, Petra. Wenn Sie einen Teil Ihrer Mittagspause dafür hergeben wollen? Ich bin nur froh, wenn das mit Irmchen mal anders wird."

Als Petra kurz vor halb drei ins Zimmer kam, lag Irmchen in gespannter Erwartung da. Sie glaubte wohl, Frau Amelung und Dr. Hoffmann kämen schon, sah erschreckt zur Tür und erwiderte Petras Lächeln nicht.

„Soll ich dir jetzt von Petz erzählen?" Petra setzte sich an das Kinderbett und begann zu erzählen, ohne eine Antwort abzuwarten. Irmchen stieß ab und zu ihr krampfhaftes Lachen aus. Auch die andern Kinder hörten zu und lachten. Es entging Petra nicht, daß Irmchen nicht recht bei der Sache war. Das Kind sah ab und zu mit gerunzelter Stirn zur Tür, und als diese sich wirklich öffnete, als Dr. Hoffmann und Frau Amelung mit dem Verbandkasten und Schwester Mira mit einer Schüssel hereinkamen – da waren Petz und Petra vergessen. Irmchen drückte die Fäuste gegen die Augen und schrie ihr herzzerreißendes „Nein! Nein!"

Petra ergriff ihre Hand, versuchte ihr zuzureden – umsonst. Petra, die gehofft hatte, das Kind mit ihren Erzählungen ablenken zu können, mußte erleben, daß Irmchen so zornentbrannt und von Entsetzen geschüttelt schrie wie gestern. Sie beachtete Petra nicht mehr, sie stieß ihre Hand wütend von sich. Petra blieb still bei der Kleinen sitzen, sah in das arme Gesichtchen und wartete, bis Frau Amelung nach einer halben Stunde zurückkehrte. Dann verließ sie ein wenig niedergeschlagen das Zimmer, als das Kind erschöpft die Augen schloß.

„Ja, es ist schwer mit Irmchen", sagte Schwester Mira, die Petra auf dem Flur begegnete. „Sie ist ein zähes kleines Ding, hat uns schon viel zu schaffen gemacht. Aber vielleicht wird's noch – vielleicht schaffen Sie es, sie zu beruhigen."

„Glauben Sie?" fragte Petra mit neuer Hoffnung.

Die Schwester zuckte die Achseln. „Ich weiß nicht. Man muß sehen ..."

Eine Woche lang ging es Tag für Tag so. Morgens redete Petra Irmchen zu, brach ihre Geschichte im spannendsten Augenblick ab, um sie ihr mittags weiterzuerzählen, kamen aber Frau Amelung und Dr. Hoffmann zur Tür herein, begann Irmchen wieder zu schreien.

Schwester Mira wurde in der nächsten Woche von Lonni abgelöst.

Sie warf Petra einen spöttischen Blick zu, als sie sich an Irmchens Bett setzte, sagte aber nichts, solange Frau Amelung und der Arzt im Zimmer waren.

Später bemerkte sie spöttisch: „Glauben Sie, wenn wir alle den Schreihals nicht zur Ruhe bringen, daß ausgerechnet Sie es schaffen?"

Petra antwortete nicht.

Am nächsten Morgen sagte sie zu Irmchen: „Heute weiß ich nichts von Petz."

„Ach doch", sagte die Kleine. „Warum nicht?"

„Petz ist traurig, weil du immer so böse bist, wenn ich mittags zu dir komme", sagte Petra halblaut. „Du stößt immer meine Hand weg und schreist die ganze Zeit. Ich glaube, ich komme nicht mehr zu dir."

Irmchen sah verlegen aus. Nach einer Weile sagte sie: „Heute schrei' ich aber nicht."

„Ja, dann komme ich", sagte Petra. „Hast du gehört. Petz? Du mußt mir noch was recht Lustiges ins Ohr flüstern. Das kann ich dann Irmchen heute mittag erzählen."

Sie war so gespannt, daß sie während ihrer Mittagspause nicht lesen mochte. Immer wieder sah sie auf ihren Reisewecker. Um Viertel nach zwei verließ sie ihr Zimmer und ging in die Krankenabteilung hinüber.

Schwester Lonni sah sie in Irmchens Zimmer gehen und rief ihr zu: „Immer noch nicht die Hoffnung aufgegeben? Petra, der Rettungsengel von Hoogensand!"

Allmählich hatte Petra gemerkt, daß man nicht alle Menschen lieben konnte. Sie war mit dem Wunsch hierhergekommen, sich mit den Menschen in Professor Amelungs Haus zu vertragen. Zu dem Professor und seiner Frau fühlte sie sich vom ersten Augenblick an hingezogen. Mit Dr. Hoffmann und Friedchen Held hatte sie ein paar Unterhaltungen gehabt, die Sympathie und Interesse in ihr wachriefen. Zwischen ihr und den Kindern entwickelte sich schnell ein vertrauensvolles Verhältnis. Auch mit den Schwestern, der Haushälterin Luise und den beiden Hausmädchen vertrug sie sich gut. Und sie hatte selbst das Gefühl, im ganzen Haus gern gesehen zu sein. „Wird man nicht froh, wenn Petra ins Zimmer kommt?" hatte der Professor eines Tages gesagt, als sie gerade den Eßsaal betrat. Sie fühlte mit freudigem Erröten, wie sich eine Menge freundlicher Blicke auf sie richteten.

Nur einen Menschen gab es hier, mit dem sie nicht warm werden konnte: das Mädchen, mit dem sie das Zimmer teilte. Inmitten des herzlichen Tones, der im Hause herrschte, bildete ihr Verhältnis zu Lonni eine kleine eisige Insel. Petra war nicht imstande, Lonnis hübsches, nichtssagendes Gesicht mit den kalten Augen ohne Zorn anzusehen. Sie empfand Verachtung für das gleichgültige Wesen dieser Schwester, die an nichts als ihr eigenes Wohlbefinden dachte und daran, ob das Häubchen kleidsam auf den Locken saß. Lonni vermochte ungerührt den leidenden Kindern zuzusehen.

Sie war allerdings geschickt genug, mit den Kindern freundlich zu sein, solange der Professor oder seine Frau in der Nähe waren. Auch lauschte sie aufmerksam, wenn der Professor sprach, und wußte sich den Anschein zu geben, als interessiere sie das alles aufs höchste.

Petra sehnte den Tag herbei, an dem Lonni nach Amerika reiste. Sie fürchtete nichts mehr, als daß etwas dazwischenkommen könne, so daß sie noch weiterhin mit Lonni in einem Raum wohnen müsse. Sie hatte mehrmals bemerkt, wie launenhaft und ungeduldig Schwester Lonni zu den kranken Kindern war. Nur der Gedanke, daß sie bald fortgehen werde, hielt Petra davon zurück, Amelungs ihre Beobachtungen mitzuteilen.

Petra setzte sich an Irmchens Bett. Sie war heute von zitternder Erwartung erfüllt. Würde Irmchen Wort halten und nicht schreien? Das Kind hielt krampfhaft Petras Hand, als Frau Amelung, Dr. Hoffmann und Schwester Lonni hereinkamen, schrie aber nicht, sondern sagte laut und bange: „Und was hat Petz dann getan?"

Petra erzählte – sie wußte kaum, wie ihr die Worte auf die Lippen kamen, nur erzählen, erzählen mußte sie jetzt! Der Verband wurde gelöst, Petra drückte sanft das Kind nieder, damit es sein Knie nicht sehen konnte, und sprach weiter. Geschafft, geschafft! jubelte sie innerlich und hielt Irmchens Hand fest. Plötzlich hob und senkte sich die kleine Brust des Kindes schneller und schneller, sie fragte in schreiendem Ton: „Und was hat Petz dann getan? Und was hat Petz dann getan?“, riß ihre Hand aus Petras Hand, stützte sich auf, sah das entblößte Bein und fing an, ihre gewohnten fürchterlichen Schreie auszustoßen.

„Es ist zuviel für das Arme“, sagte Frau Amelung mitleidig. „Es erschrickt immer wieder vor dem bösen Knie.“

Petra sah, wie sich Lonnis Mund verzog. Zorn über ihre Schadenfreude, Enttäuschung, grenzenloses Mitleid mit dem armen Geschöpfchen überwältigten sie. Sie lief aus dem Zimmer. Vergeblich, alles vergeblich! Sie konnte dem Kind nicht helfen. Mit allen Mitteln hatte sie es versucht. Sie schlug die Hände vors Gesicht.

Frau Amelung faßte sie bei der Schulter. „Petra! Hören Sie nicht?“

Petra hob den Kopf und lauschte ungläubig. Frau Amelung hatte die Tür zu Irmchens Zimmer offengelassen. Deutlich hörte man die heisere Stimme der Kleinen: „Sag ihr, ich schrei' nicht mehr. Tante Petra soll kommen!“

Petra lächelte unter Tränen Frau Amelung zu, rannte an Dr. Hoffmann vorbei zu Irmchens Bett. „Mein Irmchen, da bin ich!“ sagte sie und drückte die Wange an das Gesicht des Kindes.

„Tante Petra, du weinst?“ sagte die Kleine ängstlich.

„Ja“, sagte Petra und konnte nicht hindern, daß noch eine Träne über ihr Gesicht lief. „Ich war so traurig, weil du schreien wolltest, aber jetzt ... jetzt sind wir wieder vergnügt, mein Irmchen!“

„Du brauchst mir nichts zu erzählen“, sagte Irmchen großmütig. „Aber du sollst hierbleiben.“

„Doch, ich erzähl’ dir. Du hast dein Wort gehalten. Was meinst du wohl, wovon ich heute nacht aufwachte? Petz stand an meinem Bett und sagte, ich solle sofort aufstehen und ihm einen Pfannkuchen backen.“

Irmchens Hand lag still in Petras Hand. Ab und zu ging es wie ein ängstlicher Krampf durch den kleinen Körper, wenn das Verlangen sie überkam, sich aufzurichten, das Knie anzusehen. Aber willig ließ sie sich von Petra zurückhalten, die immer wieder sanft das Köpfchen in die Kissen bog.

Mitten in die Geschichte hinein sagte das Kind: „Und nun schreie ich nie mehr. Nie mehr!“ Es war selbst überwältigt von dem Erlebnis, zum erstenmal seit Jahren diese Stunde ohne die schreckliche Erregung zu überstehen, die ihm zu einer vertrauten, schauerlichen Gewohnheit geworden war.

Dies war der erste wirkliche Erfolg, den Petra mit einem kranken, schwierigen Kinde hatte. Er erfüllte sie mit neuer Zuversicht und Kraft und bestärkte sie in dem unerschütterlichen Gefühl, es lohne sich, an das Gute zu glauben und durchzuhalten.

Petra gewann alle Kinder im Hause lieb. Die Ruhigen, Stillen waren ihr nicht lieber als die Wilden, Ungeduldigen – sie hatte Verständnis für die Eigenart eines jeden, beobachtete vieles, was bei gesunden Kindern anders, ihr daher neu war, und nahm mit unerschöpflicher Liebe und Geduld die Launen und Stimmungen der kleinen Menschen hin, die soviel schlimmer daran waren als der ärmste Mensch mit gesunden Gliedern.

Aber in ihrem Herzen fühlte sie sich am meisten zu Marianne hingezogen.

Die stille, stolze Ergebenheit dieses Mädchens flößte ihr Achtung ein. Bei Marianne paßte es nicht, tröstende und mitleidige Worte zu sprechen; ihr Blick wehrte das ab. Petra, deren Herz so geneigt war, seinen Gefühlen freien Lauf zu lassen, lernte viel von Marianne. Sie lernte, daß Mitleid verletzen kann, wenn es zu deutlich gezeigt wird.

Es war in den letzten Apriltagen. Als Petra vor dem Frühstück an den Strand gehen wollte und über den Flur kam, an dem die Krankenzimmer lagen, hörte sie in Mariannes Zimmer einen unterdrückten Schmerzenslaut.

Sie erschrak noch immer, wenn sie Wehlaute hörte, obwohl sie inzwischen gelernt hatte, ihr Gesicht zu beherrschen, sich nichts anmerken zu lassen.

Die Tür war nur angelehnt. Petra blieb stehen und öffnete sie ein wenig.

Schwester Lonni stand an Mariannes Bett und kämmte das dunkle, prächtige Haar des Mädchens. Sie fuhr ungeduldig mit dem Kamm hindurch, und Petra sah, wie Mariannes Kopf hin und her gerissen wurde.

„Halt doch still“, sagte Schwester Lonni ärgerlich und zerrte erneut an den Haaren.

Marianne hielt die Augen geschlossen und ließ mit einem leidenden Ausdruck alles über sich ergehen. Jetzt sah sie Lonni mit einem unbeschreiblichen Blick an und sagte: „Ich halte still!“

Petra trat rasch ins Zimmer. „Guten Morgen, Marianne!“ sagte sie freundlich. „Schwester Lonni, ich muß Sie unbedingt sprechen!“

Schwester Lonni legte den Kamm hin und folgte Petra nach draußen. „Was ist denn?“ fragte sie schnippisch.

„Ach, ich möchte Sie ohrfeigen!“ sagte Petra zornig und gedämpft. „Warum sind Sie so roh?“

„Was fällt Ihnen denn ein?“ fragte Schwester Lonni spöttisch. „Sie sind noch keinen Monat hier und glauben schon, Sie können uns alle nach Ihrer Pfeife tanzen lassen.“

„Hören Sie auf!“ sagte Petra verächtlich. „Ich sage Ihnen nur eines: Wenn ich es noch einmal sehe, daß sie ein Kind quälen, bloß weil Sie zu faul sind – seien Sie still! Weil Sie zu faul und bequem sind, um sich mit den armen Geschöpfen ein bißchen Mühe zu geben ...“

Sie brach erregt ab. Der Satz war viel zu lang geworden. Sie wußte schon nicht mehr, wie sie ihn angefangen hatte. Als Schwester Lonni zu einer schnippischen Antwort ansetzte, sagte sie laut: „Nehmen Sie sich in acht! Oder Sie bekommen die fürchterlichste Ohrfeige Ihres Lebens!“

„Vielleicht von Ihnen?“

„Ja, von mir!“ sagte Petra. Sie merkte nicht, daß sie immer lauter sprach. „Und jetzt gehe ich zu Marianne! Sie sollen nicht noch weiter Ihre schlechte Laune an ihr auslassen.“

Eine Tür ging auf. Frau Amelung und Dr. Hoffmann kamen eilig den Flur entlang.

„Klang das etwa nach Streit?“ sagte Frau Amelung zu

den Mädchen. „Ich hoffe doch nicht." Sie ging weiter, ohne eine Antwort abzuwarten. Dr. Hoffmann unterdrückte ein Lächeln.

Lonni sagte: „Verschonen Sie mich mit Ihren Drohungen! Glauben Sie, damit machen Sie mir Eindruck?" und ging davon. Petras Lippen bebten vor Erregung.

War es schon gesunden Kindern gegenüber häßlich, sich gehenzulassen, so war es bei kranken einfach ein Verbrechen. Das kranke Kind ist seiner Umgebung hilflos ausgeliefert. Es kann sich nicht wehren und muß hinnehmen, was mit ihm geschieht. Noch dazu mit dem bitteren Gefühl im Herzen: „Ja, wenn ich gesund wäre, dann ..." Selbst, wenn es nicht imstande war, diesen Gedanken klar zu formulieren, wurde ihm darum nichts von seiner Tragik genommen, im Gegenteil!

Marianne war krank und hilflos, und ihr gegenüber launenhaft zu sein erschien Petra doppelt gemein und niedrig. Denn Marianne war niemals unbeherrscht, verlangte keinen Trost, keinen Zuspruch, äußerte niemals Wünsche, die über die notwendigsten Forderungen hinausgingen. Nie hatte Petra Marianne in Tränen, ungeduldig oder verdrießlich gesehen.

Auch jetzt sah sie Petra schon wieder mit stolzen, klaren Augen entgegen, lächelte ihr zu, ließ es schweigend geschehen, daß Petra ihr Haar kämmte und flocht, und erzählte von der Mozart-Biographie, die sie in den letzten Tagen gelesen hatte. Auch Petra erwähnte Schwester Lonni nicht, aber sie meinte, noch kein Kind gesehen zu haben, das sich so wie Marianne zu beherrschen vermochte.

Um so mehr erschrak sie, als sie das Mädchen eines Nachmittags in erregter Stimmung antraf.

Friedchen Held hatte am Vormittag Marianne und Karl-Heinz unterrichtet. Das Bett des Jungen war, wie gewöhnlich, in Mariannes Zimmer geschoben worden. Man ließ es bis zum Nachmittag dort, damit sich die Kinder ein wenig unterhalten konnten. Schon vor der Tür hörte Petra Mariannes erregte und ängstliche Stimme: „Gib es mir wieder, Karl-Heinz! Bitte, gib es mir!"

Er hielt etwas in der Hand und schwenkte es triumphierend vor Mariannes Augen hin und her. Es war ihr Tagebuch, das er heimlich aus ihrer Nachtschrankschublade genommen hatte. Ihre Bitten und Blicke machten ihm nicht den geringsten Eindruck. Er langweilte sich im Bett und war stets darauf aus, sich eine Unterhaltung zu verschaffen. Mariannes Bitten, das Buch zurückzugeben, reizten ihn erst recht, hineinzuschauen.

„Mal sehen, was du für Geheimnisse hast", sagte er lachend und sah Marianne neckend an. Ach, es war köstlich, mal wieder ein Mädchen ärgern zu können! Wann gab es je für ihn Gelegenheit dazu? Er blätterte in dem Buch, warf vergnügte Blicke auf Marianne und las laut vor: „17. April. Als ich ihre Stimme hörte, erschrak ich vor Glück ..."

„Karl-Heinz!" schrie Marianne. „Sei still! Sei still!"

In diesem Augenblick kam Petra herein. Sie begriff sofort, war mit drei Schritten bei Karl-Heinz und riß ihm das Tagebuch aus der Hand.

„Sie hat was von Ihnen geschrieben!" rief er spottend.

„Bengel!" sagte Petra nachdrücklich. „Denkst du, ich will das wissen? Komm, Marianne, hier hast du dein Buch."

Marianne streckte die Hand nach dem Buch aus, verbarg es unter der Decke und wandte den Kopf zur Seite.

Sie hatte die Augen niedergeschlagen. Petra sah Tränen unter den Lidern hervorquellen.

„Ich glaube, wir lassen Marianne jetzt ein bißchen allein“, sagte sie und schob das Bett des Jungen auf den Flur. Während sie ihn in sein Zimmer hinüberfuhr, sagte sie sachlich: „Das war nicht nett, du. Jeder hat Geheimnisse. Die spioniert man doch nicht aus!“

Unter der kecken Miene, die Karl-Heinz beizubehalten suchte, sah er verlegen und bestürzt aus. „Mädchen vertragen nie einen Spaß“, brummte er mürrisch. Im Grunde fand er Marianne nett und wußte selbst nicht recht, wie er auf diese dumme Idee mit dem Tagebuch gekommen war.

„Das ist Unsinn, Karl-Heinz“, sagte Petra bestimmt. „Wenn du einen Brief geschrieben hättest, ich will mal sagen, an deinen besten Freund, und ich würde ihn aufmachen und Marianne vorlesen, ob du dich darüber freuen würdest?“

Karl-Heinz schwieg.

„Es war schon abscheulich von dir, das kannst du mir glauben“, fuhr Petra fort. Sie ging aus dem Zimmer, ohne sich weiter um ihn zu kümmern.

Marianne hatte inzwischen ihre Tränen getrocknet. Aber sie hielt die Augen gesenkt und antwortete leise und mit zitternder Stimme, als Petra sie etwas fragte.

Petra dachte eine Weile nach. „Marianne“, sagte sie dann sanft, „ich habe nichts von dem gehört, was Karl-Heinz vorgelesen hat. Glaub es mir! Es war natürlich häßlich von ihm. Wahrscheinlich bereut er es schon. Du weißt ja, es fällt ihm schwer, lange still zu liegen, da kommt er auf Dummheiten.“

Marianne schwieg.

„Nimm es nicht zu tragisch, Marianne“, sagte Petra und sah das Mädchen bittend an.

Marianne zog das Buch hervor. „Ich will nicht, daß Sie jetzt denken, ich hätte etwas geschrieben ... ich meine, daß ich Geheimnisse habe ... und Sie sollen es bitte lesen!“ Sie reichte Petra hastig das Buch, ohne sie anzusehen.

„Nein, Marianne“, sagte Petra und nahm zart die Hand des Mädchens. „Ich denke gar nichts, und dein Tagebuch will ich nicht lesen. Natürlich hast du Geheimnisse, warum denn nicht? Denkst du, ich hätte keine? Komm, behalte dein Buch“, sagte sie gütig.

Statt zu antworten, fing Marianne wieder an zu weinen.

„Weine nicht, Marianne. Ich versteh' dich. Du hast dich aufgeregt, hast dich geärgert, nicht wahr?“

Marianne sah Petra an. Das geheime Leid ihrer Kindheit, ihres einsamen, freudlosen Daseins, lag in dem Blick. Zum erstenmal zeigte sie Petra ganz unverhüllt ihren Schmerz. „Ich möchte, daß Sie es lesen ... Bitte!“

Petra griff nach dem Buch. „Ich lese es“, sagte sie. „Natürlich lese ich es, wenn du es willst.“

Marianne nahm das Buch und schlug die letzte beschriebene Seite auf. „Hier ist es“, flüsterte sie. Sie drehte den Kopf wieder zur Wand, während Petra las:

„17. April. Als ich ihre Stimme hörte, erschrak ich vor Glück. Sie blieb eine halbe Stunde bei mir, genau waren es vierunddreißig Minuten! Ich erzählte ihr, daß ich Musik studieren will, und sie sah mich an. – Seit du hier bist, weiß ich, daß ich lebe! Ich bin nicht traurig, krank zu sein, denn wäre ich nicht hierhergekommen, hätte ich dich niemals kennengelernt. Ach, wäre ich älter! Ich würde dich nicht mehr lieben können als jetzt – aber du sähest dann nicht nur das Kind in mir, das vier Jahre jünger ist als du! Du würdest mir glauben, daß ich dich verstehe. Ich könnte deine Freundin sein, und du hättest mich lieb."

Petra schwieg. Sie sah Marianne nicht an. Wie jetzt die richtigen Worte finden?

„Marianne", sagte sie halblaut. „Danke, daß du mir ... daß ich das lesen durfte. Nun weiß ich doch ... Marianne, ich hab' mir so sehr gewünscht, daß du mich gern hast!"

Die Augen des Mädchens waren groß und klar auf sie gerichtet. „Das sagen Sie, um mich zu trösten", sagte sie. In ihrem Blick und ihrer Stimme waren Scheu und selige Angst.

Petra stand auf, sah Marianne plötzlich mit strahlenden Augen an. „Hör zu, Marianne", sagte sie. „Ich hole dir jetzt etwas. Sieh auf deine Uhr, in drei Minuten bin ich wieder hier."

Sie lief aus dem Zimmer, den Flur entlang, an Dr. Hoffmann vorbei, der ihr verwundert und amüsiert nachsah. Sie rannte in ihr Zimmer und holte das Buch, das Susanne ihr zum Geburtstag geschickt hatte – das Tagebuch mit der hübschen Zeichnung auf dem Buchdeckel.

Mit dem Buch in der Hand lief sie zurück, setzte sich keuchend an Mariannes Bett, sah ihr lachend in die Augen und fragte dann: „War ich pünktlich? Nun lies, was ich hier geschrieben habe. Doch, du mußt jetzt auch lesen! Bitte!"

Erst wenige Seiten des Buches waren beschrieben. Petra schlug die erste Seite auf, und Marianne las:

„1. April. Mein achtzehnter Geburtstag – und zugleich mein erster Tag in Professor Amelungs Haus! Frau Amelung hat mich herumgeführt, ich habe alle Kinder gesehen und will versuchen, sie liebzuhaben. Von einem Mädchen wünsche ich mir, daß es meine Freundin wird. Es heißt Marianne ...“

Stille. In Mariannes Augen begann das Lächeln. Sie nahm Petras Hand und drückte sie gegen ihr Gesicht.

„Susanne! Endlich! Wie gut, daß du da bist! Kommt es dir auch so lange vor, daß wir getrennt waren?“

„Ja, schrecklich lange! Ich hab' mich so auf dich gefreut!“

„Ist es nicht schön, daß ich dich abholen kann? Es ist gerade meine Freistunde. Aber lange habe ich nicht Zeit, ich kann dich nur noch eben zu deiner Pension bringen. Nein, den Koffer schleppst du jetzt nicht, Susanne!“

Arm in Arm gingen die beiden Mädchen den Weg zum Dorf entlang. Petra trug den Koffer. Ein warmer Wind wehte. Der Mai hatte ungewöhnlich frühe Wärme gebracht. Kleine weiße Wolken zogen eilig über den Himmel.

Susanne drückte Petras Arm. „Dir geht es gut?“

„O ja! So gut ist es mir lange nicht ergangen. Aber du! Wie ist es mit dir?“

Prüfend sah Petra die Schwester an. „Etwas blaß bist du immer noch. Na, hier ist schon Haus Jensen. Hier wohnst du, Susanne.“

Die Mädchen standen vor einem sauber gestrichenen Holzzaun, der einen winzigen Garten einschloß. Das einfache niedrige Haus hatte eine Veranda mit blitzblanken Fensterscheiben. Über der Haustür war ein Schild angebracht: „Haus Jensen“. Das Gärtchen war sauber geharkt und hatte gelbe Kieswege.

„Wie hübsch!“ Susanne sah sich um.

„Ja, es ist reizend“, sagte Petra. „Aber ich muß gehen. Um Viertel nach sechs komme ich und hol’ dich ab. Ruh dich aus inzwischen!“

Susanne wurde von dem alten Kapitän Jensen und seiner mageren kleinen Frau in Empfang genommen. Der Kapitän war klein und stämmig. Er war wortkarg und hielt beständig seine kurze Pfeife im Mund, kleine Fältchen umgaben die etwas zusammengekniffenen hellblauen Seemannsaugen. Mit langsamen, bedächtigen Schritten ging er ins Wohnzimmer zurück, nachdem er Susanne begrüßt hatte.

Seine Frau sprach ein paar hastige, freundliche Worte, als das junge Mädchen vor ihr stand, das den Sommer über in ihrem Haus wohnen wollte. Dann lief sie zur Haustür, um zu sehen, ob sie richtig geschlossen sei, warf rasch einen Blick in die Küche, rief: „Wasser aufsetzen, Meta! Für Kaffee!“ und kam mit sorgenvoller Miene zu Susanne, die geduldig am Fuß der Treppe stand und wartete, daß man sie in ihr Zimmer führen werde.

Frau Jensen ging eilig vor Susanne die Treppe hinauf und öffnete die Tür zum Giebelzimmer. Darin standen ein einfaches Holzbett, ein weißer Schrank, vor dem Fenster ein Tisch und ein altmodisch geschwungener Polsterstuhl. Auf dem Bett lag eine gehäkelte Decke, über dem kleinen Waschtisch hing ein Wandspruch in roter Kreuzstichstickerei: „Morgenstunde hat Gold im Munde.“ Die hellen Dielen waren sauber gescheuert, es roch ein wenig nach Seife. An der hell getünchten Wand hing das Bild eines jungen Mannes in Soldatenuniform. Im Krug auf dem Waschtisch war frisches Wasser. Durch die weißen Mullgardinen schien hell die Sonne. Frau Jensen stand unter der Tür, erwartungsvoll die Hände ineinandergeschlungen.

„Das war früher das Zimmer von meinem Jungen", sagte sie. Mit traurigem Kopfnicken setzte sie hinzu: „Er braucht's nicht mehr. Er ist im Krieg gefallen, mein guter Junge."

„Ach", sagte Susanne hilflos. Es fiel ihr schwer, etwas auf diese Worte zu entgegnen. Aber vielleicht erwartete es Frau Jensen? „Ist dies Ihr Sohn?" fragte sie und zeigte auf das Bild.

„Ja, das ist er. Das ist unser Jens."

Susanne gab sich noch einen weiteren Schwung und sagte: „Er sieht so nett aus."

Ein trauriges Lächeln glitt über Frau Jensens Gesicht. „Nun ruhen Sie sich nur aus, Fräulein Burkhardt", sagte sie. „Ich bringe Ihnen gleich Kaffee. Oder wollen Sie noch Mittag? Es ist genug übriggeblieben, schöne Fleischbrühe und Bratwurst mit Kartoffelmus."

„Nein danke, wirklich nicht", sagte Susanne. „Ich habe zu Mittag gegessen."

Frau Jensen verschwand und zog hastig die Tür hinter sich zu.

Susanne war allein. Zufrieden sah sie sich um. Das Zimmer war nicht komfortabel, aber in seiner Einfachheit lag etwas Freundliches, Behagliches, die Behaglichkeit der geringen Bedürfnisse! Und es gehörte Susanne für den ganzen langen Sommer allein, es war ihr eigenes kleines Reich, wo sie ausruhen, träumen, nachdenken konnte. Am Tisch hier ließen sich wohl gut Briefe schreiben. Man sah vom Fenster auf die Dorfstraße hinunter.

Frau Jensen brachte ein Tablett mit Kaffee und frischem Butterkuchen. Blaues Bunzlauer Geschirr, Sahne und Zucker, und ein von der Zeit ziemlich dünn gewetzter silberner Kaffeelöffel.

„Ach, ist das lieb!" Susanne war überwältigt. Sie schenkte sich den kochendheißen Kaffee ein, freute sich, wie die Sahne hineinfloß und ihn hellbraun färbte, und ließ ein Stück Butterkuchen im Munde zergehen. Träumerisch und glücklich sah sie aus dem Fenster.

Etwas später ging sie die Dorfstraße hinunter. Es ließ ihr keine Ruhe, sie mußte ihren Pavillon ansehen, die kleine Buchhandlung. Der Ort war ihr von Anfang an sympathisch. Die kleinen Häuser standen alle, wie das von Jensens, in sauber geharkten Gärten, die Straße lief nicht schnurgerade, wie in der Stadt, sie machte hier und da einen leichten Bogen, ging um die Ecke, wurde mal enger, mal breiter, erweiterte sich zu einem kleinen Platz. Und hier, auf dem hübschen Platz, befand sich Susannes Buchladen. Gerade neben dem großen Garten von „Friedrichs Hotel" stand der hölzerne Pavillon mit dem überdachten Vorplatz. Susanne versuchte, gleichgültig und erwachsen auszusehen, aber sie konnte ein freudiges Lächeln nicht zurückhalten. Sie zog den Schlüssel aus der Tasche, den Dr. Petersen ihr zu guter Letzt anvertraut hatte, sprang die beiden hölzernen Stufen hinauf und steckte den Schlüssel ins Türschloß.

Dunkelheit quoll ihr entgegen. Sie unterschied Buchreihen an den Wänden, einen Hocker, einen Tisch. Sie tastete sich zum Fenster, löste die Schrauben, mit denen die Läden geschlossen waren ... Oh, sie hatte alles genau behalten! Sie hatte aufmerksam zugehört, als Dr. Petersen es ihr erklärt hatte, und vorsichtshalber hatte sie sich hinterher von Anke, ihrer Kollegin, alles noch einmal erklären lassen. Anke mußte es wissen, sie war ja zwei Sommer lang hier gewesen.

Blendendes Licht brach herein. So klein das Fenster war, der ganze Raum war nun in Licht getaucht. Hunderttausend winzige Stäubchen webten in dem breiten Sonnenstrahl. Es roch nach Büchern und Staub.

Susanne sah sich um. Rasch entschlossen zog sie aus dem Wandfach hinter dem Tisch Schaufel, Besen und Staubtuch hervor. Sie wollte gleich jetzt alles in Ordnung bringen, sie konnte nicht bis zum nächsten Morgen warten.

Wie sie dastand, die Bücher gegeneinanderklappte, um den Staub herauszuschlagen, mit dem Tuch die Borde rings an den Wänden abwischte und ab und zu einen Blick über den hellen sonnigen Platz vor dem Pavillon warf, kam sie sich vor wie eine kleine Königin in ihrem Reich. Ein neues Gefühl von Freiheit und Selbständigkeit überwältigte sie. Einen ganzen Sommer lang würde sie ihr eigener Herr sein! Niemand würde, wie bisher in der Buchhandlung, zu ihr sagen: „Fräulein Burkhardt, Sie werden in der Versandabteilung gebraucht", oder: „Haben Sie die neuen Kinderbücher schon eingeordnet, Fräulein Burkhardt?" oder: „Susanne, du mußt in den Laden – eine Kundin!" Und es konnte ihr auch niemand vorschreiben, wann sie zu essen und wann sie eine Pause zu machen, ja, nicht einmal, wann sie den Pavillon zu öffnen hatte. Na, das letzte stimmte nicht ganz. Dr. Petersen hatte ihr die Zeiten angegeben, zu denen die kleine Buchhandlung und Leihbücherei offen sein mußte, und Susanne hatte auch gar nicht die Absicht, in den Tag hineinzuschlafen oder zu faulenzen oder von den vorgeschriebenen Geschäftsstunden auch nur das geringste abzuzwacken. Aber es war ein großartiges Gefühl, von niemandem kontrolliert zu werden, ganz selbständig handeln zu dürfen. Oh, sie wollte ihre Sache gut machen! Und später würde Götz sie besuchen – wahrscheinlich im Juni. Susanne begann zu träumen ...

Sie mußte heftig niesen und kehrte dadurch in die Wirklichkeit zurück; sie hatte eine gute Portion Staub geschluckt. Nun verstaute sie Besen und Staubtuch im Wandschrank und setzte sich auf den niedrigen Hocker in der Ecke. Die Füße auf die Tischleiste gestützt, vertiefte sie sich in einen der Kataloge, die auf dem Tisch lagen.

Neben dem Verkauf von Büchern und Zeitschriften würde es Susannes Hauptaufgabe sein, den Sommergästen Bücher auszuleihen. Eines wie das andere schwarz eingebunden, auf dem Rücken mit dem Titel und der Nummer in weißer Tinte versehen, standen diese Bücher in den Regalen. Neugierig begann Susanne zu stöbern und bekam heiße Wangen dabei. Sie zog hier und dort ein Buch aus den Reihen, blätterte und las ...

In Bücherschränken herumzustöbern war von jeher Susannes Leidenschaft gewesen. Sollte sie als kleines Mädchen ihr Bücherbord aufräumen, so begann sie mit größtem Eifer, aber nach einigen Stunden fand die Mutter sie auf dem Fußboden sitzend in irgendeine Geschichte vertieft, um sie herum Berge von Büchern. Plötzlich schrak Susanne hoch. Ach, sie war noch die gleiche wie früher! Dabei wollte Petra sie abholen – wie hatte sie das nur vergessen können! Hastig ordnete sie die Bücher wieder ein, die sie beim Stöbern aus den Regalen genommen hatte, und machte sich im Eilschritt auf den Weg zu ihrer Pension. Erleichtert atmete sie auf, als sie am Inselbahnhof sah, daß die Zeiger der Uhr erst auf Viertel vor sechs standen.

Sie kam an einem kleinen Laden vorbei, in dem es Lebensmittel, Textilien und Reiseandenken in buntem Durcheinander zu kaufen gab. Ihr fiel ein, daß sie für Frühstück und Abendbrot selbst sorgen mußte. Sie erstand ein Paket Schwarzbrot, ein halbes Pfund Margarine und zwei Bananen. Ein gesundes und billiges Abendessen! Zufrieden mit sich selbst zog sie ihre Geldbörse und nahm einen Zehnmarkschein heraus. Damit wollte sie möglichst die ganze erste Woche auskommen. Übernachtung und Mittagessen im Hause Jensen wurden zum Glück von der Buchhandlung Petersen bezahlt.

Als sie den Laden verlassen wollte, sah sie ein kleines Flaschenschiff. Sie blieb stehen und betrachtete es. Wie konnte man nur ein solches Kunstwerk zustande bringen? Zierlich und gleichmäßig war das Schiff in der Flasche aufgetakelt, auf den blauen Gipswellen waren winzige weiße Schaumkronen, am grünen Ufer des Hintergrundes leuchteten rote Dächer auf weißen Häuschen, und unbeschwert schien das kleine bunte Schiff dem Meer entgegenzufahren. Es war Susanne rätselhaft, wie durch den engen Flaschenhals dies alles errichtet worden war.

„Gefällt es Ihnen?“ fragte die Verkäuferin freundlich und nahm das Flaschenschiff aus dem Fach. „Sie können es gern in der Nähe betrachten.“

„Vielen Dank – ja, es ist zu hübsch.“

„Darf ich es Ihnen einpacken? Es ist ein schönes Andenken an Hoogensand“, sagte die tüchtige Verkäuferin.

„Oh ... danke ...“, stotterte Susanne und meinte damit, daß sie das Flaschenschiff nicht kaufen wollte. Aber die Verkäuferin wickelte es schon in Seidenpapier. „Warten Sie, ich lege es Ihnen in eine Schachtel, dann kann nichts passieren.“

„Ja, packen Sie es mir bitte ein. Was kostet es?“

„Sechs Mark fünfzig, bitte sehr!“

„Ja ... oh ... danke. Sechs Mark fünfzig!“

Das Portemonnaie wurde noch einmal gezogen, und Susanne ging mit einem billigen Abendessen und einem teuren Reiseandenken nach Hause.

Wie war das eigentlich gekommen? Es hatte sich so ergeben, sie hatte es gar nicht gewollt. Na, das fing gut an! Du meine Güte, so etwas kann wirklich nur mir passieren!

Susanne fand sich unbegreiflich. Ihr fiel eine Reihe guter Antworten ein: „Nein, vielen Dank, Fräulein, ich werde es mir noch überlegen ...“, zum Beispiel. Sechs Mark fünfzig! Gleich am ersten Abend in Hoogensand!

Ach was, nur jetzt nicht ärgern! Wieder in ihrem Zimmer angekommen, wickelte Susanne das Flaschenschiff aus.

Es war wirklich hübsch, warum also bereuen? Nachdem sie es sorgfältig wieder eingewickelt hatte, schob sie es aber doch in die hinterste Ecke ihrer Tischschublade. Ich werde ein paar Tage hungern, dachte sie.

Dann fiel ihr ein, daß sie vergessen hatte, Tee und Zucker einzukaufen. Nein, wirklich, ab morgen wollte sie vernünftig sein, wollte über alles richtig nachdenken, nicht wieder träumen und die Hälfte vergessen. Das nahm sich Susanne vor. Aber heute – heute war sie noch „auf Reisen“!

Petra war pünktlich. Um Viertel nach sechs stand sie in Susannes Stübchen, begeisterte sich für die freundliche Aussicht und den netten Tisch. „Kein bißchen wackelig, sieh mal, Susanne!“ Sie rüttelte bewundernd an dem alten Möbel, das auf vier soliden Beinen stand, setzte sich auf das Bett und stellte fest, daß es „fabelhaft weich und behaglich“ sei, und war in ihrer Art, überall das Gute herauszufinden, so ganz und gar Petra, daß Susanne sie lachend umarmte.

„Jetzt kommst du mit zu mir! Frau Amelung hat schon gesagt, du sollst zum Abendessen bleiben! Phantastisch, nicht?“

„Geht das?“ fragte Susanne ängstlich.

„Natürlich, du Schäfchen! Wenn Frau Amelung es sagt!“

Der Wind war kühler geworden. „Mach lieber dein Kopftuch um“, schlug Petra vor. In ihrer Freude, Susanne wieder bei sich zu haben, war sie ungewöhnlich besorgt.

Hand in Hand gingen sie den Weg zu Professor Amelungs Haus hinunter.

„Ach, Petra!“ sagte Susanne. „Die Dünen!“

„Ja, und erst der Strand! Die See!“ Liebevoll drückte Petra Susannes Arm an sich. Jemanden neben sich zu haben, von dem man wußte, daß er genauso empfand wie man selbst, war doch das Beste auf Erden.

„Es paßt alles so großartig, Susanne! Gestern ist Schwester Lonni abgereist! Wir sind ganz ungestört in meinem Zimmer und können uns den ganzen Abend unterhalten. Du mußt mir ja so viel erzählen!"

„Ja, du mir auch!"

„Aber erst gehen wir zum Strand, willst du?"

„Natürlich ..."

Susanne blieb plötzlich stehen.

„Ich soll dich grüßen, Petra", sagte sie. „Rate, von wem!"

Petra versuchte, das gleichmütigste Gesicht der Welt zu machen. „Von Götz?"

„Falsch! Das heißt, natürlich soll ich dich auch von Götz und Anke grüßen."

„Frau Hagen?"

„Beinah! Eine Generation jünger!" Susanne lachte, und nun mußte Petra auch lachen und war mit ihrer Verstellungskunst am Ende.

„Ja, Andreas war letzte Woche bei mir. Ich kam nur nicht mehr dazu, es dir zu schreiben. Wirklich, Petra! Ich hatte so wahnsinnig viel zu tun, mit Packen und allem, du weißt ja."

Petra nickte. Es war genauso hübsch, es mündlich und ausführlich zu hören.

Susanne erzählte und sagte schließlich: „Andreas läßt dich also grüßen, und wahrscheinlich kommt er diesen Sommer für ein paar Wochen nach Hoogensand."

„So", sagte Petra.

Plötzlich ließ sie Susannes Arm los, rannte die Dünen hinunter und sprang mit einem Satz den letzten Sandhügel hinab.

Susanne rutschte vorsichtig hinterher, und Petra streckte ihr die Hand entgegen.

Es gab eine Menge zu tun. In den nächsten Tagen kamen große Pakete von der Buchhandlung Petersen. Es waren die Bücher, die zum Verkauf bestimmt waren. Susanne nahm die Pakete, die Zeitschriften, Zeitungen und Briefe mit dem gleichen stolzen und wichtigen Gefühl in Empfang, mit dem sie am ersten Tag die Tür zu ihrem kleinen Geschäft aufgeschlossen hatte. Und sie warf einen schnellen Blick auf die Briefe, ob sich einer mit Götz' Handschrift darunter befand.

Sie packte die Bücher aus, stellte einige in den kleinen Schaukasten neben der Tür, legte andere auf den Tisch im Laden. Sie ordnete die Zeitschriften draußen auf dem überdachten Vorplatz in hierfür bestimmte Gestelle und legte die Tageszeitungen bereit.

Jeden Morgen um Viertel vor neun schloß sie den Pavillon auf, fegte, ordnete, putzte. Die Tür ließ sie meistens offen. Sommerliche Wärme drang herein. Das Schild über dem Eingang „Petersens Buchhandlung und Leihbücherei" schimmerte hell in der Sonne.

Um neun Uhr war alles fertig. Die Kunden konnten kommen.

Und sie kamen. Die Vorsaison hatte begonnen. Täglich brachte die Inselbahn Badegäste, auch Wagen voller Kinder, die ein paar Wochen in einem der Kinderheime bleiben sollten. Herren in weißen Strandhosen mit messerscharfen Bügelfalten spazierten über den Platz, traten in den kleinen Laden, um eine Morgenzeitung zu kaufen, und spazierten weiter, den Weg zum Strand hinunter, Mütter mit kleinen Kindern erschienen, um ein Buch mitzunehmen, das sie im Strandkorb lesen wollten. Junge Leute in Shorts und hellen Sporthemden kamen auf einen Sprung, und Susanne hielt ihnen schon die Sportzeitung entgegen, genauso, wie sie dem alten Herrn mit dem Strohhut und der Sonnenbrille die „Frankfurter“ entgegenhielt. Es kamen Gäste, die stundenlang im Katalog blätterten, zu ihren Ferienfreuden gehörte es, in Muße Bücher auszuwählen. Und es kamen Kinder, die bunte Bildergeschichten haben wollten oder einen Band „Dr. Dolittle“.

Susanne stand wieder mit beiden Füßen auf der Erde! Sie gab freundlich und vernünftig Auskunft, rechnete fehlerlos ihre Kasse ab, schrieb genau auf, wer fünf Mark Pfandgebühr bezahlt hatte, trug ein, welche Bücher ausgeliehen waren, und war tüchtig und eifrig wie daheim in der Buchhandlung – obwohl niemand da war, der achtgab, was sie tat.

Nun, die Kunden gaben schon darauf acht. Sie merkten es sich schnell, was für ein nettes junges Mädchen in dem kleinen Pavillon neben „Friedrichs Hotel“ Bücher auslieh und verkaufte. Das war doch angenehmer als in der anderen Leihbücherei des Ortes, wo ein alter mürrischer Mann hinter dem Ladentisch stand. Bei Susanne Burkhardt konnte man sicher sein, daß man weder eilig noch mürrisch oder auch nur gleichgültig abgefertigt wurde. Susanne lernte es immer mehr, für jeden das richtige Wort zu finden. Ohne aufdringlich zu sein, gab sie ein sicheres Urteil ab über das, was sie ihren Kunden empfahl, und so manche kamen nicht nur zum Buchleihen, sondern auch, um sich mit Susanne zu unterhalten.

Es machte ihr selbst den größten Spaß, als sie merkte, wie gut es ging. Es war hier alles viel persönlicher als in der Stadt.

Mit der ersten Monatsabrechnung schrieb sie einen langen und frohen Bericht an ihren Chef. Dr. Petersen konnte sich ruhig auf seine Nordlandreise begeben. In seiner Filiale auf Hoogensand war alles in Ordnung!

Mit einem jungen Mann, der vierzehn Tage auf der Insel zubrachte und jeden Tag ein Buch holte, hatte Susanne eine Reihe interessanter Gespräche. Sie wußte nicht, wie er hieß, und er wußte nicht, wie sie hieß, aber sie freuten sich beide immer schon auf die tägliche Unterhaltung.

Am Tag vor seiner Abreise kam er und brachte das letzte Buch zurück.

„Morgen fahre ich fort", sagte er. „Mein Urlaub ist zu Ende."

„Ach, wie schade!" sagte Susanne. Sie öffnete die Schublade, nahm seine Leihkarte heraus und gab ihm fünf Mark zurück. „Eine gute Sparkasse, nicht wahr?" sagte sie. „Damit das Geld für die Rückreise noch reicht ..."

Er sah sie an, ohne etwas zu sagen.

„Was ist denn?" fragte sie verlegen.

„Finden Sie es wirklich schade?" fragte er.

„Na ja ... Ich meine ... Wir haben uns doch so gut unterhalten", sagte Susanne kindlich. „Oder finden Sie das nicht auch?"

„Das ist wahr. Das ist wirklich wahr." Er drehte sich um und ging aus dem Laden, ohne sich zu verabschieden.

Susanne sah ihm kopfschüttelnd nach. Dann kamen andere Kunden, und sie vergaß ihn.

Abends, als sie den Pavillon abschloß, stand er plötzlich vor ihr, einen Blumenstrauß in der Hand. „Entschuldigen Sie bitte mein Benehmen heute mittag", sagte er.

„O bitte“, sagte Susanne und steckte den Schlüssel in die Manteltasche.

„Darf ich Ihnen diesen ...“ Er gab ihr den Strauß.

„Ja, aber ... Danke!“ Susanne sah ihn erstaunt an.

„Ich habe es mir den ganzen Nachmittag überlegt“, sagte er. Dann kamen ein paar unglaubliche Worte. Susanne traute ihren Ohren nicht.

„Wollen Sie meine Frau werden?“

„Um Gottes willen, nein!“ sagte Susanne entsetzt. Sie hielt hilflos den Blumenstrauß in der Hand.

„Das war jedenfalls eine deutliche Antwort!“ sagte er und versuchte zu lächeln.

„Ich weiß ja nicht einmal, wie Sie heißen“, sagte Susanne verlegen, als sei dies das wichtigste.

„Na“, sagte er. „Meinen Namen haben Sie selbst auf die Leihkarte geschrieben. Harald Wenck. Entschuldigen Sie!“

„Bitte“, sagte Susanne unglücklich. „Ich hatte nicht mehr daran gedacht. Ich kann Sie nicht heiraten, Herr Wenck. Leider“, setzte sie hinzu, um ihn nicht noch mehr zu kränken. „Wie können Sie nur an so etwas denken“, sagte sie vorwurfsvoll. Sie war den Tränen nahe, weil sie einem Menschen, der so nett zu ihr war, derartig unangenehme Dinge sagen mußte.

Er brachte sie nach Hause und fragte, ob er ihr schreiben dürfe. Aber nun dachte Susanne an Götz und sagte leise: „Ich habe jemand anders gern ...“

Sie war grenzenlos erleichtert, als er durch Jensens kleinen Vorgarten davonging, als sie den Hausschlüssel von innen herumgedreht hatte und sich erstaunt und ungläubig gegen die Wand im Flur lehnte.

Einen Heiratsantrag bekam Susanne auf Hoogensand nicht mehr – aber sie lernte eine Menge Menschen kennen. Und immer gab es einige, auf die sie sich freute, mit denen sie sich gern unterhielt. Nie wurde sie es müde, in den ruhigen Zeiten des Tages in der Ecke des kleinen Pavillons zu sitzen und zu lesen. Niemals langweilte sie sich! Sie hatte auch genügend freie Stunden – während der Badezeiten, der täglichen Mittagspause - um auszuruhen, an den Strand zu gehen, Petra zu treffen oder an Götz zu schreiben. Ihre Wangen röteten sich allmählich, die frische Seeluft machte sie hungrig. Sie aß mit Vergnügen die guten und reichlichen Mahlzeiten, die Frau Jensen ihr vorsetzte. Überhaupt fühlte sie sich wohl in „Haus Jensen". Das alte Ehepaar war von steter Freundlichkeit, die wenigen Gäste, die in der kleinen Pension wohnten, unterhielten sich voll Interesse mit der jungen Buchhändlerin. Aber am glücklichsten war Susanne, wenn sie in ihrem Zimmerchen allein war. Hier störte sie niemand, hier konnte sie träumen. Die Sehnsucht nach Freiheit, die in jedem Menschen lebt, schien sich auf Hoogensand in hohem Maße für sie zu erfüllen, obwohl es keinen Tag gab, an dem sie wirklich ganz frei war. Selbst sonntags wurde die kleine Buchhandlung ein paar Stunden geöffnet.

Eines Abends bat Frau Jensen Susanne, ein wenig zu ihr hereinzukommen. Susanne kam vom Dienst. Es war im Laufe des Nachmittags unerwartet kalt geworden, und sie freute sich auf ihr warmes Bett. Das Abendbrot pflegte in ihrem Zimmer bereitzustehen. Frau Jensen hatte angeboten, ihr Frühstück und Abendessen zuzubereiten. Susanne brauchte nur täglich ihre Wünsche auf einen Zettel zu schreiben; am Sonnabend rechnete sie dann mit Frau Jensen ab. So bequem hatte Susanne es noch nie gehabt, und sie genoß es von Herzen.

Heute war sie sehr müde und hätte lieber gleich ihr Zimmer aufgesucht. Aber sie mochte Frau Jensen, die immer so nett zu ihr war, die Bitte nicht abschlagen. So folgte sie ihr in das einfache, saubere Wohnzimmer und nahm auf dem alten Plüschsofa Platz. Auf dem Tisch lag ein dickes Photoalbum. Frau Jensen fuhr hastig mit der Hand über das Album und setzte sich neben Susanne.

„Es sind Bilder von meinem Jungen. Ich dachte, Sie mögen sie vielleicht einmal ansehen", sagte sie fragend. „Aber wenn Sie zu müde sind ... Sie können es ruhig sagen."

„Ich bin nicht müde", sagte Susanne. „Sie wollten mir die Bilder ja schon immer mal zeigen. Ich sehe sie gern an."

Sie sah auf die abgearbeitete Hand der alten Frau, die die Blätter des Albums umschlug, auf die mittelmäßigen Amateuraufnahmen, die einem fremden Menschen unmöglich etwas sagen konnten: Jens, das Baby auf dem Eisbärfell. Dann: ein kleiner Kerl, der die Arme herunterhängen ließ und eine Schirmmütze trug, die das Gesicht verdeckte, ein Schuljunge mit einem Seehundsranzen und der etwas herangewachsene Jens mit einer langen Angelrute.

Frau Jensens Blick ruhte mit trauriger Zärtlichkeit auf den Bildern ihres Sohnes. Als die letzten kamen: Jens mit seiner hübschen jungen Braut, Jens in Uniform und Jens, der den Arm schützend um die Schultern seiner alten kleinen Mutter gelegt hatte, da saß Frau Jensen ganz still. Sie nickte nur von Zeit zu Zeit, sah auf die Bilder und schien Susanne vergessen zu haben.

Susanne griff zart nach ihrer Hand. „Liebe Frau Jensen“, flüsterte sie.

Die Hand der alten Frau schloß sich mit krampfhaftem Druck um die von Susanne und ließ sie gleich darauf los. „Ja“, sagte sie mit einem schluchzenden Laut und stand auf. „Das ist mein Jens. Er war so ein guter Junge. Nun schlafen Sie nur schön, Fräulein Suschen. Das Essen steht oben, den Tee habe ich unter die Mütze gestellt.“

„Gute Nacht, Frau Jensen. Danke, daß Sie mir die Bilder gezeigt haben!“ Aber Frau Jensen war schon auf den Flur gegangen, um die Haustür sorgfältig abzuschließen.

Auf dem Tisch in Susannes Zimmer stand eine alte Petroleumlampe, die zu einer elektrischen umgearbeitet worden war. Sie hatte einen Schirm aus gezogenem Tüll und war alles andere als modern. Aber bei ihrem Schein zu lesen, während man im Bett lag und sein Abendbrot verspeiste, war höchst gemütlich.

Susanne schlug ihr Buch auf, wo sie gestern aufgehört hatte zu lesen, lehnte den letzten Brief von Götz gegen die Petroleumlampe und rückte den roten Polsterstuhl, auf dem das Tablett mit dem Abendbrot stand, ans Bett. Ah, Krabbensalat mit Butterbroten und ein Schüsselchen Pudding, das Frau Jensen ihr vom eigenen Abendessen aufbewahrt hatte! Flink und vergnügt zog sie sich aus. Das Leben war schön!

Götz Ebeling rannte durch die Sperre, ohne sich darum zu kümmern, daß der Mann, der seine Fahrkarte lochen wollte, hinter ihm herbrüllte. Er sprang in großen Sätzen die Treppe zum Bahnsteig hinunter, riß irgendeine Tür des Zuges auf, der sich eben in Bewegung setzte, und stolperte ins Abteil.

„Verzeihung", sagte er mit seinem jungenhaften Lächeln zu der Dame, der er fast in die Arme gefallen wäre.

Sie zog ihr helles Kostüm zurecht, entfernte sorgfältig ein Fädchen vom Rock und sah aus dem Fenster, ohne zu antworten. Da Götz auch aus den Gesichtern neben ihr kühle Ablehnung entgegensah, hörte er auf zu lächeln. Er setzte sich auf den einzigen freien Platz und nahm seine Baskenmütze ab, um sich ein wenig Luft zuzufächeln.

Ihm gegenüber saß ein Mann in einem hellen Cordanzug, der ihn belustigt ansah.

„Noch gerade geschafft, was?"

Götz zeigte lachend die Zähne. „Zum Glück! Diesen Zug mußte ich nämlich haben, sonst hätte ich die Fähre heute abend nicht mehr bekommen."

„Ach so."

Götz sah sich den Mann genauer an. Er mochte Ende Zwanzig sein, war kräftig, groß und breitschultrig. Seine Augen schauten prüfend, waren ab und zu ein wenig zusammengekniffen, wie bei einem Menschen, der gewohnt ist, ins Weite zu sehen. Die kraftvolle Kinn- und Mundpartie und die gütigen dunklen Augen bewirkten, daß Götz sich lebhaft zu ihm hingezogen fühlte.

Nach und nach stiegen die übrigen Reisenden aus. Die beiden jungen Männer blieben schließlich allein im Abteil.

Der Mann im Cordanzug öffnete das Fenster, ließ frische Luft herein und nahm eine Tüte Obst aus dem Gepäcknetz.

„Nun wird's gemütlich", sagte er und biß kräftig in

einen Apfel. „Mögen Sie auch? Hier, bitte! Greifen Sie doch zu!" Er hielt Götz die Tüte hin. „Ich sah zufällig, daß Sie ein Buch über Gandhi lesen, am Bild erkenne ich es. Ist es die Biographie von Rolland?"

„Ja", sagte Götz überrascht. „Ich schätze sie übrigens sehr."

Die beiden jungen Männer sprachen über Gandhi und Romain Rolland. Sie stimmten in manchen Ansichten überein, redeten sich in Eifer und kamen immer tiefer ins Gespräch. Über Rolland kamen sie auf Michelangelo, und nun schwieg Götz und lauschte voll Interesse, was sein Gegenüber sagte. Er hatte wohl viel gesehen und viel nachgedacht, die Werke des großen Meisters schien er außerordentlich gut zu kennen.

„Die Fahrt ist mir nicht lang geworden", sagte Götz, als er sich zum Aussteigen bereitmachte. „Fast bedaure ich, daß sie schon zu Ende ist."

Auch der Mann im Cordanzug griff nach seinem Koffer. „Es geht mir genauso", sagte er freundlich. „Aber vielleicht reisen wir ja noch weiter zusammen? Wollen Sie nicht ein Fährschiff erreichen? Die Absicht habe ich jedenfalls auch."

„Ich will nach Hoogensand", sagte Götz.

„Ich auch!"

„Also das ist großartig!" rief Götz vergnügt. „Da haben wir eine Stunde Überfahrt zusammen."

„Wollen Sie längere Zeit bleiben?"

„Nein, das nicht. Übermorgen in aller Frühe muß ich zurück. Ich will ein Mädchen besuchen", fügte er hinzu.

„Na, das will ich auch", sagte der Ältere und lachte. „Es wird hoffentlich nicht ein und dasselbe Mädchen sein."

„Das wohl nicht“, sagte Götz, ebenfalls lachend.

Der Zug hielt. Die beiden Männer stiegen aus. Götz hatte nur eine Aktentasche, der Mann neben ihm trug einen Koffer, der aussah, als hätte er schon etliche Reisejahre hinter sich.

Gemeinsam verließen sie den Bahnhof. Das Fährschiff war in wenigen Minuten erreicht. Es begann zu dunkeln. Nach der Wärme des Junitages stieg ein erfrischender Hauch vom Wasser auf.

Die beiden Männer lehnten an der Reling und sahen zu, wie die Taue gelöst wurden. Das Schiff glitt knarrend und ächzend an der Kaimauer entlang, drehte dann zur offenen See und fuhr der kleinen Insel entgegen, die man noch eine Weile als dunklen Streifen am Horizont sah, bis alle Farben des Tages in der Dunkelheit ertranken.

Die kurze Seefahrt verging den beiden jungen Männern rasch, da sie sich wieder sehr angeregt unterhielten. Aber als sie in der Inselbahn saßen, wurde Götz schweigsam.

Während der letzten Minuten sah er aus dem Fenster, schien nach irgend etwas Ausschau zu halten und schwenkte plötzlich übermütig seine Mütze. Kaum hielt der Zug, riß er die Tür auf, sprang hinaus und war mit wenigen Schritten bei Susanne.

„Nett, daß du mich abholst! Guten Abend, Susanne!“

„Götz! Guten Abend, Götz!“

Götz sah sich suchend um.

„Entschuldige, Susanne, aber ich muß dich unbedingt mit meinem Reisegefährten bekannt machen. Wo ist er denn geblieben?“

„Herr Hagen!“ rief Susanne und streckte Andreas in

freudigem Erstaunen die Hand hin. „Oh, das ist eine Überraschung!“

„Und Sie holen mich sogar ab! Das ist eine noch größere Überraschung!“ sagte Andreas Hagen lachend und schüttelte Susannes Hand.

Götz sah verdutzt von einem zum andern. „Wieso kennt ihr euch?“ fragte er mißtrauisch.

Andreas Hagen lachte so laut und unbekümmert, daß die Menschen sich belustigt nach ihnen umdrehten.

„Das ist seit langem der beste Witz! Hören Sie, Herr Ebeling: Es ist zwar nicht dasselbe Mädchen, aber die eine ist die Schwester der anderen. Verstehen Sie?“

„Nichts verstehe ich“, sagte Götz und wurde von Hagens Lachen angesteckt. Dann schlug er sich mit der Hand vor die Stirn. „Schafskopf, der ich bin! Natürlich verstehe ich! Petra“ – er deutete auf Andreas Hagen, „und Susanne!“ Er zeigte auf sich.

„Und wie habt ihr euch kennengelernt?“ wollte Susanne wissen.

„Ein junger Mann fiel ins Abteil“, sagte Andreas Hagen, „geradewegs einer Dame um den Hals. Das war Götz Ebeling!“

„Verleumdung!“ rief Götz.

Er fing an zu erklären, auf Susanne einzureden. Andreas Hagen sprach mit seiner tiefen und Susanne mit ihrer hellen Stimme dazwischen, bis alles in Gelächter unterging.

Es war ein herrlicher Sommermorgen. Die Badegäste bevölkerten um diese Zeit den Strand noch nicht. Die Sandburgen mit den bunten Wimpeln und Fähnchen lagen verlassen da. Aber Petra befand sich auf ihrem

Morgenspaziergang ohnehin in einer Gegend, die abseits vom Kurbetrieb lag und wo es nichts gab als weißen Sand und Meer.

Sie kletterte auf eine Düne, stand einen Augenblick still, sah über das blitzende Wasser, dessen Wellen eifrig an den Strand spülten, und ließ sich den Wind durchs Haar wehen. Ihr rotes Kleid leuchtete weithin.

Sie ging ein Stück durch die Dünen, stutzte, weil sie einen Mann dort sitzen sah – einen Mann in heller Cordhose und einem Sporthemd, das am Halse offen war. Petra erstarrte.

Der Mann erhob sich und kam langsam auf sie zu. „Ich bin's, Petra. Leibhaftig!" sagte er, sah sie lächelnd an und gab ihr die Hand.

„Mein Gott!" Petra war zu verwirrt, um seinen Gruß zu erwidern. „Das ist doch der merkwürdigste Zufall. Gerade eben dachte ich ..." Sie brach verlegen ab.

Andreas Hagen sagte: „Ein Zufall ist das nun gerade nicht, daß wir uns hier treffen. Ich bin hergereist, um Hoogensand kennenzulernen. Und da ich außerdem ein Mädchen namens Petra wiedersehen wollte, habe ich mich bei ihrer Schwester erkundigt, wann und wo ich diese Petra am ehesten treffe."

„Was! Hat Susanne gewußt, daß Sie kommen?"

„Ach, Petra, das ist alles viel komplizierter, als Sie denken. Ich werde es Ihnen aber erklären, wenn Sie mit mir im Gasthof ‚Zur Linde' frühstücken. Ich habe Hunger! Seit sieben Uhr habe ich hier gewartet. Susanne hat falsche Auskunft gegeben – Sie scheinen eine Langschläferin zu sein."

„Langschläferin!" Petra war entrüstet. Dann mußte sie lachen. „Erstens ist heute Sonntag. Und zweitens hab' ich frei. Sonst bin ich meistens schon um sieben hier. Susanne hat ganz recht gehabt."

Andreas war gekommen! Sie glaubte noch immer zu träumen.

„Wie schön, daß Sie frei haben", sagte er. „Wollen wir nachher segeln? Mit Götz und Susanne?"

„Götz? Den kennen Sie auch schon? Oh, segeln! Ja, dazu hab' ich große Lust."

„Aber zuerst müssen wir frühstücken! Dabei erzähl' ich Ihnen, wie Ebeling und ich uns kennengelernt haben. Kommen Sie!"

„Ich hab' gerade gefrühstückt", sagte Petra.

„Das macht nichts. Allein schmeckt es mir nicht, und an der See kann man doch immer essen!" Er legte den Arm um Petras Schultern und sah sie vergnügt an.

Sie blieb stehen. „Dann möchte ich noch schnell Bescheid sagen. Sonst wissen Amelungs nicht, wo ich bin. Wie lange, meinen Sie, wird das Segeln dauern?"

„Bis heute nacht um zwölf."

Petra lachte. „Nein! Wie lange wird es wirklich dauern?"

„Ach, Petra! Nun bin ich gerade gekommen, und wir haben uns so lange nicht gesehen. Sie müssen mir doch erzählen, wie es Ihnen ergangen ist. Und in den nächsten Wochen will ich viel malen. Ob wir uns da so oft sehen? Heute müssen wir schon den ganzen Tag haben, meinen Sie nicht?"

„Na gut", sagte sie eifrig. „Dann laufe ich schnell nach Haus und sage Bescheid. Ich muß es auch Marianne sagen."

„Wer ist Marianne?"

„Meine Freundin. Ich muß Ihnen noch von ihr erzählen. Überhaupt – ich muß Ihnen schrecklich viel erzählen!“

Sie bog in den Weg zu Amelungs Haus ein.

„Wird es Schwierigkeiten geben? Soll ich mitkommen?“ rief Andreas ihr nach.

Sie drehte sich um. „Was glauben Sie!“ rief sie. „Amelungs sind die nettesten Menschen, die es gibt.“ Sie schüttelte lachend den Kopf und lief weiter.

Ihr Gewissen schlug heftig Mariannes wegen. Heute nachmittag hatte sie sich zu ihr setzen wollen; sie wußte, wie Marianne diesen Stunden entgegenfieberte. Aber wie hatte sie wissen können, daß Andreas kam! Seit dem Brief aus Finnland war keine Nachricht mehr von ihm gekommen – außer dem Gruß, den er Susanne aufgetragen hatte. Und auf seinen Brief hatte sie ihm nicht einmal antworten können, weil kein Absender angegeben war.

Die Kranken waren bei dem herrlichen Sommerwetter draußen. Sie wurden in ihren Betten auf die überdachten Terrassen hinter dem Haus geschoben. Es führten gepflasterte Wege in die Dünentäler hinein, und einzelne Betten wurden dorthin gebracht. Auch Marianne hatte sich zum Ende eines solchen Weges fahren lassen. Ihre Augen leuchteten auf, als sie Petra kommen sah. „Besuchst du mich? Wie lieb von dir.“

„Marianne“, sagte Petra, „du wirst mir böse sein. Ich habe Besuch bekommen. Meine Schwester und ich – wir beide haben Besuch. Und nun wollen wir den Tag gemeinsam verbringen, wir wollen segeln und am Strand sein.“ Petra war aufrichtig bekümmert. Wie schrecklich mußte es sein, hier zu liegen, während das Leben an einem vorüberzog! Man hörte davon, sah die Gesunden umhergehen und sich freuen, aber konnte nicht daran teilnehmen. Man kannte alles nur vom Erzählen – wenn es überhaupt jemanden gab, der einem davon erzählte.

„Wie wunderbar für dich“, sagte Marianne. „Danke, daß du mir noch Bescheid gesagt hast. Du, Petra ...?“

„Ja, Marianne?“

„Erzählst du mir morgen davon?“ fragte das Mädchen leidenschaftlich. „Was ihr getan habt, wovon ihr geredet habt, alles?“

„Natürlich, Marianne! Ich werde dir alles erzählen! Ich freue mich schon darauf. Bist du mir böse?“

Marianne schüttelte den Kopf.

„Nein, Petra. Ich werde den ganzen Tag an dich denken und wünschen, daß du froh bist.“

Marianne sah Petra nach, wie sie rasch den Weg zum Haus zurücklief. Sie winkte noch einmal und rief etwas, das Marianne nicht verstand.

Ach, gesund sein! dachte das Mädchen. Nur wer es nicht war, wußte, was es bedeutete!

Götz und Susanne saßen um diese Zeit im Pavillon. Sie wollten jede Stunde ausnutzen, und da Susanne ihr Geschäft von neun bis elf offenhalten mußte, kam Götz eben mit.

Mit heimlichem Stolz sah er zu, wie sie die Kunden bediente und schnell und gewandt in ihrem kleinen Reich hantierte.

War kein Kunde da, unterhielten sie sich. Götz hatte wichtige Dinge zu berichten. „Kennst du eigentlich die Coldevinstraße?“ fragte er.

Susanne sah ihn nachdenklich an. „Die kleine Seitenstraße bei den Kammerspielen?“

„Ja, richtig. Hast du dort schon mal die Buchhandlung an der Ecke gesehen?“

Susanne schüttelte den Kopf.

„Kein Wunder. Ziemlich schäbige Bude, der man von außen nicht recht ansieht, was sie darstellt. Na, aber nun die Neuigkeit: Dieser Laden gehört ab ersten Juli mir!“

Götz sah Susanne gespannt an. Er konnte mit der Wirkung seiner Worte zufrieden sein. Susanne wurde rot und schlug vor Freude die Hände zusammen. „Oh, Götz, wie hast du das nur zustande gebracht?“ sagte sie bewundernd.

„Ehrlich gesagt, es war viel Glück dabei“, gab er zu und fing an zu erklären. „Der Besitzer geht ins Ausland, es war eine wunderbare Gelegenheit, den kleinen Laden günstig zu bekommen. Und ich werde etwas daraus machen! Es kann nicht allzu schwer sein, denn die Lage ist gut. Nun fehlt mir nur noch ein Name für meine Buchhandlung ...“

Weiter kam Götz nicht mit seinen Erklärungen, denn zwei alte Damen betraten den Pavillon und ließen sich von Susanne, die sie ins Herz geschlossen hatten, lange und umständlich beraten. Eine der Damen hatte Susanne eine Tafel Schokolade mitgebracht. „Weil Sonntag ist“, erklärte sie, „und Sie armes Kind hier im Laden stehen müssen.“

Das „arme Kind“ strahlte übers ganze Gesicht, und Götz im Hintergrund schmunzelte vor sich hin.

Um elf kamen Petra und Andreas Hagen im Sturmschritt über den Platz.

„Hallo, Götz!“ rief Petra. „Wie geht es Ihnen? Morgen, Susanne! Wir wollen euch abholen. Seid ihr soweit? Wir haben ein Segelboot gemietet. Beeilt euch!“

„Wollen Sie mit den Schuhen etwa segeln, Susanne?" sagte Andreas Hagen und schüttelte lachend den Kopf. „Einfache Strandschuhe fürs Segelboot – haben Sie die nicht?"

„Aber dann muß ich erst nach Hause." Susanne hatte ihre einzigen eleganten Schuhe angezogen – Götz zu Ehren.

„Macht nichts. Ich komme mit", entschied Götz.

„Wir gehen inzwischen schon zum Boot", sagte Andreas. „Ihr wißt doch – unten bei der Bootsvermietung am Kurstrand."

Eigentlich war Susanne heilfroh, auf diese Weise in bequeme Schuhe zu kommen. Sie war nicht an hohe Absätze gewöhnt, und für die sandigen Wege von Hoogensand waren sie ja auch nicht gedacht.

Götz sah sie mit unverhohlener Bewunderung an, als sie zehn Minuten später im weißen Leinenkleid mit rotem Lackgürtel und weißen Segeltuchschuhen vor ihm stand.

Ein leichter Wind wehte – gerade richtig zum Segeln!

Petra und Susanne saßen mit strahlenden Gesichtern im Boot.

Sie tauchten, wie alle Mädchen, die Hände ins Wasser, sahen Andreas und Götz zu, die Großsegel und Fock bedienten, und hielten ihre Gesichter selig Wind und Sonne entgegen.

Nach zwei Stunden waren sie wieder am Strand.

„Jetzt gehen wir zusammen Mittag essen", schlug Andreas vor. Alle waren einverstanden.

Im Gasthof „Zur Linde" war es gemütlich. Sie saßen auf der hölzernen Bank im kühlen Hinterzimmer und ließen sich das gute und reichliche Essen schmecken.

Andreas bestellte eine Flasche Wein – es wurde ein fröhliches Mahl.

Nach dem Essen zog Andreas seine kurze Pfeife hervor. „Jetzt wird für den weiteren Verlauf des Tages ein Programm gemacht", sagte er und streckte die Beine aus. „Was wollen wir anfangen?"

„Ich muß Bücher verkaufen", sagte Susanne. „Zwei Stunden noch. Am besten nicht so spät, weil von fünf bis sieben Badezeit ist."

„Ausgezeichnet", sagte Andreas. „Machen Sie doch von drei bis fünf auf. Und inzwischen zeigt mir Petra ein bißchen was von Hoogensand."

„Ich komme mit dir, Susanne", sagte Götz.

„Danach gehen wir alle baden", schlug Andreas weiter vor. „Und um sechs spielen in Friedrichs Hotel die Hochberger Puppenspieler. Wollen wir hingehen?"

„Famose Idee!" rief Götz. Auch die Mädchen stimmten begeistert zu.

„Abends ist übrigens Ball in der ‚Linde'", sagte Götz. „Nach dem Abendessen wird getanzt! Ich hab' noch nie mit dir getanzt, Susanne ..."

Als Petra in dem großen Saal von „Friedrichs Hotel" neben Susanne und Andreas saß und darauf wartete, daß sich der Vorhang hob, fühlte sie sich wie als Kind im Weihnachtsmärchen. Es waren hauptsächlich Kinder da, zwischen ihnen saßen hier und dort ein paar Väter und Mütter.

Schließlich erschien Kasperle und sang sein bekanntes „Tri-tra-trallalla!" Zum Jubel der Kinder überlistete er nach vielem Hin und Her die böse Hexe. Sie trank den Giftbecher, und der Lindwurm stieß über ihren Tod ein so komisch-schauerliches Geheul aus, daß jedem Kind und jedem Erwachsenen im Saal vor Lachen Tränen in die Augen kamen. Und es war noch ein weiteres Stück zu erwarten: „Kasperle reist nach Afrika".

Petra und Susanne waren wie verzaubert. Sie hatten rote Wangen vor Freude und Erregung.

„Ich hab' schon ein paarmal solche Puppenspiele gesehen", sagte Götz in der Pause, „und ich hab' immer wieder das größte Vergnügen daran. Sie sind so kindlich und geistvoll zugleich! Jeder Mensch versteht sie und hat etwas davon. Das Kind interessiert dabei natürlich nur, was sich ereignet, und wir haben vielleicht am meisten Vergnügen an der tieferen Bedeutung. Kommt, es geht weiter!"

In der „Linde" hatte sich eine vergnügte Gesellschaft zusammengefunden: junge Leute und Mädchen von der Insel und Kurgäste. Auch ein paar ältere Ehepaare, die im Gasthof zur Erholung waren, tanzten Walzer und Foxtrott.

„Da ist ja Dr. Hoffmann!" rief Petra, während Andreas Hagen sie kräftig herumschwenkte. „Und Friedchen Held! Ich muß mal eben guten Abend sagen."

Sie lief zu dem Tisch, an dem der junge Arzt mit Friedchen und zwei jüngeren Schwestern aus Professor Amelungs Haus saß. Sie schüttelte allen die Hand, Friedchen wurde gerade von einem jungen Mann zum Tanzen geholt. Vergnügt winkten sie sich zu, und Petra tanzte mit Andreas weiter.

„Wer sind diese Leute?" fragte er.

„Alle aus Amelungs Haus! Sehen Sie, das ist unsere Hauslehrerin. Ich freue mich so."

„Warum denn?“

„Weil sie so gut tanzt. Sie tut mir immer ein bißchen leid, weil sie hinkt. Aber ich glaube, das ist gar nicht nötig. Sehen Sie, jetzt ist sie abgeklatscht worden.“

„Sie sieht sehr nett aus“, sagte Andreas. „Ich glaube, mit diesem Mädchen kann man sich gut unterhalten!“

„Und wie gut!“ sagte Petra begeistert.

Beim nächsten Tanz wurde Petra von Dr. Hoffmann aufgefordert. „So vergnügt habe ich Sie noch nie gesehen, Fräulein Burkhardt! Sie strahlen ja förmlich!“

„Es ist herrlich!“ sagte Petra. „Ach, es ist zu herrlich!“

Als Götz Susanne um Mitternacht nach Hause brachte, sagte sie plötzlich: „Jetzt weiß ich einen Namen für deine Buchhandlung! Die Bücher-Fundgrube. Wie findest du das?“

„Die Bücher-Fundgrube – du, das ist gut! Susanne, du hast glänzende Einfälle! Je mehr ich darüber nachdenke ... Ja, wir lassen es dabei! Die Bücher-Fundgrube, Inhaber Götz Ebeling. Hört sich gut an, nicht wahr?“

„Müssen Sie unbedingt um zwölf zu Hause sein, Petra?“

„Ja, unbedingt. Ich habe es Frau Amelung versprochen.“

„Na gut, dann werde ich Sie jetzt abliefern.“

Andreas schlenderte neben Petra her. „Vielleicht bleibe ich den ganzen Sommer hier“, sagte er. „Wann ist die Picasso-Ausstellung in Paris? Ich glaube, Anfang Oktober.“

„Das weiß ich nicht“, sagte Petra beschämt. Nichts wußte sie! Plötzlich war Andreas wieder der „fremde Maler“, der Mann, den man von weitem in Ausstellungen sah und an den man mit einer Mischung von Bewunderung, Demut und ... und noch irgend etwas dachte. Aber dieses „Irgend etwas“ ließ sich nicht genau formulieren, es verwirrte und schmerzte ein wenig und war im gleichen Augenblick alle Seligkeit der Erde ...

„Ja, ich glaube, die Ausstellung ist Anfang Oktober“, sagte Andreas nachdenklich. „Ich kann also nicht hinfahren. Um diese Zeit ist nämlich auch meine eigene Ausstellung. Dafür will ich hier noch in Ruhe arbeiten.“ Er blieb stehen und sah Petra an. „Und dann ist noch etwas.“ „Ja“, sagte sie leise.

„Sie haben doch von der Kongreßhalle gehört, die in unserer Stadt jetzt gebaut wird. Es ist ein Wettbewerb für die Ausgestaltung des großen Festsaales ausgeschrieben worden – Wandmalereien. Dafür will ich hier ebenfalls Studien und Entwürfe machen. Ja, ich muß die Zeit ausnutzen! Mitte Oktober fängt das Semester an, dann komme ich kaum mehr zu großen Arbeiten.“

„Das Semester? Aber ich denke, Sie sind längst ... Studieren Sie noch?“ fragte Petra verwirrt.

Er lachte. „Mein ganzes Leben lang“, sagte er und weidete sich an ihrem ratlosen Ausdruck. Dann nahm er ihren Arm, und sie gingen weiter. „Ich übernehme im Wintersemester eine Zeichenklasse an der Akademie“, sagte er.

„Ach, so ist das.“

„Wissen Sie eigentlich, was das allerschönste an Hoogensand ist, Petra?“ fragte Andreas vergnügt. Sie schüttelte den Kopf und sah ihn erwartungsvoll an, „Daß es hier keine Autos gibt. Kein Auto auf der ganzen Insel! Finden Sie das auch so wunderbar?“

„O ja ...“

Einen Augenblick lang sah er lächelnd und zärtlich auf sie hinunter. Aber Petra merkte es nicht, sie hatte den Kopf gesenkt.

„Nun schlafen Sie gut", sagte Andreas, als sie beim Dünental angelangt waren, von wo aus man Professor Amelungs Haus in wenigen Minuten erreichte. „Wir werden uns wohl gelegentlich sehen. Ich weiß ja nun, wo sie morgens zu treffen sind."

Er drückte ihr kurz und kräftig die Hand und ging den Weg zum Strand hinunter. „Ich laufe noch ein bißchen!" rief er. „Gute Nacht, Petra!"

„Gute Nacht ..."

Herr Hagen – das hätte so fremd, so konventionell geklungen nach diesem Tag, und „Andreas" wagte Petra nicht zu sagen.

„Ich habe etwas Unglaubliches erlebt", murmelte Susanne. Sie lag während ihrer Mittagspause neben Petra im weißen Sand.

„Und das sagst du jetzt, wo ich gehen muß!" sagte Petra vorwurfsvoll.

„Mußt du denn wirklich gehen? Eigentlich hast du doch bis drei Uhr Zeit?"

„Nein, ich muß zu Irmchen." Entschlossen sprang Petra auf, schüttelte den Sand aus dem Kleid und gab Susanne die Hand. „Sehen wir uns heute noch?"

„Nein, heute nicht", sagte Susanne schnell.

Petra stapfte durch die Dünen dem Haus zu. Wenn man „etwas Unglaubliches" erlebt hatte, konnte es sich eigentlich nur um einen Mann handeln. Sonst sagte man es anders. Außerdem war Susanne merkwürdig gewesen. So still, so ... Sie war mehr wie die Susanne von früher, die sich nicht zurechtfand, die hilflos schwieg, und nicht wie die Susanne der letzten Zeit, die einem kindlich strahlend entgegenkam und fröhlich von ihrem Pavillon berichtete, oder daß Götz geschrieben hätte.

Na, unsinnig, darüber nachzudenken! Petra richtete ihre Gedanken auf Irmchen und überlegte, wie sie heute die Petzgeschichte anfangen sollte. Es war anstrengend, täglich eine neue Geschichte zu erfinden, aber Irmchen freute sich so auf diese Stunde, daß Petra das Kind nicht enttäuschen wollte. Seit jenem Tag, da es Petra zum erstenmal gelungen war, Irmchen zu beschwichtigen, hatte sie beim Verbinden nie mehr geschrien.

Ja, die Kinder! Es konnte sich manches ereignen, was Susanne oder sie selbst betraf – Dinge, die durchaus nicht unwichtig waren, im Gegenteil! Aber betrat Petra eines der Krankenzimmer, so dachte sie an nichts anderes mehr als an die kleinen Patienten, die ihr entgegensahen und für die es die schönste Stunde des Tages war, wenn Petra sich mit ihnen unterhielt.

Sie ging davon aus, daß es das beste sei, für jedes Kind eine Beschäftigung zu finden, die ihm nicht nur Freude machte, sondern die es auch vor eine gewisse Aufgabe stellte. Sie merkte mit der Zeit, daß für kranke Kinder das Gefühl, etwas geleistet zu haben, viel befriedigender war, als immer nur zu spielen. So versuchte sie herauszufinden, welche Neigungen und Interessen die einzelnen Kinder hatten.

Bei den Kleinen war es verhältnismäßig einfach. Sie konnte ihnen etwa die gleichen Dinge geben wie früher den gesunden Kindern im Hort: Petra ließ sie Perlen aufziehen, kleine Bilder in Pappe einsticken, Postkarten ausmalen oder mit Buntpapier bekleben und ähnliches.

Irmchen, die sehr unruhig und zerstreut war, fühlte sich unbeschreiblich stolz, als ihr eine Perlenkette für ihren Petz gelungen war. Alle Schwestern, auch die Ärzte und Frau Amelung, mußten die Kette bewundern.

Petra bemerkte bei einem großen Mädchen, das schon aufstehen durfte, eine Neigung, mit kleineren Kindern umzugehen. Dieses Mädchen hatte eine sanfte mütterliche Art, mit den Kindern zu reden und ihre kleinen Streitigkeiten zu schlichten. Es hieß Karin, hatte große braune Augen und, in merkwürdigem Gegensatz dazu, blondes Haar.

Petra erzog sich Karin zu ihrer Helferin. Sie lobte sie wegen ihrer freundlichen Art und bat sie, ihr behilflich zu sein. Die Zwölfjährige, die Petra im geheimen verehrte wie die meisten Mädchen in Hause, fühlte sich geschmeichelt und beglückt. Sie hatte ein ausgesprochenes Geschick für kleine Handfertigkeiten – viel mehr als Petra selbst, wie diese lachend zugab. Karin konnte die niedlichsten Dinge aus Papier ausschneiden: tanzende Puppen, Häuser und Kirchen. Sie machte aus Eicheln und Kastanien kleine Puppengeschirre mit Kaffeekännchen, Zuckerdosen und Tassen.

Wenn Petra sich mit den größeren Kindern beschäftigte, saß Karin nun oft an den Betten der Kleinen, zeigte ihnen, wie man Papierschiffe faltete, wie man aus einer Postkarte Schachteln machte und wie aus einem quadratischen Papierstück ein richtiger Ozeandampfer entstand.

Durch Karin kam Petra auf die Idee, daß Bodo, der ebenfalls gern bastelte, ein ganzes Dorf aus Streichholzschachteln fabrizieren könne. Sie besorgte eine große Pappscheibe, die auf den Bettisch des Jungen gelegt wurde. Auf diese Scheibe klebte Bodo nach und nach das ganze Dorf. Es dauerte viele Wochen, bis das kleine Kunstwerk fertig war mit allem, was dazugehörte: buntbeklebte Häuschen, eine Eisenbahn, ebenfalls aus alten Streichholzschachteln, mit Rädern aus Papier, ein Dorfteich aus einem runden Spiegelchen, auf dem Enten und ein winziger Schwan schwammen, Bäume, Buschwerk und zuletzt kleine Menschen: Sie bestanden aus Paketknebeln, die auf einen Holzknopf geklebt wurden. Zwei Arme aus Streichholzstückchen, ein Papierhut – und schließlich wurde das Ganze mit Lackfarbe bemalt.

Bodo arbeitete mit Feuereifer an seinem Dorf. Die Depression, die ihn in ziemlich regelmäßigen Abständen unweigerlich befiel, dauerte zum erstenmal nur einen einzigen Tag, weil der Gedanke an sein Dorf ihn aus dem Trübsinn herausriß.

Natürlich ging bei den Kranken alles viel langsamer als bei gesunden Kindern. Viele von ihnen, so auch Bodo, durften sich nicht aufrichten und mußten alles auf dem Rücken liegend tun. Das war anstrengend, und dem mußte Rechnung getragen werden. Es war nicht ganz leicht, die richtige Grenze zu ziehen – zu erkennen, wo eine Überanstrengung zu befürchten war. Denn hatte eines der Kinder eine Arbeit begonnen, so war es meistens mit großem Eifer dabei und wollte ungern aufhören. Aber Petra bekam nach und nach einen guten Blick dafür, wann die Augen matt wurden und die kleinen Hände immer öfter ausruhen mußten.

„So, nun darfst du noch fünf Minuten weitermachen“, sagte sie wohl. Danach war unerbittlich Schluß. Zuerst lehnten sich die Kinder dagegen auf, aber damit kamen sie bei Petra nicht weit. Sie wußte zu gut, daß Unentschlossenheit des Erwachsenen auf Kinder eine schlechte Wirkung hat. Sie war in kleinen Dingen nachgiebig, ließ sich erbitten, aber wenn sie fest und freundlich etwas bestimmt hatte, so blieb sie auch dabei. Das gab den Kindern Halt, es bewahrte sie davor, nörgelig und unzufrieden zu werden, denn sie wußten, daß es ihnen doch nicht das geringste nützen würde.

Petra erreichte auf diese Weise, ohne es je auszusprechen, daß sich die Kinder zusammennahmen, daß sie lernten, diszipliniert zu sein. Das schien bei kranken Kindern fast noch wichtiger als bei gesunden. Ihre mitleiderregende Lage konnte leicht dazu verführen, ihnen an unrechtem Platze nachzugeben. Da Petra aber von jeher gemerkt hatte, daß ein ungezogenes Kind sich selbst in seiner Haut nicht wohl fühlt, erwies sie auch den kranken Kindern die Wohltat, sie mit einer gewissen Frische und Sachlichkeit anzufassen, mit einer Haltung, die zu sagen schien: Ich benehme mich gegen dich anständig und erwarte es von dir genauso! Worte waren dazu kaum nötig. Gab in den ersten Wochen eines der Kinder eine ungezogene Antwort oder wollte sich ihr widersetzen, so hatte Petra eine Art, es anzusehen, die halb ungläubig und halb lächelnd war: Ich habe mich wohl geirrt, und du hast dich wohl auch geirrt – so gehen wir beide doch nicht miteinander um! Es war etwas an Petra, das die Kinder einfach zwang, sich gut zu benehmen. Und da diese Strenge sich stets in warmherziger und gütiger Form äußerte, hatte sie eine starke und glückliche Wirkung auf die Kinder.

Die Hochberger Puppenspieler hatten Petra auf den Gedanken gebracht, selbst Kasperletheater für die Kleinen zu spielen. Aus Bett, Tischen und Wolldecken wurde ein Theater erbaut, und die Puppen der Kinder dienten als Kasperlefiguren. Karin fabrizierte nach Petras Angaben aus grünem Stoff und Watte ein Krokodil mit aufgeklebten fletschenden Zähnen. Einer Puppe wurde ein Kopftuch ungebunden: Sie wurde zu Kasperles Großmutter. Und einem Puppenjungen zog Petra einen weißen Kittel an: Er sollte Professor Amelung vorstellen. Irmchens Petz war zum größten Stolz der Kleinen Kasperles guter Freund, der eine Menge toller Dinge unternahm. Kasperle selbst war eine Schlenkerpuppe; Frau Amelung hatte sie für eines der kleinen Mädchen gearbeitet. Etwas von Frau Amelungs heiterer Natur schien in dem Gesicht des Schlenkerfritz zu liegen.

Nun war Petra ja weder schauspielerisch begabt, noch waren diese Puppen richtige Kasperlepuppen. Aber das Gelächter, das durch den Spielsaal schallte, als Petra ihr Puppentheater in Szene setzte, war mindestens so herzlich wie das im Saal von „Friedrichs Hotel", als die berühmten Puppenspieler ihre Stücke aufführten.

Zum erstenmal machte Petra an einem Regennachmittag im Juni Theater. Die jüngeren Bettkinder wurden in den Spielsaal geschoben. Da lagen sie nun, mit roten, heißen Backen, die Spielkinder saßen neben ihnen, und mit ungeheurer Freude wurde Schlenkerfritz begrüßt, als er mit „Tri-tra-trallalla!" vor dem Bett-Tisch-Theater erschien.

Petra hatte Temperament und Phantasie genug, um verschiedene Stimmen zustande zu bringen. Sie mischte allerlei Kleinigkeiten in das Stück hinein, die aus dem täglichen Leben der Kinder genommen waren und ihnen deshalb, in veränderter Form, interessant erschienen. Sie ließ Schlenkerfritz mit seinem Freund Petz zu

Professor Amelung kommen, da beide Freunde gräßliche Schmerzen im Fuß hatten. Sie bestanden darauf, geröntgt zu werden. Zum Jubel der Kinder wollten sie aber nicht ihre Schuhe ausziehen, da sie vergessen hatten, sich nach dem Wattlaufen die Füße zu waschen. Als die Füße geröntgt wurden, stellte sich heraus, daß Petz einen Stein und Schlenkerfritz einen Reißnagel im Schuh hatte.

Das Krokodil mit den fletschenden Zähnen wurde vorschriftsmäßig getötet, nachdem es vergeblich versucht hatte, Unheil anzurichten. Petra hatte zwar das Gefühl, ihr Geheul sei nicht halb so wundervoll gewesen wie das im Saal des Hotels, aber ihre Zuhörer waren überaus begeistert, und Petra hatte soviel Beifall, wie ihn sich ein Schauspieler von seinem Publikum nur irgend wünschen kann.

Auch bei den größeren Kindern fand sie bald heraus, womit man sie beschäftigen konnte. Da war zunächst Marianne. Sie beklagte sich nie, las unzählige Bücher, träumte gern und wartete im übrigen auf die Augenblikke, die ihr und Petra gehörten. Marianne lag allein in einem Zimmer und war froh darüber. Niemand störte sie, wenn Petra bei ihr war. An den warmen Tagen – und es gab viele davon in diesem Sommer – ließ sie sich in die Dünen hinausschieben.

So geduldig Marianne auch war, Petra hatte doch das Gefühl, in dem Mädchen lebe eine leidenschaftliche Sehnsucht. Durch ihre Gespräche erfuhr sie von Mariannes Liebe zur Musik, von ihrem größten Wunsch, einmal Musik zu studieren und Geigerin zu werden. Marianne äußerte mehrmals, wie traurig es sei, nicht im Liegen Geige spielen zu können. „Das vermisse ich so sehr, Petra! Manchmal meine ich, ich müßte einfach aufspringen und wieder umhergehen, nur um Geige spielen zu können."

Petra dachte darüber nach. Sie fragte Professor Amelung, ob es Marianne schaden könne, im Liegen Flöte zu spielen. Professor Amelung war selbst musikalisch. Petra hörte manchen Abend sein Spiel aus dem Wohnzimmer dringen, wo er auf dem Flügel Bachsche Präludien und Fugen spielte. Er hatte nichts gegen Petras Plan einzuwenden. „Im Gegenteil", sagte er. „Es ist nur gut, wenn der kranke Mensch etwas hat, was ihm Auftrieb gibt. Und was wäre dazu geeigneter als die Musik oder die Ausübung irgendeines Talents?"

Petra bat Frau Amelung um die Adresse von Mariannes Eltern und schrieb ihnen einen Brief. In höflicher Weise setzte sie ihnen auseinander, was sie beobachtet hatte, erzählte ihnen von ihrer Freundschaft mit Marianne und fragte an, ob es möglich sei, für ihre Tochter eine Flöte zu beschaffen.

Die Antwort ließ nicht lange auf sich warten. Fünf Tage später erhielt Petra ein Paket, in dem eine Flöte für Marianne war, eine kostbare F-Altflöte in einem mit rotem Samt ausgelegten Kasten. Eine Schule zur Selbstanleitung lag auch dabei.

Petra stiegen Freudentränen in die Augen, als sie den Brief las. Ach, solche Eltern zu haben! Wie reich war Marianne trotz allem.

Mariannes Eltern schrieben, wie sehr sie von Petras Freundschaft zu ihrer Tochter beglückt seien, und es mache sie froh, Marianne über die Einsamkeit und Eintönigkeit des langen Krankenlagers hinweghelfen zu könne.

Als Petra die Flöte in Mariannes Hände legte, leuchteten die Augen des Mädchens vor Seligkeit.

Bald drangen einfache Melodien aus Mariannes Zimmer.

Manches Mal blieb eine der Schwestern stehen, oder Dr. Hoffmann und Frau Amelung lauschten, wenn sie eilig über die Flure der Krankenabteilung gingen. Professor Amelung saß einen Abend lang an Mariannes Bett, hörte ihr Spiel an und ließ sich alles erklären, nahm die Flöte auseinander und setzte sie wieder zusammen.

Marianne machte rasch Fortschritte, sie war ungewöhnlich musikalisch. Was in ihr an unbewußter Sehnsucht lebte, klang auf in den sanften Tönen der Flöte. Viele der kleinen Kranken lauschten Mariannes Spiel, wie kaum ein gesundes Kind ihm gelauscht hätte. Petra aber fühlte den Wunsch, zu träumen, wenn sie von ferne die Flöte hörte.

Susanne besorgte durch Götz Noten für Marianne. Götz hatte Erfahrung mit der F-Flöte, er spielte sie selbst. Er wußte am besten, nach welchen Schwierigkeitsgraden das Spiel aufgebaut werden mußte, und schickte Noten, die Stufe für Stufe weiterführten.

Marianne übte jeden Tag. An einem einzigen Lauf konnte sie so lange üben, daß die Haushälterin Luise den Kopf schüttelte und in stummem Erstaunen die Augen zum Himmel richtete. „Wie kann man das nur aushalten! Oh, was für eine Strafe wäre es für mich, wenn ich das lernen sollte!“ rief sie. Marianne legte die Flöte hin und lachte. Sie lachte, wie sie lange Zeit nicht mehr gelacht hatte, so frei und froh fühlte sie sich. Dann übte sie weiter. Sie fand keine Ruhe, bis jeder Lauf, jede Verzierung bis ins kleinste ausgefeilt war – und sie ruhte in angenehmer Erschöpfung aus, wenn die ihr zugebilligten Übungsstunden beendet waren.

Kürzlich war sie geröntgt worden. Die Aufnahmen hatten ergeben, daß sich die Hüftgelenkentzündung weitgehend zurückgebildet hatte. Noch kurze Zeit im Streckverband, dann sollten die ersten Gehversuche gemacht werden.

Marianne hatte in ihrer Freude das Gefühl, das alles sei durch Petra gekommen und ihr Leben hätte einzig durch sie diese Veränderung zum Guten erfahren. „Du hast mir Glück gebracht, Petra", sagte sie und hielt die Hand der großen Freundin fest.

„Ach wo!" sagte Petra.

Karl-Heinz war das Sorgenkind des Hauses. Die Ursache seiner Krankheit war ein Unglücksfall. Als zehnjähriger Junge war er mit seinen beiden Brüdern in wildem Spiel über die Betten gesprungen und dabei so heftig gegen die Bettkante geprallt, daß die Kniescheibe verletzt wurde. Ein jahrelanges Krankenlager folgte, das der lebhafte Junge schwer ertrug. Karl-Heinz war heute noch so ungeduldig wie am ersten Tag. Er mochte nicht lesen, nicht arbeiten, und der von Natur aus fröhliche und schelmische Junge konnte ganz verdrießlich und schwermütig werden, wenn er an warmen Tagen die Spielkinder umhergehen sah, während er selbst still liegen mußte.

Petra, die schon mehrere Kinder zum Lesen angeregt hatte und in der Bücherei des Pavillons mit Susannes Hilfe Bücher für sie aussuchte, fand für Karl-Heinz kaum ein Buch, das ihn wirklich fesselte. Er mochte nicht jeden Tag lesen. Trotz seiner langen Krankheit sehnte er sich nach Tätigkeit und Abenteuern, die er selbst erleben konnte. Das Lesen über Menschen, die solche Abenteuer erlebten, genügte ihm nicht. Es gab immer wieder Stunden, in denen er vor Langeweile gereizt und unglücklich war und nichts mit sich anfangen ließ.

Eines Tages sagte Petra: „Karl-Heinz, Friedchen hat mir erzählt, daß du so gut zeichnen kannst. Willst du das nicht mal ernsthaft betreiben?"

„Rollschuhlaufen wäre mir lieber", knurrte Karl-Heinz.

„Ja, das glaube ich dir. Du wirst es ja auch später wieder können."

„Ich? Das glauben Sie doch selbst nicht!"

„Professor Amelung sagt es dir immer wieder. Wenn du die Geduld aufbringst, noch ein Jahr stillzuliegen, kannst du ganz und gar gesund werden. Ich würde es mal versuchen, Karl-Heinz! Das lohnt sich doch!"

„Ich will es ja auch", sagte der Junge kleinlaut. „Aber wenn es so langweilig ist ..."

„Dann vergißt du deine guten Vorsätze wieder und hopst im Bett herum, nicht wahr?" Petra lachte.

„Es ist aber auch immer so langweilig! Da kann man eben nichts machen."

„Kann man da wirklich nichts machen?" fragte Petra. „Jeder hat etwas, was er gern tun möchte und nicht kann. Was meinst du, was ich darum gäbe, wenn ich so gut Flöte spielen könnte wie Marianne."

„Es ist manchmal nicht auszuhalten, das stundenlange Gedudel", knurrte Karl-Heinz.

„Oder wenn ich so zeichnen könnte wie du. Aber ich kann es eben nicht. Und deshalb tu' ich die Dinge, die ich tun kann. So mußt du es auch machen, dann wird dir die Zeit nicht mehr so lang."

„Sie haben gut reden", sagte der Junge. Ein Schatten von Gram ging über sein Gesicht.

Petra hatte den wilden Bengel gern und hätte ihm am liebsten übers Haar gestrichen. Er hat recht, dachte sie, ich habe gut reden! Sie sagte sanft: „Es hilft nichts, wenn wir uns ständig nach dem sehnen, was wir nicht haben können. Davon wird man nicht klüger und nicht glücklicher. Man vertrödelt nur seine Zeit damit. Denk doch einmal daran, wie viele Menschen es gibt, denen es noch viel schlechter geht als dir. Zum Beispiel die Kriegsverletzten. Manche haben beide Arme oder Beine verloren, oder das Augenlicht. Das ist schlimmer als das, was du jetzt erlebst! Und doch bringen diese Männer noch die Kraft auf, etwas zu leisten, sich umzustellen. Sie lassen eben nicht die Ohren hängen, obwohl sie sicher fürchterliche Stunden durchmachen müssen. Stunden, von denen wir bei allerstärkster Phantasie keinen Begriff haben. Aber diese Männer denken daran, was sie noch an Kraft haben, und daraus machen sie etwas."

„Ich kann es mir vorstellen, was es bedeutet", murmelte der Junge. „Mir geht es ja selbst so."

„Nein, du kannst es dir auch nicht vorstellen. Mach doch nur fünf Minuten lang die Augen zu und denke, du könntest sie nie wieder aufmachen ... Und du? Du hast deine gesunden Hände, Karl-Heinz, du kannst sehen und darfst sogar im Bett sitzen, was viele Kinder hier nicht können. Du würdest so vieles zustande bringen, wenn du nur wolltest! Und dann könntest du deiner Mutter mal etwas anderes schreiben als: Wie geht es dir? Hier ist es langweilig wie immer ..."

„Na, ganz so dämlich schreibe ich ja nun nicht", unterbrach Karl-Heinz und lachte.

Auch Petra lachte.

„Nein, natürlich nicht – entschuldige. Aber ich meine, wenn du deinen Eltern mal schreiben könntest: Ich freue mich jetzt auf die Zeit, wenn ich wieder gesund bin, und inzwischen will ich irgend etwas Vernünftiges unternehmen, damit die Zeit nicht verloren ist. Ich fände es jedenfalls männlicher und tapferer, als immer nur gegen dich selbst zu wüten und zu sagen: Ich kann ja doch nichts, es hat alles keinen Sinn."

Petra stand auf, nickte Karl-Heinz zu und sagte: „Ich muß schleunigst zu Professor Amelung, ich soll um fünf bei ihm sein. Wiedersehen, Karl-Heinz! Denk doch mal darüber nach, ja?" Sie wußte, daß Karl-Heinz jetzt allein sein mußte.

Am gleichen Abend sagte Schwester Mira nach dem Essen zu Petra: „Karl-Heinz läßt Sie fragen, ob Sie noch einen Augenblick für ihn Zeit haben."

Petra ging in sein Zimmer. Er lag allein, aber bei ihm hatte es andere Gründe als bei Marianne. Teilte er mit anderen das Zimmer, so trieb er bis in die Nacht hinein Unfug und verführte die jüngeren Kinder zu irgendwelchen Streichen.

Karl-Heinz lag still da, als Petra eintrat. Es war ein wenig dämmrig, die Vorhänge waren schon zugezogen und dämpften die Helligkeit des Juniabends.

Petra setzte sich an das Bett des Jungen. „Na, Karl-Heinz? Schwester Mira sagte, ich sollte noch mal vorbeikommen. Ist irgend etwas?"

Ihre höfliche Art wirkte ermutigend auf den Jungen. Er hatte so halb und halb befürchtet, sie würde jetzt in balsamischem Ton fragen: „Hast du dir nun alles schön überlegt?“ Aber ihre Frage verpflichtete zu nichts!

„Och, nein“, sagte er. „Eigentlich nicht. Ich dachte nur, wir könnten uns noch einen Augenblick unterhalten.“

„Ja, das können wir. Hattest du ein schönes Abendessen?“

„Obstsalat und Kartoffelmus mit jungen Erbsen. Ganz prima! Ich hab’ mir noch was nachbringen lassen.“

„Bei uns gab’s dasselbe. Eigentlich haben wir es hier wunderbar, finde ich. Wenn du erst wieder aufstehen darfst, mußt du mich mal besuchen. Ich hab’ solch schönes Zimmer, man kann vom Fenster aufs Meer sehen. Ich bewirte dich dann auch.“

„Tatsache? Womit denn?“ fragte er interessiert.

„Na, Kuchen und Limonade vielleicht. Ja, und was machen wir bis dahin?“

„Wieso?“

„Ich meine, bis du mich besuchen kommst, bis du aufstehen darfst“, sagte Petra, um ihm auf den Weg zu helfen.

„Ja, ich dachte eigentlich ...“ Plötzlich wurde er eifrig. „Meinen Sie wirklich, daß meine Zeichnungen etwas taugen? Daß ich etwas lernen könnte?“

„Karl-Heinz, ich will dir was sagen: Ich bin kein Maler und kein Zeichner. Ich habe kein Urteil darüber. Aber deine Zeichnungen gefallen mir sehr gut! Und Friedchen, die selbst viel zeichnet, sagt das auch. Nun habe ich aber eine Idee!“

„Ja, und was?“ fragte er ungeduldig. Er richtete sich auf, soweit es ihm der Lederriemen erlaubte, mit dem er

Abend für Abend vor dem Schlafen festgeschnallt wurde.

„Warte, ich mach' dich los, solange ich hier bin!" Petra beugte sich herab, um den Lederriemen loszuschnallen. „So, nun kannst du dich noch einen Augenblick hinsetzen."

„Danke! Was für eine Idee also?"

„Ich kenne einen Maler. Er ist für einige Wochen hier auf Hoogensand. Ich werde ihm deine Zeichnungen zeigen. Und dann sage ich dir ganz ehrlich, was er dazu meint und was er dir rät. Soll ich?"

„Wann können Sie's ihm denn zeigen?" Das Gesicht des Jungen war gespannt.

„Heute abend. Ich gehe gleich hin!" sagte Petra, selbst überrascht von ihren Worten. „Und morgen komme ich noch vor dem Frühstück und sage dir Bescheid. Wo hast du die Zeichnungen?"

„Sie sind im Schrank – da hinten. Ich glaube, im untersten Fach."

„Gute Nacht, Karl-Heinz. Komm, jetzt muß ich dich wieder festmachen. Schlaf gut und freu dich! Wir werden sicher etwas finden für dich."

„Gute Nacht, Petra! Eigentlich ist es furchtbar nett, daß Sie ..." Er brach verlegen ab. „Warum tun Sie das eigentlich für mich?"

„Ich mag dich nun mal leiden", sagte Petra lachend und gab ihm die Hand. „Bis morgen, Karl-Heinz."

„Kann ich Sie noch etwas fragen?" Er sagte es zögernd, fast scheu.

„Ja, natürlich." Petra setzte sich noch einmal zu ihm. Es war nun so dunkel im Zimmer, daß sie sein Gesicht kaum mehr erkennen konnte.

„Es ist ... Finden Sie, daß man ... Nein, ich will Ihnen jetzt sagen, was Schwester Lonni einmal gesagt hat.“

„Was hat sie denn gesagt?“

„Och ... sie sagte mal zu mir, ich hätte selber schuld, daß ich krank geworden bin. Im Grunde wäre das etwas, womit ich jetzt bestraft würde. Finden Sie das auch?“

Petra überlegte blitzschnell. Durfte sie Lonni bloßstellen? Mußte sie mit den Erwachsenen um jeden Preis zusammenhalten? Nein, das wäre falsch. Sie durfte nicht den Anschein erwecken, als sei jeder Erwachsene unfehlbar. Karl-Heinz war ein Kind, in dem noch so viele Möglichkeiten schlummerten. Er fand sich nicht zurecht im Dunkel seines Daseins. Aber Schwester Lonni hatte mit ihren Worten gedankenlos, gleichgültig und schlecht gehandelt.

„Das ist ein großer Unsinn!“ sagte sie. „Du hast Pech gehabt, das ist alles. Wenn alle Dummheiten auf diese Weise bestraft würden, hätte wohl kein Mensch mehr auf Erden heile Gliedmaßen.“

Karl-Heinz lachte so herzlich, daß Petra einstimmte. Aber eigentlich war ihr nicht nach Lachen zumute. Wahrscheinlich hatte der Junge über seine „Sünde“ und „Strafe“ lange Zeit nachgegrübelt – hätte er sie sonst heute abend danach gefragt? Es war unheimlich, welchen Einfluß ein einziger Mensch ausüben konnte, wieviel Macht ihm im Guten und im Bösen über andere Menschen gegeben war.

„Natürlich“, sagte Karl-Heinz erleichtert. „Ich war wirklich wild, das muß ich zugeben.“

„Das ist jeder richtige Junge“, tröstete Petra. „Und Mädchen sind es manchmal auch. Auf wieviel Bäume bin ich geklettert, obwohl man es mir verboten hatte, wieviel Treppengeländer bin ich hinuntergerutscht. Dafür hätte ich wohl nach Schwester Lonnis Meinung zehn Jahre lang zur Strafe im Bett liegen müssen!"

Wieder lachten sie beide.

„Nun mach dir keine Sorgen, mein Junge! Du wirst wieder gesund, Gott sei Dank! Und jetzt werde ich mich mit deinen Zeichnungen auf den Weg machen."

„Kommen Sie bestimmt vor dem Frühstück zu mir?"

„Ich verspreche es dir. Gute Nacht!"

Das Unglaubliche, was Susanne erlebt hatte, fing so an:

Eines Morgens sah sie eine lärmende und lustige Gesellschaft junger Mädchen und Männer durch den Garten zu „Friedrichs Hotel" gehen. Sie waren wohl gerade mit der Inselbahn angekommen. Die Diener und Hotelboys schleppten Koffer und Taschen, der Hoteldirektor stand unter der Eingangstür und verbeugte sich. Susanne sah es flüchtig, während sie ihren Pavillon aufschloß, und dachte bald nicht mehr daran.

Ein Kurgast fragte sie im Laufe des Tages, ob sie abends in die Aufführung von „Romeo und Julia" gehe. In „Friedrichs Hotel" würde Theater gespielt – im gleichen Saal, wo die Hochberger Puppenspiele stattgefunden hatten.

Susanne hatte nicht auf die Plakate geachtet, die eine Aufführung ankündigten. „Romeo und Julia!" Natürlich wollte sie hingehen! Aber allein? Schöner wäre es mit Petra zusammen.

Während der Mittagspause ging sie zur Kinderheilstätte hinunter, um Petra zu treffen. Aber es stellte sich heraus, daß Petra keine Zeit hatte.

Die Vorstellung begann um neun Uhr. Susanne

schloß diesmal ausnahmsweise schon um halb neun ihren Pavillon, um einen guten Platz zu bekommen. Sie hatte dafür die Mittagspause um eine halbe Stunde verkürzt. Der Oberkellner, der zu den Kunden der Leihbücherei gehörte, wollte ihr einen guten Platz reservieren, wenn sie pünktlich um Viertel vor neun da wäre. Susanne kam pünktlich.

Sie glaubte, es handle sich um eine Liebhaberaufführung, merkte aber bald, daß ausgezeichnet gespielt wurde, und da sie „Romeo und Julia" mehr liebte als jedes andere Drama, wurde Susanne mehr und mehr verzaubert. Romeos leidenschaftliches Spiel begeisterte sie so sehr, daß sie anfing, die Person des jungen Schauspielers mit dem Helden des Stückes zu verwechseln. Sie weinte heimlich Tränen, als das Drama sich dem unheilvollen Ende zuneigte, und wußte nachher kaum, wie sie aus dem Saal gekommen war.

Sie ging durch die Hotelhalle, die Tür zum Speisesaal stand offen. Schneeweiß gedeckte Tische mit kleinen rotbeschirmten Lampen standen an den Wänden entlang, elegant gekleidete Menschen gingen über die weichen Teppiche, Kellner mit silbernen Tabletts liefen umher.

Susannes Verzauberung hielt an. Eine nie gekannte Sehnsucht ergriff sie, ein Wunsch nach Schönheit, nach den Freuden und Annehmlichkeiten des Lebens. Ach, es mußte herrlich sein, elegant gekleidet zwischen all den frohen und reichen Menschen umherzugehen. Diese Gedanken gingen halb unbewußt durch Susannes Sinn, als sie durch die Hotelhalle schritt.

Draußen umfing sie weiche Luft. Susanne sah sich noch einmal um: Die rot abgeschirmten Lämpchen schimmerten durch die breiten Fenster des Speisesaales, und die behaglichen, blumengeschmückten Ecken weckten erneut die Sehnsucht in ihr, dort sein zu können, teilzunehmen an dem glücklichen Leben, das in einem solchen Haus herrschen mußte.

Als sie in ihr Zimmer kam, hatte sie keine Lust, das Abendbrot zu essen, das Frau Jensen ihr hingestellt hatte. Sie zog sich aus, kroch aber erst ins Bett, nachdem sie noch eine Weile in die dunkle Nacht hinausgestarrt hatte. Sie lag lange Zeit schlaflos. Wieder fühlte sie Sehnsucht, heftige Sehnsucht – wonach? Sie wußte es nicht, jedenfalls nicht genau. Sie wollte plötzlich mit aller Kraft schön sein, reich sein, glücklich sein. Sie sehnte sich nach etwas Großem, Unbeschreiblichem, für das sie keine Worte fand und das sie mit einer schmerzlichen Unrast erfüllte.

Schließlich überwältigte sie die Müdigkeit. Als sie erwachte, war es, als seien ihre seltsamen Gedanken und Wünsche von gestern verflogen. Sie aß mit Appetit ihr Frühstück und dachte an die gestrige Aufführung, an die zarte Erscheinung der Julia, an das leidenschaftliche Spiel Romeos. Sie wollte Götz davon berichten, heute abend wollte sie ihm einen langen Brief schreiben. Fröhlich wie sonst machte sie sich auf den Weg zum Pavillon. Im hellen Sonnenlicht hatte „Friedrichs Hotel“ nicht mehr den geheimnisvollen Reiz von gestern abend.

Sie hatte an diesem Morgen ziemlich viel zu tun. Die Hauptsaison brachte eine Menge Menschen nach Hoogensand.

Um ein Uhr schloß sie die Tür der Buchlandlung ab, um nach Hause zu gehen. Als sie sich umdrehte, stand ein junger Mann vor ihr.

„Wird schon geschlossen?“ fragte er.

„Ja, leider“, sagte Susanne und lächelte.

Plötzlich durchfuhr es sie – sie kannte diesen Mann! Der Romeo von gestern abend stand vor ihr.

„Und Ausnahmen werden nicht gemacht?“ fragte er mit einem Blick, der Susanne in neue Verwirrung stürzte.

Sie wußte selbst kaum, was sie antwortete und lächelte verlegen. „Ach doch, gern“, sagte sie ungeschickt. Nun war er es, der lächelte.

Sie schloß die Tür auf, und er folgte ihr in den kleinen Raum.

„Was möchten Sie haben?“ fragte sie. „Wollen Sie ein Buch – oder?“

Er hatte sich auf den Hocker gesetzt, der vor den Bücherregalen stand. Den Ellbogen aufs Knie, das Gesicht in die Hand gestützt, sah er sie belustigt an. „Wie kommen Sie nach Hoogensand?“ fragte er, statt ihre Frage zu beantworten. Da sie nicht schnell genug antwortete, schüttelte er den Kopf und wiederholte: „Wie kommen Sie hierher? Ein solches Mädchen auf dieser gottverlassenen Insel!“

Endlich hatte Susanne ihren Verstand und damit ihre Sprache wiedergefunden. „Warum sollte ich nicht hier sein?“ fragte sie belustigt. „Es ist schön hier.“ Es sollte abweisend klingen, aber es klang nur schüchtern.

Ihre kindliche Art schien ihn zu entzücken. „Ja, geben Sie mir etwas zu lesen, was haben Sie denn da? Es darf nicht langweilig sein“, sagte er.

Nun war Susanne in ihrem Element. Sie schlug vor, zog Bücher heraus, reichte sie ihm und sah ihn fragend an. Er nahm die Bücher und sah immer nur Susanne an.

„Ja, ja, geben Sie mir dies mit.“ Er legte ein Buch auf den Tisch. „Sagen Sie mir eines: Wie heißen Sie?“

„Susanne“, flüsterte sie und errötete im nächsten Augenblick. „Susanne Burkhardt“, sagte sie hastig und verlegen, wandte sich den Büchern zu und ordnete sie ein.

„Susanne!“ wiederholte er. „Ja, das paßt! Susanne ...“

„Und Sie sind Theo Schellbach“, sagte sie lächelnd. „Soviel weiß ich aus dem Programmzettel. Ich war gestern in der Aufführung.“

„So, Sie waren da. Und hat es Ihnen gefallen? Der Saal ist denkbar ungeeignet, fanden Sie nicht auch? Die Akustik ...“

Davon wußte Susanne nichts. „Es war herrlich!“ sagte sie und ärgerte sich, daß ihr nichts anderes einfiel.

„Sind Sie von hier – ich meine, von der Insel?“ fragte er. „Nein, nicht wahr?“

„Ich bin nur für ein paar Monate hier“, sagte Susanne zurückhaltend, „solange die Saison dauert.“

„Ach, und da sind Sie ... hier in diesem ... “ Er sah sich in dem kleinen Laden um und machte keinerlei Miene, wieder aufzustehen.

„Ich werde Buchhändlerin“, erklärte Susanne.

Das Ende war, daß Theo Schellbach Susanne nach Hause brachte, wo Frau Jensen sie schon seit geraumer Weile zum Mittagessen erwartete. Sie verabredeten, abends miteinander zu tanzen. Theo Schellbach wollte Susanne kurz nach neun Uhr in der Bar von „Friedrichs Hotel“ erwarten.

So hatte es angefangen. Und Susanne hatte, im warmen Sand neben Petra liegend, nicht begriffen, daß der Schauspieler sich für sie interessierte. Er, Theo Schellbach, dessen Name auf Litfaßsäulen und in Zeitungen stand, der ständig mit schönen und berühmten Schauspielerinnen zusammen war, der nur zu wählen brauchte unter den Mädchen ...!

Bevor sie zu ihrem Laden zurückging, machte sie sich sorgfältig zurecht und überlegte, welches Kleid sie anziehen sollte. Ach, es gab nicht viel Auswahl: das weiße Leinenkleid mit dem roten Lackgürtel oder das weiße mit dem blauen Oberteil, das sie vor längerer Zeit aus einem Bettuch geschneidert hatte. Zum Tanzen war es besser geeignet. Als sie es anzog, kam ihr der Gedanke, daß sie ein zartfarbenes oder schwarzes Abendkleid brauchen könnte.

Der Nachmittag verging ihr heute langsam. Sie hatte Frau Jensen gesagt, daß sie nicht zum Abendbrot käme, und hatte den Hausschlüssel mitgenommen. Ungeduldig wartete sie, daß die Zeit vergehe, und ertappte sich, wie sie alle drei Minuten nach der Uhr sah. Sie wollte lesen, solange niemand kam, aber die Worte glitten an ihr vorbei, sie erfaßte ihren Sinn nicht. Um Viertel vor neun begann sie fieberhaft zusammenzupacken. Sie räumte die Zeitschriften fort, schloß das Geld und die Leihkarten ein. Hoffentlich kam nicht noch ein verspäteter Kunde.

Als eine Minute vor neun die beiden alten Damen eintraten, die ihr neulich Schokolade mitgebracht hatten, fühlte sich Susanne den Tränen nahe.

„Wir wollen uns nur von unserer lieben kleinen Freundin verabschieden“, sagten sie. Ihr Urlaub war zu Ende, morgen in aller Frühe ging das Fährschiff.

Susanne brachte es nun doch nicht fertig, ein ungeduldiges Gesicht zu zeigen. Die beiden alten Damen waren immer so nett zu ihr gewesen. Sie nahm sich zusammen, erkundigte sich freundlich, ob die Kur geholfen hätte, und hörte bald teilnehmend, bald zitternd vor unterdrückter Ungeduld den ausführlichen Bericht der beiden an. Nein, es sei leider nicht ganz so geworden, wie man gehofft hatte, aber schön sei es doch gewesen auf Hoogensand, und dies hier sollte Susanne nun zum Abschied haben, weil sie ein so liebes Mädchen sei.

Susanne hielt gerührt und beschämt ein Päckchen in der Hand, das sie erst „zu Hause" auspacken sollte.

Als die alten Damen gegangen waren, rannte Susanne im Sturmschritt zum Hotel hinüber. Sie betrat die Halle, sah sich schüchtern nach dem Eingang zur Bar um und stieg die Treppe mit dem Gefühl hinunter, noch nie im Leben so aufgeregt gewesen zu sein. Gedämpfte Musik, Stimmen und Gelächter schollen ihr entgegen, als sie in der Garderobe ihren Mantel abgab. Sie wagte kaum, sich im Spiegel anzusehen. Würde sie lächerlich wirken in ihrem Bettuch-Kleid? Plötzlich ergriff sie eine heftige Sehnsucht nach Petra.

Dann betrat sie den niedrigen Barraum. Auf einer kleinen Tanzfläche drehten sich einige Paare. Die Beleuchtung war gedämpft. Rote Polster, Ecksofas, kleine runde Tische ... Irgendwo erhob sich ein Mann und kam auf sie zu. Es war Theo Schellbach.

Lächelnd gab er ihr die Hand. „Susanne! Sie sehen aus wie ein Traum!" Er brachte sie zu seiner Gesellschaft, die an ein paar zusammengerückten Tischen saß und den Raum mit lautem Reden und Lachen füllte.

Susanne erschien dies alles nicht wirklich. Es mußte ein Traum sein, daß sie neben einem berühmten Mann durch eine Bar ging, daß sie von einer Schar junger und älterer eleganter Leute begrüßt wurde, daß sie etwas trank, das süß und brennend durch ihre Kehle rann, und daß sie in Theo Schellbachs Armen einen Tango tanzte. Die ganze Zeit hatte sie das Gefühl, nicht sie selbst zu sein ...

Mit schüchterner Bewunderung betrachtete sie die Menschen, mit denen sie an einem Tisch saß. Sie erkannte in einem der Mädchen Julia wieder, und sie wünschte sich heftig, auch so schwarzes Haar und ein solch wundervolles Abendkleid zu besitzen.

Theo Schellbach wurde von seinen Kollegen „Ted" genannt. Er erzählte Susanne, sie seien seit drei Wochen unterwegs auf Tournee. Morgen nachmittag würden sie abfahren, um ihre Gastspielreise fortzusetzen. Sie hätten noch in mehreren Badeorten an der Küste zu spielen. Aber das dauere nur acht Tage. Dann käme er wieder, nicht mit diesen Schauspielern, sondern mit einer Filmgesellschaft. Es sollten auf Hoogensand Außenaufnahmen gedreht werden. Es sei gut möglich, daß sich die Filmerei wochenlang hinziehe – er hoffe es!

Theo Schellbach hatte schwarzes lockiges Haar, eine kräftige Gestalt und Augen, die Susanne zärtlich ansahen. Sie konnte diesen Augen nicht widerstehen und ebensowenig seiner Stimme.

Wenn er sprach, glaubte sie, Romeo zu hören. Hinter all seinen Worten schien eine tiefere Bedeutung versteckt zu sein. Und einmal – beim Tanzen – strich er zart über ihre Hand. War es Absicht? Susanne wußte es nicht. Sie wußte nur, daß sie verzaubert war ...

Als Schellbach sie nach Hause brachte, sagte er zwischen zwei gleichgültigen Sätzen, ohne die Stimme zu heben: „Wissen Sie, daß Sie das schönste Mädchen sind, das mir je begegnet ist?“

Er verabschiedete sich an Jensens Gartenpforte und versprach, morgen früh das entliehene Buch zurückzubringen. Dann beugte er sich über Susannes Hand und küßte sie.

In dieser Nacht lag Susanne lange wach. Sie wurde nicht müde, sich die Worte zu wiederholen, die Theo Schellbach zu ihr gesagt hatte, und sie glaubte, dabei seine Stimme zu hören. Das Leben war verändert. Was war nur geschehen?

Am nächsten Morgen war Susanne so zerstreut, daß einige Kunden sie verwundert ansahen.

Susanne wartete. Sie wußte, daß heute ganz früh eine Fähre gegangen war und daß nachmittags um drei Uhr noch eine fuhr. Theo Schellbach mußte also die Inselbahn benutzen, die etwa zwanzig vor drei abfuhr. Das fiel in ihre Mittagspause. Wenn er nicht bald kam, sah sie ihn nicht mehr. Sie trat einige Male vor den Pavillon und blickte unruhig zum Hotel hinüber.

Um eins gab sie die Hoffnung auf. Er war nicht gekommen. Langsam packte sie die Zeitschriften und Hefte fort, die auf dem Gestell vor dem Pavillon auslagen.

Um Viertel nach eins ging sie nach Hause. Sie warf den Kopf ein wenig zurück. Was war in sie gefahren, daß sie hier saß und wartete! Sie wollte nicht mehr an all das denken! Sie wollte nach dem Mittagessen in ihr Zimmer gehen und einen Brief an Götz schreiben!

Frau Jensen fragte nicht, warum Susanne wieder zu spät zum Essen kam. Aber Susanne fiel es schließlich selbst auf, daß keiner der Gäste mehr anwesend war. Nur Herr Jensen saß auf dem Korbsofa und rauchte seine Pfeife. Susanne entschuldigte sich ein wenig verlegen, denn die Mittagsruhe der alten Frau wurde durch ihr spätes Kommen verkürzt. Aber Frau Jensen lächelte ihr zu, ging mit hastigen Schritten aus und ein und brachte Suppe, Gemüse und Nachtisch.

Susanne aß zerstreut, ohne Appetit. Sie sagte sich, daß es angenehm sei, jetzt einen langen freien Nachmittag vor sich zu haben, denn die Badezeit war von drei bis fünf, so daß sie erst um fünf Uhr ihr Geschäft wieder öffnen mußte. Sie ließ zu Frau Jensens erstauntem Kummer zum erstenmal den Nachtisch stehen und ging in ihr Zimmer.

Auf dem Tisch lag ihr Briefblock. Sie setzte sich und fing an zu schreiben. Sie hörte die Uhr der kleinen Kirche zwei schlagen. Jetzt packten die Schauspieler wohl ihre letzten Sachen zusammen, die Hotelboys standen schon mit Handwagen bereit und warteten darauf, das Gepäck zur Bahn zu bringen ...

Susanne starrte auf das Blatt Papier. „Lieber Götz!“ stand darauf. Sie hielt immer noch ihren Federhalter in der Hand, sah die zwei Worte an, ohne sie zu sehen.

Sie hörte Schritte die Treppe heraufkommen, es wurde an die Tür geklopft. Sie sprang auf, rief: „Ja?“ und sah gespannt zur Tür.

Theo Schellbach kam herein. „Susanne!“ sagte er. „Ich bringe Ihnen das Buch. Aber natürlich ist das nicht der eigentliche Grund meines Kommens. Ich mußte Sie noch einmal sehen.“

„Wirklich?“ sagte sie mit dem vergeblichen Versuch, sicher und überlegen zu wirken. „Bitte, setzen Sie sich doch!“ Sie schob den roten Polsterstuhl zurecht und setzte sich auf die Bettkante. Den Briefblock mit dem angefangenen Brief hatte sie hastig in die Tischschublade geworfen.

Theo Schellbach setzte sich, schlug die Beine übereinander, kreuzte die Arme vor der Brust und sah sich belustigt um. „Morgenstunde hat Gold im Munde!“ deklamierte er. „Ah – junger Mann in Uniform. Welch reizvoller Wandschmuck!“

„Oh, nicht, bitte!“ sagte Susanne verlegen und ängstlich in dem Wunsch, ihn nicht zu kränken. „Es ist der Sohn meiner Wirtsleute. Er ist im Krieg gefallen“, fügte sie erklärend hinzu.

„Ah so ... Verzeihung!“ Er sah sie mit einem zärtlichen Blick an. „Aber im Ernst, Mädchen!“ rief er plötzlich. „Wie halten Sie es hier nur aus? Haben Sie denn keine Augen? Ein Mädchen wie Sie in diesem Zimmer!“ Er schüttelte den Kopf, sah sich wieder um, als sei es unmöglich, daß ein Mensch, der nur irgendwelchen Anspruch auf Wert erheben wollte, es in solcher Umgebung aushalten konnte. „Allein die Häkeldecke! Und die Lampe ... Es ist toll!“

Susanne wurde feuerrot. Natürlich war das Zimmer nicht nach ihrem Geschmack eingerichtet, schließlich hatte sie es ja nicht selbst möbliert, sondern hatte es so vorgefunden. Trotzdem war es für sie eine kleine Heimat geworden. Nun glaubte er wohl, es mache ihr nichts aus, in solcher Atmosphäre zu leben. Und er hatte nicht mal ganz unrecht. Es hatte sie bisher nicht allzusehr gestört. Sie hatte gemeint, dies sei nicht das wichtigste ...

„Es riecht so nach Kleinbürgerlichkeit und grüner Seife!“ fuhr er fort und zog eine Grimasse. „Schade, daß unsere letzte Viertelstunde in diesem ..." Er machte eine Handbewegung gegen das Zimmer hin. „Wenn ich wiederkomme, müssen wir uns sehen, Susanne. Ich habe nämlich Pläne mit Ihnen! Haben Sie jemals daran gedacht, Schauspielerin zu werden?"

„Nein, noch nie!" sagte Susanne kindlich. „Dazu habe ich nicht das geringste Talent!"

„So!" sagte er belustigt. „Wissen Sie das so genau? Auf Wiedersehen, Susanne! In acht oder zehn Tagen bin ich wieder hier. Dann müssen wir uns einmal über allerlei unterhalten."

Sie sah ihn mit glücklichem Lächeln an. Sein Interesse für sie war überwältigend, unbegreiflich.

Er nahm ihre Ellbogen in seine Hände und sagte leise und eindringlich: „Susanne, ich sehe es Ihnen an: Sie sind nicht glücklich. Das Leben, das Sie führen, genügt Ihnen nicht. Irgend etwas lebt in Ihnen, das sich nach anderen als alltäglichen Dingen sehnt. Sie möchten gern etwas Besonderes sein – etwas, das Sie von der großen Masse unterscheidet." Er ließ sie los. „Habe ich recht?" sagte er.

„Ich weiß nicht", stotterte Susanne. „Ich habe noch nie ... ich habe wohl empfunden ..."

„Leben Sie wohl", sagte er lächelnd und sah ihr in die Augen. „Vergessen Sie mich nicht ganz!"

Der Brief an Götz wurde nicht geschrieben.

Susanne lief am Strand entlang, durch die Dünen. Es war, als triebe sie etwas, unaufhörlich umherzulaufen, als fände sie nirgends Ruhe. Was hatte sie denn bisher gewußt – von sich selbst, vom Leben! Es war nur gut, daß sie viele Monate lang intensiv und diszipliniert gearbeitet hatte. So war es ihr jetzt möglich, ihre Arbeit trotz allem gut zu bewältigen – mechanisch zu tun, was ihr bisher so viel Freude gemacht hatte.

Wer hatte sie je so erkannt wie er? Petra? Götz? Sie wußte es nicht. Sie lief mit verzweifelter Ausdauer, sah nichts von der Landschaft, von dem heiteren Sommer, hörte nur in sich selbst die widerstreitenden Stimmen.

Er, der große Künstler, hatte sie erkannt, hatte so eindringlich in sie hineingeschaut, daß es sie überwältigte. Er hatte gefühlt, wie sehr sie sich sehnte, ohne daß sie auch nur ein Wort davon gesagt, ohne daß sie sich überhaupt richtig unterhalten hatten. Er hatte erkannt, wie halb unbewußt der Wunsch nach Schönheit, nach Größe in ihr schlummerte ... Auf einmal träumte Susanne von schönen und reichen Dingen, von eleganten Kleidern, geschmackvollen Möbeln, angenehmen Lebensbedingungen, Reisen ... das alles hatte plötzlich etwas unsagbar Verlockendes für sie.

Wie schwer waren die letzten Jahre gewesen, in denen sie mit Petra zusammengelebt und gearbeitet hatte ! Die ständige Sorge, ob am nächsten Ersten noch genug Geld dasein würde für die Miete, für Mittagessen, für ein Paar neue Strümpfe! War ihnen nicht manchmal wie Schwimmern zumute gewesen, die mit letzter Kraft kämpften, um nur den Kopf über Wasser zu halten? Um mit Aufbietung aller Kräfte das ferne Ziel zu erreichen?

Sie hatten es geschafft! Ja, sie waren vorangekommen und konnten aufatmen. Noch nie, von ihrer Kindheit abgesehen, hatte Susanne es so gut und sorglos gehabt wie jetzt. Und Petra genauso! Die schreckliche Geldnot war vorbei, sie hatten ein Dach über dem Kopf, und ihre kleine Wohnung in der Stadt wartete auf sie. Sie brauchten sich nicht mehr um das tägliche Leben zu sorgen, sie brauchten nicht einmal mehr zu kochen. Das Essen wurde ihnen Tag für Tag vorgesetzt, gutes und reichliches Essen, das nicht zu vergleichen war mit den merkwürdigen Gerichten ihrer Dachbodenzeit.

Sie wußten, daß auf Jahre hinaus ihr Weg genau abgesteckt war, ein Weg, der sie zum ersehnten Ziel bringen sollte.

Noch vor wenigen Tagen war Susanne so froh und unbeschwert gewesen. Sie hatte freudig von der Zukunft geträumt und wäre durchaus nicht auf den Gedanken gekommen, daß sie im Grunde ihres Herzens unglücklich sei. Warum war nun alles anders geworden? Warum hatte sie einem Menschen begegnen müssen, der ihr zeigte, daß ihr Leben arm war, daß es Höheres, Besseres gab, als in einem kleinen Laden zu sitzen, in einem geschmacklos möblierten Raum zu wohnen – daß sie für etwas Größeres bestimmt war? Aber wollte sie denn lieber, daß sie ihm nicht begegnet wäre? War es wünschenswert, blind und dumm den alten Weg weiterzugehen und das Eigentliche, das Große, darüber zu vergessen?

Was war es nur, dieses Eigentliche, dieses Große? Sie wußte es nicht.

Susanne war gereizt und unzufrieden mit sich selbst und zum erstenmal auch mit ihrer Umgebung. Sie ärgerte sich, sobald sie in ihr Zimmer kam, über den gestickten Spruch „Morgenstunde hat Gold im Munde“. Sie hörte noch Theo Schellbachs spöttische Stimme, sah den überlegenen Blick, mit dem er sie gefragt hatte, ob sie wirklich glücklich sei. Ach, die gräßliche Häkeldecke! Susanne stopfte sie unters Federbett, daß man nichts mehr von ihr sah. Sollte Frau Jensen es ruhig merken!

Wenn Menschen keinen Geschmack hatten, mußte man sie dazu erziehen.

Aber sie hatte doch nicht das Herz, die alte Frau zu bitten, sie möge den Wandspruch entfernen. Wozu auch? Es war ja zu spät. Theo Schellbach hatte ihn gesehen und belacht, und der Eindruck war nicht mehr wegzuwischen.

Sogar von Petra zog sich Susanne in dieser Zeit der inneren Unrast zurück. Sie schützte Arbeit vor, um allein sein zu können. In ihren freien Stunden machte sie lange Spaziergänge oder saß vor sich hin starrend in den Dünen, wo niemand sie störte.

Petra ließ die Schwester gewähren und fragte nicht viel. Eines Tages sagte sie zu Andreas: „Susanne ist ganz verändert."

„Ja, sie ist verändert", erwiderte Andreas nachdenklich. „Aber machen Sie sich keine Sorgen, Petra. Der Sturm wird vorübergehen."

Ach, es war gut, Andreas in der Nähe zu wissen! Petra vertraute ihm und hatte keine Scheu, von den Dingen zu sprechen, die sie bewegten. Er hörte geduldig zu, wenn er merkte, daß ihr etwas wichtig war – er wußte zu trösten und war jederzeit hilfsbereit. Als Petra ihm von Karl-Heinz erzählte, als er die Zeichnungen des Jungen aufmerksam betrachtet hatte, erbot er sich, ihn zu unterrichten.

Nun hatte Karl-Heinz ein Ziel! Zwar wollte er nach wie vor nicht allzuviel von „öden" Schularbeiten wissen, aber für die Stunden bei Andreas Hagen arbeitete er mit unglaublichem Eifer. Er wurde gelöster, glücklicher. Er sah zu dem jungen Maler auf wie zu einem Menschen, der ihm die Pforten des Paradieses aufgeschlossen hatte.

Und hörte andächtig zu, wenn Andreas sagte, daß Talent allein nicht viel nütze, sondern daß der unermüdliche tägliche Fleiß die Hauptsache sei.

Eines Tages bat Karl-Heinz Professor Amelung, ihm das abendliche Festschnallen zu erlassen. Sein Wunsch wurde erfüllt, und Karl-Heinz setzte alle skeptischen Schwestern in Erstaunen: Er blieb in seinem Bett.

Petra war überglücklich. Sie fühlte ihr Leben immer reicher, immer erfüllter werden. Ein Strom schien sie zu tragen, eine Kraft von innen. Sie ging an Andreas' Seite durch die Dünen, oder sie saß neben ihm, den Blick aufs Meer gerichtet, das Herz voll Dank und Jubel.

Die Filmgesellschaft war auf Hoogensand eingetroffen. Mädchen mit kunstvollem Make-up gingen umher, und man starrte ihnen nach, so ungewöhnlich waren sie auf Hoogensand. Männer in Baskenmützen mit Filmapparaten und Sonnenbrillen, die sie sogar zu den Mahlzeiten im Hotel trugen, liefen redend und gestikulierend herum. Eine Schar Dorfkinder war beständig in der Nähe der Plätze zu finden, wo die Aufnahmen gedreht wurden. Ein fremdes, aufregendes Leben war auf der stillen kleinen Insel erwacht, und Theo Schellbach war das Entzücken aller jungen Mädchen.

Für Susanne war das Leben zu einem Rausch geworden. Aber ihr Leben begann erst dann, wenn sie auf die Minute pünktlich die Tür des Pavillons abschloß.

Zweifel und Unrast waren vorbei. Theo Schellbach hatte sie allmählich zu überzeugen gewußt, daß sie ein besonderes, ein ungewöhnliches Mädchen sei, ein Mädchen, das Charme und Liebreiz besaß und das wert war, von Hunderttausenden bewundert zu werden ..., wenn auch nur in einer winzigen Rolle des jetzt entstehenden Films.

Er lachte, als er erfuhr, wieviel Susanne die Tätigkeit in der Buchhandlung einbrachte. „Vierzig Mark im Monat! Für so viel Plackerei!“

„Plackerei ist es eigentlich nicht“, sagte Susanne schüchtern. Sie machte schwache Einwände, wollte ihm erklären, wie froh sie über ihre Stellung sei, aber er wischte die Einwände mit einer Handbewegung fort. „Susanne! Vierzig Mark! Weißt du, daß du bei uns an einem einzigen Tag soviel verdienst, wenn du die kleine Rolle übernimmst?“

„Aber es geht nicht!“ sagte Susanne, unglücklich, ihn enttäuschen zu müssen. „Ich habe keine Zeit. Ich kann doch nicht mein Geschäft schließen, um zu filmen, auch wenn ich es wollte.“

Er wußte einen Ausweg. „Wenn du krank wirst, was ist dann?“

„Ich bin ja nicht krank“, sagte Susanne.

„Nein, aber du bist ein Dummchen! Dein Chef ist auf einer Nordlandreise. Also merkt kein Mensch, wenn du mal einige Tage Pause machst. Du hängst ein Schild an die Tür. ‚Wegen Krankheit geschlossen!‘ So macht man das!“

Darauf ließ sich Susanne jedoch nicht ein. Zwar sehnte sie sich aus ihrem jetzigen Leben heraus, aber noch hatte Theo Schellbach nicht so viel Macht über sie, daß sie einfach alles im Stich ließ. Ihr Gewissen erwachte. Sie sah ihn unruhig, angstvoll an. „Verstehst du das nicht?“ fragte sie hilflos. „Dr. Petersen und alle verlassen sich doch auf mich. Ich habe ihm so vieles zu verdanken.“

„Zu verdanken!“ sagte er verächtlich. „Solange ein

Mensch, der mit neunzehn Jahren vierzig Mark im Monat verdient, noch von Danken redet, muß etwas auf dieser Welt nicht stimmen."

Er sah auf seine Armbanduhr. „Entschuldige, Susanne, aber ich will jetzt gehen und mich nach jemand anderem umsehen, der die Rolle übernehmen kann. Du weißt ja, daß der Regisseur auf meinen Wunsch das Drehbuch geändert und zwei Rollen aus einer gemacht hat."

„Wirklich, Theo?" Susanne war tief beschämt. Da hatte er sich nun so für sie bemüht, und sie wußte nichts anderes, als ihn zu enttäuschen.

Er lächelte ihr zu und erhob sich. „Es gibt im Hotel ein paar gutaussehende Mädchen", sagte er nachdenklich. „Vielleicht gelingt es mir, eine für die kleine Rolle zu gewinnen."

„Kann ich es mir bis morgen nicht noch einmal überlegen?" fragte Susanne angstvoll. Sie fühlte einen Wirbel im Kopf, der sie aller Vernunft zu berauben schien. Sie sah alles entgleiten, was ihr das Leben der letzten Wochen gebracht hatte ... unwiederbringlich ...

„Morgen ist der letzte Termin", sagte er. „Da muß ich Johnson, dem Regisseur, endgültig Bescheid geben. Überlege es dir, Susanne. Es handelt sich für dich nur um drei oder vier Tage."

Er ging und ließ eine Susanne zurück, die mit der früheren nicht mehr viel gemeinsam hatte.

Sie lag die ganze Nacht wach, weinte und wußte selbst nicht, warum. Alles schien sich gegen sie zu verschwören. Da bot sich ihr vielleicht die größte Chance ihres Lebens, aber sie mußte Bücher verkaufen! Und inzwischen fand Theo Schellbach natürlich mit Leichtigkeit ein anderes Mädchen, das statt ihrer die kleine Rolle übernahm. Dieser Gedanke verstörte sie so, daß sie sich im Bett aufrichtete und heftig atmend den Kopf in die Hände stützte.

Petra fiel ihr ein. Ob Petra ihr helfen konnte?

Susanne stand in aller Frühe auf. Wenn Petra am Strand nicht zu treffen war, würde sie in Amelungs Haus gehen!

Susanne hastete durch den weichen Sand. Dahinten war Petra! Sie stand dicht am Wasser, ihr rotes Kleid flatterte im Wind. „Petra!“ rief Susanne flehend, und Petra wandte sich erstaunt um.

Eine halbe Stunde später ging Susanne langsam zurück. Es war alles gut. Petra wollte ihr helfen.

Petra hatte zwei freie Sonntage im Monat und jede Woche einen freien Nachmittag. Sie wollte Frau Amelung bitten, ihr zwei Sonntage hintereinander freizugeben und die halben Tage von zwei Wochen auf einen Tag zu legen. An diesen drei Tagen würde sie Susanne im Pavillon vertreten.

„Natürlich teilen wir uns das Geld!“ hatte Susanne hastig gesagt. „Stell dir vor, vierzig Mark für jeden Tag! Ist das nicht großartig?“

Petra schwieg. Sie sah Susanne verwundert an. Gewiß, eine Extraeinnahme war schön, aber es war alles so sonderbar.

„Kannst du das denn? Filmen?“ fragte sie erstaunt. „Du bist doch keine Schauspielerin.“

„Ja, das sage ich ja auch“, gab Susanne zu. „Aber Theo meint – weißt du, Theo Schellbach, der Schauspieler, von dem ich dir erzählt habe –, er sagt, ich hätte nur Dinge zu tun, die ich bestimmt kann. Und er glaubt auch, daß ich begabt bin und daß meine Erscheinung, mein Aussehen ..."

Susanne brach ab. Sie schämte sich vor Petra. Es war, als vergingen in ihrer Nähe einige der Traumgespinste, in die Susanne verstrickt war.

„Also tausend Dank, Petra!" sagte sie. „Und das Geld teilen wir uns natürlich."

„Das ist das wenigste", murmelte Petra. Traurig sah sie Susanne nach. Dachte sie denn gar nicht mehr an Götz?

Susanne dachte nur daran, was Theo sagen würde, wenn er erfuhr, daß sie für ihre Rolle bereit sei. Sie sah ihm fröhlich entgegen, als er zum Pavillon herüberkam. Und er war so entzückt und erfreut, wie sie es sich gewünscht hatte. Er nahm ihren Kopf in die Hände und sagte ernst: „Ein neues Leben beginnt, Susanne!"

Theo machte sie mit dem Regisseur Johnson bekannt. Sie wurde etwas ernüchtert, als er ein paar knappe, sachliche Fragen stellte.

Es sollten Probeaufnahmen von ihr gemacht werden, noch am gleichen Nachmittag.

Susanne fieberte vor Erregung. Sie ließ das Zurechtmachen über sich ergehen und begriff nicht mehr, weshalb sie sich auf dies alles eingelassen hatte. Sie mußte einiges sprechen, ein Stückchen laufen, mußte erschrokken stehenbleiben und zurückschauen. Das gelang ihr noch am besten, erschrocken auszusehen. Es entsprach ihrer inneren Verfassung.

Dann war alles vorbei. Sie wurde abgeschminkt, das alte Gesicht sah ihr wieder aus dem Spiegel entgegen, nur der Mund blieb rot. Sie rieb noch daran herum, als sie mit Theo zum Hotel zurückging. In zehn Minuten war ihre Mittagszeit beendet.

„Was reibst du immer an deinem Mund?“ fragte er und sah sie kopfschüttelnd an. „Laß ihn doch, wie er ist, zum erstenmal sieht er richtig aus. Man könnte manchmal meinen, du seist ein kleines naives Mädchen vom Lande. Siehst du denn nie in den Spiegel, Susanne? Dein Mund ist zu blaß – hat dir das noch niemand gesagt?“

Es traf sie tief. Ein kleines naives Mädchen vom Lande! Und ihr Mund war zu blaß.

Er sah ihr unglückliches Gesicht und sagte ermunternd: „Es muß endlich anders mit dir werden! Es wird Zeit, daß du aufwachst! Du mußt bewußter werden, mehr auf dich achten!“

„Aber wie?“ fragte Susanne hilflos.

Sie fühlte ganz deutlich seine Überlegenheit, aber was sollte sie tun?

„Ich sage es ja! Fang damit an, daß du mehr auf deine Erscheinung, dein Aussehen achtest! Kauf dir einen Lippenstift!“

Als Theo Susanne am Abend abholte, sagte er strahlend: „Du gehörst jetzt zu uns. Die Probeaufnahmen sind glänzend geworden. Am Sonntag wird deine erste Szene gedreht.“

Während sie zum Hotel hinübergingen, erklärte er ihre Rolle. Susanne hatte, wie gesagt, nur wenig zu tun. Aber es mußten mehrere kurze Szenen mit ihr gedreht werden, eine davon spätabends am Wasser. „Ich habe Johnson gesagt, daß du dich nur für drei Tage freimachen kannst.“

„Ist er einverstanden?“ fragte Susanne.

Schellbach machte eine wegwerfende Handbewegung. „Du scheinst zu vergessen, daß ich einigen Einfluß besitze", sagte er kurz.

Susanne erschrak. Im Grunde war es anstrengend und aufregend, mit Theo zusammenzusein. Es war so vieles falsch, was sie sagte. Aber sie würde es schon noch lernen, alles richtig zu machen ...

Abend für Abend war Susanne nun mit Theo Schellbach zusammen. Meistens saßen sie in der Bar von „Friedrichs Hotel", und unter den Blicken, die sie trafen, genoß Susanne das einzigartige Gefühl, das von ihm bevorzugte Mädchen zu sein.

Der Sonntag, an dem die erste Szene gedreht werden sollte, kam heran. Susanne mußte mit andern Statisten und Darstellern kleinerer Rollen vom frühen Morgen an verfügbar sein. Wie gut, daß Petra sie vertrat. Daß sie nicht mit schlechtem Gewissen hier herumstehen mußte!

Es war ein heißer Tag Anfang Juli. Schwüle lag in der Luft. Das stundenlange Warten und Herumstehen war anstrengend. Allmählich machte sich eine allgemeine Nervosität bemerkbar. Als jedoch am Nachmittag Susannes Szene an die Reihe kam, war sie sogleich hellwach. Sie mußte durch ein Dünental laufen und Theo Schellbach zuwinken, der sich mit der Hauptdarstellerin Ulla Mewes zu unterhalten hatte. Sie sollte rufen: „Peter. Du hast Besuch bekommen! Silvia ist da!" Susanne zitterte vor Aufregung, und dabei sollte sie fröhlich und unbeschwert wirken.

Sie lief und winkte. „Halt!" brüllte Johnson. „So verkrampft läuft doch kein Mensch! Noch einmal!"

Beschämt, mit rotem Kopf ging Susanne zurück. Alle

sahen sie an. Sie fühlte sich gedemütigt. Aber das war erst der Anfang. Susanne mußte mehr als zwanzigmal durch das Dünental laufen, mußte „heiter und unbeschwert“ winken und rufen: „Peter. Du hast Besuch bekommen! Silvia ist da!“

Vorbei. Als Theo mit Ulla Mewes seine große Szene zu spielen hatte, war nach fünf oder sechs Malen alles in Ordnung. Nun ja, sie waren Schauspieler, gute Schauspieler! Am liebsten hätte Susanne alles hingeworfen und wäre nach Hause gegangen ...

Als sie es immer wieder schlecht machte, brüllte Johnson sie an. Unglücklich und hilfesuchend sah sie sich nach Theo um. Er stand ganz in ihrer Nähe und sagte barsch: „Was ist denn in dich gefahren, Susanne? Nimm dich doch zusammen!“ Sein Tadel lähmte sie völlig. Sie warf ihm einen verstörten Blick zu, sah, wie die hübsche Ulla Mewes mitleidig lächelte. Susanne fühlte sich tief gedemütigt. Verzweifelter Trotz flammte in ihr auf. Diesmal wollte, mußte sie es gut machen!

„Na endlich!“ schrie Johnson. „Wir können drehen!“

In wenigen Minuten war es vorbei. Alles war so gänzlich anders gewesen, als Susanne es sich vorgestellt hatte. Nun wollte sie nur eines: fort von hier!

Als sie durch die Absperrung ging, starrten die Zaungäste sie an. Immerhin erlebte sie die Genugtuung, daß die neugierig-spöttischen Blicke sich in ebenso neugierige, aber achtungsvolle Teilnahme verwandelten, als plötzlich Theo Schellbach hinter ihr herkam. Der Hauptdarsteller lief hinter dieser kleinen ungeschickten Anfängerin her, holte sie ein, legte den Arm um ihre Schulter!

Alles war vergessen, was Susanne eben noch gekränkt

hatte. Es lohnte sich, für einen solchen Augenblick zu leben, Demütigungen in Kauf zu nehmen! Mochte Johnson sie anschnauzen, mochten die Zuschauer ihre Niederlage miterleben ... Theo hatte sie gern! Er wollte nicht, daß sie betrübt davonschlich. Ja, er lobte sie sogar, erklärte lachend, daß es oft noch viel länger dauere, bis eine Szene richtig „sitze" – Susanne hätte es für den Anfang erstaunlich gut gemacht. „Filmen ist anstrengend", sagte er, „eine harte Arbeit!"

Susanne hatte nicht das geringste dagegen einzuwenden. Sie wollte nun zu Ende führen, was sie angefangen hatte, und Theo, der sich so für sie bemühte, keinen Ärger machen. Aber ihr Verstand war erwacht, als sie immer wieder durch das Dünental laufen, immer wieder die gleichen sinnlosen Worte rufen mußte, die für sie keinerlei Bedeutung hatten, da sie aus dem Zusammenhang herausgerissen waren. Sie wußte plötzlich, ohne lange darüber nachzudenken, daß sie keine Schauspielerin war. Was hatte es schließlich noch mit Kunst zu tun, wenn man ihr eine Szene so lange eintrichtern mußte, bis es endlich einigermaßen klappte!

Theo ging zurück, er mußte noch in einer Szene mitwirken. Sie verabredeten, sich morgen abend in der Bar zu treffen – heute, nach diesem anstrengenden Tag, waren alle zu müde.

Susanne ging langsam durchs Dorf. Morgen würde sie ihm sagen, daß sie keine Schauspielerin werden konnte. Er hatte sie gewiß lieb genug, um nicht enttäuscht zu sein.

Aber als sie ihm am nächsten Abend gegenüberstand, er wieder davon sprach, wie gut sie ihre Sache gemacht hätte, wurde sie schwankend. Vielleicht hatte er recht?

Vielleicht mußte man geduldig sein und durfte nicht gleich die Flinte ins Korn werfen! Sie sagte nichts und ließ sich wieder von ihren Träumen davontragen.

In dieser Woche hatte Theo kaum Zeit für sie. Die Filmaufnahmen beanspruchten die Kräfte der Schauspieler in hohem Maße. Susanne lebte den kurzen Viertelstunden entgegen, in denen sie Theo sah – in einer Drehpause oder abends, nachdem sie ihren Pavillon geschlossen hatte. Manchmal war er kurz angebunden, und sie sah ihn erschrocken an. Dann wieder war er von ritterlicher Höflichkeit, küßte ihre Hand, sprach Worte, die ihre Augen aufstrahlen ließen. Es war ein beständiger Wechsel von Glücklich- und Unglücklichsein, und Susanne befand sich in fortwährender Spannung.

Von der Gage für den ersten Drehtag kaufte sie sich einen weißen Pullover, den sie zu ihrem schwarzen Popelinerock tragen wollte. Sie kaufte sich Lippenstift und Puder und übte, beides richtig anzuwenden. Die nächsten vierzig Mark sollte Petra bekommen, das war selbstverständlich!

Als Susanne in ihrem neuen Pullover, mit rotgemalten Lippen und glänzendem blondem Haar vor Theo Schellbach stand, sah er sie an, als hätte er sie noch nie gesehen. „Du siehst bezaubernd aus!“ rief er bewundernd. „Jetzt habe ich auch wieder mehr Zeit für dich“, fuhr er zärtlich fort. „Die Hauptarbeit ist beendet. Sonntag noch – da bist du wieder mit dabei. Dann müssen wir leider auf Regen und Sturm warten, und das kann unter Umständen lange dauern. Komm, wir gehen ins Hotel! Du hast doch noch nicht Mittag gegessen?“

„Nein“, sagte Susanne. „Aber Frau Jensen wartet mit dem Essen auf mich, ich kann nicht einfach ...“

„Ich schicke einen Hotelboy zu deiner alten Küchenfee hinüber“, unterbrach er sie lachend.

Susanne ging mit in „Friedrichs Hotel“, wo es hinter dem großen Eßsaal ein kleines Speisezimmer gab. Dort tafelten für gewöhnlich die Filmleute. Sie saßen an einem großen runden Tisch, diskutierten, lachten und lärmten.

Susanne und Theo wurden mit Hallo begrüßt. Die Mädchen waren liebenswürdig, betrachteten Susanne aber mit halb spöttischem Neid, der sie einschüchterte.

Theo war in übermütiger Laune.

Nach dem Essen, als alle bei Kaffee und Likör saßen, stand er auf, strich sich sorgsam sein Haar zurück, ging eilfertig um den Tisch herum, schlug mit einer unsichtbaren Serviette unsichtbare Krümel vom Tischtuch, bat wortlos die einzelnen Herrschaften um ihre Bestellung und notierte alles mit hochgezogenen Brauen in ein imaginäres Notizbuch. Theo imitierte unübertrefflich den Oberkellner Bartels! Alle lachten, auch Susanne, aber sie sah doch ängstlich zur Tür, ob Bartels käme, und atmete unwillkürlich auf, als Theo mit einer neuen Nummer begann.

Diesmal war Ulla Mewes an der Reihe. Sie saß dabei, rauchte ruhig weiter und lachte mit den andern. „Na, Ted“, sagte sie mit ihrer tiefen, klangvollen Stimme, „an dir ist ein Komiker verlorengegangen!“

Schließlich rief Theo: „Nun kommt Susannes Wirtin! Ein originelles altes Weib, sage ich euch!“ Susanne wurde es unbehaglich zumute, sie sah ihn ängstlich an. Vergeblich versuchte sie, seinen Augen zu begegnen. Ach, es war ja nur Spaß, beruhigte sie sich. Ein harmloser Spaß nach dem Mittagessen. Und Frau Jensen sah es nicht, es tat ihr nicht weh. Susanne schob das störende Gefühl beiseite.

Theo Schellbach ging zur Tür als der, der er war. Zurück kam er als Frau Jensen. Er schien kleiner, unscheinbarer geworden zu sein, trippelte mit hastigen Schritten zum Tisch, machte eine gehetzte Bewegung und machte noch einmal kehrt, um die Tür sorgfältig zu schließen, obwohl sie bereits geschlossen war.

Jubelndes Gelächter belohnte ihn. Auch Susanne lachte mit. Wie war er nur begabt! Wie konnte ein Mensch sich so verändern, von einer Minute zur anderen! Er kam auf sie zu mit Frau Jensens hastigen Schritten und ihrem bekümmerten Lächeln, zupfte das Tischtuch zurecht und sagte: „Ihr Essen hab' ich Ihnen aufs Zimmer gebracht, Fräulein Suschen. Der Tee steht unter der Mütze." Und dabei hatte Theo die alte Frau nur zwei- oder dreimal gesehen! Welchen Blick hatte er für Menschen. Dennoch konnte Susanne das unbehagliche Gefühl nicht ganz zum Schweigen bringen.

Da Theo nun wieder mehr Zeit hatte, schlug Susanne ihm vor, Petra kennzulernen. Er war damit einverstanden und Petra ebenfalls. Susanne sah dem dafür geplanten Nachmittag gespannt entgegen. An Petras Urteil lag ihr viel. Sie trafen sich in dem kleinen Café neben der Lesehalle.

Theo und Petra maßen sich mit Blicken. Der junge Schauspieler war gewohnt, mit selbstverständlicher Leichtigkeit seine Eroberungen zu machen. Es war ihm ein Bedürfnis, auf Schritt und Tritt seine Wirkung zu erproben. Mit Petra hatte er wenig Glück. Sie trug tief in sich ein Bild, das sie unempfindlich machte gegen die werbenden Blicke anderer Männer. Es kam ihr außerdem unbegreiflich vor, daß ein Mann, der ihre Schwester gern hatte, unverkennbar mit ihr, Petra, zu flirten begann. Sie erwiderte seine Blicke kühl, wenn sie auch Susanne zuliebe vergnügt und harmlos plauderte. Susanne in ihrer Erregung, ob Petra und Theo sich verstehen würden, war viel zu unruhig, um in vernünftiger Weise zur Unterhaltung beizutragen.

Als Theo schließlich merkte, daß an Petra keine Eroberung zu machen war, erlosch sein Interesse schnell. Er wurde ebenfalls kühl, erzählte großartig von seinen Berufsplänen, von dem Erfolg, den er letzthin in der Schweiz gehabt hatte, und als auch diese Dinge Petra nicht übermäßig beeindruckten, klagte er über Kopfschmerzen.

Susanne sah ihn besorgt und liebevoll an. „Ja, leg dich gleich hin, Theo, das ist das beste!“ sagte sie zustimmend, als er sich erhob. Er sah sie kaum an, warf mit einer großartigen Geste ein Trinkgeld auf den Tisch, lächelte der hübschen Kellnerin zu, schwenkte in unnachahmlicher Weise den Hut gegen die Mädchen und ging. Susanne sah einen Augenblick aus, als wollte sie ihm nachstürzen ...

Ein verlegenes Schweigen entstand. Susanne fühlte, daß etwas nicht stimmte. „Er war ganz verändert“, sagte sie entschuldigend. „Aber man weiß ja, wie es ist, wenn man so schreckliche Kopfschmerzen hat ...“

Petra sagte: „Ja“, und nickte höflich zustimmend. Plötzlich beugte sie sich über den kleinen runden Marmortisch und ergriff Susannes Hände. „Verändert? Verändert bist du, Susanne!“ Sie nahm ihre Tasche und stand auf. „Am liebsten möchte ich jetzt gehen“, sagte sie bittend.

Auch Susanne stand auf. Schweigend gingen sie ins Dorf.

Als sie am Gasthof „Zur Linde“ vorbeikamen, sagte Petra leise: „Weißt du noch, Susanne ... der Tag mit Andreas und Götz?“

Susanne blieb stehen und sah Petra an. „Ich weiß genau, was du willst, Petra! Aber wenn du ehrlich bist, mußt du zugeben, daß Götz, wenn man ihn zum Beispiel mit Andreas oder mit ... mit Theo vergleicht, wie ein Junge wirkt.“ Susanne sprach hastig, erregt – wie es sonst nicht ihre Art war. „Sie wirken beide so ... so männlich, so überlegen gegenüber Götz! Oder findest du nicht?“ Sie sah Petra hilflos an.

„Darüber muß ich erst mal nachdenken. Auf Wiedersehen, Susanne.“

Als Petra allein durch die Dünen ging und in Gedanken Andreas mit Schellbach und Schellbach mit Götz verglich, seufzte sie aus schwerem Herzen. Arme Susanne! dachte sie.

„Sorgen, Petra?“ fragte Andreas.

Petra nickte. Sie saß auf einer Düne. Andreas lag neben ihr im weichen Sand und ließ sich von der Julisonne braten. Er hatte den Kopf in die Hand gestützt und sah zu Petra auf.

„Was für Sorgen? Erzählen Sie!“

„Ach, es ist wegen Susanne. Ich mag den Schauspieler nicht, mit dem sie befreundet ist. Und sie ist ganz verändert. Was kann man nur machen?“

„Da kann man gar nichts machen“, sagte Andreas. „Jeder muß seinen Weg gehen.“

„Ich weiß nicht. Ich wünschte, Sie könnten Schellbach

einmal kennenlernen. Nur damit ich wüßte, was Sie von ihm halten", sagte sie zweifelnd.

„Ich kenne ihn." Andreas wälzte sich auf den Rücken. „Erstens habe ich ihn schon auf der Bühne gesehen, und dann habe ich ihn hier verschiedentlich beobachtet."

„Und?" fragte Petra gespannt. „Mögen Sie ihn?"

„Man soll nicht zu schnell urteilen", sagte Andreas. „Nach dem, was ich sah, mag ich ihn wohl nicht sehr. Er macht mir den Eindruck eines Menschen, der mit seinen Gaben nur glänzen will. Es scheint ihm nicht bewußt zu sein, daß ein Künstler auch eine Aufgabe zu erfüllen hat. Das ist jedenfalls mein Eindruck, der natürlich falsch sein kann."

„Nein. Das ist er ganz sicher nicht", sagte Petra nachdenklich. „Wie konnte sich Susanne nur mit ihm befreunden!" Sie sagte es fast widerwillig und mit niedergeschlagenen Augen. Niemand sollte schlecht von Susanne denken, nicht einmal Andreas, er am wenigsten!

„Na ja, sie übersieht das nicht ganz", sagte er nachsichtig. „Sie sieht in ihm nur den großen Schauspieler und meint, er müsse auch ein großer Mensch sein. Eines Tages wird sie schon klarsehen."

„Eines Tages?" rief Petra. „Bis dahin kann sich viel ereignen. Ob ich einmal mit ihr reden soll? Würden Sie es tun an meiner Stelle?"

„Nein, Petra", sagte er nachdrücklich. „Wenn Susanne merkt, daß sie beeinflußt werden soll, wird sie wahrscheinlich trotzig und macht Dummheiten. Außerdem hat sie dann kein Vertrauen mehr zu Ihnen. Vielleicht wird sie aber eines Tages einen Menschen, dem sie vertraut, sehr nötig haben."

Seine Worte erfüllten Petra mit unglücklichen Ahnungen.

Sie hatte noch nie so tief die Gefahr gefühlt, in der Susanne schwebte.

„Kopf hoch, Petra!“ sagte Andreas und wandte sich ihr wieder zu. „Man muß nicht gleich das Schlimmste befürchten. Susanne ist ein gesunder junger Mensch. Sie hat ein wenig das Gleichgewicht verloren, das ist alles.“ Er verstand so gut zu trösten. Petra lächelte erleichtert, und Andreas nickte ihr zu.

Ach, sie konnte sich nicht vorstellen, ihn jemals wieder zu verlieren! Nirgends fühlte sie sich so geborgen wie bei ihm. Es gab zwar auch Augenblicke, in denen er ihr fern und fremd erschien. Aber es änderte nichts daran, daß sie ihn ungeheuer gern hatte.

„Morgen vertreten Sie wieder Susanne, nicht wahr? Ich werde bei der Dreharbeit zuschauen und erzähle Ihnen dann. Auf Wiedersehen, Petra!“

„Deine Schwester gefällt mir nicht!“ sagte Theo. Er saß mit Susanne beim Abendessen an einem der hübschen kleinen Tische im Speisesaal von „Friedrichs Hotel“. Susanne hatte eben erst ihren Pavillon geschlossen. „Ich halte sie für einen kalten Menschen. Entschuldige, aber ich bin ehrlich ...“ Er lehnte sich zurück, sah Susanne an und schob ein Stück Pastete in den Mund.

Susanne sah nicht hoch. Der Bissen blieb ihr förmlich im Halse stecken.

„Du hast manchmal eine Art, vor dich hin zu starren“, sagte er. Es sollte scherzend klingen.

Sie sah ihn an. „Ich denke nur über das nach, was du sagst, Theo. Meine Schwester ist nicht ... sie ist anders, als du denkst!“ Das waren ungefähr die gleichen Worte, die sie gestern zu Petra gesagt hatte, um Theo zu entschuldigen.

„Na schön.“ Er aß mit Appetit sein Hühnerragout. „Ich kann auch sagen, sie ist nicht mein Typ. Vielleicht ist dir das lieber.“

Susanne starrte wieder vor sich hin. Ihre Pastete wurde kalt.

„Magst du nicht mehr?“

„Nein, danke.“

„Gut, dann gib her. Ich mag noch.“

Da saß er und aß. Zorn stieg in Susanne hoch. Es schien nicht das geringste für ihn zu bedeuten, daß es sie unglücklich machte, wenn er ihre Schwester nicht mochte. Seinen Appetit beeinträchtigte es jedenfalls nicht.

Das gute Essen brachte ihn sogar in ausgezeichnete Laune.

Er wischte sich den Mund mit der Serviette und sagte: „Sie mag mich ebenfalls nicht. Aber ...“, er zog die Brauen hoch, „ich weiß nicht einmal, ob da nicht unbewußte Eifersucht eine Rolle spielt.“

„Bei wem? Bei Petra?“ Susanne lachte beinah. „Du kennst Petra nicht.“

„Möglich“, sagte er versöhnlich. „Sei morgen früh pünktlich, Susanne! Johnson versteht keinen Spaß, wenn einer von euch zu spät kommt.“

„Ich werde schon pünktlich sein.“ Seine Worte hatten sie wieder verletzt. „,... einer von euch“ klang ziemlich überheblich.

„Jetzt ist es wichtig, daß bald schlechtes Wetter kommt“, sagte er. „Wenn es nächste Woche Regen gibt, mußt du dich abends bereithalten, Susanne. Jeden Abend! Du weißt ja, dann kommt deine Szene am Wasser. Oder vielmehr im Wasser!" Er lächelte.

„Ja", sagte Susanne und unterdrückte einen Seufzer.

Morgen, am Sonntag, kam eine kleine Szene, bei der sie nicht das geringste zu sagen hatte. Sie mußte nur dastehen, lächeln und winken, wenn der Zug abfuhr. Die Aufnahmen wurden beim Inselbahnhof gedreht. Und dann kam endlich ihre letzte Szene! Hoffentlich gab es bald schlechtes Wetter! Dann hatte sie es überstanden.

Eigentlich war es unheimlich, wenn sie daran dachte, abends bei stürmischem Wetter und Regen ins Meer hineinrennen zu müssen mit allem, was man anhatte, und laut zu rufen: „Ich komme! Ich komme!" Na, die Rolle schrieb es so vor. Aber wäre es nur schon überstanden!

Sie schrak zusammen, als Regentropfen gegen die Fensterscheiben schlugen. „Da, es fängt schon an!" sagte Theo. Er sah ins Dunkel hinaus. „Sehr ungünstig. Hoffentlich gießt es morgen nicht! Dann muß wieder alles verschoben werden."

„Ich muß gehen", sagte Susanne. Sie stand auf.

„Ja, es ist besser, wenn ich heute nicht so spät zur Ruhe komme", gab er zu. „Morgen wird es wieder anstrengend. Regnet es eigentlich richtig?" Er trat zum Fenster und öffnete es ein wenig. Draußen strömte gleichmäßig starker Regen.

Er schloß das Fenster. „Du nimmst es mir nicht übel, wenn ich dich in diesem Falle nicht nach Hause bringe", sagte er fragend. Susanne beeilte sich, zu versichern, daß sie gut allein gehen könne. Die zehn Minuten!

„Ich darf mir jetzt keine nassen Füße holen“, erklärte er. „Sonst gibt es einen Schnupfen, und der Film fällt ins Wasser. Leb wohl, mein kleiner blauer Traum ...“ So nannte er Susanne manchmal, und auch heute vergaß sie sogleich, was sie gekränkt hatte.

Theo schob einen Stuhl zurück, nahm die Blumen aus der Vase, die auf ihrem Tisch standen, wickelte sie in eine Papierserviette und überreichte sie lächelnd Susanne. „Ich danke dir, daß du heute abend gekommen bist“, sagte er und verneigte sich.

Susanne lief durch den Regen, patschte durch die Pfützen.

Warum mußte sie nur auf einmal an Götz denken? Warum war ihr so leer und kalt ums Herz? Götz hatte sie einmal bei einem fürchterlichen Guß nach Hause gebracht. Er hatte seinen Mantel um sie geschlagen, und sie waren lachend durch den Regen gelaufen ...

Im Hause Jensen war schon alles dunkel. Susanne stieg leise die Treppe hinauf. Als sie in ihrem Zimmer Licht gemacht hatte, blieb sie einen Augenblick an der Tür stehen. Es war so schön still hier. Ihr Abendessen stand auf dem Tisch. Sie fühlte eine unbestimmte Traurigkeit.

In der Hand hielt sie immer noch die nasse Serviette mit den Blumen. Sie wickelte sie aus, sah sich nach einer Vase um und steckte plötzlich, ohne zu wissen, weshalb, die Blumen an Jens Jensens Bild. Mochte es kitschig aussehen!

Sonntag!

Das war früher ein schöner Tag gewesen! Heute stand Susanne hastig auf und lief ans Fenster.

Gott sei Dank, es regnete nicht mehr! Es wäre schrecklich gewesen, wenn alles hätte verschoben werden müssen, denn Petra vertrat sie heute zum letztenmal.

Susanne zog sich in fieberhafter Eile an. Nur nicht zu spät kommen! Als sie ein Stück Brot hinunterschlang und eine Tasse Tee dazu trank, den Frau Jensen ihr gebracht hatte, hörte sie unten im Haus Stimmen. Dann kamen Schritte die Treppe herauf. Es klopfte.

Theo! Das konnte nur Theo sein! Er holte sie ab ... Freudig erregt lief Susanne zur Tür, öffnete und erstarrte. Götz stand vor ihr.

Ihr glückliches und gleich darauf tieferschrockenes Gesicht sagte mehr als Worte. „Götz ...", stammelte sie. „Wo kommst du denn jetzt her?"

„Guten Morgen, Susanne." Er sah ein wenig blaß aus. „Wo ich herkomme? Ich will dich besuchen ..."

„Nimm doch Platz", sagte sie. „Leider ist noch nicht aufgeräumt. Ich ..." Sie begann hastig, Zeug und Handtücher wegzunehmen, schob ihre Hausschuhe unters Bett ...

Er setzte sich nicht. „Laß das doch, Susanne! Dazu ist ja immer noch Zeit."

„Nein, eben nicht", sagte sie kleinlaut und verlegen. „Gerade heute ist keine Zeit. Ich muß nämlich filmen ... Mein Gott, in fünf Minuten muß ich fort."

„Ich komme mit", schlug er vor. Ja, sie hatte ihm geschrieben, daß sie eine kleine Rolle übernommen hatte.

Was war dagegen einzuwenden? Er war selbst lange Statist am Theater gewesen. Aber Susannes Briefe waren so selten geworden. Und hielt er endlich einen in der

Hand, öffnete ihn begierig, um zu erfahren, wie es ihr ging, dann stand so wenig darin.

Götz hatte nicht gerade den sechsten Sinn, aber es war ja nicht schwer zu erkennen, daß irgend etwas mit Susanne los war! Und deshalb war er nach Hoogensand gefahren, ohne sich anzumelden. Gestern abend um neun Uhr war er angekommen. Als er Susanne am Pavillon abholen wollte, sah er sie an der Seite eines Mannes in „Friedrichs Hotel“ gehen. Götz hatte sich eine Zeitlang vor dem Hotel herumgetrieben. Einige Male war er nahe daran, hineinzugehen, um plötzlich vor ihr zu stehen. Aber dann hatte er es doch nicht getan. Als es zu regnen anfing, stand er unterm Vordach des Pavillons, wartete, starrte unentwegt auf die Eingangstür des Hotels ... Als Susanne allein herauskam, war sein erster Gedanke, zu ihr hinzugehen. Aber er tat es nicht. Er ging hinter ihr her in weitem Abstand, im strömenden Regen. Im Gasthof „Zur Linde“ übernachtete er.

Es hatte ihn früh herausgetrieben, und nun war er hier. Und das war gut, denn Susanne mußte fort, mußte filmen.

„Hast du Hunger, Götz? Komm, iß doch was! Bist du eben angekommen?“

„Nein“, sagte er, „gestern abend.“

Es war keine Zeit mehr, zu fragen, zu reden, sie mußte gehen. „Ich mag es dir wirklich nicht zumuten, Götz“, sagte sie. „Das lange Stehen – ach, du hast ja keine Ahnung, wie langweilig es ist! Und wie müde man wird!“

Das war so echt, kam so kindlich wie früher aus Susannes Mund, daß es Götz etwas leichter zumute war. „Ich komme mit“, sagte er bestimmt.

„Warum hast du dich eigentlich so angemalt?" fragte er grimmig, als sie durch Jensens Vorgarten gingen.

Diese Frage hatte Susanne erwartet, aber als sie nun kam, wurde Susanne gereizt. Ach, wem sollte sie es denn recht machen? Alle quälten sie, Petra, Theo – nun auch noch Götz!

„Bitte, laß mich doch", sagte sie flehend.

Beim Inselbahnhof war schon großer Betrieb. Die Kameramänner hatten ihre Apparate aufgebaut, eine Menge Kinder stand herum, Schauspieler und Statisten waren versammelt.

„Wenn meine Szene bald kommt, habe ich Zeit", sagte Susanne. Im Grunde hatte sie ein schlechtes Gewissen, weil Götz die weite teure Reise allein ihretwegen gemacht hatte und nun hier herumstehen sollte.

Aber es dauerte viele Stunden, bis sie drankam. Diesmal machte sie es gleich gut. Es war ja auch nicht allzu schwer, dazustehen und zu winken, wenn der Zug abfuhr, mit sehnsüchtigem Gesicht – aber Susanne fühlte doch freudigen Stolz, als Johnson ihr zurief: „Gut, Fräulein Burkhardt! Ausgezeichnet!"

Sie sah sich heimlich nach Götz um. Ja, er stand dort hinten, in der Nähe vom Bahnhofsschuppen. Sicher hatte er Johnsons Worte gehört. Stand neben ihm nicht Andreas Hagen? Ja, er war es ... Die Inselbahn kam langsam zurück, die Szene konnte gleich gedreht werden.

Theo kam zu ihr. „Na, siehst du, Susanne, das war tadellos! Wer weiß, was noch aus dir wird! Eines Tages – wer weiß ..." Susanne blickte glücklich zu ihm auf.

Götz sah es. Das war wohl der Schauspieler, den sie in ihren Briefen manchmal beiläufig erwähnt hatte. Na, meinetwegen! dachte er und biß die Zähne zusammen. Viel Glück!

Er drehte sich um und nickte Andreas Hagen einen kurzen Gruß zu. Was sollte er hier stehen und den Narren machen?

Er wollte zum Gasthof zurück. An der Ecke holte Susanne ihn ein. „Götz! Ich bin fertig! Nun haben wir wenigstens noch den Nachmittag für uns."

Sie redete munter drauflos und sah ihn verstohlen von der Seite an. Er sah finster aus.

Plötzlich unterbrach er sie. „Und die Buchhandlung? Was ist damit? Du hast doch sonntags auch Dienst, denke ich."

„Petra vertritt mich."

„Was sagst du?" Er glaubte nicht recht gehört zu haben. „Petra vertritt dich?"

„Findest du das so schlimm?" Susanne errötete tief. „Wenn ich zum Beispiel krank wäre, könnte ich ja auch nicht ... müßte ich ja auch ..."

„Susanne!" rief er. Sein Blick ließ sie von neuem erröten. „Hast du diese Anschauungen von ... von deinen neuen Freunden? Dann gratuliere ich dir!" Es klang verächtlich.

Sie lief neben ihm her, den Tränen nahe. Was hatte sie denn eigentlich Böses getan? Sie fühlte Trotz, Erregung und Angst.

Sie gingen am Gasthof „Zur Linde" vorbei, ohne es zu beachten, und kamen auf den Weg zum Strand. Viele Menschen begegneten ihnen. Sie bogen ab, einen Weg in die Dünen hinein. Susanne kämpfte immer noch mit den Tränen.

Schließlich blieb Götz stehen.

„Susanne“, sagte er sanft. „Was ist mit dir los? Warum bist du so verändert?“

Daß er die gleichen Worte wie Petra gebrauchte, machte sie ganz verzweifelt. Sie sah ihn an, dann sank sie plötzlich auf einen Grashügel und schlug die Hände vors Gesicht.

„Ich bin nicht verändert!“ rief sie unter Tränen. „Ich bin nicht anders. Ach, warum könnt ihr alle mich nicht in Ruhe lassen? Laßt mich doch nur in Ruhe!“

Ihre Worte gingen in Schluchzen unter.

Götz sah auf sie hinunter. „Gut“, sagte er. „Ich werde dich in Ruhe lassen!“ Er drehte sich um und ging den Weg zurück, ohne sich ein einziges Mal umzusehen.

Nach einer Weile trocknete Susanne ihre Tränen. Sie ging langsam zum Inselbahnhof. Vielleicht war Theo inzwischen auch fertig.

Der Bahnhof lag still und verlassen. Susanne lief zu „Friedrichs Hotel“, erfuhr, daß noch einige Aufnahmen am Strand gemacht wurden, und kehrte um, obgleich sie sich matt und elend vor Hunger fühlte. Die schmerzliche Unrast befiel sie wieder. Sie mußte jetzt mit Theo sprechen! Sie brauchte jemanden, der – ja, was eigentlich? Sie wußte es selbst nicht.

Am Strand sah sie einen Menschenauflauf: Dort wurde gefilmt. Susanne atmete auf und beschleunigte ihre Schritte.

Neben dem Kameramann stand Andreas Hagen. Was wollte er den ganzen Tag? Sie gab ihm die Hand und ging langsam zu Theo hinüber.

Er wandte sich ihr sofort zu. „Ich hab' dich schon vermißt, Mädchen. Wir wollen gleich alle zusammen essen gehen. Für heute sind wir fertig.“

Er hatte sie vermißt. Susanne atmete tief auf, Theo nahm ihren Arm. Auf dem Weg zum Hotel brach plötzlich ein Regenguß los. Alles war im Nu durchnäßt. Die Schauspieler liefen lachend und schimpfend in ihre Zimmer, um sich umzuziehen. Susanne trocknete sich im Waschraum notdürftig ab und versuchte ihr nasses Haar trockenzureiben. Auf dem Weg zum Speisesaal traf sie Ulla Mewes.

„So können Sie nicht bleiben“, sagte die junge Schauspielerin. „Kommen Sie, ich gebe Ihnen ein Kleid!“ Susanne war heute so empfänglich für jede Freundlichkeit, daß sie von Ullas Anerbieten ganz überwältigt war.

In dem Speiseraum hinter dem großen Saal traf die ganze Gesellschaft zusammen. Zu ihrem Erstaunen sah Susanne, daß Andreas Hagen auch hier dabei war.

„Wo ist denn Götz geblieben?“ fragte er.

„Ich weiß nicht“, sagte Susanne und zuckte gleichgültig die Achseln.

Bei Tisch lobte Theo Susannes Spiel und behauptete, man merke bereits einen Fortschritt. „Was sagen Sie, Johnson?“

Johnson nickte.

Susanne sah schnell zu Andreas hinüber, aber sein Gesicht war undurchdringlich.

Nach dem Abendessen blieben alle beisammen. Die Stimmung war noch lebhafter als gewöhnlich, denn die Dreharbeiten waren zum größten Teil beendet, es fehlten nur noch die Szenen am nächtlichen Strand.

„Hör dir den komischen Kerl an“, sagte Theo plötzlich und deutete auf Andreas Hagen.

Susanne, die abwesend dagesessen hatte, horchte auf.

„Nein, das meine ich nicht“, hörte sie Andreas sagen.

„Ich denke nur, es hat verdammt wenig mit Kunst zu tun!"

Gespräche über Kunst waren an der Tagesordnung, alle Gesichter wandten sich ihm zu.

„Es ist meiner Meinung nach ein Unterschied, ob jemand Begabung hat oder ob er meint, eine annehmbare Figur, ein wenig Charme genügten schon, um ein Künstler zu sein. Oder eine Künstlerin!" fügte er hinzu und betonte die letzte Silbe. „Und von dieser Sorte Menschen gibt es bei euch, beim Film, mehr als genug. Das wollte ich sagen."

„Was fällt dem Mann ein!" rief Theo Schellbach verächtlich. „Wer ist er überhaupt?"

„Was setzt sich denn durch?" fuhr Andreas Hagen fort, ohne auf Schellbach zu hören. „Nur die wirkliche Begabung. Nicht etwa die kleinen Mädchen, deren Schönheit schnell genug vergeht. Und was wird dann aus ihnen? Aus ihren Berufen sind sie weggelaufen, sie haben nichts gelernt ..."

„Ich protestiere!" rief Theo laut. „Im Namen aller anwesenden Künstlerinnen protestiere ich. Sie wollen uns doch nicht erzählen, daß die Frau nicht imstande ist, Künstlerin zu sein? Soll sie zum Suppentopf zurück? Diese Ansichten sind von vorgestern. Sie sind so veraltet, daß sich kein Mensch mehr dafür interessiert!"

„Ich habe schon einmal gesagt", erwiderte Hagen mit lauter Stimme, „daß ich nicht vom wirklichen Künstler spreche, sei er Mann oder Frau. Ich rede von den Mädchen, die sich damit begnügen, ihren Liebreiz für Talent zu halten. Die Menge, die ihnen heute zujubelt, weil sie jung und schön sind, hat sie schnell vergessen, soviel ist gewiß! Und die große Stunde, von der solche Mädchen träumen – die Stunde, die sie mit einem Schlage berühmt macht –, kommt nie. Ist es denn ein Verdienst, ein hübsches Gesicht zu haben? Wieviel mehr wert ist jedes einfache Mädchen, das seine tägliche Arbeit tut und versteht, aus seinem Leben etwas zu machen. Welcher Segen kann von einer Frau ausgehen, die ihre Aufgaben erfüllt – in der Familie oder im Beruf. Beruf!" wiederholte er grimmig. „Das war einmal ein Wort, das Bedeutung hatte."

Schweigen entstand. Schließlich sagte Theo: „Hören Sie auf, Mann. Merken Sie nicht, daß Ihre Reden hier nicht wirken? Sprechen Sie doch nicht von Sachen, die Sie nichts angehen und die Sie nicht verstehen."

„Laß ihn, Ted!" sagte Ulla Mewes. „Es ist etwas dran an dem, was er sagt."

Susanne saß verstört da und starrte auf Andreas, als er wieder zu sprechen anfing.

„Manche Männer scheinen sich die Aufgabe zu stellen, junge Menschen irrezumachen. Ohne Gewissen, ohne Verantwortungsgefühl erwecken sie durch ihre Versprechungen alle möglichen Träume von Ruhm und Glück. Wahrhaftig eine wundervolle Tat! Ach – verrückte Welt! Und wie viele Mädchen gibt es, die nicht genug Verstand haben, um die Leere hinter diesem Geschwätz solcher Männer zu erkennen."

Andreas stand auf, legte Geld auf den Tisch, verneigte sich leicht gegen die Gesellschaft und ging hinaus. Während er zur Tür schritt, sagte Theo spöttisch: „Wer ist dieser komische Mensch in dem ewigen Cordanzug? Besitzt er keinen Schlips, oder hat er ein Gelübde abgelegt, bis an sein Lebensende keinen zu tragen?"

Einige lachten, aber andere saßen still da. Nachdem

sich die Tür hinter Andreas geschlossen hatte, brach eine erregte Debatte los.

Susanne stahl sich fort. Niemand bemerkte es. Sie lief durch den Speisesaal, stolperte über einen Teppich, lief weiter ... Ein paar Gäste sahen ihr erstaunt oder lächelnd nach.

Vor der Tür des Hotels blieb sie einen Augenblick stehen.

In welche Richtung mochte Andreas gegangen sein? Es war dunkel. Der Regen hatte aufgehört. Ohne zu überlegen, schlug sie den Weg zu den Dünen ein. Vielleicht fand sie ihn ... oh, sie mußte ihn finden! Sie rannte immer schneller, atmete heftig ...

Andreas hörte Schritte hinter sich und drehte sich um. „Susanne! Was ist? Suchen Sie mich?"

Halb stirnrunzelnd faßte sie nach seiner Hand, als brauche sie etwas, woran sie sich jetzt halten konnte. Dann begann sie zu reden, in hastigen, abgerissenen Sätzen, ab und zu von Schluchzen unterbrochen. „Ich weiß es!" sagte sie. „Mich haben Sie gemeint, die ganze Zeit! Ich weiß es, und Sie haben recht. Aber Sie irren sich trotzdem, Andreas! Ich bin nicht ... ich habe schon selbst erkannt, wie leer das alles ist, wie dumm ich war." Sie preßte die Hände gegen die Schläfen und schüttelte verzweifelt den Kopf.

„Weinen Sie doch nicht", sagte Andreas tröstend. „Beruhigen Sie sich, Susanne! Es ist ja gut, wenn Sie es selbst erkannt haben. Ich habe es gehofft. Ich habe Ihnen soviel Vernunft zugetraut!" Er legte zart den Arm um sie und führte sie zurück. „Ich bringe Sie jetzt nach Hause."

„Ich weiß, daß alles falsch war", schluchzte Susanne.

„Aber es liegt nur an mir. Es liegt nicht an Theo Schellbach. Er hatte keine Schuld!“ Sie nahm ihn noch immer in Schutz.

Andreas ließ sie reden, ließ sie ihre verwirrten Sätze stammeln. Er strich sanft mit der Hand über ihren Arm, damit sie sich beruhige. Als sie vor Jensens Haus waren, sagte er: „Susanne, Sie wollen das Große, nicht wahr?“

Sie nickte stumm.

„Wissen Sie, was uns groß macht? Haben Sie niemals die Worte gehört: ‚Ich kenne keine andern Vorzüge des Menschen als diejenigen, welche ihn zu den besseren Menschen zählen machen!‘ Wissen Sie, wer das gesagt hat? Einer der größten Menschen – Beethoven.“

„Ich habe es gelesen“, sagte Susanne leise. „Ich hatte es nur wieder vergessen.“

„Wir dürfen es aber nicht vergessen, Susanne“, sagte er eindringlich. „Wir alle nicht, glauben Sie mir.“

„Wenn ich nur wüßte, wo Götz ist“, sagte Susanne und schüttelte wieder ratlos den Kopf.

„Er hat im Gasthof ‚Zur Linde‘ übernachtet“, sagte Andreas rasch. „Wollen wir hingehen und fragen, ob er noch da ist?“

Eine ängstliche Hoffnung glänzte in ihren Augen auf.

Sie gingen den Weg zurück. Es regnete wieder. Andreas sagte besorgt: „Sie werden sich hoffentlich nicht erkälten.“

Götz war abgereist. Das Zimmer, in dem er die vorige Nacht geschlafen hatte, stand heute leer.

Am nächsten Morgen hatte eine kräftige Brise die Wolken vertrieben. Aber trotz der Sonne und obwohl es Anfang August war, brachte der Wind einen Hauch von

Kälte mit. Die Badegäste gingen in langen Hosen und Pullovern mit Rollkragen umher.

Susanne saß in ihrem Pavillon. Sie hatte ihr blaues Kopftuch umgebunden und sah blaß aus. Ihr linkes Ohr tat weh, und ein Auge war ein wenig rot und entzündet. Sie sah es, als sie vor dem Spiegel stand und den Lippenstift in der Hand hielt. Sie legte ihn wieder fort. Es kam ihr sonderbar vor, ein schmerzendes Ohr, ein entzündetes Auge und rotleuchtende Lippen zu haben.

Sie saß und horchte auf das Sausen des Windes, das sich von Zeit zu Zeit zu einem fernen, klagenden Heulen erhob. Gut, daß es nicht regnete! Sonst wäre heute abend ihre Szene gedreht worden, bei der sie ins Wasser laufen mußte. Sie verkaufte ein paar Zeitungen und lieh einige Bücher aus. Dann kam eine Stunde lang niemand. Ihr Ohr tat nicht mehr weh, aber sie hatte ein dumpfes, schläfriges Gefühl im Kopf. Wie lange hatte sie nicht mehr behaglich in ihrer Ecke auf dem Hocker gesessen und gelesen! Das wollte sie jetzt tun. Wahllos griff sie ein Buch heraus, schlug es auf. Es waren Gedichte. Sie las, und es war wie immer in letzter Zeit: Die Worte glitten an ihr vorüber, sie drangen nicht in sie ein. Sie lauschte auf das stärker werdende Sausen des Windes. Gedankenlos schlug sie die Seiten um. Ihr Blick fiel auf andere Worte, auf die Anfangszeilen eines Gedichtes:

„Du hast das schöne Paradies verlassen,
Tratst ein in dieses Labyrinthes Gassen ...“

Sie war von der Kraft und Eindringlichkeit der einfachen Worte so ergriffen, daß sie das Buch sinken ließ. Was sprach da zu ihr? „Du hast das schöne Paradies verlassen ...“, flüsterte sie vor sich hin. Sie sah zum Fenster hinaus, ohne etwas zu sehen. Dann las sie weiter, las begierig, erregt das ganze Gedicht Zeile für Zeile, bewegte flüsternd die Lippen mit:

„Du hast das schöne Paradies verlassen,
Tratst ein in dieses Labyrinthes Gassen,
Verlockt von lieblich winkenden Gestalten,
Die Schale dir und Kranz entgegenhalten;
Und unaufhaltsam zieht's dich weit und weiter.
Wohl ist ein leises Ahnen dein Begleiter,
Ein heimlich Grau'n, daß diese süßen Freuden
Dich Schritt um Schritt von deiner Heimat scheiden,
Daß Irren Sünde, Heimweh dein Gewissen;
Doch ach, umsonst! Der Faden ist zerrissen.
Hohläugig faßt der Schmerz dich an und warnt,
Du willst zurück, die Seele ist umgarnt.
Vergebens steht ob deinem Haupt der Stern.
Einsam, gefangen, von der Heimat fern,
Ein Sklave, starrst du in des Stromes Lauf ...“

Sie las weiter, bis zu Ende. Aber ohne den Sinn der letzten Zeilen zu erfassen, kehrten ihre Augen zurück zu den Worten: „Vergebens steht ob deinem Haupt der Stern. Einsam, gefangen, von der Heimat fern!“ Einsam, gefangen ... einsam ... Susanne starrte verwirrt und traurig vor sich hin.

Um ein Uhr kam Theo und holte sie zum Essen ab.

„Sag mal, wo bist du eigentlich gestern abend ...“, fing er an, brach aber ab und fuhr etwas zurück, als er Susannes Gesicht sah. „Wie siehst du denn aus?“

„Mein Ohr tut weh", sagte Susanne. Sie schloß die Karteikarten fort.

„Wie kommt das denn? Dein Auge scheint auch nicht in Ordnung zu sein."

„Ja, leider", sagte Susanne und sah prüfend und mißtrauisch in den kleinen Spiegel. Wie verschwollen sie aussah! Vom Weinen war es auch nicht gerade besser geworden.

„Sag mal, ist es unbedingt nötig, das komische Ding da umzubehalten, wenn wir jetzt ins Hotel gehen?" fragte Theo.

Susanne band schweigend ihr Kopftuch ab. Sie fuhr sich sorgfältig mit dem Kamm durchs Haar, es war heute glanzlos.

„Und dann dachte ich", sagte er, mit einer leisen Gereiztheit im Ton, „du hättest mal so etwas wie einen Lippenstift besessen!"

„Es sieht so komisch aus", murmelte Susanne und zog den Lippenstift aus der Handtasche. „Mit meinem verschwollenen Gesicht ..."

„Du gibst zu wenig auf dein Äußeres", sagte er. „Nicht, daß ich dich kränken will, aber ... Gerade in unserem Beruf ist das von allergrößter Wichtigkeit, glaub es mir! Sieh dir Ulla an, sieh dir die einfachsten Mädchen bei den Statisten an. Wenn du etwas werden willst ..."

„Ich will nichts werden!" sagte Susanne trotzig.

„Das meinst du doch nicht im Ernst, Mädchen. Du mußt dir auch einmal etwas sagen lassen und darfst nicht immer zur Unzeit empfindlich sein."

Einen Augenblick starrte sie ihn an. Dann sagte sie: „Ich werde nie wieder eine Rolle annehmen, Theo! Das habe ich gemeint, als ich sagte, ich wollte nichts werden."

„Dir hat wohl der verrückte Kerl von gestern abend den Kopf verdreht, wie? Aber wie du willst. Bitte – ganz wie du willst!"

„Ich wollte dich nicht verletzen, Theo", sagte sie erschrocken. „Ich weiß, du hast dich so für mich eingesetzt."

„Laß doch!" sagte er empfindlich. „Laß uns doch gar nicht mehr davon reden! Der Fall ist erledigt."

Sie gingen zum Hotel hinüber. Johnson kam ihnen entgegen.

„Fräulein Burkhardt! Gut, daß ich Sie sehe!" sagte er. „Ihre Szene wird heute abend gedreht, auf jeden Fall. Seien Sie Punkt halb neun am Strand."

„Aber es regnet doch gar nicht", sagte Susanne.

„Egal. Ich hab' es mit Breuning" – das war der Regieassistent – „eben besprochen. Wir werden nicht wegen dieser einen Szene, die schließlich nicht so wichtig ist, riskieren, vier weitere Wochen zu warten. Nach dem Wind zu urteilen, wird heute abend die richtige Brandung sein. Um zehn ist Hochflut."

Theo sagte: „Vielleicht haben Sie Glück, und es gießt bis dahin."

„Sonst können wir schließlich auf den Regen verzichten", sagte Johnson. „Also, Fräulein Burkhardt! Um halb neun wird angefangen. Bitte pünktlich sein!"

„Ich kann eigentlich erst um neun schließen", wandte Susanne schüchtern ein.

Theo fuhr grob dazwischen: „Stell dich doch nicht immer so an mit deinem dämlichen Laden!"

Susanne wandte ihr Gesicht zur Seite, und er fuhr

gereizt fort: „Natürlich, Tränen! Hätte ich es mir nicht denken können? Aber rede mit Mädchen ein sachliches Wort, Johnson, und du wirst Heulerei haben und weiter nichts."

„Ich weine ja gar nicht!" sagte Susanne und unterdrückte gewaltsam das Zittern ihrer Stimme „Du weißt doch, daß mein Auge entzündet ist."

„Ach ja, richtig. Ihr Auge ist entzündet, Johnson!" rief Theo in übertrieben spöttischem Ton. Johnson ging lachend davon.

Theos Wunsch, es möchte bis zum Abend noch Regen geben, erfüllte sich nicht. Aber ein kalter Wind wehte, und Susanne in ihrem Badeanzug schauerte zusammen, als sie aus der Kabine trat. Johnson hatte ihr geraten, im Badeanzug zu proben. Erst zuletzt, wenn die Szene gedreht wurde, sollte sie ihr Kleid überziehen. Die Rolle schrieb vor, daß sie mit Kleid und Schuhen ins Wasser rennen mußte, einem Mädchen zu Hilfe, das mit den Wellen kämpfte.

Als sie die Fußspitze ins Wasser hielt, erschien es Susanne einfach unmöglich, sich gleich ganz hineinzustürzen. War sie von allen guten Geistern verlassen gewesen, als sie sich auf diese Geschichte einließ? Sie konnte sich vorstellen, daß eine große Schauspielerin, die ganz in ihrer Rolle lebt, auch dies ganz selbstverständlich in Kauf nehmen würde. Aber sie war eben keine große Schauspielerin!

Und sie mußte auch noch hören, wie Johnson sagte: „Wenn diese Szene von der Burkhardt geschmissen wird, schneiden wir sie einfach raus", und der nette Breuning nickte dazu.

Sie stand am Wasser und sah sich noch einmal um.

Theo – war er gekommen? Er hatte es ihr versprochen. Ja, dort hinten war er. Ein Mädchen stand neben ihm.

Nachdem Susanne achtmal hintereinander in die Brandung gerannt war und dabei laut geschrien hatte: „Ich komme! Ich komme!“, durfte sie sich zu Frau Hansen begeben, die in der Badekabine auf sie wartete. Frau Hansen war die Garderobiere. Susanne zog Schuhe und Strümpfe an und das dünne Kleid, das die Rolle vorschrieb.

Dann wurde die Szene gedreht.

Hinterher saß sie wieder in der Kabine, wurde von der gutmütigen Frau Hansen in Badetücher gewickelt und abgerubbelt, bekam einen trockenen Bademantel und einen Schluck heißen Kaffee ans der Thermosflasche. Susanne klapperte mit den Zähnen und zitterte dabei am ganzen Körper.

„Gehen Sie lieber so schnell wie möglich nach Hause“, sagte Frau Hansen. „Sie holen sich sonst noch etwas.“

Susanne zog sich rasch an und ging hinaus in den Wind. Die Apparate wurden schon auf Karren geladen und fortgebracht.

Theo stand noch immer bei dem Mädchen. Es kam Susanne bekannt vor. Wahrscheinlich wohnte es in „Friedrichs Hotel“. Sie hörte das Mädchen glücklich lachen. Dieses Lachen erinnerte sie an etwas ... an ihr eigenes Lachen vor wenigen Wochen. Grenzenlose Müdigkeit, Abscheu überkamen sie. Ja, sie mußte nach Hause, Frau Hansen hatte recht.

Aber im Grunde genommen war alles so gleichgültig. Langsam ging sie durch den weichen Sand auf Theo zu.

Er stellte das Mädchen vor, war angeregt und in bester

Laune. Zu dreien gingen sie hinauf zu „Friedrichs Hotel“. Theo sagte nichts von Susannes Spiel. Er war so beschäftigt, sich vor dem neuen jungen Mädchen in Szene zu setzen, daß er die Szenen des Films darüber vergaß.

Susanne fror nicht mehr, trotz des kalten Windes. Sie war sogar übermäßig warm und erregt. Nur ihr Haar war noch naß, und ab und zu rann ein fröstelnder Schauer vom Kopf her durch ihren Körper. Plötzlich blieb sie stehen, zuckte heftig zusammen und stieß einen Schmerzenslaut aus.

„Was ist denn mit dir los?“ fragte Theo.

„Es zuckte so furchtbar durch mein Ohr“, sagte Susanne mit erschrockenen Augen. „Oh, jetzt wieder! Na, es wird wohl besser werden.“ Sie ging schnell und beschämt weiter.

„Leg dich am besten gleich hin“, sagte Theo. „Du bist ein empfindliches Ding!“

Das junge Mädchen gab Susanne Ratschläge. „Oh“, sagte sie, „Ohrenschmerzen! Das kenne ich auch! Machen Sie doch heiße Kamillenumschläge, das hilft immer am besten.“

„Danke, ja, das werde ich tun“, sagte Susanne. „Wir wollen gar nicht mehr davon reden, es ist schon viel besser.“

Das stimmte nicht. Sie mußte sich zusammennehmen, um nicht zu stöhnen, so heftige Schmerzen durchzuckten das Ohr.

An der Ecke, wo Susannes Weg zu Haus Jensen abbog, blieben sie stehen.

„Ja, Susanne“, sagte Theo wohlwollend, „dir kann man wirklich nur raten, dich gleich hinzulegen. Scheußlich, diese Ohrenschmerzen. Kommst du allein nach Hause? Weit ist es ja nicht."

„Natürlich komme ich allein nach Hause", sagte Susanne hastig.

„Also dann bis morgen, Susanne. Und gute Besserung. Nicht krank werden, verstanden?"

In der Nacht wachte Frau Jensen davon auf, daß jemand im Haus herumtappte. Sie sah zu ihrem Mann hinüber – er schlief. Sie zog Pantoffeln an und horchte zur Schlafzimmertür hinaus.

„Fräulein Suschen? Sie sind es! Ich hörte etwas ..."

„Ach, nun habe ich Sie doch gestört, Frau Jensen", sagte Susanne mühsam. „Entschuldigen Sie bitte! Ich war in der Küche, ich wollte etwas holen ..."

„Haben Sie noch Durst, Fräulein Suschen? Soll ich Ihnen was zu trinken machen?" Die alte Frau schloß die Tür hinter sich, damit ihr Mann nicht gestört wurde. „Sie sehen so elend aus. Fühlen Sie sich schlecht?"

„Ja", gab Susanne zu. „Mein Ohr tut so furchtbar weh, ich weiß nicht, wie ich es aushalten soll. Ich muß mich erkältet haben."

Frau Jensen nahm Susanne energisch bei der Hand.

„Flink, ganz flink ins Bett, Fräulein Suschen! Ich mache Ihnen heiße Kamillenumschläge, das habe ich bei meinem Jens auch gemacht, wenn er Ohrenschmerzen hatte."

Susanne sank ins Bett und drückte das Gesicht ins Kissen, um ihr Stöhnen zu ersticken. Unaufhörlich zuckte und hämmerte es in ihrem Ohr. Sie hatte vor Schmerzen nicht einschlafen können und war schließlich in ihrer Verzweiflung in die Küche hinuntergetappt, um sich einen heißen Umschlag zu machen. Aber es gab kein Gas im Haus Jensen und auch keinen elektrischen Kocher. Es wurde noch alles auf Herdfeuer gekocht. Der Herd war kalt, sie wollte nicht mitten in der Nacht hier herumpoltern – abgesehen davon, daß sie sich kaum auf den Beinen halten konnte.

Es dauerte nicht lange, da kam Frau Jensen zurück. Sie brachte einen kleinen elektrischen Heizofen. Darauf legte sie ein Säckchen mit Kamillenblüten, ließ es heiß werden und schob es unter Susannes Kopftuch, an das schmerzende Ohr.

Es war so heiß, daß Susanne fast aufgeschrien hätte, aber „Je heißer, desto besser", sagte Frau Jensen, und so ließ sie alles mit sich geschehen.

Die Nacht wurde lang. Susanne wandte stöhnend den Kopf hin und her. Unermüdlich saß Frau Jensen an ihrem Bett und legte die heißen Kompressen auf das schmerzende Ohr.

„Sie haben Fieber, Fräulein Suschen", hörte Susanne wie durch einen dicken Schleier. „Sie fühlen sich so heiß an."

„Seien Sie mir nicht böse, seien Sie mir nicht böse", murmelte Susanne und bewegte den Kopf hin und her.

„Aber Fräulein Suschen! Warum sollte ich Ihnen denn böse sein?"

„Weil ich so oft unpünktlich war in letzter Zeit", flüsterte Susanne und drehte stöhnend den Kopf zur Seite. Sie konnte der alten Frau nicht sagen, was in ihr vorging, aber sie hatte das Gefühl, sie müsse sie um Verzeihung bitten.

„Ach, da machen Sie sich man keine Sorgen", sagte Frau Jensen. „Sie waren wohl ein bißchen verändert, man weiß ja, wie das geht mit jungen Menschen. Man war ja selber jung."

Diese Worte hätte Susanne gewiß nicht aus Frau Jensens Mund erwartet. Sie schämte sich noch mehr.

„Und ich habe zu Vater gesagt", fuhr Frau Jensen fort, „unser Fräulein Suschen, die hat jetzt wohl den Kopf ein bißchen voll mit anderen Dingen. Aber sieh mal, Vater, habe ich gesagt, das Bild von unserm Jens hat sie mit Blumen geschmückt ... Geben Sie her, wir nehmen wieder einen neuen Umschlag."

Wäre Susanne nicht von Fieber und Schmerzen feuerrot gewesen, so wäre sie es jetzt geworden.

Gegen Morgen stieg das Fieber sogar noch, aber die Schmerzen hörten zeitweilig auf. Dann sank Susanne erschöpft in Schlummer und Fieberträume.

„Meine kleine Buchhandlung", sagte sie einmal und schlug die Augen auf. „Oh, heute kann ich nicht ... wirklich nicht! Was soll ich bloß tun?"

„Das ist doch nicht so schlimm", sagte Frau Jensen tröstend. „Ich schicke Vater nachher zu Ihrer Schwester rüber. Ob er da um sieben schon hinkommen kann?"

Sie ging, ihren Mann zu wecken, und Susanne schlief wieder ein. Mehrmals nacheinander hatte sie an diesem Tag folgenden Traum:

Sie war in ihrem Zimmer, niemand war bei ihr, und sie fürchtete sich. Wie allein sie war! Aber jetzt kamen Schritte die Treppe herauf, die Tür zu ihrem Zimmer ging auf, und alle kamen. Alle, die sie liebhatte, Petra, Andreas und seine Mutter, Anke, Götz ... Sie stand auf, um ihnen entgegenzugehen, ihnen freudig die Hand entgegenzustrecken: „Wie lieb, daß ihr kommt ..." Aber sie konnte die Worte nicht sagen. Sie schrie sie endlich mit aller Kraft, aber sie kamen nur flüsternd aus ihrem Mund. Die Menschen im Zimmer sahen ihre ausgestreckte Hand nicht, sie sprachen miteinander und sahen fremd und kalt durch Susanne hindurch, als sei sie nicht da. Während sie immer ängstlicher, immer trostloser die Hand nach ihnen ausstreckte, wurde sie fortgezogen, nach hinten, und je mehr sie versuchte, vorwärtszugehen – zu Petra –, desto stärker wurde sie nach hinten gezogen. Sie glitt zurück, immer ferner rückten das Zimmer und die Menschen. Mit letzter Anstrengung stieß sie einen keuchenden Schrei aus und fuhr hoch.

Frau Jensen saß an ihrem Bett und sagte: „Es wird bald besser, Fräulein Suschen, nun schlafen Sie man noch ein bißchen. Vater ist jetzt zu Ihrer Schwester hin, er wird wohl bald wiederkommen."

Susanne sank zurück, schlief ein und träumte den gleichen Traum: Sie war in ihrem Zimmer, niemand war bei ihr, und sie fürchtete sich ... Als sie wieder keuchend hochfuhr, war Petra bei ihr und beugte sich über sie. Petra war da!

Am nächsten Tag ließen Fieber und Schmerzen nach. Dr. Hoffmann, der auf Petras Bitten gekommen war, sagte, daß Susanne wohl in einer Woche wieder aufstehen könne. Die heißen Umschläge hatten schnell gewirkt. Das Ohr war nicht mehr so entzündet.

Susanne lag in angenehmer Erschöpfung. Es war unbeschreiblich gut, keine Schmerzen, keine Fieberträume mehr zu haben. Zu ihrem Erstaunen fühlte sie nichts als grenzenlose Erleichterung und selige Müdigkeit.

Ihr Pavillon mußte nicht geschlossen werden, auch das war beruhigend. Andreas Hagen hatte sich erboten, an Susannes Stelle ein paar Tage Bücher auszuleihen.

Ho, das sei eine nette Beschäftigung, behauptete er, als er sich mit einem Blumenstrauß nach ihrem Befinden erkundigte. „Und ich hab' jetzt viel Zeit", sagte er lachend, „die Entwürfe für den Wettbewerb sind abgeschickt. Halten Sie mir den Daumen, Susanne!"

Susanne schlief den ganzen Nachmittag einen tiefen, wundervollen Schlaf. Gegen sechs Uhr wachte sie auf. Sie war allein. Aber um sieben würde Petra kommen und wieder, wie die vorige Nacht, bei ihr bleiben.

Alle waren gut zu ihr! Susanne sah den Spruch an der Wand: „Morgenstunde hat Gold im Munde." War es möglich, daß sie sich einmal darüber geärgert hatte? Und dann dachte sie an Theo ...

Ein Strom bitterer Gedanken ging durch ihren Kopf, der nach dem Schlaf so klar, so nüchtern war.

Als Theo sie vorgestern gefragt hatte, ob es notwendig sei, sie nach Hause zu bringen – da hatte sie ihn einen Augenblick lang angesehen, sie hatte wortlos in seinen Augen etwas gesucht ... und dann war sie erwacht. Er war lieblos, jetzt wußte sie es. Endlich hatte sie es erkannt, daß er keiner wahren Zärtlichkeit fähig war, keines wirklichen Gefühls. Wie kalt hatten seine Augen sie angesehen, als sie unschön und krank war. Leichten Herzens ließ er sie allein nach Hause gehen, um mit einem anderen Mädchen zu flirten. Und sie hatte einmal gedacht, für diesen Menschen könnte sie alles im Stich lassen!

Sie wußte, daß er in diesen Tagen nichts zu tun hatte, aber er war nicht gekommen, um zu fragen, wie es ihr ging. Nun ja – er konnte nicht in einem Zimmer wie diesem hier sitzen, ohne in schlechte Laune zu geraten. Sein „ästhetischer Sinn", sein „hochgezüchteter Geschmack“ ließen es nicht zu. Er wollte sich nur auf den Höhen der Menschheit bewegen, nicht unter der „Menschengrütze“, wie er einmal gesagt hatte.

Je mehr Susanne nachdachte, desto weniger begriff sie sich selbst, desto unverständlicher wurde ihr, daß sie ihn nicht eher durchschaut hatte. Mein Gott, daß sie auf seine plumpen Komplimente hereingefallen war. Ach, nun mußte sie eben die Suppe auslöffeln, die sie sich mit ihrer Blindheit eingebrockt hatte ...

„Susanne, wie geht es dir?“

Das war Petras Stimme.

Susanne richtete sich auf. „Komm herein, Petra! Es geht mir viel, viel besser.“

„Du siehst so drollig unternehmend aus, daß ich lachen muß!“

„Ja, ich habe gerade eine große Abrechnung gehalten!“

„Eine Abrechnung? Mit wem denn?“

„Mit mir und ... Ach, Petra, darf ich etwas fragen? Hast du mich noch lieb? So ganz richtig wie früher, als ich noch ... deine kleine Schwester war?“ Sie hatte den Kopf zur Wand gedreht, und ihre letzten Worte kamen ganz leise.

„Susanne!“ sagte Petra zärtlich. „Daß du überhaupt fragen kannst!“

Als Susanne nach einer Woche wieder in ihrem Pavillon saß, kam Theo Schellbach. Er setzte zu einer wortreichen Erklärung an. Aber Susanne unterbrach ihn. Plötzlich fühlte sie, daß sie Petras Schwester war, daß auch in ihr eine Kraft schlummerte, die sie bisher nicht gekannt hatte.

„Theo! Wir wollen keine großen Worte machen. Ich bin froh, daß alles so gekommen ist, wie es kam."

Er sah sie mit heimlicher Bewunderung an. Die Entschlossenheit in ihrem blassen Gesicht war ihm neu und gab ihr einen besonderen Reiz.

„Susanne", sagte er „hör mich an! Ich bin Künstler, ich bin anders als ..."

„Ja, ich weiß", sagte sie und lächelte ein wenig verächtlich. „Aber weil du so bist, wie du bist, und weil ich bin, wie ich bin, passen wir eben nicht zusammen. Am besten ist es, wir reden nicht mehr davon."

„Susanne – hast du wirklich alles vergessen?" fragte er und versuchte, den alten werbenden Klang in seine Stimme zu legen.

„O nein", sagte sie. „Ich habe nichts vergessen. Ich habe die schönsten Eigenschaften in dich hineingedichtet, und du kannst nichts dafür, daß sie nicht in dir sind. Bitte, Theo, geh jetzt! Ich hab' noch so viel zu tun. Es ist schlimm genug, daß ich so lange nicht hier war. Leb wohl!"

Er zog den Hut, schwenkte ihn wortlos und ging davon.

Wenige Tage später reiste er mit dem Stab der Filmgesellschaft ab.

Susanne machte sich mit frohem Eifer an die Arbeit. Es war so schön, wieder die alte Susanne zu sein! Nur der Gedanke an Götz war beunruhigend.

Am liebsten hätte sie ihm geschrieben: „Götz, ich bin wieder Deine Susanne! Ich bin so traurig, daß ich Dir weh getan habe ..." Aber sie konnte es nicht über sich bringen. Man konnte, was geschehen war, nicht mit ein paar Worten gutmachen. Sie fing einen Brief nach dem andern an. Insgeheim hoffte sie, Götz würde noch einmal schreiben. Aber es kam nichts.

Schließlich schickte sie doch einen kleinen Brief ab:

„Lieber Götz, ich weiß, Du kannst mich nicht mehr gern haben. Aber bitte verzeih mir.

Deine Susanne!"

Der September ging zu Ende, die Saison war vorbei, und Susannes Zeit war um. Sie packte Pakete, ordnete ihre Bücher, die Kasse ... alles stimmte. Dr. Petersen lobte sie in einem Brief. Aber Lob mochte Susanne in dieser Zeit nicht hören. Sie steckte den Brief zuunterst in ihren Koffer.

Götz hatte auf ihren Brief nicht geantwortet, wie sie es im stillen gehofft hatte. Er war eben doch kein kleiner Junge mehr, den man nach Belieben wegschicken und zurückholen konnte ...

Petra brachte Susanne zur Bahn. Es war frühmorgens um fünf. Nebel lag in der Luft. Susanne zeigte ein fröhliches Gesicht, sie wollte zuversichtlich wirken. Petra wußte ja, wie ihr zumute war. Sie drückte die Schwester liebevoll, als sie sich zum Abschied umarmten.

Im Laufe des Tages wurde der Nebel immer dichter, und als Susanne im Zug saß, der sie zur Stadt zurückbrachte, schlug Regen prasselnd gegen die Scheiben des Abteils. Von der vorübergleitenden Landschaft war kaum etwas zu erkennen. Susanne zog fröstelnd ihren Mantel zusammen. Sie dachte an den Tag, an dem sie fortgereist war nach Hoogensand. Oh, wie anders hatte sie sich die Rückkehr gedacht!

Gegen acht Uhr lief der Zug in der Bahnhofshalle ein.

Susanne stand mit Reisetasche und Koffer in den Händen am Fenster. Nur an Frau Paulke, ihre gute, freundliche Wirtin, hatte sie eine Karte geschrieben. Sonst wußte niemand, daß sie kam.

Susanne stieg aus und ging im Strom der Menschen den Bahnsteig entlang. Sie blickte scheu auf die Wiedersehensszenen, welche die Ankunft eines Zuges meistens mit sich bringt. Langsam ging sie die Treppe hinauf. Oben blieb sie noch einmal stehen und sah auf den Bahnsteig hinunter. Die Menschen verliefen sich.

Es war ungemütlich, die Feuchtigkeit schien durch ihren Mantel zu dringen. Oh, jetzt in die leere kleine Wohnung zu kommen! Selbst die schwache Hoffnung, daß Frau Paulke das Zimmer auf dem Dachboden zum Empfang geheizt hätte, erwärmte sie nicht. Ohne Petra, ohne einen Menschen in dieser großen Stadt, sollte sie den Winter zubringen ...

Es zog sie nichts hierher zurück. Nicht einmal auf die Buchhandlung Petersen konnte sie sich freuen. Dort würde sie Götz' Schwester Anke treffen. Und die Erinnerung an vergangene Zeiten würde ihr auf Schritt und Tritt begegnen. Sie ging durch die Sperre, gab ihre Fahrkarte ab und ließ sich gedankenverloren bis zum breiten Ausgang der Wandelhalle weitertreiben. Sie sah sich um, und als sie nur fremde Menschen sah, begrub sie ihre winzige Hoffnung. Wäre es nicht so gänzlich sinnlos gewesen, wäre sie am liebsten umgekehrt. Auf Hoogensand war doch wenigstens Petra!

Aber es half alles nichts. Susanne starrte in den Regen, der über ihr prasselnd auf das Glasdach schlug. Immer noch zögerte sie. Sollte sie in den strömenden Regen hinauslaufen oder erst eine Kleinigkeit im Wartesaal essen? Ach nein! Unter lauter fremden, gleichgültigen Reisenden würde sie sich noch verlorener vorkommen. Sie wollte nach Hause, in ihre kleine Wohnung auf dem Dachboden!

Sie überquerte den asphaltierten Parkplatz und setzte auf der kleinen Verkehrsinsel ihren Koffer ab. Der Verkehr war so dicht, daß sie nicht zur Straßenbahn hinüberkonnte. Die Regentropfen tanzten auf den Steinen, der Asphalt spiegelte die roten, grünen und gelben Lichter der Großstadt-Reklame. Dicht vor ihr hatte sich eine Pfütze aus Öl und Regenwasser gebildet, sie starrte auf das ineinanderschwimmende Farbenspiel ...

Ein Arm schob sich von hinten in den ihren. Sie fuhr herum, erschrocken, ungläubig ...

„Oh, Götz!“ stammelte sie. „Hast du mich ... bist du doch gekommen?“ Plötzlich lag sie an seiner Brust.

„Ich kann dich doch nicht im Regenwasser ertrinken lassen“, brummte er gutmütig und drückte sie an sich.

In Professor Amelungs Haus ging das Leben seinen täglichen Gang. Einige Kinder konnten in diesem Herbst entlassen werden, Bodo und Marianne durften aufstehen, zwei neue Kinder waren gekommen. Eines von ihnen, die sechsjährige Helga, litt in den ersten Wochen so stark unter Heimweh, daß Petra manche Stunde an ihrem Bett verbrachte, um sie abzulenken.

„Wie machen Sie es eigentlich, daß es Ihnen mit allen Kindern so gut gelingt?“ fragte Dr. Hoffmann. Er sah Petra so freundlich an, daß sie seinen Blick mit erstauntem Lächeln erwiderte. „Verraten Sie mir Ihr Geheimnis?“

„Es ist kein Geheimnis“, sagte Petra lachend.

„Sie müssen später zu mir kommen, wenn ich erst mein Kinderkrankenhaus habe“, fuhr er fort.

„Ein Kinderkrankenhaus?“ fragte Petra interessiert. „Und ich will ein Kinderheim haben.“

„Wahrhaftig? Interessant. Das müssen Sie mir erzählen. Sagen Sie ...“

„Nein, jetzt kann ich nicht. Ich muß zu Bodo! Ich soll bewundern, wie gut er schon in seinem Gipskorsett laufen kann.“

„Aber dann heute abend? Kommen Sie noch nach dem Essen ein bißchen zu mir herüber! Friedchen kommt auch.“

Petra nickte.

Das Haus Amelung war ihr zu einer Art Heimat geworden. Natürlich dachte sie oft an Susanne und das kleine Zimmer auf dem Dachboden. Aber Susanne schrieb durchaus keine traurigen Briefe, im Gegenteil! Und Petra selbst hätte mit niemandem tauschen mögen. Sie fühlte sich geborgen in diesem Haus, in dem die Menschen sie gern hatten, in dem die Kinderaugen aufleuchteten, wenn sie ins Zimmer trat. Und jeden Mittag wartete Andreas auf sie ...

Es gab noch milde, sonnige Oktobertage. Waren Petra und Andreas am Meer entlanggewandert, so ruhten sie manches Mal auf „ihrer“ Düne aus. Die Nachmittagssonne erwärmte ein wenig den Sand und das dürre Heidekraut.

„In vier Tagen reise ich ab“, sagte Andreas.

Petra versuchte, ihren Schrecken zu verbergen. Nur noch vier Tage!

„Wie ist es?“ sagte er. „Können wir uns nicht mal abends sehen?“ Sie hob hilflos die Schultern. „Ich weiß nicht, Andreas. Professor Amelung ...“ „Ja, ich weiß! Professor Amelung hat es nicht gern, wenn Sie abends noch fortgehen.“

„Außer an meinen freien Nachmittagen.“

„Haben Sie in diesen vier Tagen nicht noch einmal frei?“

„Zwei Schwestern sind krank“, sagte Petra. „Und außerdem: ich hatte gerade vorgestern frei.“

„Ah, richtig. Und wer mußte da schon um sieben zu Hause sein? Petra! Weil sie lieber bei einem kleinen Mädchen sitzen als mit mir spazierengehen wollte.“

„Die kleine Helga wurde doch am nächsten Tag operiert! Sie hatte Angst ...“

„Ich werde Sie rufen lassen, wenn es mir mal so gehen sollte“, sagte Andreas lächelnd. „Sie brauchen mich nicht so zornig anzusehen, Petra. Schön, wir müssen uns eben mit Ihrer Mittagspause begnügen, nicht wahr?“

Petra nickte.

Aber am nächsten Tag kam Andreas nicht. Petra kletterte auf die höchste Düne und sah den Heideweg entlang. Es war das erstemal, daß er eine Verabredung nicht einhielt. In schweren Gedanken machte sie sich auf den Heimweg, nachdem sie fast eine Stunde lang gewartet hatte. Ob er ihr böse war?

In der Nähe des Hauses traf sie Frau Amelung, die vom Dorf kam. „Ich soll Sie grüßen, Petra“, rief sie schon von weitem. „Von Herrn Hagen. Ich traf ihn auf der Post. Er hat ein Telegramm bekommen, offenbar eine gute Nachricht. Er hatte sich wohl an irgendeinem Wettbewerb beteiligt?“

„Ja“, sagte Petra atemlos.

„Und nun hat er einen Preis bekommen.“

In Petra sang und jubelte es; deshalb also war er nicht gekommen!

„Herr Hagen reist morgen in aller Frühe. Ich soll Ihnen einen Gruß bestellen, und Sie möchten ihm bald schreiben.“

Petra gelang es, mit weißen Lippen zu lächeln und „Vielen Dank“ zu murmeln.

Wie seltsam war es doch, daß ihre Füße sie Schritt für Schritt zum Haus trugen, neben Frau Amelung her, und daß sie die Kraft hatte, dem kleinen Bodo zuzuwinken, der in der Haustür stand und nach ihnen ausschaute.

Langsam ging sie ins Haus, hinter Frau Amelung und Bodo her, die lebhaft plauderten.

Es war, als gäbe es heute neben der Petra, die den Kindern vorlas, noch eine andere, eine Petra, die fieberhaft und verzweifelt nachdachte, unaufhörlich.

Ja, sie hatte es gewußt, daß er eines Tages abreisen würde. Und sie hatte gewußt, daß er von diesem Tage an wieder seiner eigenen, seiner eigentlichen Welt gehören würde – einer Welt, von der Petra nicht viel wußte. Eigentlich nur das, was Andreas ihr davon erzählt hatte. Da gab es Ausstellungen und das Leben an der Akademie, wo Andreas begabte junge Menschen unterrichtete. Es gab Freunde und interessante Gespräche, vor allem aber gab es seine Arbeit. Sie bedeutete ihm mehr als alles andere, soviel verstand Petra. Sie hatte manches Mal darüber nachgedacht und hatte es begriffen. Aber daß er sie nun ganz und gar vergaß über der Freude, einen Preis bekommen zu haben! Daß er leichten Herzens fortfuhr, ohne sie noch einmal gesehen zu haben! Einen schönen

Gruß und ... Petra legte das Buch hin und lief aus dem Zimmer. „Ich komme gleich wieder. Mir ist was ins Auge geflogen!“ rief sie den Kindern zu, die ihr verwundert nachstarrten.

Im Schutz des dämmrigen Treppenhauses rieb sie eine Weile an ihren Augen herum und schnupfte ein paarmal energisch ins Taschentuch.

Andreas konnte nichts dafür, daß sie ihn lieber hatte als er sie.

Während sie den Kindern weiter vorlas, überkam sie plötzlich der heftige Wunsch, ihn zu sprechen. Nach dem Abendessen wollte sie einfach in den Gasthof „Zur Linde“ laufen und ihm sagen: „Andreas, ich muß Sie noch einmal sehen!“

Aber nein. Kummer und Verzweiflung überkamen sie von neuem. Wenn es Andreas nicht darauf ankam, ihr auf Wiedersehen zu sagen, sollte sie ihm dann nachlaufen?

Als die Kinder ihr Abendessen bekamen, ging Petra in ihr Zimmer. Wenn jetzt Susanne da wäre! Es wäre gut, den Kopf an ihre Schulter zu lehnen ...

Vom oberen Flur rief ihr die Haushälterin zu: „Es ist etwas für Sie abgegeben worden, Fräulein Petra: Ich habe es in Ihr Zimmer gelegt.“

Petra stand mit weit offenen Augen, selbst ihr Mund war ein wenig geöffnet. Plötzlich konnte sie wie sonst zwei Stufen auf einmal nehmen. Sie erreichte ihr Zimmer, schloß die Tür hinter sich und griff mit unsicherer Hand nach dem Lichtschalter. Auf dem Tisch lag ein Brief.

In die Sofaecke gekauert, las sie seine Worte – immer wieder. Ab und zu rieb sie, ohne es zu merken, mit dem

Handrücken die Tränen fort, die über ihr Gesicht liefen. Andreas ...

„Liebe Petra“, schrieb er. „Sie wissen wohl schon, daß ich früh abreise. Wir müssen uns noch einmal sehen – meinen Sie nicht auch? Ich werde um neun an unserer Düne sein und auf Sie warten. Andreas.“

Als Petra sich zum Abendessen fertigmachte, sah dem Spiegel ein glückstrahlendes Gesicht entgegen. Wie anders war alles geworden, von einer Minute zur anderen – durch ein kleines Blatt Papier! Um nachher keine Zeit zu verlieren, nahm sie ihren Mantel mit und hängte ihn in die Diele.

Wie immer wurde das Abendessen behaglich ausgedehnt. Endlich hob Frau Amelung die Tafel auf. Petra gelang es, sich als erste aus dem Speisezimmer zu stehlen. Niemand außer ihr war in der Diele. Sie nahm ihren Mantel, öffnete die Haustür und lief den Weg zur Düne hinauf, wo Andreas warten wollte.

Er war nicht hier oben, wie sie gedacht hatte. Sie sah zum Strand hinunter, versuchte, mit den Augen das Dunkel zu durchdringen.

„Kommen Sie, Petra!“ rief er und kam auf sie zu. „Springen Sie!“ Er fing sie auf. Er war groß und stark, sie war wie ein Kind in seinen Armen.

„Oh, Andreas“, sagte sie jubelnd. „Ich freue mich so! Ich habe gedacht, Sie würden abreisen ohne ... Petras Stimme begann zu schwanken.

„Ohne Ihnen Lebewohl zu sagen? Meinten Sie das, Petra?“

Sie nickte, bezwang die aufsteigenden Tränen und sah ihn lachend an. „Na ja, Sie haben mir doch bestellen lassen, ich möchte bald schreiben.“

Er legte den Arm um ihre Schultern. Langsam gingen sie zum Ufer hinunter.

„Das sollen Sie auch, Petra. Sie sollen mir lange Briefe schreiben! Und andere Leute geht es schließlich nichts an, ob ich mich noch von Ihnen verabschiede, nicht wahr?"

Er begann zu erzählen, freudig erregt. Der Preis bedeutete, daß er einen großen Auftrag bekam.

Er sah sie zärtlich an. „Sie sind heute so still, Petra. An was denken Sie?"

„Ich dachte, wenn ich auch malen könnte oder sonst irgendein Talent hätte, das wäre schön!" sagte sie träumerisch.

„Dann wären Sie nicht Petra", widersprach er. „Und dann würde nichts aus unserem Kinderheim. Wie ist es? Es bleibt doch dabei?"

Sie nickte. Das Dunkel ringsum, sein Arm, das leichte Geräusch der Wellen am Strand gaben ihr ein Gefühl von Geborgenheit.

„Es soll am Wald stehen", sagte er und sah sie lächelnd an. „Ein weißes Haus am Wald mit einer großen Wiese davor. Rundherum alte Bäume und ein Stück Garten für Blumen. Und im Wald dürfen sich die Kinder Wohnungen bauen und Höhlen. Nicht wahr, Petra?"

Sie hatte den Kopf fortgewandt. „Daß Sie das alles noch wissen!" sagte sie.

Ihre Stimme zitterte ein wenig.

Vom Wasser her kam kühler Wind. Andreas legte den Arm fester um Petra. „Und es wird Ihnen nicht zu einsam sein?" fragte er. „Sie werden sich nicht verlassen fühlen?"

„Mit all den Kindern?" gab sie lachend zurück. „Außerdem kann ich mir ja einen Hund anschaffen, der böse Menschen wegbellt."

„Und ich kann mir im Wald eine kleine Hütte bauen. Dort male ich dann, und außerdem beschütze ich Sie. Oder glaubst du, das geht nicht gut, Petra: ein Maler und ein Kinderheim?"

Petra antwortete nicht. Sie blieb stehen und sah ungläubig zu ihm auf – ein paar atemlose Sekunden lang. Und Andreas las die Antwort in ihren Augen.

Die Winterstürme heulten ums Haus. Ein klagendes Sausen kam vom Meer her, bei Flut war Tag und Nacht die tobende Brandung zu hören. Aber im Haus Amelung herrschte frohes Leben, trotz Krankheit und Schmerzen, trotz Winter und Einsamkeit.

Die Kinder mußten jetzt natürlich im Haus bleiben, sie konnten nicht mehr ins Freie gebracht werden. Aber sie spielten, arbeiteten und lasen, sie ließen sich von Petra Geschichten erzählen und bastelten eifrig für Weihnachten. Jeden Sonnabendnachmittag war Märchenstunde. Die Kinder freuten sich die ganze Woche darauf. Petra las alte und neue Geschichten vor.

Beim Kasperletheater half ihr neuerdings Dr. Hoffmann. Er übernahm die männlichen Stimmen. „Ich muß üben", erklärte er. „Für später, wenn ich mein Kinderkrankenhaus habe."

„Wollen Sie als Chefarzt auch noch Kasperle spielen?" fragte Petra lachend.

„Warum nicht? Sicher will ich das!"

Dr. Hoffmann war ein sehr ruhiger, nachdenklicher Mensch. Er war ein wenig untersetzt, hatte ein breites Gesicht und dunkelblondes Haar, das brav gescheitelt war wie bei einem Schuljungen. Gegen die Kinder war er gleichmäßig freundlich, er besaß ihr Vertrauen. Petra mochte ihn gern.

Anfang Dezember sagte Frau Amelung, Petra und Dr. Hoffmann sollten zum Festland fahren und Weihnachtseinkäufe machen. Das war eine unerwartete und freudige Abwechslung!

Petra stürzte alle Kinderherzen in Entzücken, als sie kleine Geschenke versprach, die der Nikolaus bringen würde. Ein langer Adventssonntag ging damit hin, daß Wunschzettel geschrieben und mit bunten Zeichnungen versehen wurden. Marianne, die nun ganz gesund war und kurz vor dem Fest von ihren Eltern abgeholt werden sollte, spielte Weihnachtslieder auf ihrer Flöte.

Die Fahrt mit Petra war für den jungen Arzt eine Freude. Er genoß es, Petra bei der Auswahl von Spielsachen zuzusehen.

Ein richtiges buntes Kasperletheater sollten die Kinder von Haus Amelung bekommen! Petras Herz klopfte froh, als sie sich die Freude der Kinder beim Anblick dieser Kostbarkeit vorstellte. Dazu kamen weitere herrliche Dinge: Puppen, Geduldspiele, Bücher, Baukästen, bunte Mosaiksteine, Bilder-Lottos und Quartettspiele. „Es ist wundervoll, so in Geld zu schwelgen!“ sagte Petra strahlend zu Dr. Hoffmann. Er ließ sie belustigt gewähren.

Ein kleiner Junge kam in den Laden, um ein winziges Spielauto zu kaufen. Er hielt es Petra zutraulich hin, und sie hatten ein Gespräch miteinander.

Dr. Hoffmann hörte zu. Plötzlich wurde ihm klar, worin Petras „Geheimnis“ bestand. Sie nahm jedes Kind ernst, sie neigte sich nicht lächelnd und spöttisch zu ihm hinab im Bewußtsein der eigenen Überlegenheit. Jedes Kind fühlte das, und so war schnell ein Kontakt geschaffen, bevor das erste Wort gesprochen war. Dies allein war der Grund, warum die Kinderherzen Petra zuflogen ...

Schließlich wurden die Spielsachen zur Fähre geschickt. Und Petra saß mit Dr. Hoffmann in einer kleinen Kaffeestube, die verräuchert und mollig warm war. Beide sahen sich glücklich und verschmitzt an, wie gute Freunde, die gemeinsam etwas ausgeheckt haben.

Dr. Hoffmann nahm Petras Hand, und sie ließ es zu. Dann sah sie seinen Blick und erschrak ein wenig.

„Petra", sagte er. „Gehören wir nicht zusammen? Lassen Sie uns gemeinsam unsere Zukunft aufbauen ... ein Leben für die Kinder!"

Sie entzog ihm ihre Hand und sah ihn ernsthaft an. Er wußte, was sie sagen würde, bevor sie sprach.

Sie sagte leise: „Ich kann nicht Ihre Frau werden, Dr. Hoffmann ... Ich hab' einen anderen Mann lieb."

Ihre einfachen Worte rührten ihn. Er griff wieder nach ihrer Hand. „Vielleicht denken Sie eines Tages anders. Ich werde darauf warten, Petra." Sie schüttelte den Kopf.

Mit dem Fährschiff fuhren sie zurück. Schweigend saßen sie nebeneinander in der dumpfen kleinen Kajüte. Draußen tobte eisiger Sturm.

Petra hätte gern noch etwas gesagt. Aber Worte schienen manchmal nicht auszureichen. Warum mußte man anderen Menschen Schmerzen zufügen, auch wenn man es nicht wollte?

Dr. Hoffmann sah, daß der freudige Ausdruck aus ihrem Gesicht gewichen war. „Nun, Petra?" Er nickte ihr zu.

Sie sah ihn an. „Freunde?“ schlug er vor.

Petras Gesicht leuchtete auf, und nun ließ sie ihm ihre Hand. Wie vorher saßen sie schweigend nebeneinander, lauschten dem Sturm und den Wellen, die gegen die Schiffswand schlugen.

Petra lehnte sich zurück, schloß die Augen und fühlte sich geborgen.

„Ein Maler und ein Kinderheim ...“, hatte Andreas gesagt. Was Gutes in ihr lebte, sollte ihm und den Kindern gehören – ein Leben lang.